KB007907

오국지

4

오국지 4

신라, 칼날을 드러내다

초판 1쇄 발행 | 2014년 6월 19일
초판 3쇄 발행 | 2014년 10월 23일

지은이 정수인
발행인 이대식

책임편집 김화영 **편집** 이숙 나은심
마케팅 윤여민 정우경 **관리** 홍필례
디자인 모리스

주소 서울시 종로구 평창길 329(우편번호 110-848)
문의전화 02-394-1037(편집) 02-394-1047(마케팅)
팩스 02-394-1029
전자우편 saeum98@hanmail.net
블로그 saeumbook.tistory.com
페이스북 facebook.com/saeumbooks

발행처 (주)새움출판사
출판등록 1998년 8월 28일(제10-1633호)

ISBN 978-89-93964-81-3 04810
978-89-93964-77-6 (세트)

정수인
역사소설

신라, 칼날을 드러내다

새움

차례

얼음공주 7

설연타의 선택 24

한혈마의 주인 38

전운 51

유성에 널린 고구려 병장기 75

아비의 눈물 94

당군의 여동 침입 114

요동성 싸움 136

화공 153

선배 바람 171

안시성주 양만춘 188

흙산의 비밀 214

대반격 239
주검 위에서 죽음을 각오하고 269
주몽성제의 살을 받은 이세민 287
가장 무서운 적 310
연개소문의 뜻 329
검모잠과 봉홧불 355
당나라를 살린 신흥공주 367
계백과 어린심이 383
서라벌을 떠도는 소문들 395
꿈을 꾸는 자와 막으려는 자 416
슬픈 모반 431

일러두기

1. 이 책에서는 연대를 계산하는 기준을 단기(檀紀)로 삼고 서기(西紀)는 괄호 안에 병기했다. 예수 그리스도가 태어난 서기 원년은 단군왕검이 고조선을 세운 지 2334년 되는 해다. 우리나라는 5·16군사쿠데타 이후 단기를 버리고 서기를 사용했다. 우리 역사소설이기에 당연히 소설 전개를 위해서도 단기를 사용하는 것이 맞다는 저자의 생각에 따른다.
2. 중국이라는 국호는 1911년 쑨원(孫文)이 신해혁명을 일으켜 청을 없애고 중화민국을 세우면서 처음으로 사용되었다. 따라서 수 · 당 시절을 중국이라 칭해서는 안 된다. 이 책에서는 그 땅을 서토(西土)로 칭했다.
3. 이 책에서는 가능한 한 한자를 병기하지 않았다. 대신 되도록 우리말을 살렸다. 예컨대 여름지기(농부), 안해(아내), 바오달(군영) 등을 그대로 썼다.
4. 삼국 시기에는 고구려, 백제, 신라 공히 화랑제도가 있었다. 김부식에 의해 신라에만 있었던 것으로 잘못 전달되었을 뿐이다. 신라는 화랑, 백제는 배달, 고구려는 선배로 그 이름만 달랐을 뿐, 제도 자체는 크게 다르지 않았다. 이 책에서는 당시의 풍습을 따라 각각의 호칭을 살렸다.

얼음공주

"잠아, 나오거라. 얼굴마저 잊어버리겠다."

연개소문의 명령에 검모잠이 소리 없이 모습을 드러냈다.

"이제부터는 나를 지키지 않아도 된다. 내 목숨보다 중요한 일이니 반드시 성공해야 한다."

설연타로 가서 족장 이남(夷男)을 만나 밀서를 전하라는 것이었다.

"중요한 것은 이 밀서가 아니다. 동돌궐에 설연타가 들어선 뒤 조정에서는 두 번이나 사신을 보냈으나 당나라와 손잡은 그자의 반응은 늘 시원치가 못했다. 이남이라는 자가 국제정세가 어떻게 돌아가는지 몰라서가 아니라 아무래도 당의 눈치나 살피는 겁쟁이인 것만 같아서 그게 걱정이다. 아무것도 모르는 자를 가르치는 것은 어렵지 않으나 겁 많은 겁쟁이를 오랫동안 흔들리지 않게 내 편으로 만드는 것은 쉬운 일이 아니다."

설연타부족은 본디 서돌궐의 지배를 받으며 알타이산줄기

남서쪽에서 살았는데 부족장 이남이 2960년(627) 설연타부족을 이끌고 셀렝가강 쪽으로 옮겼다. 2963년 이세민의 제의를 받고, 당나라 군사의 지원을 받아 반란을 일으켜 동돌궐을 무너뜨렸다.

동돌궐을 차지하고서도 제대로 대접을 받지 못하고, 이세민이 딸의 결혼식을 빌미로 30만이나 되는 대군을 이끌고 들이닥치는 험한 꼴을 당한 것도 이남이 당의 눈치나 살피기 때문이다. 현명한 자라면 스스로 먼저 나서서 당을 버리고 고구려 그늘에 들어왔을 것이나, 오히려 고구려가 먼저 사신을 보내 타일러도 우물쭈물 태도를 분명히 하지 않았다. 바보가 아니라면 뻔히 알면서도 당나라가 무서워서 아무 짓도 못하는 겁쟁이일 뿐이다. 모르면 확실히 가르치고 겁쟁이라면 겁을 주어서라도 우리 편으로 끌어들여야 한다. 개개인의 일이라면 못난 놈으로 치부하고 꼴을 보지 않으면 그만이나 취향 따라 사귈 수도 없는 것이 나라 사이의 일이다.

오랫동안 고구려 도전을 위해 군사를 준비해온 이세민과 건곤일척 승부를 겨뤄야 하는 중요한 때다. 설연타가 고구려를 적극적으로 돕지는 않더라도 최소한 고구려와 당의 전쟁에서 당을 돕지는 못하도록 해야 하는 것이다. 설연타가 고구려를 의식해서 당을 편들지 않는다면 당나라 군사들은 사기가 한풀 꺾일 수밖에 없다. 군사를 보내 동돌궐의 주인으로 만들어주고 이세민의 친딸까지 시집보냈어도 설연타가 고구려의 보복이 두려워 감히 움직이지 못한다는 것은 그만큼 고구려의 군사력이 막강하다는 것을 널리 입증하는 것이기 때문이다.

"정식으로 사신을 보내지 않고 은밀하게 너를 보내는 것은 그런 까닭이다. 알겠느냐? 그자가 두고두고 결코 딴마음을 먹지 못하도록, 그자의 목숨이 우리 손 안에 있음을 확실하게 가르쳐라. 기한은 두 달이다. 그 안에 설연타 족장을 완전히 굴복시키고 이 밀서를 전해라."

그냥 밀서를 전하는 것이 아니다. 겁쟁이일수록 호위하는 군사가 많을 것이나 걱정은 그게 아니다. 겁쟁이라면 오늘 고구려 편에 섰다가도 언제 당의 위협에 굴복해 그 편으로 다시 돌아설지 모른다. 은밀하게 움직여 겁쟁이 설연타 족장이 절대 딴마음 먹지 못하게 굴복시키라는 것은 그를 열 번 암살하라는 것보다 더 어려운 명령이었다. 차라리 설연타 족장을 사로잡아 평양까지 끌고 오는 편이 훨씬 쉬울 것이다.

막중한 임무를 받았으나 뾰족한 대책도 없이 떠나는 길이다. 버들잎이 푸르러지고 온갖 꽃들이 피어나는 때, 햇살이 따뜻하고 볼을 스치는 바람이 시원했지만 찬란하게 시작되는 봄을 감상할 여유도 없었다. 홀로 말에 올라 돌궐로 떠나는 검모잠의 머리 위 하늘을 해동청 한 마리가 가끔 맴돌며 뒤따를 뿐이다. 동해 바닷가에서 구해 훈련시켜온 해동청으로 벌써

2년째 검모잠의 곁을 지키는 유일한 동무였다.

신흥공주의 부름을 받은 이남은 날아오를 듯 들뜬 기분으로 하루를 보냈다. 내일 아침 출발하기로 했던 국내 순찰부터 취소시키고 따뜻한 물로 깨끗이 목욕도 마쳤다. 말 그대로 신방에 들어서는 신랑처럼 마음이 달뜬 것이다.

늙은 신랑 이남뿐이 아니다. 어리고 차갑기 짝이 없는 얼음공주도 각별히 첫날밤을 준비하는 눈치였다. 빙궁 성벽에는 전에 없이 화려한 깃발들이 수없이 세워지고 노새들은 물론 버새들까지 나서서 빙궁 안팎을 청소한다고 했다. 집 안 구석구석의 먼지는 물론 지붕에도 버새들이 올라가 물을 뿌려가며 기왓장을 닦고 있다는 등의 보고는 들을수록 상쾌했다.

첫날밤을 치르자는 소리에 그토록 흥분했던 까닭은 지난해 엉겁결에 열네 살짜리 어린 처녀와 혼사를 치렀지만 아직 합방을 못했기 때문이다. 혼인한 날부터 새색시가 몸이 아프다며 거절했기 때문이다. 벌써 1년하고도 석 달이 넘었지만 새색시는 늙은 남편과의 첫날밤을 미루고만 있었다. 설연타 족장이라는 동돌궐 최고의 지위도 신부한테는 통하지 않았다. 새색시 신흥공주가 바로 당 황제 이세민의 친딸이었기 때문이다. 그것도 보통 딸이 아니라 이세민이 엄동설한에 수십만 군사를 거느리고 몸소 돌궐까지 찾아와 혼례를 치러준 엄청난 딸이었다.

설연타에 온 뒤 신흥공주는 쑥쑥 자라 제법 처녀티를 풍겼다. 이남은 그런 새색시를 볼 때마다 속이 쓰렸다. 본디 처첩이 많았으므로 여자가 아쉬울 것은 눈곱만치도 없었지만 부하들 보기가 민망한 것이다.

제 여자도 마음대로 못하는 사내! 감히 입을 놀리는 사람은 없지만 늘 뒤통수가 뜨뜻했다. 신흥공주 때문에 체면이 말이 아니게 된 것이다. 동돌궐을 몽땅 차지하고서도 당당하게 왕 행세를 하지 못하고 그저 '설연타 족장 가한'으로 불릴 수밖에 없는 처지인 이남에게 근래 들어 다시 한 번 왕이 되지 못한다는 사실을 확인시켜준 것이 바로 새색시 신흥공주였다.

14년 전 당 황제 이세민은 군사를 보내 동돌궐 왕 힐리가한을 잡아가고 이남이 너른 땅을 차지하도록 지원했지만 대우는 오히려 소홀해졌다. 설연타를 동돌궐을 대신하는 나라로 인정하는 것이 아니라 당나라에 속한 작은 지방으로 여기는 것이다. 오히려 부족 설연타로 있을 때에는 진주가한이라며 왕 대접을 해왔던 당나라다.

대우만 달라진 것이 아니었다. 당나라는 동돌궐의 유민을 받아들이는 것으로 그치지 않고 호의를 베풀며 적극적으로 회유하기 시작했다. 양을 기를 땅과 양식까지 나누어주며, 당나라가 설연타를 끌어들여 동돌궐을 공격한 것이 아니라 설연타가 당나라 군사를 끌어들여 동돌궐을 망하게 한 것이라고 둘러댔다. 뒤에서 등을 치고 앞에서 배를 어루만지는 수작으로, 형제나 다름없는 설연타에게 더 서운하고 분한 감정이 많을 수밖에 없는 동돌궐 유민들에게 유사시 설연타를 공격할 수 있도록 힘을 기르게 한 것이다.

또한 친선을 도모하는 것이라며 철륵의 여러 부족과도 접촉을 하고 있다. 동돌궐을 넘겨받은 설연타가 커지는 것을 극도로 경계하고 있는 것이다. 이남에 대한 호칭마저도 반드시 '설연타 족장 가한'이라고 했다. 전에는 늘 '가한'이라고 불렀으면서도 동돌궐을 거의 차지할 만큼 세력이 커진 지금에 와서는 오히려 가한 앞에다 반드시 '설연타 족장'을 붙임으로써 낮춰 부르는 것이다. 이남이 설연타의 족장인 것은 맞지만, 굳이 족장이라는 말을 함께 사용하는 것은, 설연타는 당나라에 속한 부족일 뿐이므로 절대 나라로 인정하지 않겠다는 뜻이었다.

신흥공주를 따라온 당나라 사람들은 '설연타 족장'이라는 말을 빼고 그냥 '가한'으로 불렀으나 정작 신흥공주는 이남을 부를 때 늘 '귀하신 분!'이라고 했다. 그러나 그 '귀하신 분(長貴)'이라는 말은 한족 백성들의 아낙이 자신의 서방을 부를 때 쓰는 흔해빠진 말이 아니던가. 동돌궐까지 모두 차지한 설연타 최고권력자인 이남한테 '귀하신 분'이라는 소리는 바로 '제

구실도 못하는 바보'라는 소리와 마찬가지였다. 호칭뿐만이 아니었다. 신흥공주는 하늘같이 섬겨야 할 남편을 늘 아랫사람 대하듯 했다.

설연타 사람들은 당에서 온 여자들을 '노새', 남자들은 '버새'라고 불렀다. 노새는 수나귀와 암말 사이에서 난 잡종으로 힘이 세며 지구력이 뛰어나 무거운 짐을 지고 먼 길을 가도 지치지 않는다. 성질이 온순하고 병에도 잘 걸리지 않으나 아쉽게도 생식능력이 없다. 버새는 수말과 암나귀 사이에 난 잡종으로 노새보다 작고 약하며 역시 생식능력이 없는 데다 성질까지 사나워 전혀 쓸모가 없다. 당에서 온 사내들을 굳이 버새라고 구분하는 것은 노새라고 불리는 여자만도 못한 것들이라는 이중의 멸시였다.

이름이란 사람의 운명까지도 좌우할 만큼 중요한 것이다. 당에서 온 사내들을 버새라고 부르기 시작한 뒤로 그들을 깔보는 마음도 저절로 생겨났다. 잘난 사내도 많았지만 버새들이 추파를 던질 때마다 설연타 여자들은 눈을 흘기며 외면해 버렸다. 귀한 노리개나 물건으로 유혹해도 마음이 동하지 않았다.

노새는 30여 명밖에 안 되는 데다 남녀 간의 뜨거운 정을 모르고 독수공방하는 신흥공주의 눈을 무서워했기 때문에,

500명이나 되는 버새들은 철없는 자식들이 불끈불끈 용을 쓰며 투정을 부릴 때마다 끙끙거리며 밤잠을 설쳐야 했다. 그렇다고 들에 나가서 양을 품고 잘 수도 없는 노릇! 버새들은 걸핏하면 노름을 하거나 술을 처먹다가 자기들끼리 싸움질이나 하는 것으로 눈구멍까지 차오르는 욕정을 조금씩 털어내는 수밖에 없었다.

오죽하면 사람들이 신흥공주를 얼음공주라고 부르겠는가. 얼음공주가 사는 곳이니 자연스럽게 얼음궁전(氷宮)이 되었고, 빙궁을 둘러싼 성도 자연 빙성이 되었다.

이남도 한창 자라는 어린 처녀가 늙은 자신을 달가워하지 않는다는 것을 모를 리 없지만 목에 걸린 가시처럼 늘 껄끄럽기만 했었다. 빙궁을 둘러싼 높다란 빙성처럼 도무지 틈을 보여주지 않는 것이다.

이남은 한겨울에도 눈이 뒤덮인 허허벌판을 떠돌다가 돌아오곤 했다. 어쩔 수 없는 유목민이라 좀이 쑤셔서 한곳에 오래 머물지 못한다는 것은 핑계다. 내일 아침부터 나라 곳곳을 돌아본다며 행차를 준비시켰던 것도 사실 껄끄러운 얼음공주가 불편했기 때문이었다. 그런데 그 얼음공주가 신방을 꾸리겠다며 저녁식사에 초대한 것이다.

오늘 밤만 지나면 된다! 첫날밤의 뜨거운 불길은 얼음이 아니라 만년빙산이라도 녹여버린다! 아무리 당 황제의 금지옥엽이라고 해도 오늘 밤만 지나면 그야말로 사내 밑에 깔린 계집이 되고 만다. 어린 새색시가 자라서 드디어 사내를 찾게 되었다는 기쁨보다도 그 콧대 높은 여자를 깔아뭉개게 되었다는 생각에 이남은 평생소원이 이루어진 것처럼 기쁘기가 짝이 없었다.

어둠이 내리기도 전에 빙궁은 안팎 곳곳에 밝힌 촛불과 화톳불로 불야성을 이루었고, 완전무장한 군사들이 창검을 번뜩이며 물샐틈없는 경비를 펼치고 있었다. 빙성 안으로 들어서기가 은근히 꺼려질 정도였다. 호위장수 20명 정도로는 어림도 없는 일이다. 군사들까지 모두 데려가고 싶었지만 합궁도 하기 전에 전쟁이 날지도 모르겠다 싶어 겨우 참았다. 첫날밤을 요란하게 치르려는 얼음공주의 허세일 뿐이라고 애써 마음을 가라앉힌 이남은 창검의 숲을 걸어 빙성 안으로 들어섰다. 온통 붉은색으로 장식된 신흥공주의 처소 안에도 완전무장한 군사들이 도열해 있었다. 잡귀를 막는 붉은색으로 치장했을 뿐 아니라 완벽하게 호위를 하고 있는 것이다.

이남의 호위장수들까지 들어서자 공주의 처소는 시중드는 시녀와 호위군사들로 빈틈없이 꽉 들어차버렸다. 20명만 데려오기를 잘했다는 생각이 절로 들었다.

합궁을 의미하듯 잔치 음식은 커다란 상 하나에 다 차려져 있었다. 이남은 얼음공주와 마주 앉았다. 스스로 불러놓고도 내내 떨떠름한 새색시의 표정이 맘에 들지는 않았지만 이남의 들뜬 기분을 누르지는 못했다. 오랫동안 지녀온 버릇일 것이다. 저런 오만한 상판대기도 오늘 밤으로 끝이다. 내일 아침부터는 완전히 판이 바뀔 것이다.

"맑은 정신으로 치러야 할 첫날밤입니다. 술은 그것으로 충분합니다."

첫 잔을 입에서 떼자마자 이남의 식사를 돕던 시녀가 술병을 신홍공주에게로 가지고 가버렸다.

뚜둑! 얼굴이 벌겋게 달아오른 이남의 손에서 상아젓가락이 부러졌다. 씨근벌떡 거친 숨을 내뿜으며 금방이라도 폭발할 듯 이남의 어깨가 들썩였다. 늙은 신랑의 성난 눈에서 불길이 뚝뚝 떨어졌으나 어린 신부는 냉담한 목소리로 깔아뭉개버렸다.

"귀하신 분께 차를 드리고 새 젓가락을 올려라."

시녀들이 술 대신 맑은 차를 가지고 와서 잔을 채우고 새 젓가락도 대령했다. 이남은 웃어야 할지 울어야 할지도 모르게 되었다. 소문난 얼음공주지만 너무나 황당한 노릇이다. 부하들의 눈도 무섭다. 잔을 집어던지고 새색시의 못된 버르장머리를 첫날밤부터 다잡아야 했지만, 그러기에는 얼음공주의 행동이 너무도 당당하고 거침없다.

당장 잡아먹을 듯 씩씩거리던 이남이었으나 아무 일도 없었던 것처럼 그저 젓가락을 바꾼 뒤 묵묵히 식사를 마쳤다. 상을 물리고 빽빽이 들어찼던 군사들은 물론 뒷정리를 하던 시녀들까지 물러가자 화려하게 꾸민 공주의 침소가 오롯이 비로소 눈에 들어왔다.

역시 대당국의 금지옥엽이다! 귀한 보석과 비단으로 장식한 화려함에 유목민 이남은 잠깐 색시를 잘 얻었다는 생각도 들었다.

침상으로 다가가던 이남의 눈이 크게 벌어졌다. 엷은 휘장을 걷고 침상에 걸터앉은 신흥공주의 모습이 문득 둘로 보였던 것이다.

공주의 영혼이라도 빠져나오는 것인가? 귀신이다! 코앞에서 귀신의 출현을 지켜보는 이남은 숨이 멎을 뻔했다. 검은 도포 차림의 여자 귀신이었다. 산발한 머리 대신 풍립에 깃털까지 꽂은 절세미모의 귀신. 납덩이처럼 굳은 얼굴이 아니라 세상 사내를 모두 홀려내고도 남을 만큼 요염한 자태가 쏟아지는 봄볕처럼 환하게 웃고 있었다.

"가한을 부른 것은 신흥공주가 아니라 나였소."

마디마디가 딱딱 끊어지는 굵은 남자의 목소리였다. 여자 귀신이 아니라 남자 귀신?

"나는 대조선국 고구려 대막리지 전하의 명을 받고 아사달에서 온 사람."

침상에서 일어서며 걸어나오는 자의 손에서 수많은 불빛이 나풀나풀 춤을 춘다. 그림자처럼 댓 걸음 앞까지 다가와 설 때까지 이남은 꼼짝도 못하고 지켜보기만 했다. 춤추던 불빛의 움직임이 멎고 앞으로 똑바로 세워질 때에야 이남은 그게 칼이라는 것을 알아보았다. 소문만 들었지 직접 눈으로 보지는 못했던 자객의 칼이었다. 종이처럼 얇고 부드러워 허리띠처럼 두르고 다닌다는 자객의 칼.

칼끝이 서서히 천장으로 솟아오르자 이남은 절망했다. 죽었다! 비명소리도 내지 못하고 꼼짝없이 죽었다고 느꼈으나, 화려하게 춤추던 칼은 한순간 안개처럼 흩어져버리고 자객도 등을 보이며 침상으로 돌아가고 있었다.

"누가 감히 나를 막을 것인가? 허수아비 같은 군사들?"

또박또박 무거운 목소리를 흘려내던 자객이 다시 침상에 걸터앉았다. 다시 보는 자객의 얼굴이 얼음처럼 차갑게 굳어 있다.

"무엇이 가한을 지켜줄 것인가? 종잇장 같은 갑옷과 투구?"

자객이 연신 물었으나 이남은 감히 대꾸할 엄두도 내지 못했다. 얼어붙어 숨도 크게 쉬지 못하는 이남을 보고 자객이 웃었다. 아니, 한순간에 봄꽃처럼 온화한 얼굴로 바뀐 것이다.

"가한은 신중하게 생각하고 생각한 뒤 분명하게 처신해야 할 것이오."

목소리마저 봄바람처럼 부드러웠으나 이남은 아무런 행동도 하지 못했다. 자신을 죽이려면 진작 죽였을 것이라는, 자객의 목적이 암살이 아니라는 것을 느꼈을 뿐이다.

"휘-잇!"

자객의 입술이 움직이며 가볍게 휘파람 소리를 불어냈다. 이어 맑은 방울소리가 들리는가 싶더니 문득 왼쪽 볼에 바람이 스치며 거대한 새가 자객한테로 날아갔다.

"매다! 해동청이다!"

제 곁을 스쳐지나간 새가 자객의 어깨에 내려 되돌아앉는 순간 저도 모르게 탄성이 터져나왔다. 매가 없는 돌궐에서는 검독수리를 이용해서 사냥한다. 돌궐을 차지한 뒤 이남은 남다른 특권으로 귀한 매를 많이 볼 수 있었고 직접 매사냥도 즐겨왔지만 해동청은 말로만 들었지 직접 본 적은 아직 없었다. 그런데도 당당한 체구와 예리하게 번쩍이는 금빛 고리눈을 보는 순간 전설처럼 전해지는 해동청이라는 것을 직감한 것이다.

자객이 품에서 흰 봉투를 하나 꺼내 허공으로 튕기자 매가 풀썩 날아올랐다. 봉투를 낚아챘다 싶은 순간 매는 이남에게 쏜살처럼 내리꽂혔다.

"허억!"

갑작스럽게 눈을 노리고 날아오는 매를 보고 놀란 이남이 질끈 눈을 감았다. 저도 모르게 두 팔로 막아낸 보람이 있었는가. 다시 눈을 뜨고 보니 어느새 매는 자객의 어깨 위로 돌아가 있었다.

자객의 손짓에 따라 머리로 손을 올리자 뭔가 스르르 미끄러져 내렸다. 비수인가 싶어 움찔했으나 바닥에 떨어진 걸 보니 자객의 품에서 나온 봉투였다.

아무 대꾸도 하지 못하고 엉겁결에 서찰을 주워드는 이남을 보며 자객이 또다시 빙그레 웃었다. 세상에 이렇게 아름다운 사내도 있었던가. 세상의 어떤 여자보다도 더 아름답고 매혹적인 얼굴이다 싶은 순간 자객의 모습이 흐릿해지며 침상 속으로 푹 꺼져버렸다. 아니, 사방에 밝혀놓은 촛불들의 그림자 속으로 흩어져버렸는지도 모른다.

"명심하시오. 만일 내가 다시 찾아온다면 가한은 내 숨소리조차 듣지 못할 터이니!"

방금과는 전혀 다르게 또다시 소름 끼치게 살벌한 목소리가 동굴 속에서 들리는 것처럼 웅웅 울렸다. 앞뒤는 물론 소리 나는 곳이 천장인지 땅바닥인지도 모르게 하는 수법이었다.

"가한은 물론 젖먹이 손자들까지, 단 하나도 남겨두지 않을 것이오. 두 번 다시 내가 이곳에 오지 않게 하시오."

자신의 눈앞에 건장한 사내가 나타나 칼을 휘두르며 위협을 하더니 연기처럼 사라져버렸다. 도무지 믿기지 않는 일이었으나 그렇다고 믿지 않을 수도 없는 일이었다. 잠을 자고 있었던 것도 아니고 술을 마시고 취한 것도 아니었다.

간신히 정신을 차려 서찰을 펴든 이남의 눈이 화악 벌어지며 순간 숨이 멎었다.

돌궐가한 이남은 현명하게 처신하라.

_ 대조선국 고구려 대막리지

태왕도 아닌 한낱 벼슬아치가 거두절미하고 내리는 가슴 서늘한 명령. 더욱이 어떠한 이유도 무엇을 어떻게 하라는 설명도 없이 막무가내로 현명하게 행동하라는 명령이었다. 알아서 눈치껏 행동하지 않았다가는 가만두지 않겠다는 위협. 그러나 정작 이남을 격동시킨 것은 바로 그것이었다.

돌궐가한! 돌궐가한 이남! 이남의 두 눈이 서찰에서 떨어질 줄 몰랐다. 서찰을 보낸 사람은 고구려의 실권자인 연개소문이다. 대막리지 연개소문을 넘어 대조선국 고구려가 설연타를 부족의 무리가 아닌 동돌궐을 잇는 국가로 인정하고 이남을 동돌궐의 왕으로 불러준 것이다. 이로써 설연타는 동돌궐을 망하게 한 역적이 아니라 동돌궐을 계승한 나라가 되는 것이다. 이남은 가슴이 터질 것만 같았다.

무슨 일이 일어났는지 아무것도 모르는 것처럼 침상에 걸터앉은 신홍공주는 눈을 감은 채였다. 귀신한테 홀린 것도 헛것을 본 것도 아니다! 손에 펴들고 있는 서찰이 뚜렷한 증거다.

마침내 마법에 걸린 것처럼 잠들었던 신홍공주가 먼저 깨어났다.

"귀하신 분께서는 왜 그리 화가 난 것이오? 내가 마음에 들지 않아서 그러시오?"

공주의 채근에 거친 숨을 몰아쉬며 환희에 떨던 이남도 곧 정신을 차렸다.

"공주야말로 웬일이오? 오늘 밤 나를 부른 이유가 무엇이오?"

신홍공주를 다그쳤으나 더욱 믿을 수 없는 말만 듣게 되었다. 오늘 아침 맑은 매방울소리가 들려 바라보니 하늘을 돌던 커다란 매 한 마리가 땅으로 내리꽂히며 사냥개 두 마리의 눈을 할퀴고 곧장 신홍공주 앞으로 날아왔다. 웬일인가 놀라는 사이 매는 공주의 눈앞에서 검은 비단옷을 입은 신선으로 변했다. 그리고 이르기를, 이제는 때가 되었으니 이남을 불러 첫날밤을 치르라고 했다는 것이다. 말짱한 정신으로 첫날밤을 치르도록 술을 금지시켰던 것도 신선의 가르침 때문이라고 했다.

신선이 아니다. 신선이라면 학을 타고 다니지 매로 변신을 하거나 사냥하는 매를 부리지 않는다. 더구나 신홍공주가 말하는 신선이라는 자의 생김생김이 좀 전에 자신이 만났던 자와 똑같다. 물정 모르고 심약한 공주가 제 멋대로 신선이라고 믿었을 뿐이다. 그러나 생각할수록 진짜 지옥나찰이라도 만난 것처럼 온몸이 오싹오싹 떨렸다.

신선도 귀신도 아니다. 아사달에 있는 고구려 대막리지 연개소문이 보낸 밀사다. 그는 언제고 이남 자신의 처소까지 귀신처럼 바람처럼 드나들 것이다. 그에게는 자신의 한목숨 취하는 것쯤은 손바닥 뒤집기처럼 쉬울 것이다. 술을 마시지 못하게 했던 것은 혹시 이남이 술에 취해 헛것을 보거나 경계를 늦췄다는 의구심을 갖지 못하도록 하려는 것이었는지도 모른다.

설연타의 선택

더 이상은 아무 일 없이 합방을 했고 이남은 빙궁에서 아침을 맞았다. 차가운 물에 세수를 하자 정신이 번쩍 들고 기분이 상쾌해졌다. 머리를 풀어 빗고 다시 묶는 것은 혼자 할 수 있는 일이 아니었으므로 시녀에게 맡겼다.

돌궐족에게도 머리를 묶는 버릇은 없었다. 머리털이 거추장스러워 묶더라도 필요할 때마다 대충 아무렇게나 묶지 서토 사람들처럼 아침마다 말끔히 빗어 단장하고 비녀로 마무리하는 버릇은 없었다.

상투는 본디 이족의 것이었다. 머리털이 거추장스러워 단정하게 묶었던 것도, 멋을 부리려고 화려하게 장식했던 것도 아니다. 정수리에 곧게 선 상투는 신단수(神檀樹)처럼 하늘과 소통하는 통로였고 하늘의 자손이라는 상징이었다. 항상 정수리에 작은 솟대(蘇塗)를 세우고 다니는 것은 하늘백성들만의 권리이자 의무이기도 했다. 머리 묶는 것을 그저 단장하고 멋 부리는 것으로 받아들였던 서토 사람들과는 하늘과 땅 차이다.

바로 그 때문에, 털오라기 하나까지도 부모가 주신 것이므로 신체발부(身體髮膚)를 소중하게 간직하는 것이야말로 효의 시초라고 가르치는 선비들도 서슴없이 정수리의 머리털을 깨끗이 밀어내고 그 위에 곧게 선 상투를 올리는 것이다. 또한 상투는 모자를 사용해 늘 조심스럽고 소중하게 보관해야 했으므로 여자들처럼 커다란 비녀를 사용하지 않고 작은 동곳으로 마무리를 했다.

이남이 아침마다 머리를 빗어 단정하게 묶고 용의 형상으로 화려하게 장식한 옥잠(玉簪)으로 마무리하는 것은 동돌궐의 주인이 되고 난 뒤부터다. 어딘지 멋있어 보이고 서토의 왕들처럼 당당하게 대접받겠다는 생각에서였다.

편안하고 자랑스러운 기분으로 시녀에게 머리 손질을 맡긴 채 이남은 눈을 감았다.

한낮이 되어서야 겨우 일어날 게다! 휘장이 내려진 침상에서 깊이 잠든 신흥공주가 떠오르자 웃음이 절로 나왔다. 말못할 울분으로 보낸 세월이 얼마였던가? 신흥공주는 밤새 숨막히는 비명소리를 냈다. 이남은 그 소리를 진군 북소리로 삼아 더욱 용맹하게 전장 곳곳을 누비고 다녔다. 만년 얼음을 단번에 태워버리려고 죽살치기로 전쟁을 치렀던 이남도 녹초가 되어 곯아떨어졌다가 겨우 눈을 떴다.

이제는 얼음공주가 아니라 화톳불공주가 될 것이다! 말 그대로 사내 밑에 깔린 계집, 앙탈은커녕 시앗 싸움으로 세월을 보내야 하는 계집이 되었다.

"뭐냐?"

'앗!' 하는 시녀의 짧은 비명소리에 이남도 크게 놀랐다.

어젯밤 나타났던 고구려 귀신이 또 나타났을지도 모른다. 붉은 휘장이 내려진 침상으로 먼저 눈이 갔다. 그러나…….

"비녀가 부러졌습니다. 아니, 원래 부러져 있었습니다."

시녀의 변명에 비녀를 받아든 이남의 머릿속이 복잡해졌다. 머리에 찌르기 위해 둥글게 마무리한 끝이 조금 잘려져 있었으므로 머리를 다 묶은 다음 옥잠을 꽂으려다가 잘 들어가지 않자 비로소 끝이 부러진 것을 알아차린 것이다.

옥은 부드럽지만 그래도 돌이다. 부러지는 것이지 쉽게 자를 수 있는 것이 아니다. 문질러 갈아서 가공하느라 많은 품이 드는 것도 그래서다. 옥으로 만든 비녀가 설혹 잘린 것이 아니라 부러진 것이라 해도 그렇다. 아무리 날카로운 칼이라도, 단단하게 고정되지 않고 겨우 머리에 꽂힌 비녀 끝을 상하게 만드는 것은 불가능하다. 게다가 자신은 제 머리에 꽂힌 비녀가 칼질을 당하는 눈치조차 채지 못했다.

조사를 해보아도 해동청은 물론 매가 날아다니는 것을 본 사람조차 없었다. 사람은 은밀하게 숨어 다녔다고 해도 하늘을 나는 매만큼은 사람들의 이목을 피하기 어려웠을 것이다.

더욱이 독수리보다 훨씬 동작이 잽싼 매를 훈련시켜 사람이 나 말의 눈을 할퀴게 하는 수는 있어도, 비록 가까운 거리지만 매에게 낚아챈 물건을 남에게 가져다주도록 심부름까지 시킨다는 것은 상상도 할 수 없는 일이다. 생각할수록 오금이 저리고 모골이 송연해지는 노릇이었다.

사내 밑에 깔린 계집답게 신흥공주도 고분고분해졌지만 이남의 고민은 날로 깊어갔다. 고구려 밀사도 그날로 돌아간 듯 두 번 다시 나타나지 않았지만 늘 곁에서 감시를 당하는 것처럼 불안하기만 했다.

자신의 처소는 나무로 지지대를 세우고 덮개를 씌운 장막이지만 신흥공주의 처소는 당 황제가 사람을 보내 벽돌과 나무로 지은 단단한 건축물이다. 무엇보다 사막의 모래폭풍을 막기 위해 여섯 길이나 되는 높은 성벽을 둥그렇게 쌓고 그 안에 지은 건축물이다. 또한 당 황실에서 뽑아 보낸 최정예군사들이 500명이나 물샐틈없이 지키고 있다. 제아무리 뛰어난 자객이라도 공주의 침소까지 숨어들기는 절대 불가능한 일이다. 더구나 온종일 사람들이 북적대며 빙궁 안팎을 쓸고 닦았던 것도 신선의 가르침이라고 했다. 대막리지의 밀사는 아무리 많은 사람들이 두 눈을 뜨고 샅샅이 살펴도 사람도 매도 바람처럼 흔적이 없다는 것을 보여주려고 대청소를 시켰을 것이다. 어디 숨는 재주뿐이겠는가. 무술에도 하늘을 덮는 재주가 없다면 감히 설연타의 가한이 있는 곳까지 들어올 엄두도 내지 못했을 것이다.

—만일 내가 다시 찾아온다면 가한은 내 숨소리조차 듣지 못할 터이니!

언제든지 찾아와 쥐도 새도 모르게 죽이겠다고 협박한 것이다. 정말 그런 자가 자객이라면 아무리 많은 군사로 호위를 한다고 해도 그 숨소리조차 듣지 못한 채 꼼짝없이 당할 수밖에. 그때 공주의 침소 주위를 이남이 데려온 호위장수들도 함께 지키고 있었지만 아무 소리도 듣지 못했고 수상쩍은 일도 전혀 없었다고 했다.

—가한은 물론 젖먹이 손자들까지, 단 하나도 남겨두지 않을 것이오! 두 번 다시 내가 이곳으로 오지 않게 하시오!

그 목소리는 지옥의 동굴에서 울려나오는 것처럼 음산하기 이를 데 없었다. 서툴고 딱딱 끊어 억지로 발음하는 쇳소리라서 더 기분 나쁘고 소름이 돋았다. 허풍이 아니었다. 아무리 많은 군사로 둘러싸도 어둠처럼 스며드는 자는 막을 수 없고 귀신같은 칼솜씨를 당할 재주도 없다는 것을 두 눈으로 똑똑히 보았으니 말이다. 대조선국 고구려가 인정하고 불러준 돌궐 가한이라는 호칭은 감개무량했지만, 서찰을 가져온 밀사를 생각하면 모골이 송연해지고 절로 가슴이 떨렸다.

이남은 소하를 불러 의논하기로 했다. 소하의 원래 이름은 소천(小川)이었다. 남다른 지혜와 학문에 반한 이남이 작은 냇물이 아니라 큰 강물이라는 뜻으로 '대하(大河)'라 불렀으나, 소천이 극구 만류하여 겸손한 이름 '소하(小河)'로 바꾼 것이다.

소하는 본디 칼에 능숙한 자가 아니라 세상 곳곳을 돌아다니는 장사치였다. 학문에 뜻을 두었으나 생계가 어려워 장사치로 나섰다고 했다. 낙타를 몰고 장삿길에 나섰다가 마적들의 습격을 받아 도망치다가 지나가던 설연타 족장의 아들 예망의 군대를 만나 목숨을 건졌다. 족장 이남이 소하의 재주를 알아보고 곁에 두었는데 소하도 마음 깊이 우러나는 충성을 바치게 되었다.

장사치는 자기가 사는 곳뿐 아니라 주변 나라의 수시로 변하는 사정과 정보 수집은 물론 분석에도 누구보다 빠르고 정확해야 한다. 그래야 손해를 보지 않고 이익을 남길 수 있다. 그래서인지 소하의 눈과 머리는 늘 정확했다.

2961년(628) 이남이 철륵의 여러 부족을 통합해 가한이 되면서 세력을 키우자 당왕 이세민이 사람을 보내왔다. 군사를 지원해줄 터이니 동돌궐을 흡수하라는 것이었다. 부하들이 모두 찬성했고 어디서 점을 쳐보아도 모두 '대길'이라는 점괘가 나왔으나 오직 한 사람, 소하만은 이세민의 제안을 거절하라고 조언했다.

"순망치한이라고 했습니다. 당나라가 얻는 것도 없이 군사를 동원해 우리를 도와줄 까닭이 없습니다. 지금 저들이 가한에게 예를 다하고 정성스럽게 대하는 것은 동돌궐을 견제하기 위해서일 뿐입니다. 당나라와 합세해서 동돌궐을 얻는다 해도 결국 설연타는 당의 속국이 되고 말 것입니다."

남의 눈치를 보며 어차피 기를 펴지 못하고 살기는 마찬가지다. 다행히 동돌궐을 손에 넣으면 더 넓은 땅에서 양을 기르고 군사도 키울 수 있을 것이다. 힘이 있으면 누구도 설연타를 얕보지 못할 것이라고 생각해서 당군과 합세해 동돌궐을 없애고 너른 땅을 차지했으나, 결국 소하의 예측대로 실익은 하나도 챙기지 못하고 당의 눈치나 살피는 신세가 되었을 뿐이다. 초원에서 뛰놀던 야생마가 입에 재갈을 물고 제 몸을 얽어맨 화려한 마구나 자랑하게 된 꼴이다. 사람들이 주는 건초를 먹으며 편안히 겨울을 날 수 있다고 해도 어찌 그것이 마음껏 초원을 달리던 자유와 같겠는가. 차마 입 밖으로 꺼내지만 못했을 뿐, 이남은 그때 소하의 의견에 따르지 않은 것을 두고두고 후회해왔다.

"고구와 화친하고 싶은데, 그대의 생각은 어떠한가?"

이남은 고구려 밀사를 만났던 것을 감추고 소하에게 물었다. 그러나 소하는 엉뚱한 소리로 되물었다.

"가한, 만일 당나라가 고구려와 전쟁을 벌이겠다고 군사를 내달라고 하면 어떻게 하시겠습니까?"

"설마 우리한테 군사까지? 말과 양이나 조금 보내주면 되지 않겠나?"

"설마가 아닙니다. 우리 설연타는 당나라의 부마국입니다. 양이나 말은 물론 군사까지 함께 내놓으라고 한다면 어떻게 하시겠습니까?"

"기병 1~2천 명이면 체면치레가 되지 않을까?"

"갑작스러운 동원이었지만 지난번 탁군에 모인 당나라 군사가 70만이 넘었다고 합니다. 다시 고구려와 전쟁을 벌인다면 100만이 훨씬 넘는 군사가 동원될 것입니다. 우리 설연타에서 아사달까지 양을 몰고 가는 목동들의 수만 해도 1천은 넘어야 될 것입니다. 우리가 1만 명의 군사를 보내도 당 황제는 성의가 보이지 않는다고 책망할 것입니다."

"1만 명도 적다면 몇만 명이나? 그렇다고 저들의 요구를 다 들어줄 수는 없는 일, 실제 우리가 보낼 수 있는 군사는 얼마나 되겠는가? 또 양떼는 얼마나 보내야 적당하다고 생각하는 것인가?"

어디서 그렇게 많은 군사를 긁어모은단 말인가? 그 많은 젊은이들이 빠져나가면 양떼는 누가 돌보나? 이남은 자신이 애초에 무슨 질문을 했는지도 잠깐 잊어버렸다. 1천 명은 양을 몰고 가는 목동의 수에 지나지 않는다? 그렇다면 당나라는 얼마나 많은 양과 군사를 원한단 말인가? 그러나 소하의 대답은 너무도 뜻밖이었다.

"10만이라도 군사를 모으는 것은 어렵지 않습니다. 그러나 고구려의 무서움을 모르십니까? 저승사자도 피해다니는 고구려 개마대가 우리 군사를 탈 없이 살려 보내겠습니까? 내보내는 군사가 많으면 많을수록 죽어서 돌아오지 못하는 전사자만 많아질 뿐입니다."

양이야 어차피 군사들 뱃속으로 들어갈 군량이고 말도 아까워할 것이 못 된다. 그러나 군사는 다르다. 당나라를 도와주러 나갔던 군사들이 무사히 살아 돌아오지 못한다면 큰 낭패다. 아비와 자식, 형제를 잃은 백성들의 슬픔과 원망을 달랠 수가 없다. 남의 나라 전쟁에 끼어드는 것이니 전쟁의 승패와도 관계가 없다. 많은 군사를 동원하는 것보다도 그 많은 사람들이 살아 돌아오지 못할 수도 있다는 것이 큰 문제다. 당나라가 고구려의 항복을 받아낸다고 해도 젊은 사람이 없는 설연타는 저절로 망해버리게 된다.

길게 침묵할 수밖에 없는 이남의 표정을 살피던 소하가 비로소 입을 열었다.

"가한, 너무 걱정하지 마십시오. 우리 설연타는 군사는커녕 단 한 마리의 양도 보내지 않을 것입니다."

"뭐라고? 군사도 양도 보내지 않아? 당나라가 가만히 있겠는가? 저들의 질책을 어떻게 무슨 수로 감당하려고?"

"우리가 아무것도 보내지 않아도 당나라는 아무 소리도 못할 것입니다. 저들도 바보가 아니니 아예 처음부터 군사는 물론 말이나 양도 내놓으라는 소리를 하지 못하겠지요."

무슨 도깨비판 속인지 알 수가 없다.

"당을 돕지 않았다가 당나라가 승리한다면 우리 처지가 곤란하게 되지 않겠는가?"

"수 양제는 군량 보급과 대형 중장비의 운반을 위해 수천 리 대운하를 건설했습니다. 두 번씩이나 엄청난 공성기기와 함께 100만이 넘는 군사를 동원했지만 결국 군기까지 내버리고 도망쳤습니다. 아사달 깊이 들어갔던 수십만 군사가 몰살당하고 겨우 2,700명만 살아 돌아왔습니다. 수나라가 망한 것은 너무도 당연한 일이었지요. 지금의 당 황제를 하늘이 내린 장수라고 하지만 아비 이연이 자식 이세민을 치켜세우느라 내뱉은 소리에 지나지 않습니다. 왕세자까지 반란을 하고 나서는 판에, 무슨 재주로 고구려 도전에 성공할 수 있겠습니까? 당 황제가 벌써 수년 동안 준비해왔지만 뼈도 추리기 어렵다고 판단한 노장들이 모두 악착같이 반대하기 때문에 군사를 일으키지 못하고 있는 것입니다."

"그래서 우리가 어찌해야 한다는 말인가?"

"가까운 곳을 경계하고 먼 곳을 사귀는 것입니다. 우리가 먼저 손을 내밀면 고구려도 고마워할 것입니다."

소하가 먼저 고구려와 친하게 지내야 한다고 하자 이남은 기쁘기 짝이 없었다. 반대하고 나선다면 그 놀랍고 부끄럽던 빙궁의 첫날밤 사건까지 꺼내놓고 사정해야 할 판이었다. 고구려 밀사를 생각하면 아직도 모골이 송연해지는 이남이다. 그러나 소하가 무슨 생각에서 고구려에 먼저 손을 내밀자고 하는지, 그 이유를 확실하게 알아두고 싶었다.

"가까운 곳과 사귀면 먼 곳은 오히려 관계가 없는 것 아닌가? 불을 끄는 것은 곁에 있는 도랑물이지 멀리 있는 강물이 아니라고 했다. 우리에게 무슨 일이 생기면 가까운 당의 도움을 받아야지, 멀리 떨어진 고구려가 무슨 힘이 된다는 말인가?"

"그렇지 않습니다. 가까운 것은 서로 닿아서 부스러지기 쉬우니 오히려 서로 경계해야 합니다. 만일 우리가 고구려와 사귄다면 당도 지금처럼 우리를 함부로 업신여기지 못할 것입니다."

"업신여기다니? 당 황제는 나에게 금지옥엽 딸도 주었다. 그것도 몸소 여기까지 와서 혼례를 치러주었지 않은가?"

"바로 그것입니다. 혼례식장에 창검으로 무장한 군사를 10만 명이나 데리고 나타나는 부모가 어디 있습니까? 장안은 2천 리가 넘는 머나먼 곳입니다. 그 먼 곳에서 하필 그 추운 겨울에 어린 딸이 걱정되어 몸소 여기까지 왔다는 말을 정말 믿는 것입니까?"

작정하고 있었던 듯 소하의 질타는 매서웠다. 혼례식장에 오는 이세민의 호위군사는 수천 명으로도 충분했다. 더욱이 탁군으로 군사를 모으기 위한 방책이라면 더더욱 적은 군사만 데리고 홀가분하게 움직여야 했을 것이다. 굳이 10만 명이나 되는 군사를 데리고 온 것은 설연타를 위협하는 군사행동이 분명했던 것이다.

"사람들이 신흥공주를 얼음공주라고 부르는 것을 모르십니까? 신흥공주가 가한을 그저 '귀하신 분'이라고 부르는 것을 모르십니까? 꼭두각시라고 손가락질당해야만 정신을 차리시겠습니까?"

"만일 우리가 고구려와 손잡는다면 당 황제가 보고만 있을 것 같은가? 지난번처럼 갑작스럽게 몰려온 대군이 그저 양고기나 얻어먹고 얌전히 돌아갈 것 같은가?"

"가한의 말씀이 옳습니다. 당의 부마국인 우리가 고구려와 손잡는 것을 저들이 체면 때문에라도 가만히 보고 있지는 못할 것입니다. 당장 고구려와 손을 끊고 장안으로 달려가 사죄하지 않으면 수십만 대군을 보내 우리 설연타부터 없애버리겠다고 으름장을 놓을 수도 있습니다."

"그러면 결국 화를 자초하는 일이 아닌가?"

"그러나 다행스럽게도 당 황제는 그렇게 어리석지 않습니다. 설혹 그럴 마음이 있다고 해도 현명한 신하들이 두고 보지 않을 것입니다. 우리가 고구려와 손잡는 것을 온 세상에 떠벌리지만 않는다면 당나라는 뻔히 알면서도 눈감고 모르는 척할 것입니다."

소하는 자신이 직접 평양에 가서 실권자인 대막리지 연개소문을 만나겠다고 했다. 아직 한혈마를 준비하지 못해 떠나지 못하는 것이라고 하자 이남이 웃었다.

"한혈마? 매우 흡족해할 것이다. 그런데 한혈마라면 따로 준비하고 말 것이 무언가? 곧바로 끌고 가면 될 것을."

"이름만 한혈마여서는 아니 됩니다. 최상급의 한혈마 열두 필을 선물로 가져갈 것입니다."

"최상급의 한혈마를 열두 마리나?"

"그렇습니다. 설연타 최고의 말을 골라야 합니다. 누구나 깜짝 놀랄 만큼 큰 선물이라야 고구려에서도 우리의 진심을 믿어줄 것입니다. 또한 당나라도 우리의 굳센 의지를 알게 될 것이니 어떤 간섭도 하지 못하고 함부로 대하지도 못할 것입니다."

고구려와 손을 잡는 것이 당나라를 제어하는 방법이다. 다만 당나라를 필요 이상으로 자극하는 것도 좋지 않으니, 저들의 체면과 불편한 처지를 생각해서 장사치로 위장하겠다는 것이다.

평양으로 떠나기 전 소하는 고구려에 한혈마를 가져다주고 곡식으로 바꾸어올 것이라고 소문을 냈다. 그것도 당장 곡식을 실어오는 것이 아니라 가뭄이나 한겨울 추위로 기르던 가축이 많이 얼어 죽었을 때를 대비한 것이라고 했다.

설연타로서는 굳이 요란하게 소문을 내야 할 필요가 있었다. 사신 일행이 장사치로 위장하는 것은 당나라의 체면을 생각해서이니 그나마 고마운 줄 알고 아니꼬워도 꾹 참고 있으라는 시위였던 것이다.

한혈마의 주인

관부에서 평소보다 조금 늦게 돌아온 연개소문이 주안상을 두 벌 내오도록 했다. 밤늦게 손님이라도 오는가 했으나 뜻밖에도 그림자 검모잠을 불러냈다. 대막리지가 누구와 주안상을 맞붙여놓고 마주 앉는 것은 매우 특별한 일이었다. 몸소 술을 따라주는 것도.

"설연타에서 오는 사신이 구려하를 건넜다. 최상급의 한혈마 열두 필을 끌고."

"한혈마를 열두 필이나?"

검모잠이 놀라는 것도 당연했다.

"한혈마 열두 마리라면 엄청난 보물입니다. 서돌궐에서도 매우 귀한 말이라고 합니다. 설연타에서 머무는 중에도 몇 마리밖에 보지 못했습니다."

한혈마는 거의 전설 속의 말이다. 땀 대신 붉은 피를 흘리며, 온종일 달려도 지치지 않는다. 설연타에 갔을 때 보았던 한혈마들이 아직도 눈에 선하다. 이남의 영토 안에서 훔쳐갈

도둑도 없을 터인데 따로 마구간까지 지어놓고 밤낮으로 군사들이 지키고 있었다. 고구려 대막리지의 밀사가 치사하게 말도둑놈이었다는 소리를 듣지 않으려고 그냥 돌아오기는 했지만 정말 목구멍에서 손이라도 나올 만큼 욕심이 났었다. 그런데 그 한혈마가 열두 마리나 온다고 한다. 평생 바랄 것이 없었던 검모잠한테도 갑작스럽게 갖고 싶은 것이 생겼다. 평생 하나뿐인 소원을 묻는다 해도 한혈마를 타는 것이라고 대답할 것이다.

갑자기 황홀한 표정을 짓는 검모잠을 보고 개소문이 장난치듯 물었다.

"열두 마리나 되는데, 너한테도 한 마리 줄까?"

"예!"

저도 모르게 큰 소리가 나갔다.

"고맙습니다! 전하, 정말 고맙습니다!"

벌떡 일어나 굽실 절까지 올렸다.

"그런데…… 미안해서 어쩌나! 아마도 우리 검모잠은 한혈마를 갖기는커녕 구경조차 못할 것이다."

입에 넣었던 과자를 빼앗긴 아이같이 낙담하는 검모잠을 보고 개소문이 소리내 웃었다.

"아무리 한혈마라고 해도 그렇지, 사내대장부가 그까짓 말 한 마리 때문에 하늘이 무너지고 땅이 꺼진 듯 낙심할 것까지야 없지 않으냐?"

차라리 말을 꺼내지나 말지. 열두 마리나 된다면서…… 대가를 바란 것은 아니지만 여태껏 바쳐온 충성을 너무 가볍게 여기는 것만 같아 서운하기는 마찬가지다.

"그만 울고 술이나 마셔라. 그리고 내일은 북부욕살 댁에 가보아라. 네가 거기에 가면 한동안 못 보겠기에 모처럼 너를 불러낸 것이다."

"그 댁에 무슨 일이 있는 것입니까?"

"그건 내가 묻고 싶은 말이다. 그 댁에서 굳이 너를 보내달라는 이유가 무엇이냐?"

무슨 영문인지 알 도리가 없다. 한 달쯤 전이었다. 검모잠은 바로 이 자리에서 대막리지가 북부욕살 고연수와 술을 마시며 여동군에 대해 담소를 나누는 자리에 불려와 처음인 것처럼 인사를 드렸다. 검모잠한테 상투까지 베였던 고연수는 깜짝 놀랐으나 이내 '그대가 검모잠인가?' 하고 물으며 반갑게 손을 잡아주었다. 대막리지가 검모잠의 이름을 먼저 가르쳐준 모양이었다. 그리고 다음 날 가연이 북부욕살 안주인에게 보내는 선물을 가지고 고연수의 집에 한 번 다녀왔을 뿐이다. 어쩌면, 누군지는 몰라도 그곳에 은밀하게 보호해야 할 중요한 인물이 있을 것이다.

"알겠습니다. 실수 없이 잘 보호하겠습니다."

"잘 보호하겠다? 하하하, 그 소리 하나는 제대로 알아듣는구나."

다음 날 길을 떠나기 전에 검모잠은 또 가연에게 선물을 건네받았다. 단순한 심부름을 가지고 대막리지가 자신을 놀린 것이라고 생각하니 웃음이 나왔다. 병풍산에 있을 때에도 개소문은 그럴듯하게 속이는 장난을 치고는 했던 것이다. 땀이 절로 흐르게 뜨거운 햇볕이 쨍쨍 내리쬐고 있었지만 말발굽소리가 경쾌했다.

저번처럼 곧바로 깊숙한 후원으로 안내되었다. 이번에도 부인은 정자에서 기다리고 있었는데, 지난번에 보았던 어여쁜 처녀도 함께 있었다. 이상하게도 반가웠다. 처녀의 얼굴을 보게 되어 다행이다 싶을 정도로.

"날씨도 더운데 오라고 해서 미안하네. 그렇지만 날씨가 덥다고 가을까지 기다릴 수도 없지 않은가?"

"과분하신 말씀입니다."

정말 과분한 대우였다. 그림자 신세인 검모잠의 처지에, 다른 데도 아닌 욕살의 집에서 하녀들의 부채질까지 받는다는 것은 상상도 할 수 없는 일이었다. 더욱이 얼음을 띄운 꿀물이라니! 한여름에 얼음 구경은 말로만 듣다가 이번 여름에 처음으로 몇 번 맛보았다. 그것도 어려서부터 친누나처럼 자상했던 가연이 특별히 인정을 쓴 것이었다. 그런데 한낱 호위무사가 욕살 댁에 와서까지 과분한 호사를 누리고 있는 것이다.

"글도 잘하지만 특히 무예가 매우 놀랍다고 하던데, 정말인가?"

"예, 안심하십시오. 책임지고 보호하겠습니다."

"책임지고 보호하겠다? 제 몸처럼 아끼고 사랑해야지, 어째 말씀이 좀 삭막하지 않은가?"

"예?"

놀라는 소리는 검모잠이 했지만 고개를 갸웃거리는 것은 욕살 전하의 부인이었다.

"검모잠, 그대는 오늘 여기에 왜 왔나?"

"부인의 심부름으로 왔습니다."

"심부름? 가져온 선물이 무엇인지 몰랐는가? 대막리지 전하의 부인께서 그대를 대신해 우리 은아에게 정표로 보내는 패물일세."

"예?"

"그대는 우리 은아가 마음에 들지 않는가? 괜히 우리 어른들만 나서서 수선을 피웠다는 말인가?"

아닌 밤중에 홍두깨를 맞은 격이다. 은아는 오늘도 바로 코 앞에 앉아서 웃고 있는 저 예쁜 처녀일 것이다.

"오늘은 이만 돌아가고 내일 다시 오게. 만일 내일도 살갑게 굴지 않고 오늘처럼 뻣뻣하게 굴었다가는 다시는 오지 못하게 할 것이니, 그리 알게."

도깨비에게 홀린 듯, 하직인사를 드리고 물러난 검모잠은 좀 전에 겪은 일이 꼭 꿈만 같았다. 호위군사들이 깨우쳐주지 않았다면 타고 온 말도 잊어버리고 걸어서 돌아왔을 것이다.

병풍산 아래 고을에도 예쁜 처녀는 많았지만 말씨까지 사근사근한 평양 처녀들과는 비교가 되지 않았다. 어려서부터 감정에 흔들리지 않도록 훈련받아서 그렇지 검모잠도 정이 많은 사내였다. 얼음공주라는 이세민의 딸 신흥공주에게 환갑이 넘은 늙은이 이남과 합방하라고 명령하면서도, 꽃봉오리처럼 곱게 피어나는 젊음과 자태가 너무 아까워서 가슴이 아팠었다. 대막리지의 심부름만 아니었다면 설연타에서 훔쳐내고 싶을 만큼. 그림자 주제에 누구와 함께 살 수 있다고 생각해서가 아니라, 어린 처녀가 너무나 아깝고 안타까워서.

북부욕살 댁에 심부름을 갔다가 꽃보다 고운 처녀를 보았지만 감히 넘볼 수도 없는 신분이라 상상조차 하지 못했는데, 그날 그 자리가 맞선자리였던 것이다.

고연수 부부는 사윗감이 대막리지와 그 부인이 어려서부터 친동생처럼 여겨온 사람이라는 데 만족했고, 은아 또한 상상을 뛰어넘는 절세의 미남자에게 단번에 반했으므로 검모잠에게도 행운이 찾아온 것이었다.

아무것도 모른 채, 대막리지 전하 부부에게 골탕을 먹은 셈이지만 더없이 고맙고 마냥 행복했다. 친누이처럼 따르던 가연의 행복한 모습만 보아도 되는 것으로 알았는데 왜 이렇게 가슴이 뛰고 구름을 탄 것처럼 황홀한지 모르겠다. 이래서 무두리는 검모잠에게 여자를 만나면 안 된다고 가르쳤는지도 모른다.

연개소문은 대막리지 관부에 나가지 않고 제집에서 돌궐 사신을 맞았다. 군사들이 줄지어 선 가운데 사신 행렬이 들어서자 사람들의 눈길은 사신보다 뒤따르는 한혈마에 모아졌다. 땀 대신 붉은 피를 흘린다는 한혈마는 털빛이 불타는 것처럼 붉었다. 크기 또한 엄청나게 컸으며 그 투레질은 군사들의 접근조차 허락하지 않을 듯했다.

사신 일행이 엎드려 절하고 아뢰었다.

"대막리지 전하, 이제야 문안을 여쭙는 저희를 용서하십시오."

대막리지도 반갑게 맞으며 따뜻한 말씀을 내렸다.

"먼 길을 오느라 수고하시었소. 집에 온 것처럼 편안히 쉬시오."

"설연타의 족장 이남은 돌궐의 주인이 되었으나 아직 태왕 천하로부터 왕으로 임명받지 못하였습니다. 저희도 감히 천궁으로 들어가 태왕 천하를 뵙지 못하고 이렇게 전하를 찾아왔습니다. 대막리지 전하, 저희들을 어여삐 여기시고 태왕 천하께도 잘 말씀드려주십시오."

"지극한 정성에는 하늘도 감동한다고 하였소. 태왕 천하께서도 돌궐 왕과 백성들의 마음을 알아주실 것이오."

연개소문은 아예 설연타 족장이 아닌 돌궐 왕으로 지칭하며 선선히 요구를 들어주마고 약속했다. 접견을 끝낸 뒤 돌궐 사신이 선물로 한혈마를 가져왔음을 말하자 연개소문은 선뜻 자리에서 내려가 말에게 다가갔다.

대막리지가 저 말에 오르기만 해도 절로 위엄이 넘칠 것이다! 사람들은 꿀꺽 침을 삼켰다.

연개소문은 싸울아비로서도 견줄 데 없이 뛰어난 사람이다. 선뜻 말에 올라 바람을 가르고 내달릴 것으로 생각했으나 대막리지는 한혈마를 쓰다듬어보았을 뿐 말에 오르지 않고 제자리로 돌아왔다.

"참으로 훌륭한 말이오. 그러나 나는 한혈마를 타지 않을 것이오."

사람들은 깜짝 놀랐다. 이렇듯 좋은 말을 타지 않겠다니, 대막리지도 사나운 한혈마의 위용에 기가 꺾였단 말인가? 대막리지 같은 싸울아비마저 탈 수 없는 말이라면 누가 감히 저 한혈마에 올라 박차를 가할 수 있다는 말인가? 그것도 아니라면 저처럼 훌륭한 말을 감히 자신이 탈 수가 없어서 태왕 천하께 모두 바치겠다는 것인가? 그러나 대막리지가 천하의 눈치나 살피는 사람은 아니지 않은가.

사람들은 부지런히 개소문의 속셈을 헤아려보고 있었으나 돌궐 사신 소하는 또 다른 짐작으로 지레 겁을 먹고 몸을 떨었다. 대막리지가 한혈마를 타지 않겠다는 것은 돌궐의 선물을 거절하겠다는 것이며 돌궐을 벗으로 생각하지 않겠다는 뜻이다. 먼 길을 오느라 수고가 많았다며 반갑게 맞아준 것도 겉치레였으며 태왕 천하께 잘 말씀드리겠다는 것도 입에 발린 소리였던 것이다.

그렇다면? 고구려가 반색을 하며 맞아줄 것으로 알고 일을 추진했던 소하는 낯을 들 수가 없게 된다. 그러나 그뿐이 아니다. 지금쯤이면 당나라에서도 설연타 사신이 무슨 목적으로 고구려에 갔는지 훤히 알고 있을 것이다. 설연타가 위험을 무릅쓰고 감행했던 친선외교에 실패했다는 것을 알면 설연타를 끈 떨어진 연 신세로 알고 모든 것에 더욱 강압적으로 나올 것이 분명했다. 가만 내버려두면 좋았을 것을, 잘못된 계산과 섣부른 행동으로 괜히 벌집을 쑤신 결과가 되어버렸다. 소하는 눈앞이 캄캄했다.

"우리 가한께서 대막리지 전하께 올리는 선물입니다. 한혈마를 얻기 위해 애쓴 수고를 생각해서라도 부디 거두어주십시오. 저희들은 한혈마와 함께 대막리지 전하의 종이 될지언정 살아 돌아가 우리 가한을 뵐 수가 없습니다."

소하가 엎드려 바닥에 머리를 찧었다. 곁에 있던 일행들도 모두 따라서 이마를 찧었다.

"이 무슨 짓이오?"

깜짝 놀란 대막리지가 자리에서 솟구쳐 오르더니 그대로 단 아래로 날아갔다.

"그만두시오. 다들 일어나시오."

대막리지가 사신 일행의 몸을 붙들어 일으키며 여기저기를 손끝으로 찍었다. 재빠른 손놀림에 피가 멎었으나 이마는 이미 깨졌고 대막리지의 소매에도 붉은 피가 묻었다.

"선물을 거절하는 것이 아니오. 그 먼 곳에서 오셨으니 비루먹은 망아지라도 고맙게 여기고 받을 것이오."

대막리지가 선 채로 목소리를 높였다.

"돌궐은 고구려의 다물국으로서 잘못한 일이 없었소. 오히려 돌궐이 오랑캐 당나라의 침략을 받았을 때 우리가 군사를 보내지 못해 스스로 의를 저버린 것이오. 오늘 돌궐이 옛일을 들추지 않고 이렇게 먼저 찾아왔으니 나는 도리어 몸 둘 바를 모르겠소이다. 나는 이 자리에서 고구려의 대막리지로서 다짐하거니와, 앞으로는 돌궐다물에 대하여 의를 저버리는 일이 없을 것이오."

"하오나 대막리지 전하께옵서 한혈마를 타지 않겠다는 뜻은……?"

그래도 믿기지 않는 듯, 소하는 미처 말을 맺지 못했다.

"내가 한혈마를 탈 수 없다는 것은 내가 이 나라의 대막리지이기 때문이오. 나뿐 아니라 군사를 거느리는 장수들은 그 누구도 한혈마를 타고 달려서는 안 될 것이오."

그렇다면 한혈마를 모두 태왕 천하께 바치겠다는 말인가? 대막리지가 신하로서 천하를 위함이 이러했다는 말인가? 사람들이 머리를 끄덕이는 사이 대막리지는 천천히 단 위로 올라가 자리에 앉았다.

"한혈마는 매우 빠르고 지치지도 않으니 전령마로서 제격이오. 곧바로 여러 성에 보내어 성 사이에 바쁜 소식을 전하는 군사들이 타고 달리게 하시오."

참으로 엉뚱한 소리였다. 전령들이 빨리 소식을 전하도록 하기 위해서 좋은 말을 뽑아 쓰는 것이 마땅한 일이나 한혈마까지 전령마로 쓰겠다는 것은 정말 모를 이야기였다.

"누구보다 건장한 대막리지 전하께서 타실 마땅한 말이 없음을 아쉬워하던 참입니다. 뿐만 아니라 날래고 사나운 싸울아비가 한혈마를 타고 싸움터에 나선다면 호랑이에 날개가 돋친 듯 용맹을 뽐낼 수 있을 것입니다."

"그렇습니다. 모든 물건에 알맞은 쓰임새가 있듯이 한혈마는 용맹한 장수를 태우고 싸움터를 달려야 비로소 그 값을 다

할 수 있는 것입니다."

사람들은 저마다 나서서 대막리지의 뜻을 바꾸려 했으나 개소문은 고개를 저었다.

"내가 다른 사람보다 몸이 무거우니 내가 타는 말 또한 크고 힘이 세서 무거운 나를 태우고 다른 사람들에게 뒤처지지 않고 달릴 수만 있으면 될 것이오. 다행히 내가 타는 말이 내 몸이 무거워 달리지 못했던 일은 없었소. 여러 장수들이 타고 있는 말들도 제대로 달리지 못하여 장수들을 난처하게 하지는 않을 것이오."

"전하, 장수들의 갑옷과 투구를 아름답게 꾸미는 것은 장수의 위엄을 보이기 위해서입니다. 저처럼 불을 뿜어내는 듯한 한혈마의 모습은 맞서 싸우는 적들의 기를 꺾어놓을 수 있습니다. 사람뿐만 아니라 적들의 말 또한 한혈마와 싸울 뜻을 잃게 되어 제 주인의 뜻대로 움직이지 못할 것입니다."

싸움터에 나선 싸울아비는 사납고 드레진 모습을 보여 적들의 기를 꺾어야 한다. 어찌 한혈마를 아름다운 갑옷 따위에 견주겠는가.

"내가 다른 사람보다 힘이 센 줄을 모르고 나만이 할 수 있는 일을 군사들에게 시킨다면 군사들은 힘이 센 나를 부러워하지 않고 원망할 것이오. 장수가 빠른 말을 타고 달리면 뒤따르지 못하는 군사들은 자기에게 힘없고 느린 말을 준 장수를 원망하게 될 뿐이오. 싸움터에서 장수가 너무 빠르게 달린다면 군사들은 뒤따라 달리는 데에만 온 힘을 쏟게 되어 적과 맞서 싸우지 못할 것이오. 용맹한 장수가 마음껏 치달리며 싸울 수 있어서 좋을 듯해도, 장수 한 사람의 용맹으로 모든 적을 쓸어버릴 수는 없는 것이오. 너무 빠르고 거친 말은 자칫 적진 깊숙이 홀로 들어가 장수를 다치게 할 것이며, 뒤따르는 군사들이 움직일 수 있는 속도를 잘못 헤아려 싸움을 큰 어려움에 빠뜨리고야 말 것이오."

대막리지가 여러 말로 타이르자 사람들은 하나둘 머리를 끄덕이기 시작했다. 그날로 연개소문은 한혈마를 여러 성에 나누어 보내 전령들이 타고 달리게 했다. 한혈마를 받은 성주들도 대막리지 연개소문의 뜻을 알아듣고 한혈마에 올라보지도 않고 곧바로 군사들에게 내주었다.

"이 말을 타고 성주의 명령이나 서찰을 전할 수 있다면 열 번 죽어도 후회하지 않겠다. 설혹 죽게 되어도 혼이라도 날아가 임무를 다하고야 말 것이다."

뜻하지 않게 천하의 명마를 차지하게 된 군사들은 바람을 가르고 달리며 대막리지와 성주의 은혜에 감격했다.

전운

이세민은 고구려에 사신으로 갔던 상리현장을 만나기 위해 조정의 벼슬아치들을 빠짐없이 불러모았다. 이제껏 한 번도 없었던 일이었다. 싸워 이기고 돌아오는 장수는 수천수만 군사를 늘어세우고 모든 벼슬아치들을 거느린 채 떠들썩하게 맞아주었지만, 한 나라에 보냈던 사신을 맞는 데 이처럼 떠들썩하게 구는 일은 생각할 수도 없었다.

"개소문이라는 자가 앞을 막고 훼방하여 태왕을 만나지도 못하고 왔다는 말이 아니냐?"

처음부터 상리현장이 고구려에 가서 만나려 했던 사람은 모든 권력을 한 손에 쥐고 있는 연개소문이었지 태왕은 아니었다. 이세민이 벌써 잊어서가 아니라 짐짓 딴청을 부리는 것이었다.

"좋다. 태왕을 죽이고 조정 벼슬아치들을 베어버린 극악무도한 자이니 태왕 앞에 나서서 이 당나라의 사신을 맞았다 하자."

애써 노여움을 참고 있다는 듯 또박또박 말을 이었다.

"그대는 그자에게 신라를 괴롭히지 말라는 짐의 뜻을 전하였느냐?"

"황상, 신은 틀림없이 그대로 전하였습니다. 그러나 그자는 그에 대해 아무런 대꾸도 하지 않았습니다."

아무런 대꾸도 하지 않았다? 그 말을 인정한다는 게 아닌가? 대답이 없다니 괘씸하지만 뜻을 이룬 셈이다. 그러나…….

"그자는 우리 당나라가 아직 태왕으로부터 천명을 받지 않았으니 비적의 무리일 뿐이라고 하였습니다. 황상에 대해서도 태왕으로부터 서토를 다스리라는 천명을 받지 않았으니 황제라는 명칭을 써서는 안 된다고 하였습니다."

무엇이? 미처 생각지도 못했던 일이다. 당나라에 대해 다물 운운하리라고는 꿈에도 생각지 못했다. 이제는 고구려가 서토의 주인이 된 당나라의 눈치를 살펴야 옳지 않은가.

"이런 쳐죽일 놈! 감히 뉘 앞에서 미친개처럼 짖느냐?"

성질 급한 이세적이 뛰쳐나가며 상리현장의 옆구리를 걷어찼다. 억센 발길질에 걷어차인 상리현장이 숨이 끊어지는 소리를 내며 나뒹굴었다. 상리현장을 밟아 죽이려는 이세적에게 이세민의 불호령이 내렸다.

"야, 이 미친놈아! 썩 비켜나지 못하겠느냐?"

호통에 놀라 제자리로 물러났으나 이세적은 자신이 무엇을 잘못했는지 몰랐다. 딴에는 충성하느라고 그런 것인데…… 뜻밖의 꾸지람에 재롱둥이 이세적은 놀라 정신을 잃은 것처럼 눈을 감고 스르르 주저앉아버렸다.

이도종이 몇 번 주무르자 정신을 차린 상리현장은 다시 이세민을 보고 엎드렸다.

"개소문의 횡포는 그뿐이 아니었습니다. 그자는 현무문의 일을 들먹이며 입에 담지 못할 욕설까지 퍼부었습니다. 제왕의 죽음에 대해서도 조선의 위엄에 고개를 숙일 줄 아는 어진 사람을 죽였으니 반드시 황상을 응징하겠다고 하였습니다."

이세민이 바라는 것은 고구려 도전에 대한 명분이었으므로 상리현장은 목청껏 큰 소리로 떠들었다.

"또한 문성공주와 신흥공주까지 입에 올리며 욕을 했습니다. 사나이가 당당하게 군사를 일으키지 못하고 비굴하게 제 딸들까지 들짐승들의 먹이로 던져주느냐고 비웃었습니다. 비적의 무리인 주제에 감히 조선에 대해 흉측한 생각을 품었다가는 하늘의 응징을 받을 거라고, 서토의 백성들이 즐겨 부르는 〈사망가〉의 노랫말대로 죽어도 묻힐 곳이 없을 것이라고 악담을 퍼부었습니다."

이세민의 생쥐 눈깔이 하얗게 뒤집혔다. 볼품없이 꼬부라진 코가 씩씩거리며 뜨거운 김을 내뿜었다. 뾰족하게 튀어나온 주둥이로 으드득으드득 이를 갈아붙였다. 벌떡 일어서서 온

몸을 부들부들 떨고 있는 이세민의 흉악한 몰골에 얼어붙은 사람들은 공포에 떨었다. 멍청하게 그런 말까지 그대로 전하는 상리현장의 목숨이야 당장에 박살나겠지만 그 불똥이 어디까지 튈지 모르기 때문이었다.

한참이 지나서야 이세민은 스스로 진정하고 자리에 앉았다. 씨근벌떡 거친 숨을 뿜어대던 그의 입에서는 뜻밖에도 엉뚱한 소리가 흘러나왔다.

"그렇다. 내가 비록 서토의 주인이 되었지만 아직 태왕으로부터 봉작을 받지 못했으니 비적의 무리라는 말을 들어도 할 말이 없게 되었다. 조정 대신들은 들어라. 우리는 모두 태왕 천하께 서토를 어지럽힌 반역의 죄를 지었으니, 평양에 가서 꿇어엎드려 죄를 빌어야 한다. 고구려의 다물이 되어 봉작을 받아야 한다."

모두들 어이가 없어 말을 못하는데 이세민은 상리현장에게도 명령을 내렸다.

"우리는 비적의 무리가 아니다. 그대는 다시 개소문한테 가서 내가 몸소 태왕 앞에 엎드려 죄를 빌겠다고 전해라."

"황상, 잠깐만 고정하시고 제 말씀을 들어주십시오. 황상의 명령을 받은 사신으로서 저 같은 업신여김에도 땅에 머리를 짓찧어 죽지 못하고 돌아온 것은, 군사를 보내 저들의 죄를 벌하고 황상의 진정한 위엄을 알게 하려 했기 때문이지, 이 한목숨이 아까워서가 아니었습니다. 이제 저들의 흉계를 모두 말씀드렸으니 황상의 위엄을 땅에 떨어뜨린 죄, 죽음으로써 용서를 빌겠습니다."

말을 마친 뒤 그대로 바닥에 머리를 두어 번 짓찧다가 쓰러지고 말았다. 충성스러운 신하를 잘 보살피라는 이세민의 명령에 옆에서 호위장수들이 달려들어 까무러친 상리현장을 떠메고 나갔다.

이세민도 더는 말장난할 생각이 없었다.

"종이호랑이에 지나지 않는 고구려가 감히 서토의 주인인 우리 당나라를 발가락의 때처럼 업신여기고 있다. 이놈들에게 우리를 함부로 여기고 깔본 죗값을 톡톡히 받아낼 것이다."

이세민은 그 자리에서 온 나라에 싸움 준비 명령을 내렸다.

"내가 몸소 군사를 이끌고 고구려를 응징할 것이다. 지금부터 군사를 모으고 군량이나 병장기를 준비함에 있어서 조금도 허술함이 없게 하라."

연개소문을 눈앞에 두고 악을 쓰듯 큰 소리로 명령을 내린 이세민은 발소리를 쿵쿵 울리며 조정에서 나가버렸다.

다음 날 이세민은 조정에 들어서자마자 무서운 얼굴로 부하들을 노려보았다. 모두들 바로 쳐다보지 못하고 고개를 숙이자 이세민은 또박또박 말했다.

"고구려가 버티고 있는 한 우리는 두고두고 업신여김을 받게 된다. 더구나 짐이 싸움터를 달리며 황제의 위용을 보이는 것은 고구려를 치는 것으로 마지막이다. 온 누리 어디에도 짐이 몸소 나서야 할 싸움터는 없기 때문이다."

겁 없이 고구려에 도전했다가는 오히려 당나라가 엄청난 대가를 치르게 될 것이다! 하지만 이세민의 저 쳐죽일 듯한 서슬에 간이 오그라진 부하들은 한 마디도 입 밖에 내지 못했다.

고구려와의 싸움은 역사에 길이 남을 화려한 싸움이어야 한다! 입으로는 종이호랑이라고 떠들었으나 고구려 도전을 위해 이세민은 어느 때보다도 더 치밀한 계획을 세우고 착착 준비를 시켰다.

"먼저 군사를 동원하는 것부터 역사 이래 으뜸이어야 한다. 양광이 수로군 15만에 113만을 동원하였으나 나는 수로군 20만에 130만을 손수 지휘할 것이다. 모두 150만의 대군은 길이 역사에 기록되어 만대에 전해질 것이다."

서토 곳곳에서 군사와 군량이 모이고 있다는 보고가 날아들었다. 하지만 날이 가면서 속속 제정신을 차린 벼슬아치들이 고구려 도전을 반대하고 나섰다. 연개소문이 난을 일으켜 혼란스러웠을 때와는 다르다는 것이다. 당나라를 비적의 무리일 뿐이라고 비웃은 것은 언제라도 당나라와 싸울 준비가 되어 있다는 뜻이다. 더구나 하늘의 혜성까지 내려와 당나라 군사들의 무리죽음을 경고했으며 백성들은 〈주검의 노래〉를 부르고 있지 않은가.

그러나 고구려에서 반란이 일어날 것을 미리 짐작하고 고구려 도전의 꿈을 키웠던 이세민이 아니다.

"나는 잘 알고 있다. 근본을 버리고 그 말단 가지를 취하는 것, 높은 것을 버리고 낮은 것을 취하는 것, 가까운 것을 버리고 먼 것을 취하는 것, 이 세 가지는 상서롭지 않으므로 고구려를 치는 것이다. 게다가 개소문이 태왕을 죽이고 죄 없는 사람들을 마구 죽이니 나라 사람들이 모두 목을 늘이고 간절히 구원을 바라고 있다. 어찌 이를 돌보고 살피지 않겠느냐?"

이세민은 부하들을 달래고 백성들을 얼러가며 싸움 준비에 부산을 떨었다.

호수에 비치는 저녁놀은 더욱 아름답다. 동정호(호남성 악양)에 서늘한 바람이 일어난다. 아이들이 떠들며 뛰어다니고 호수를 바라보던 사람들은 술 생각이 슬슬 일어나는 때다.

아까부터 호숫가 바위에 앉아 나지막이 노래를 부르는 사람이 있었다. 병이 비었는가? 호로병을 쓰다듬으며 쉰 목소리로 노래를 부르는 사람은 한눈에도 환갑이 훨씬 넘은 늙은이였다. 짚으로 되는대로 묶은 허연 머리에 낡아빠진 베옷을 걸쳤다.

밤에는 눈비 내리더니 날 밝으니 찬바람 부네.
죄지어 죽은 몸은 묻힐 곳도 없어
흩어진 해골들만 풀숲에 나뒹구네.
서글픈 내 혼백은 언제나 스러질까.
텅 빈 해골에는 빗물만 고이고
바람이 불면 서러운 흐느낌이 절로 일어나네.
고향에는 늙은 부모 어린 자식,
밭은 어이 갈고 김은 누가 매나.
걱정은 끝이 없고 고향은 꿈속에서도 만 리인데
또 낯선 해골이 굴러와 고향을 묻네.

늙은이의 목쉰 노랫소리는 처량하고 구슬펐다. 〈주검의 노래〉를 부르는 자에게는 현상금이 걸려 있지만 신고해서 상금을 타려는 사람은 없었다.

차츰 크게 일어나던 노랫소리가 갑작스러운 비명으로 바뀌었다. 늙은이의 목 뒤에 화살이 꽂힌 것이다. 어디서 날아온 화살인지 모른다. 늙은이는 피를 토하며 쓰러졌고 함께 노래 부르던 사람들은 놀라 흩어졌다. 호수에 떨어진 호로병만 바람결에 동동 떠밀려갔다.

전쟁 준비가 마무리되어가던 어느 날, 이세민은 꼭지까지 성이 치밀었다. 이정과 저수량, 방현령 등 늙은 부하들이 끈질기게 말리고 나섰기 때문이다.

"사람이 늙으면 노망을 부린다더니 틀린 말이 아니었다. 고구려보다 더 넓은 땅에서 훨씬 많은 백성을 거느리고도 언제까지 저들의 업신여김을 받으며 살겠다는 것이냐?"

부하들이 말리면 말릴수록 이세민은 전의를 불태웠다.

늙은이들이 세상을 볼 줄 안다고? 흥, 같잖은 소리! 두고 보아라! 젊은 장수들만으로도 얼마든지 싸워 이길 것이다!

마침내 싸움 준비가 끝났다. 이세민이 대흥성을 나서자 뜻밖에도 병부상서 이정 등 늙은 부하들까지 모두 갑옷을 떨쳐입고 기다리고 서 있었다. 어제까지만 해도 고구려와 싸워서는 안 된다며 말리던 자들이다.

"황상, 저희도 함께 나가 싸우겠습니다."

흐뭇해진 얼굴로 고개를 끄덕이던 이세민이었으나 대뜸 비꼬는 소리가 먼저 나왔다.

"그대들은 악착같이 싸움을 말리지 않았소? 겁쟁이 장수들이 무슨 바람이 불어 간덩이가 커졌소? 얼마나 간덩이가 부었기에 감히 조선나라 고구려와 싸우겠다는 것이오?"

"싸움을 말린 것도 나라를 위한 걱정에서였고 이렇게 따라나서는 것도 나라를 위한 걱정에서입니다. 고구려는 누구도 맞서지 못했던 조선나라입니다. 온 군사들이 똘똘 뭉쳐 힘을 합치고 지혜를 모아야 합니다. 서운한 마음을 푸시고 저희도 함께 데려가십시오."

이정이 충정 어린 소리로 말했으나 이세민의 입에서는 여전히 비꼬는 소리가 나왔다.

"그대들이 저승보다 무서운 고구려에 가겠다는 것은 싸움터까지 따라가서 사사건건 훼방을 놓겠다는 것이 아니오? 그렇게 걱정이 되거든 갑옷을 입고 나온 김에 장안이나 잘 지키시오."

"황상, 젊음과 패기만으로 전쟁을 할 수는 없습니다. 경험이 많은 늙은 장수들은 싸움에 지지 않습니다. 더구나 고구려군은 하늘 아래 둘도 없는 강적입니다. 고구려 개마대는 저승사자도 멀리 피해 다닌다고 하였습니다."

저수량이 나서서 좋은 말로 달랬으나 오히려 이세민의 비위를 긁는 꼴이 되었다.

"또 그 소리! 고구려와 싸우기 위해 떠나는 이 마당에까지 그따위 소리를 들먹이다니, 벌써 노망한 게 아니오? 싸움터에서 필요한 것은 그대들 같은 늙은 겁쟁이가 아니라 젊고 용맹한 장수들이오."

이세민은 어려서부터 전쟁터에서 자랐다. 전쟁을 말려온 늙은 부하들한테 보란 듯이 승리해 보일 자신이 있었다. 무엇보다 뼛속 깊이 고구려 공포증에 시달리는 늙은이들을 전쟁터로 데려갈 수는 없는 일이었다. 전쟁이란 일승일패가 있게 마련이고 하루아침에 끝날 일도 아니다. 몇 달을 두고 지루한 공방전을 치를지도 모르는데, 천하의 주인이라는 고구려가 무서워 고개도 못 드는 늙은이들이 어떤 짓을 저지를지 불 보듯 뻔한 일이다. 몇 번만 싸움에 밀려도 더럭 겁을 먹은 늙은이들은 감히 조선나라 고구려에 도전하는 것이 아니었다며 퇴군을 주장할 것이고, 〈조선가〉와 〈주검의 노래〉를 불러온 군사들의 사기는 하루아침에 땅에 떨어질 것이다. 생각만으로도 등골이 오싹하게 소름 끼치는 일이다.

누가 너희 같은 섶을 지고 불길에 뛰어든다더냐! 이세민이 찬바람을 일으키며 달려가자 한뉘를 전쟁터에서 보낸 노장들은 하나같이 뒤에 남아서 그저 혀나 끌끌 차는 수밖에 없었다.

반대하는 자들은 모두 떼어놓았지만 이세민은 울지경덕만은 데리고 전쟁터로 나갔다. 개마대를 이끄는 데 그만한 장수가 없었기 때문이다.

울지경덕은 이세민이 당나라를 건국하면서 다른 반란군들을 쳐부수러 다닐 때 '검은 바람'으로 이름이 드높았던 현갑군을 가장 잘 이끌었던 장수다. 정교금과 적장손 등도 제법 쓸 만한 개마대 장수였지만 울지경덕한테는 견주어볼 수도 없었다.

또 이세민이 고구려로 떠나면서 크게 믿은 장수로는 이도종과 이세적이 있었다. 이세적은 본디 이세민의 부하가 아니었고 성씨도 이씨가 아닌 서씨였다.

서세적은 조주 이호(산동 하택)의 한 부잣집에서 태어났는데, 어려서부터 성질이 포악하고 못된 짓만 골라서 했다. 그러나 앞뒤를 가리지 못하고 눈먼 짐승처럼 제 새끼만 싸고도는 부잣집의 외동아들인지라 버릇을 가르칠 사람이 없었다. 이 애물단지는 못된 버릇만 자꾸 자라나서 열두 살 때는 사람까지 죽이게 되었다.

흡사 미친개 같은 서세적은 힘세고 몸이 날랬다. 열대여섯 살 때부터는 제집의 종뿐 아니라 바깥으로 무리를 모아 떼지어 돌아다니며 벌건 대낮에도 거침없이 사람을 죽였다. 성질을 종잡을 수 없었던 서세적은 양광이 고구려에 도전하러 갈 때는 죽는 것이 겁나서 싸움터에 나가지 않았다. 그러나 양광이 두 번씩이나 쫓겨오자 간덩이가 부어서 이밀과 적양이 일으킨 반란군인 와강군에 나갔는데, 이밀 등이 이세민에게 항복하는 바람에 저절로 이세민의 부하가 되었다.

'미꾸라짓국 먹고 용트림한다'는 옛말도 있지만, 서세적이 바로 '도랑물 마시고 바다 소리를 한다'는 속담에 딱 맞는 놈이었다. 본디 제대로 배운 것이 없었던 서세적은 군사를 이끌고 싸우는 재주가 모자랐으므로 따르는 부하도 100명에 지나지 않았다. 그래도 뜻만은 턱없이 컸으므로, 언젠가는 대장군이 되어 수만 군사를 이끌게 될 거라고 큰소리를 치곤 했는데 아무도 믿는 사람이 없었다.

"제 귀싸대기를 때려서라도 빰을 붓게 만들어 뚱뚱한 사람인 척한다는 말도 모르는가? 대장군이 되지 못하면 스스로 내 목에 칼을 찌르고 죽어버리겠다."

그 뒤로는 싸움을 잘하는 것이 대장군이라면 산속의 호랑이가 대장군이겠다는 비웃는 소리만 듣게 되었고, '귀싸대기 대장군'으로 불리더니 나중에는 '귀싸대기'라는 별명만 남았다.

서세적을 귀싸대기라고 부르는 사람 가운데 위연문이라는 자가 있었다. 서세적과 한 고장 사람으로, 어려서부터 동무로 지내다가 함께 이세민의 부하가 되었다. 머리가 좋은 데다 병서를 많이 읽었으므로 싸움마다 많은 공을 세워 벌써부터 2천 군사를 거느리는 장수였다.

서세적은 칼을 휘두르거나 주먹질에는 한주먹 거리도 안 되는 위연문이 저보다 높은 장수가 되어 있는 것에 불만을 품고 있었다. 그러나 위연문은 그런 줄도 모르고 한 고향 동무랍시고 서세적을 놀리기도 하며 가깝게 여겼다.

어느 날 밤, 서세적이 제 막사에다 술상을 차려놓고 위연문을 불렀다.

"갑자기 잔치라니, 무슨 즐거운 일이라도 있는가?"

"내일 아침이면 진왕께서 이 몸을 그대와 같은 장군으로 올려줄 것이기에 미리 축하를 하려고 그대를 부른 것이네."

"요새는 싸움도 없었는데 어디서 무슨 공을 세웠단 말인가?"

"싸움터에서 세운 공으로 따진다면 나는 진작 대장군이 되고도 남았겠지. 나도 그대처럼 머리를 써서 대장군이 되려는 것이네."

"머리를 쓰다니? 그대는 제 귀싸대기를 때려서 뺨을 붓게 만들겠다고 하지 않았나?"

"말이 그렇지, 어떤 멍청한 놈이 제 귀싸대기를 치겠나? 나는 그저 그대의 잘난 머리를 빌리기만 하면 되는걸."

위연문은 이 귀싸대기가 머리 좋은 사람을 알아보는구나 하는 생각에 기쁘기만 했다.

"앞으로는 나한테 계책을 묻겠단 말인가?"

"흥! 그런 것도 대가리라고 달고 다니느냐?"

서세적이 코웃음을 치며 칼을 빼들었다. 그제야 사태를 알아차린 위연문이 깜짝 놀라 달아나려고 했으나 일어서기도 전에 목에서 피를 쏟으며 쓰러졌다. 서세적은 위연문의 목을 잘라낸 뒤에도 나뒹구는 몸에다 몇 번 더 칼질을 한 뒤에 위연문의 칼을 빼 피못에다 던졌다. 제 옷에도 칼집을 내 너펄거리며 위연문의 목을 들고 이세민을 찾아갔다.

아닌 밤중에 찾아와, 반란을 꼬드기는 놈을 죽였다며 시끄럽게 떠드는 서세적을 보고 이세민은 놈이 거짓으로 꾸민 것임을 한눈에 알아챘다. 그러나 이를 나무라기는커녕 이튿날로 서세적을 장군으로 올려주고 위연문이 이끌던 군사를 모두 거느리게 했다.

다음부터는 싸우기 전에 미리 이세민을 찾아가 계책을 묻고 이세민이 시키는 대로 싸웠다. 서세적은 싸울 때마다 큰 공을 세웠다. 차츰 저절로 군사를 부릴 줄 알게 되었으므로 바라던 대로 우무후대장군 벼슬까지 하게 되었다.

서세적은 싸움터에 서면 아무도 맞서지 못할 만큼 무서운 장수였으나 이세민 앞에서는 전혀 딴사람이 되었다. 언제라도 입안의 혀처럼 살살거렸고 한 마디 칭찬이나 꾸중에도 호들갑을 떨며 죽는시늉을 했다.

이세민한테 이씨 성을 받던 날에는 너무도 좋아서 몸 둘 바를 모르고 허둥거리다가 아예 까무러쳐버렸다. 이세민이 못 본 척 내버려두었는데, 한참 있다가 보니 부하들이 코를 싸쥐며 물러나는 게 아닌가. 저절로 깨어나기가 멋쩍었던지 그대로 누워서 오줌을 지린 것이다.

"저 냄새나는 물건을 내다 버리지 않고 무엇하느냐?"

이세적은 군사들이 달려들어 떠메고 바깥으로 나가서야 정신이 든 모양이었다. 벌벌 기어 들어와 고맙다며 이마가 터지도록 머리를 짓찧었다.

"송장이 살아나니 썩는 냄새가 나서 못 살겠다. 썩 내다가 파묻어버려라. 다시는 살아나오지 못하게 땅을 깊이 파고 꽉꽉 묻어라!"

이세민의 호통에 다시 쫓겨난 이세적은 냄새나는 옷 때문에 그대로 집으로 돌아가서 편히 쉬었다. 이렇듯 이세적은 어느 누구도 따를 수 없을 만큼 아첨에 이골이 났으며, 제 몸을 위해서라면 못하는 짓이 없었다.

12월, 군사를 이끌고 가던 이세민은 낙양에서 하릴없이 꾸물거리며 정원숙이 의주(호북성 의창)에서 달려오기를 기다렸다. 정원숙은 지난날 의주자사를 지냈으며 무엇보다 양광이 고구려에 쳐들어갈 때 따라간 자였다. 이세민은 정원숙의 지략이 높음을 알고 있었기 때문에 장안을 나선 뒤 부랴부랴 불러낸 것이다.

정원숙은 처음부터 듣기 싫은 소리만 입에 올렸다.

"황상께서 군사를 일으킨 뒤, 서토의 백성들은 모두 혜성이 나타나 가르친 〈주검의 노래〉를 부르며 두려움에 몸을 떨고 있습니다."

"황당무계한 소리를 지껄이면 사형에 처한다고 했다. 돌부리에 걸려 코가 깨지면 돌을 치우는 대신 엎드려 비는 것이 바로 어리석은 백성들이다."

"수 문제는 조선의 무서움을 알았기에 나라를 보존했으나, 양제는 끝내 뉘우치지 못했기에 나라는커녕 제 무덤마저 보존하지 못했습니다. 황상께서도 고구려 군사의 무서움을 모르지 않을 것입니다."

"흥, 한밤중에는 나무토막도 귀신이 되고 빗자루도 도깨비가 되어 설치지만 아침이 되면 귀신들의 세상은 끝나고 만다. 어둠이 걷히고 나면 헛것들은 모두 사라지기 마련이다. 나는 고구려를 쳐서 조선의 무서움이 한낱 거짓에 불과하다는 것을 보여주겠다."

"황상, 수나라는 갖은 수를 다해 조선나라 고구려에 도전했으나 끝내 나라가 망하고 말았습니다. 차라리 진시황의 지혜를 배우십시오. 진시황은 한 손으로 서토를 통일하였으나, 조선에는 감히 창끝을 디밀 엄두도 내지 못했습니다. 안간힘을 다해 장성을 쌓아 조선과 서토의 경계를 그었을 뿐입니다."

"바보 같은 소리는 하지 마라. 조선은 이제 속 빈 강정이다. 벌써 수십 년 동안 고구려는 우리 당나라의 비위를 거스르지 못하고 고분고분 굽실거리기만 해왔다."

정원숙이 다시 말대꾸를 하려 했으나 이세민은 손을 들어 막았다.

"내가 그대를 부른 것은 많은 사람들이 그대의 지략을 높이 평가했기 때문이다. 고구려를 치는 계책에 대해서만 이야기하라."

"이롭지 못하면 물러가는 것보다 더 좋은 계책은 없습니다. 비옷이 제아무리 크고 좋다고 해도 들판에 내리는 비를 다 막지는 못합니다. 작은 계책을 믿고 나섰다가는 큰 낭패를 당하기 쉽습니다."

"그대의 말 한마디에 물러설 내가 아니다. 나는 황제의 아들로 태어나 아비의 뒤를 이어 황제가 된 사람이 아니다. 당나라의 영토가 해마다 저절로 넓어진 것으로 아느냐? 그대가 나를 말리기 위하여 저들을 칭찬하지만 작은 촛불을 가지고 횃불 앞에서 자랑하는 것이나 마찬가지다. 밝은 달빛도 해가 뜨면 그 빛을 잃고 마는 법이다. 서로를 견주어가며 칭찬해야 할 것이다."

"그렇습니다. 서로를 맞대어보지 않으면 크고 작음을 알 수가 없습니다."

"그대의 말뜻은 내가, 이 당나라가 저들을 이기지 못한다는 것이냐?"

"그렇습니다."

"무엇을 근거로? 그 말에 목을 걸 수 있느냐?"

이세민의 말소리가 갑자기 낮아지고 작은 눈이 날카롭게 빛났다. 그러나 때가 언제든 한 번은 죽을 수밖에 없는 것이 사람의 목숨이다. 당장 이 자리에서 목이 떨어지더라도 제 한 목숨을 구하여 수많은 군사를 죽이게 할 수는 없는 일이며, 또한 왕을 섬기는 사람의 올바른 마음가짐도 아니다. 정원숙은 그 자리에서 죽을 각오를 했다.

"한마디라도 실언이 있다면 제 목을 자르십시오."

"말하라!"

이세민의 갈라진 목소리가 비수처럼 날아갔다.

"저들은 까마득히 먼 옛날부터 스스로를 하늘백성이라고 일컬어왔습니다. 우리에게 하늘에 제사 지내는 것을 가르친 것도 저들이었습니다."

"그따위 케케묵은 소리는 더 이상 지껄이지 마라. 옛날은 옛날이고 지금은 지금이다. 꿈속의 일 말고 오늘의 일을 말하라."

"좋습니다, 황상. 그러면 황상께서도 아시는 것만 말하겠습니다. 우리 서토 백성의 조상들이 땅에서 살아온 땅의 민족이라 한다면 동이족은 산에서 살아온 산의 민족이라 할 수 있습니다."

"그래서?"

"사람은 살아가면서 제가 사는 산의 생김을 닮고 물길의 흐름을 배우기 마련입니다. 땅에서 살아온 사람들에게는 땅의 유순함이 배어들어 느긋하고 치밀한 계산을 하게 됩니다. 산에서 살아온 사람들은 산의 성질을 닮아 성질이 급하고 머리로 생각하기보다는 가슴으로 느끼고 행동하게 되는 것입니다."
"치밀하게 계산하며 느긋하게 사는 사람들이 성질이 급하고 가슴으로 느끼는 대로 사는 사람들보다 못하다는 것은 말이 되지 않는다. 그대는 황제를 놀리고 있음을 아느냐?"
이세민이 비웃으며 날카로운 발톱을 내보였다. 그러나 정원숙에게는 이미 굽실거릴 생각이 눈곱만치도 없었다.
"너른 들판에 물이 드는 것은 오랜 장마에 시위가 났거나, 물이 빠질 수 있는 내나 가람이 없으므로 땅에 미처 스며들지 못한 물이 조금씩 불어나기 때문입니다. 하루이틀 내리는 비로 들판이 온통 잠기지도 않지만 물이 빠지는 것도 사나흘에 이루어지지 않습니다. 너른 들에 사는 사람은 장맛비가 내리면 먹고 잘 것을 마련하여 높은 곳에 올라가 며칠이고 물이 빠지기를 기다리며 물이 빠진 다음에 해야 할 일을 곰곰이 생각해야 합니다. 조바심으로 바쁘게 굴어서는 되는 일이 없습니다. 그러나 높은 산에서는 맑은 날씨에도 갑자기 구름이 모이고 구름이 모이는가 싶으면 큰비가 되어 내립니다. 며칠이 아니라 반 시각만 소나기가 내려도 산사태가 일어나고 나무가 뿌리째 뽑히며 커다란 바위가 눈 깜짝할 사이에 그 자리를 옮겨버립니다. 그렇게 많은 비가 내려 세상이 온통 끝나는가 싶다가도 비가 그치고 나면 언제 그랬더냐 싶게 계곡물은 졸졸 소리를 내며 예전 모습으로 돌아갑니다. 그러므로 산에 사는 사람은 한순간에 모든 판단을 하여 쏜살같이 움직이지 않으면 그 목숨이 위험합니다. 눈앞에서 물이 엄청나게 불어나는데 곰곰이 생각하고 느긋하게 움직일 겨를이 없습니다. 수천 년을 살아왔으니 절로 그 핏속에 들에 사는 사람과 산에 사는 사람의 특징으로 굳어져 나타나게 되는 것입니다."

저도 모르게 머리를 끄덕이며 듣던 이세민이 다시 정원숙을 노려보았다.

"내가 몸소 150만 대군을 이끌고 나섰다. 그대는 쓸데없이 걱정하지 말고 물러가거라."

"군사가 많다는 것은 황상 혼자만의 계산입니다. 〈사망가〉와 〈주검의 노래〉를 부르며 몸을 떨고, 〈조선가〉를 부르며 목숨을 보존하려는 군사들은 아무리 많아도 허수아비에 지나지 않습니다."

끝내 한 번 더 지껄이고서야 정원숙은 밖으로 나갔다.

하마터면 큰일 날 뻔했다! 이세민은 문득 놀란 가슴을 쓸어내렸다. 그럴듯한 명분이나 많은 군사만으로는 안 된다. 아무리 단속을 해도 군사들이 몰래 〈사망가〉나 〈조선가〉를 부르지 않는다고 장담할 수 없는 일이다. 군사들도 고구려에 들어갔을 때마다 얻은 것도 없이 애꿎은 목숨만 잃어버리고 정신없이 쫓겨온 것을 잘 알고 있다. 고구려를 무서워하는 군사들에게 이번에는 반드시 이길 수 있다는 믿음을 심어주지 않으면 안 된다.

군사를 이끌고 장안을 떠난 지 이미 오래였으나 이세민은 늦게나마 다시 한 번 손수 거짓글을 지었다.

고구려의 개소문은 태왕을 죽였고 백성을 학대하여 이대로 보고만 있을 수 없게 되었다. 지난날 수나라 문제와 양제는 어리석고 포악하여 백성을 난폭하게 다루었고 고구려 태왕은 어질고 백성을 사랑했다. 따라서 어지러운 무리가 평온한 무리를 친 까닭에 성공하지 못했다.

이제 우리에게는 적을 이길 수 있는 다섯 가지 이유가 있다.

첫째, 많은 군사로 적은 적을 치는 것이다.

둘째, 순리로서 역리를 정벌하는 것이다.

셋째, 다스려진 것으로서 어지러운 것을 치는 것이다.

넷째, 적이 안일하고 피로할 때 치는 것이다.

다섯째, 원망하는 것에 기쁨으로 이기게 하는 것이다.

반드시 이길 수 있는 이유가 분명한데 어찌 이기지 못할 것을 근심하랴. 이에 널리 알리는 것이니 의심하지 말라.

이런저런 소리를 이리저리 늘어놓으며 반드시 이길 것이니 믿으라는 것이었다. 그러나 어느 때보다도 군사가 많다는 것을 빼고는 저 자신마저 믿지 못할 헛소리였다.

"이것을 내다 걸어라. 나라 곳곳에 거리마다 내걸어 백성들이 알게 하라. 또한 이 글을 달달 외우지 못하는 군사들은 체형으로 엄히 다스려라."

그날로 군사들이 행군을 멈추고 때 아닌 글을 외느라 법석을 떨어대니 여름밤 연못가에 악머구리가 끓듯이 시끄러웠다. 군사들뿐 아니라 관원들까지 하던 일을 내던지고 이세민의 거짓글을 베껴서 거리마다 내거느라고 정신없이 돌아쳤다

"여동군의 병장기를 모아 유성으로 보내야겠소."

설을 맞아 대막리지한테 새해인사를 왔다가 너무도 뜻밖의 소리를 듣고서 선도해는 자신의 귀를 의심하지 않을 수가 없었다.

"유성으로 병장기를 보내다니, 오랑캐들한테서 빼앗아둔 병장기를 말하는 것이오?"

"아니오. 오랑캐들의 병장기는 우리에게도 쓸모가 많소. 내가 유성으로 보내라는 것은 우리 고구려군의 병장기를 말하는 것이오. 유성에는 겨우 5천여 군사가 숙군성에 머물며 도둑떼나 지키고 있을 뿐이오. 아무리 뛰어난 군사라 하더라도 오랑캐들이나 쓰는 장난감 같은 병장기로는 용맹을 떨치기가 어렵소."

"대막리지, 우리 병장기가 함부로 구려하를 넘으면 안 된다

는 것을 잊으셨소? 더구나 유성은 외로운 섬과 같은 곳, 언제 저들의 손에 넘어갈지 모르오."

여느 때의 선도해답지 않게 연개소문의 뜻을 따르지 않았다. 유성을 지키는 군사들한테만 병장기를 주는 것이 아니라 장마당에도 내보내 판매까지 하겠다는 소리에 선도해는 놀라 기절할 뻔했다. 대막리지한테 자세한 설명을 들었어도 의심스럽기만 했다.

"뜻대로 유성을 지키지 못하고 우리의 병장기만 넘겨준 꼴이 된다면 엄청난 결과를 초래할 것이오."

"이세민은 제법 머리를 쓸 줄 아는 데다 우리 조선에 도전할 만큼 간이 크고 뽐내기 좋아하는 사람이오. 아무리 탐이 나도 우리 병장기를 노략질하는 일은 없을 것이오."

선도해는 한나절을 이야기한 뒤에야 연개소문의 의견에 수긍했다.

보름 뒤 선도해는 평양에 있는 장사치들을 데리고 여동으로 떠났다.

유성에 널린 고구려 병장기

2978년(645) 3월, 모든 것이 얼어붙고 찬바람만 휩쓸어가던 북쪽 하늘에도 봄이 왔다. 푸른 하늘은 밝은 햇살로 가득하고 꽁꽁 얼었던 땅에도 얼음이 녹아 흐르고 파릇파릇한 새싹이 머리를 들고 쑥쑥 봄기운을 들여마시기 시작했다. 날씨가 따뜻해서 군사들이 걷거나 잠자기에도 좋았으며, 들은 말먹이 풀로 가득 찼다.

이세민은 130만 대군을 이끌고 조금씩 북쪽으로 올라가는 봄볕을 따라 천천히 북쪽으로 수레를 몰았다. 장량의 20만 수로군에게는 비사성을 치고 다음 명령을 기다리게 했다.

패수를 건넌 이세민이 갑작스럽게 이도종과 이세적에게 군사를 이끌고 앞장서 가라는 명령을 내렸다. 수레에서 내려 말을 탄 이세민은 기마군사 10만을 거느리고 유성으로 길을 잡았다. 유성은 서북쪽에 있으니 400여 리의 길을 거꾸로 달리는 것이다.

바람같이 달려가던 이세민은 고개를 갸웃거렸다. 유성이 가까워지자 패수에는 작은 배들이 수없이 많이 떠 있었다. 그물을 걷어올리는가 하면 쪽배에 앉아 낚시를 드리운 채 무심히 강물을 내려다보는 자들도 있었다. 더욱이 수레를 몰고 마주 오는 장사치들도 이세민의 군사를 무서워하는 눈치가 보이지 않았다. 군사들에게 부딪치지 않게 한쪽으로 길을 비켜줄 뿐 멀리 달아나지 않는 것이다.

한 장사치 무리가 멀찌감치 비켜섰는데 수레가 열댓 개나 보였다. 멈춰선 이세민이 그 장사치들을 불러오도록 했다. 그 자들은 먼 남쪽 지방에서 온 듯했다. 살빛이 검고 콧날이 뚜렷했다. 거친 군사들한테 끌려왔어도 두려운 기색이 없었다. 움푹 들어간 큰 눈도 단지 순하게만 보였을 뿐 겁먹은 얼굴이 아니었다.

"네놈들은 누구냐?"

"저희는 파사(페르시아, 이란)에서 온 장사치입니다. 향료와 물소뿔 따위를 가져다 팔고 비단과 쇠붙이들을 사가는 중입니다."

뜻밖에 그들은 고구려말로, 묻지 않은 것까지 미리 시원스레 털어놓았다.

"우리를 보고도 놀라지 않다니, 간덩이가 부었구나. 네놈들이 함부로 이곳에 드나들고도 살아남을 줄 알았느냐?"

"저희가 놀라고 무서워하는 것은 산속에 둥지를 틀고 사는 도적이나 섬 그늘에 숨어사는 도적들입니다. 옛적부터 군사를 보고 놀라 경계하는 것은 같은 군사들일 뿐입니다. 저희 같은 장사치들은 군사들이 저희를 도적떼로부터 보호해줄 것이라는 생각에 도리어 반가울 뿐입니다."

자기 나라 상인이 아니라고 해서 괴롭힐 수는 없다고 했다. 상인을 괴롭히면 그때부터는 군사들이 아니라 한낱 도적떼일 뿐이라는 소리였다.

이세민은 쓴웃음을 지었다. 이들을 상대로 행패를 부린다는 것은 스스로 제 낯을 깎는 일이 된다.

"하필 오늘 성을 나온 까닭은 무엇이냐?"

"내일까지는 당군이 패수를 건너기 때문에 매우 번거로울 것이니 어제까지는 성을 나서지 말라는 유성 왕의 명령이 있었기 때문입니다. 황상께서 여기까지 오실 줄은 몰랐습니다."

"파사국으로 가는 길이라면 바닷길로 갈 터인데 어째서 배를 타고 강을 따라가지 않느냐? 수레로 가면 훨씬 더디고 번거로울 텐데."

궁금한 것은 참지 못하는 이세민이다.

"황상께서는 패수를 건널 때 뜬다리를 놓으셨을 것입니다. 군량과 병장기의 보급을 위해서 전쟁이 끝날 때까지 뜬다리는 그대로 남아 있을 것입니다. 뜬다리가 강을 가로막은 데다 군사들이 지키고 있을 것인데 저희의 배가 어떻게 지나갈 수 있겠습니까?"

"말을 함부로 하지 마라. 우리 당의 군사들은 어떤 경우에도 백성들을 괴롭히지 않는다. 언제라도 패수에 배를 띄워라. 너희들이 지나갈 때마다 우리 군사들이 뜬다리를 치워줄 것이다. 지금 당장 유성으로 돌아가 그곳에서 배를 띄우고 내려가거라."

이것이다 싶으면 머뭇거리지 않는 것이 이세민의 성격이었다. 백성들의 마음을 잡지 못하면 안 된다. 고구려와 싸움을 하면서도 백성들의 생업을 배려하는 마음씨, 그것이 바로 황제의 지위에 걸맞은 마음씀이라고 판단한 것이다. 뜬다리는 움직일 수 없게 되어 있지만 따로 명령을 내려 필요할 때마다 배가 지나갈 수 있게 만들어줄 것이다.

"무슨 꿍꿍이가 있을 겁니다. 제가 알아보겠습니다."

이세민이 상인들을 심문하는 사이, 울지경덕이 군사들을 데리고 상인들의 수레를 뒤졌다. 짐수레에는 이렇다 할 물건이 없었지만 막상 상인들이 타고 있던 수레에서 10여 개의 활과 쇠도끼가 나왔다. 순간, 이세민의 부하장수들은 저도 모르게 칼을 뽑아들며 이세민을 감쌌다.

"황상, 수상쩍은 놈들입니다. 안에서 고구려 활이 나왔습니다."

산 넘고 물 건너 먼 길을 다니는 장사치들이다. 도적들한테서 제 몸과 재물을 지키려면 무장을 하고 다니는 것이 당연하다. 장사치들의 병장기를 보고 놀랄 까닭이 없었으나 그것이 모두 고구려 활임에랴. 시위를 걸지 않은 고구려의 활은 뒤로 동그랗게 말린다. 뒤로 말리는 활은 그만큼 탄력이 강하기 마련이고, 또한 온 누리에서 으뜸가는 고구려 활의 상징이기도 했다. 말을 타고 달리며 쏘는 활이기 때문에 크기가 작고 화살이 나는 거리도 멀지 않지만 당나라 장수들의 화살보다 두 배는 멀리 날아간다.

"제가 시험해보겠습니다."

장손무기가 말에서 뛰어내렸다. 왼발을 내밀고 양다리 사이에 활을 낀 뒤 한참 용을 쓴 끝에야 겨우 시위를 걸었다. 말을 타고 달리며 쓰는 작은 활인데도 다루기가 쉽지 않았던 것이다.

"고구려 활이 틀림없습니다. 힘과 탄력이 매우 강합니다."

부끄러웠던가. 활을 당겨보지도 않고 치켜세우기만 했다.

이세민이 활을 받아들었다. 얹은활의 양쪽 후궁목소 부분을 잡고 오금의 탄력을 시험해보더니 왼손에 줌통을 쥐고 천천히 숨을 들이쉬며 빈 시위를 당겼다. 시위가 귀밑에 이르기도 전에 턱쯤에서 저도 모르게 팔이 떨렸다. 들숨도 멈춰졌다. 이세민은 천천히 팔을 풀고 장손무기한테 활을 돌려주었다. 한숨이 절로 나왔다. 큰 망신을 당할 뻔했다.

이세민이 늘 가지고 다니는 활도 고구려의 기마군사들이 쓰는 동개활이니 방금 시험해본 활과 똑같다. 늘 귀밑까지 힘껏 당기며 강궁 맛을 즐겨왔는데 무슨 영문인지 모르겠다.

"이런 활은 유성에 있는 군사들도 만져보지 못하는 것이다. 같은 고구려 군사들도 얻지 못하는 이런 물건을 너희가 어떻게 손에 넣었느냐?"

"저희는 시장에서 돈을 주고 샀습니다. 저희가 알기로는 지난달부터 이 활이 시장에 나왔는데, 숙군성에 있는 군사들도 모두 이 활을 쓰는 것으로 알고 있습니다."

"그래? 그렇다면 이 활에 쓰는 화살은 어디에 있느냐?"

"갑옷과 투구도 푹푹 꿰뚫는 것을 두 눈으로 보았지만 막상 손에 넣지는 못했습니다."

"값이 너무 비싸더냐? 아무리 비싼 값이라도 그 화살은 탐내는 사람이 많을 것 아니냐?"

"지금은 여동으로 많은 군사들이 몰려가고 있기 때문에 그런 좋은 화살은 오히려 저희의 목숨을 해칠 것이라며 팔지 않았습니다. 대신 꿩사냥에 쓰는 이런 화살을 내준 것입니다."

고구려의 좋은 활과 날카로운 화살을 함께 지니고 있다가는 오히려 당군의 오해를 받아 죽을 수도 있기 때문에 팔지 않았다는 것이다.

"쳇! 화살도 없이 활만 좋아서 무엇에 쓰겠느냐? 꿩사냥에

나 쓰는 이런 화살을 얹으면 이런 좋은 활이 어디 제값을 하겠느냐?"

"이 활은 화살을 두세 배는 더 멀리 날려보냅니다. 갑옷을 꿰뚫지는 못한다 해도 달려드는 도적들을 혼내서 쫓아버리기에는 그만 아니겠습니까?"

장손무기가 장사치들과 입씨름을 하는 사이 이세민은 딴생각에 잠겨 있었다.

수나라 우문술은 고구려의 병장기 몇 점을 얻기 위해 2,500명이나 되는 군사들의 목숨을 바쳤다. 수나라에 대항해 반란을 일으켰을 때에도 수왕 양광보다 고구려 병장기를 더 간절하게 찾아 헤맸었다. 하지만 양광이 직접 관리하던 고구려 병장기들은 그 어디서도 찾을 수 없었다. 고구려 병장기에는 무슨 신비한 힘이 있는지도 몰랐다. 그 많은 상금과 높은 벼슬을 내걸었는데도 하나도 나타나지 않았던 것이다.

이세민이 왕위에 올라 맨 처음 한 일도 바로 고구려 병장기를 찾는 일이었다. 동돌궐을 멸망시킨 것도 돌궐 왕 힐리가한에게 고구려 병장기가 있다는 것이 한 까닭이었다. 그 많은 군사를 동원해서 얻은 것도 겨우 갑옷 한 벌과 칼, 활, 쇠도끼 하나씩에 불과했다.

그런 고구려 병장기가 이렇게 상인들의 수레에서 나타나다니?

"우리 군사들이 너희를 안전하게 보호해준다고 하지 않았느냐? 너희들은 이 활을 어디에 쓰겠다는 것이냐?"

보아하니 장손무기가 장사치들한테서 활을 빼앗으려는 모양이었다. 하지만 상인들은 고개를 저었다. 아무리 비싼 값을 쳐준다고 해도 요지부동이다.

"모두 돌려주어라. 저들은 장사치일 뿐이다."

못난 놈! 이세민은 끌끌 혀를 찼다. 자신도 욕심이 나기는 마찬가지였지만, 남부끄러운 줄도 모르고 내놓고 탐내는 장손무기의 꼬락서니가 한심했던 것이다.

이세민은 갑자기 장성에서의 일이 떠올랐다. 훨씬 뒤에 알았지만, 웅담 없는 곰새끼, 밑살 빠진 놈이 바로 연개소문이었다고 했다. 당나라 으뜸 장수 이정까지 '신궁'이라고 감탄할 만큼 놀라운 솜씨였다.

이 마당에 연개소문이 떠오르다니! 이세민은 몹시 께름칙했다.

"이런 쇠도끼도 있었습니다. 모두가 고구려 병장기, 이들은 고구려 첩자가 틀림없습니다."

"황상, 이런 물건은 유성에 가시면 얼마든지 구할 수 있습니다. 유성에서는 지난달부터 고구려 병장기를 팔기 시작했습니다."

"머뭇거릴 때가 아니니다. 장사치들을 놔주고 어서 달려가자."

유성으로 말을 달리는 이세민은 뭐가 뭔지 종잡을 수가 없었다. 고구려 첩자라면 한눈에 드러나는 고구려 병장기를 가지고 다닐 까닭이 없다. 장사치의 말대로 유성에서는 고구려 병장기를 팔고 있을 것이다.

숙군성은 성벽 위에 깃발만 나부끼고 있을 뿐 아무런 움직임도 보이지 않았다. 성문은 닫혀 있겠지만 성벽 위에 늘어선 몇몇 군사들은 그저 구경꾼이었다. 유성도 마찬가지였다. 10만이나 되는 군사들이 먼지를 뽀얗게 일으키며 들이닥쳤으나 성을 드나드는 사람들은 놀라는 기색이 없었다. 등에 짐을 진 사람들이나 수레를 몰고 들어가는 사람들이나 느릿느릿 조금도 서두르지 않았다. 성안에서 나온 수레들만이 당나라 군사들한테 길을 막혀 서 있을 뿐이었다.

성벽에는 붉은 해 안에 세발까마귀를 그린 고구려군의 깃발이 촘촘하게 늘어서 있었지만 막상 성벽을 지키는 군사는 얼마 되지 않았다. 성벽을 따라 띄엄띄엄 서 있는 군사들도 아무 일도 아니라는 듯 한가롭게 내려다볼 뿐이었다. 성문을 에워싼 옹성의 성벽 위에도 열댓 명의 군사가 있었지만 역시 마찬가지였다. 먼지를 일으키며 구름같이 달려온 당나라 군사들을 보고도 꿈적 않고 그저 구경만 하는 것이다.

수레가 드나드는 것으로 보아 성문이 활짝 열려 있는 모양이지만, 무슨 꿍꿍이가 있을지 모르니 함부로 뛰어들 수 없다.

10만 대군에 명령을 내려 싸움새를 갖추고 있을 때였다. 성 안에서 한 장수가 기마군사 둘을 데리고 달려나왔다. 이세민은 곧바로 자기 앞으로 데려오라고 명령했다.

"안녕하십니까? 먼 길을 오느라 수고하셨습니다."

정말 뜻밖이었다. 고구려 군사들이 당나라 왕인 이세민에게 허리를 굽히고 예를 드리는 것이다.

"감히 뉘 앞에서 건방을 떠느냐? 어서 말에서 내리지 못할까?"

울지경덕이 벽력같이 소리를 질렀으나 고구려 장수는 되레 빙긋이 웃었다.

"내가 마중을 나온 것은 당나라 임금께 길잡이를 하고자 함입니다. 내가 말에서 내리면 당나라 임금께서도 말에서 내려 걸어서 성으로 들어가셔야 할 것입니다."

장수는 꿋꿋했다. 뭐라고 더 해볼 수도 없게.

"유성 왕은 어디에 있느냐? 어찌하여 너희들이 나왔느냐?"

"임금님께서는 왕궁에 계십니다. 당나라 군사들이 성안에 들어와 물건을 살 때 조금도 어려움이 없도록 하라고 하셨습니다. 만일 임금님을 뵙고 싶다면 저희를 따라오십시오."

10만 대군이 구름같이 몰려와 싸움새를 벌이는 것을 보면서도 물건을 사러 온 여느 장사치 취급이었다. 기가 막혀 하품이 나올 일. 하지만 좀스럽게 굴어서는 안 된다.

피를 뿌리며 성에 들어가는 것도 그리 어려운 일은 아니었다. 유성에는 개마대가 하나도 없다. 어디에 강도가 나타나 상인들을 괴롭히고 있다는 소식이 전해지면 곧장 그곳으로 달려가기 위한 군사들이 있을 뿐이다. 그것도 모두 숙군성에만 있을 뿐 막상 유성에는 300명도 안 된다고 들었다.

혹이나 있을 좀도둑이나 강도떼들을 막기 위한 것이지 수만 군사를 상대로 싸움을 할 수 있는 군사는 아닌 것이다. 그것을 알기에 이세민은 발 빠른 기마대만을 데리고 왔을 뿐 성을 공격할 준비는 전혀 하지 않았었다.

문을 열고 들어오라는데 굳이 담을 넘어간다는 것도 우스운 일이다.

"길잡이를 해라. 군사들과 함께 들어가겠다."

"유성은 작은 성입니다. 한꺼번에 모두 들어오면 혼잡해서 움직일 수가 없으니 5천 명씩만 말에서 내려 성으로 들어오시기 바랍니다."

아무 거리낌 없이 많은 군사를 성안으로 들어오라고 한다. 수백 명도 아니고 한꺼번에 5천 명이다.

무슨 일을 당할지 모른다며 부하들이 말렸지만 이세민은 성에 들어가기로 했다. 5천 군사들도 손에 쥔 병장기만 들고 말에서 내렸다. 울지경덕이 앞장서 군사를 이끌고 들어가고 이세민은 천천히 뒤를 따랐다.

말 위에 높이 올라앉았으나 군사들의 어깨에 가려 제대로 보이지 않았다. 저자를 지나는 동안 이세민은 길가에 늘어선 당나라 군사들을 한쪽으로 비키게 했다. 제 눈으로 저자를 똑똑히 보려는 것이었다.

정말이다! 고구려 병장기다! 이세민은 신음을 깨물었다. 뒤따르는 장수들도 헤 벌린 입을 다물 줄 몰랐다. 모두들 넋이 나갔다. 더러는 장안에 온 시골사람처럼 정신없이 두리번거리며 탄성을 질렀다. 꿈속에서도 그리던 고구려 병장기가 길가에 즐비하게 널려 있는 것이다.

마침내 왕궁 앞마당에 들어섰다. 너른 마당에는 둥그런 탁자가 놓여 있고 그 앞에서 유성 왕 고홍성이 이세민을 맞으며 자리를 권했다. 속으로는 유성에 들어서는 것도 꺼림칙했던 이세민이다. 왕궁에 들어갔을 때 함께 죽자고 불이라도 지르면 큰일이라고 은근히 걱정했는데, 너른 마당이라 더없이 좋았다. 하지만 둥그런 탁자라 도무지 위아래가 없는 좌석 배치였다.

"바쁘신 터에 구석진 이곳까지 찾아주시다니 참으로 영광입니다."

"하도 소문난 곳이라 그 번성한 모습을 보고 싶었다. 그대는 이 성의 이름을 본디 이름인 용성으로 바꿔라. 그대의 아름다운 이름은 천년을 전해질 것이다."

말번지기가 말을 번지는 동안 이세민은 매우 흐뭇한 낯으로 고흥성을 쳐다보았다.

틈을 주지 말고 밀어붙여야 한다!

"앞으로도 모든 것은 예전과 다를 것이 없다. 공물도 모두 고구려에 바쳐라. 그대의 자손들은 대대로 용성 왕에 봉해질 것이며, 고구려 군사들은 그대의 명에 따라 봉성에 머물면서 용성을 지켜줄 것이다."

이름만 바꾸면 털끝 하나 건드리지 않겠다! 잔뜩 선심을 썼으나 유성 왕 고흥성의 입에서는 뜻밖에 엉뚱한 소리가 나왔다.

"유성이 온 누리에 이름을 떨치고 곳곳의 장사치들이 모여드는 까닭을 아십니까?"

모여드는 것이 어디 장사치뿐이랴! 당나라 황제인 자신도 바쁜 길을 가다 말고 이곳으로 달려왔다.

"바로 고구려에서 나오는 쇠 때문입니다. 고구려의 쇠가 없으면 장사치도 찾아오지 않고, 뿌리 썩은 나무가 시드는 것처럼 유성은 저절로 망하게 됩니다."

"고구려는 쇠를 팔아 엄청난 이익을 남겼다. 그러나 그 쇠는 모두 수나라 군사들의 병장기였을 뿐이니, 고구려는 아무런 힘도 들이지 않고 큰 이익을 남긴 것이다."

"옳은 말씀입니다. 밤나무 밑에서 밤을 줍는 것처럼 쉬운 일이었습니다. 하지만 흔해빠진 수나라의 쇠를 사려고 수만 리 먼 길을 달려오는 것이 아닙니다. 누구나 탐낼 만한 좋은 쇠가 없으면 장사치는 오지 않습니다."

땅에 떨어진 물건을 줍는 것만큼 거저먹기였다? 껄끄러운 소리다. 하지만 이세민은 대꾸 대신 어금니에 힘을 주었다. 눈에 독기가 올랐다. 서토에서는 한다 하는 장수들도 톱칼이나 차고 뽐내는 판이다.

"이 칼은 돌아가신 제 아버님이 이곳 다물 왕으로 봉함을 받을 때 태왕 천하께서 내려주신 것입니다."

고흥성이 칼을 빼더니 탁자에 올려놓았다. 푸른빛이 도는 서슬이 날카롭게 보는 이의 눈을 찔렀다.

"고구려에서는 200~300명을 이끄는 하급 장수들이 가지고 다니는 칼입니다만, 당나라의 보검 가운데 이것보다 더 강한 칼이 있다면, 저는 깨끗이 유성다물을 포기하고 숙군성의 군사들까지 모두 거두어 평양으로 돌아가겠습니다."

뭐? 칼 한 자루에 유성을 걸겠다고? 터져나오는 웃음을 참으며 이세민은 허리에 찬 칼을 잡았다. 어리석은 놈! 나 또한 고구려 병장기를 가지고 있다!

천천히 칼집을 들어올리며 칼을 뽑으려던 손길이 문득 멎었다. 칼자루에서 문득 파사국의 장사치한테서 고구려 동개활을 발견하고 시위를 당겼던 손맛이 살아난 것이다.

서두를 일이 아니다! 손에 잡은 것은 15년 전 동돌궐 왕 힐리가한에게서 빼앗은 황금칼로 서토에서는 다시없는 보검이다. 하지만 고구려에서 유성 왕보다 동돌궐 왕에게 더 좋은 칼을 주었을 까닭이 없다.

이기더라도 망신이다! 더 약하다면 창피해서 낯을 들지 못할 것이다!

"제 말이 믿기지 않는다면 저 장수들의 칼로 시험해보아도 좋습니다. 미리 말씀드리지만 장수들의 칼은 지난해에 받았기 때문에 제가 가진 이 칼보다 더 날카롭고 단단합니다."

아마 그럴 것이다. 무슨 속셈인지는 모르겠으나, 이미 길가에 널린 고구려 병장기를 보았다. 서토에서는 다시없는 보물이나, 고구려 장수들한테는 허접쓰레기일 것이다. 아까 만났던 파사 장사치들이 가지고 있던 동개활만 해도 그랬다. 겉보기에는 비슷했지만 힐리가한에게서 빼앗아 가지고 있던 것보다 훨씬 더 강했다.

이세민은 슬그머니 칼자루에서 손을 뗐다.

"그대를 억눌러 이곳을 빼앗으려고 온 것이 아니다. 온 누리의 장사치들이 몰려드는 이곳을 보고 싶었고, 또한 여러 병장기를 팔고 있다기에 관심을 가져본 것뿐이다. 고구려에서는 어느 정도나 되는 병장기를 가져왔느냐?"

"이곳에서는 장사치들을 편하게 보살펴줄 뿐 간섭하지 않습니다. 누가 어떤 물건을 가져오는지, 누가 얼마큼 사가는지 조금도 관심을 두지 않습니다. 장사치들에게 받는 세금도 남긴 이익이 열이라면 그 가운데 하나만 바치라고 할 뿐입니다. 성을 드나드는 장사치들이 이익을 남기지 못했다고 말하면 그리 알고 처리할 뿐 사실 여부를 밝히려고 하지도 않습니다."

괜한 것을 물어보았다! 장사치와는 함부로 흥정하는 것이 아니다! 입씨름을 하면 할수록 손해라고 여긴 이세민은 미련 없이 자리를 털고 일어섰다. 유성 왕 고홍성은 저자를 안내해 주고 싶지만 물건을 사고파는 일에 간섭하지 않는다는 규칙을 어길 수 없다며 왕궁을 나서지도 않았다.

당나라 장수들은 고구려 병장기에 눈이 달라붙어 발걸음이 떨어지지 않았다. 집에서는 제 돈 들여가며 좋은 병장기를 구하지만 막상 싸움터에서는 병장기를 사고팔지 않는다. 나라에서 대주기 때문이다. 제집에서라면 얼마든지 황금을 퍼주고 탐나는 고구려 병장기를 샀겠지만, 아쉽게도 수중에는 황금 한 조각도 없다. 목구멍에서 손이 나올 만큼 탐이 났지만 당나라 장수들은 그저 군침만 삼키며 유성을 나설 수밖에 없었다.

유성을 나선 당나라 군사들은 풀이 잔뜩 죽어서 왔던 길을 되돌아갔다. 잔치에 불려가 맛있는 냄새만 맡으며 온종일 굶다가 온 사람처럼 허전하고 야속했다. 눈앞에 어른거리는 고구려 병장기 때문에 장수들은 자꾸 뒤를 돌아다보았다. 고구려 군사들이 나서서 당군을 막았더라면 이를 핑계로 마음껏 노략질을 할 수가 있었을 것인데, 정말 아쉽게 되었다. 장수들의 발걸음은 무거웠지만 이세민의 머릿속은 저만치 앞서나가고 있었다.

공연한 짓을 하고 말았다! 탐욕스럽고 낯짝 두꺼운 양광도 어쩌지 못했을 것이다! 양광이 두 번째 군사를 일으켰을 때, 손수 군사를 이끌고 달려가 하루 만에 유성을 손에 넣었다는 소문이 돌았지만, 몸소 겪어보니 헛소문이었다는 것을 알겠다. 사실 유성은 이름도 용성으로 바꾸지 않았으며, 수나라는 유성에 대해 어떤 간섭도 하지 못했었다.

이세민은 천천히 말을 몰았다. 어쩐지 개운치 않은 기분이었다.

유성 성주에게 속아서가 아니다. 그렇다면 무엇 때문일까?

한참 만에 짚이는 게 있었다. 자기들을 치러 온 줄 뻔히 알면서도, 10만 기마대를 눈앞에 두고도 태연하기만 하던 군사들. 따져볼 것도 없이 유성은 목숨 바쳐 지켜야 할 고구려의 다물이다. 성주도 군사도 모두가 고구려 사람이며 고구려 조정의 명령을 받고 온 사람들이다.

상인들의 모습도 그렇다. 오히려 당나라에서 온 상인들이 안절부절못하더라고 했다. 적국인 고구려에 드나들면서 장사한다고 불이익을 당할까 봐 두려운 것이다. 그런데도 먼 나라에서 온 상인들은 태연했다. 강도들의 노략질에서 보호해줄 것이니 남의 나라 군사들도 반갑다고 했다. 그러고 보니 늙은

이들을 장안에 남겨두기를 잘했다. 늙은이들이 이곳까지 따라 와서 하는 꼴을 보았더라면 고구려 도전을 당장 그만두고 돌아가자고 죽살치기로 막아섰을 것이다.

그 늙은것들한테 보여주기 위해서라도! 고구려를 깨끗이 박살내야 한다! 이세민은 몇 번이고 되풀이 다짐했다.

다시 군사를 이끌고 앞으로 나가고 있으나 수레 안에 있으면 답답해서 견디기 어려웠다. 창문을 열어도 마찬가지였다.

정신을 추슬러야 한다! 이세민은 말을 달리며 숨을 크게 들이쉬었다.

"이제 드디어 한을 풀게 되었다! 서토의 백성들이 〈조선가〉를 부르지 않고, 아사달의 백성들이 자자손손 천하의 영웅 이세민을 노래할 것이다!"

이세민은 동쪽 하늘을 노려보며 중얼거렸다.

"이날이 오기를 얼마나 기다렸던가? 어린 두 딸까지 들짐승들의 먹이로 던져주며 뒤를 다진 것도 이날을 위해서였다. 지난날 한번 싸워보지도 못하고 도망쳤던 아픔은 뼈를 저미는 것이었다."

수나라는 고구려에 쳐들어갔다가 된서리를 맞아 마침내 나라까지 망했다. 이세민은 열여섯 어린 나이로 용맹을 뽐내 제형 이건성을 따라서 고구려에 갔다가 병장기와 군기마저 내던지고 도망쳐 간신히 목숨을 구했다. 그때의 원한이 뼈에 사무

쳤다.

"참으로 잘되었다. 건무란 놈이 태왕으로 눌러앉아 있었다면 고구려에 쳐들어갈 핑곗거리를 찾기가 어려웠을 것이다."

그러다가도 이세민의 눈깔은 지랄쟁이처럼 하얗게 뒤집혔다. 연개소문에게 생각이 미치면 목구멍에서 염통이 튀어나오려고 하는 것이다. 연개소문은 서토의 주인인 이세민의 말에 콧방귀도 뀌지 않았다. 도리어 지난 일을 들추어가며 꿈속에서도 잊고 싶은 아픈 상처를 들쑤셔놓았으니, 분통이 터져 죽지 않은 것만도 다행이었다.

"밑살 빠진 놈! 웅담 없는 곰새끼!"

이세민은 이를 갈아붙였다. 지난날 장성에서 아무것도 아닌 놈한테 벌벌 떨며 숨죽이고 살았다. 갈가리 찢어죽이고 고기를 씹어도 분은 분대로 남겠다.

"반드시 놈을 사로잡아야 한다! 놈의 밑살을 도려내고 밸을 뽑아 햇볕에 말릴 것이다!"

아비의 눈물

2977년(644) 봄, 여왕은 김유신을 상주정의 대장군에 임명했다. 상주정(上州停)은 북서쪽 변경인 상락군(上洛郡, 경북 상주)에 주둔한 부대다. 가을, 여왕은 상주정에 백제를 치라는 명령을 내렸고, 이듬해 정월 김유신은 가혜성, 성열성, 동화성 등 일곱 성을 쳐서 크게 이기고 개선했다. 그러나 백제군이 매리포성을 침공했다는 소리를 듣고 그대로 달려가 적을 물리치고 3월에 돌아왔다.

조정에 다녀온 유신은 곧바로 병부에 들러 서라벌에 데려온 군사를 해산하고 잔무를 정리하느라 바빴다. 해거름이 되어서야 집으로 돌아가려고 병부를 나서는데 음양도의 전갈이 왔다.

"부주께서는 매우 급하고 중요한 일이라고 하셨습니다. 당장 대장군을 모셔오지 못하면 제 목을 칠 것이며 상복을 입고 곡을 할 것이라 하셨습니다."

부리는 사람을 죽여놓고 곡을 할 일은 없다. 상복을 입고 곡을 하겠다는 것은 이미 유신의 목숨이 경각에 달려 있다는 암시, 자신의 부름에 응하지 않으면 반드시 죽게 될 것이라는 노골적인 협박이었다.

노추! 옥두리도 벌써 늙어 추한 꼴을 보이는가? 환갑, 진갑이 다 지났어도 옥두리는 아직 40대 같은 용모와 몸매를 유지하고 있었지만, 유신이 옥두리와 색공을 주고받지 않은 지 이미 몇 해가 되었고, 젊은 사신들을 두고 사는 옥두리가 아쉬워할 것도 없었다. 그런데 갑자기 유신의 목숨이 경각에 달려 있다니? 설사 유신의 목숨을 노리는 자객이나 군사들이 떼지어 몰려오고 있어도 이렇게 요란을 떨 것은 없었다.

"좋다. 앞장서거라."

유신은 뒤따르는 호위군사들을 먼저 집으로 보내고 음양도의 뒤를 따랐다. 인적이 드문 골목으로 들어서자 말에서 내린 음양도가 허름한 옷을 건네주었다.

노는 꼴 하고는! 유신은 말없이 투구를 벗어주고 화려한 대장군의 전포 위에 보통 백성들의 옷을 걸쳤다. 말까지 바꿔타고 안가로 달려가는 유신의 심정은 마냥 착잡했다.

무슨 일인지 몰라도, 오늘 이것으로 끝이다! 마침내 유신은 자신이 먼저 옥두리를 버리기로 작정했다. 여태껏 옥두리와 가깝게 지내온 것은 그네의 높은 지략과 교묘하게 사람을 이용하는 재주를 높이 샀기 때문이지 색사의 달인이어서가 아니다. 그런데 이처럼 호들갑을 떠는 여자가 되었다니, 천하의 옥두리도 어느새 늙어 추한 모습을 보이지 않는가.

안가에는 부리는 사람도 호위를 하는 사람도 없는 모양이었다.

"어서 오시오, 유신공! 상주정의 승전과 귀공의 무사귀환을 축하드리오."

수수한 옷을 입은 옥두리가 몸소 방문을 열고 맞았다. 사람이 늙으면 청승이 늘어난다더니!

"갑자기 웬일이오? 그 허름한 베옷 차림은 또 뭐요?"

겨우 그런 축하나 하자고 부른 것은 아닐 것이나, 저도 모르게 비틀어진 소리가 나오고 말았다. 그러나 옥두리는 아예 한 술 더 뜨고 나왔다.

"무덤을 열고 들어가는 유신공을 만났으니 아예 상복을 입고 곡을 할 걸 그랬나요?"

"뭐요?"

"군사를 해산시키고 그저 처자식이나 만나려고 집으로 돌아가다니, 백척간두에 서 있는 신국의 처지를 모르는 겁니까, 뻔히 알면서도 패전지장이 되는 게 무서워 도망치는 겁니까? 아니면 천재일우의 기회를 붙잡을 배짱이 없는 것입니까?"

아닌 밤중에 홍두깨라더니! 우박처럼 쏟아지는 옥두리의 질타에 유신은 어지러웠다. 평소에도 옥두리는 선문답을 하듯 수수께끼를 즐겨왔지만, 그래도 이번에는 너무 심했다.

백척간두에 서 있는 신국의 처지? 패전지장? 천재일우의 기회? 도무지 갈피를 잡을 수 없는 소리였고 서로 연결이 안 되는 낱말들이었다. 늘 장난치듯 막냇동생을 다루듯 하던 것과 다르게 옥두리는 꼬박꼬박 공대까지 하고 있었다.

"오랑캐에 지나지 않은 설연타도 이미 고구려에 사신을 보내 한혈마까지 바치며 살길을 찾는 판국입니다. 그런데도 대장군 유신공의 눈에는 백제군만 보이고 정작 무서운 고구려나 당나라는 안중에도 없겠지요. 유신공은 어서 집으로 돌아가 가장 노릇이나 잘하십시오. 못나고 어리석은 옥두리와 춤새는 평생을 헛살아온 벗골에 불을 지르고 함께 타죽을 것입니다."

말을 끝낸 옥두리가 방바닥에 두 손을 짚고 곱게 인사를 차렸다. 옥두리가 문을 열고 나가도 유신은 놀란 눈으로 쳐다볼 뿐 잡지 못했다. 한 번 입을 닫으면 그뿐인 옥두리, 이제 유신은 스스로 답을 찾아야 했다.

처세의 달인 옥두리는 유신에게 해답을 가르쳐주면서도 늘 문제의 핵심은 슬쩍 비껴가거나 스스로 남은 문제를 풀게 해왔다. 듣기 거북한 소리만 쏟아붓고 냉정하게 떠나버렸지만 이번에도 옥두리는 사나이대장부 김유신의 마지막 자존심을 지켜준 것이다.

평생을 바쳐온 벗골에 불을 지르고 타죽겠다고 했으나 벗골에 문제가 있어서는 아니다. 정작 무서운 고구려나 당나라가 안중에도 없느냐고 나무랐다. 그것이다! 바보같이 눈앞의 적만 생각했지, 급변하는 국제정세는 안중에도 없었다!

이미 어둠이 내리고 있었지만 유신은 월성으로 말을 달렸다. 대전에 딸린 여왕의 침전으로 가서 알현을 청하고 얼마 안 있어 비담이 나오는 것이 보였다.

하필 비담이라니! 의례적인 인사를 주고받은 뒤 돌아가는 이벌찬 비담의 뒷모습을 보며 유신은 입맛을 쩝쩝 다셨다.

여왕의 오라비로서 어려서부터 친하게 지냈다지만 비담이 여왕에게 색공을 바치고 있다는 소문은 아직 없었다. 그러나 춘추와 유신의 일이라면 사사건건 반기를 드는 비담이 따로 침전까지 드나드는 것이 반가울 수는 없었다.

"비담공은 왜 그리 불만이 많은지 모르겠어. 걱정을 매달고 사는 사람이라니까."

"폐하, 혹시 비담공이 소신을 헐뜯는 말이라도?"

"아니오. 오늘은 그 때문이 아니오. 비담공한테는 내가 날씬해지고 예뻐지는 것조차 불만이고 시빗거리인 모양이오. 유신공도 내가 건강을 잃고 금방 죽을 사람처럼 보이오?"

"절대 아니옵니다. 폐하께서 날로 날씬해지고 아름다워지시니 폐하를 뵐 때마다 하늘의 보살핌을 받는 분이라는 생각에 소신들은 다만 경하드릴 뿐입니다."

입에 발린 소리가 아니다. 사실 근래 들어 여왕은 더욱 아름다워지고 있었다. 두어 달 전부터 춘추도 유신과 똑같은 소리를 하고 있었다. 여왕은 그 소리를 들을 때마다, 내놓고 말은 못해도 늘 마음에 두고 있는 춘추라서 매번 새로운 듯 기쁘기도 했다.

"폐하, 날로 젊어지고 계십니다. 나이 들면 몸이 불기 마련인데 폐하께서는 갈수록 날씬해지십니다. 무슨 비법이라도 있는 것입니까?"

"춘추공, 놀리지 마시오. 비법은 무슨 비법, 달도 차면 기운다는데 살이 빠질 때도 있겠지요."

"날로 예뻐지는 것은 좋지만 식사를 너무 거르지는 마십시오. 쓰러지실까 두렵습니다."

"자꾸 쓸데없는 소리를 하려거든 물러가시오."

짐짓 성을 내면서도 여왕은 기뻤다. 유신이 그저 귓맛 좋은 소리를 올려바치는 것이 아니다. 몇 달 새 혼자 있을 때면 거울을 들여다보는 일이 잦아졌다. 시녀들은 여왕 폐하가 날씬해졌다는 소리를 입에 달고 살았고, 여왕 스스로도 날씬해지는 것을 느끼고 있었다.

누구한테도 말해본 적은 없지만 남보다 키가 크고 몸집이 넉넉한 것이 여왕의 유일한 불만이었다. 다른 여인들처럼 색사에 숨이 넘어갈 것 같은 즐거움을 누리지 못하는 것도, 아이를 갖지 못한 것도 몸이 너무 크기 때문이라는 생각에 음식물을 줄여보기도 했으나, 물만 먹어도 살이 찌는 체질인지라 한 번도 성공하지 못했었다. 그런데 어느 때부터인지 음식을 줄이지 않아도 저절로 살집이 줄어들고 있는 것이다.

가벼운 현기증이 일기도 했으나 갑자기 굶어 살이 빠지면 어지럽기 마련이라고 했다. 하루의 반을 침상에 누워 있게 되더라도 좋았다. 아니, 목소리가 쩌렁쩌렁 조정을 울리는 건강하고 씩씩한 여왕이 아니라 부액을 받아야 용상에 오르고 작은 소리로 소곤거리는 것을 목소리 큰 신하가 받아 외쳐서야 겨우 정사를 보는 한이 있더라도, 아니 수명을 줄이더라도 할 수만 있다면 더욱 가녀린 여인이고 싶었던 여왕이다.

여왕이 갓난아기였을 때부터 한뉘를 두고 변함없는 사랑을 바쳤으면서도 한 번도 뜨거운 가슴을 열어 보이지 못했던 비담만이 목쉰 소리로 여왕의 건강을 염려하고 있을 뿐이다.

사람은 나이 들면서 조금이라도 몸이 마르거나 뚱뚱해진다. 특히 여자들은 더 그렇다. 미실이나 옥두리처럼 나이 들어서도 그대로인 사람은 찾아보기 힘들다. 그런데 여왕은 마르는 축에 들었다. 마르는 축에 드는 정도가 아니라 눈에 띄게 몸집이 줄어 보기 좋게 날씬해지고 있었다. 본디 아름다운 용모인데다 날씬해지면서 여성스러운 아름다움까지 더하게 되니 오히려 나이 들면서 더 눈부시게 아름다운 것이다. 여왕 폐하만 아니라면 덥석 안아보고 싶을 정도로.

"그건 그렇고, 갑자기 웬일이오, 유신공?"

이제야 생각난 듯 여왕이 물었다. 아침나절에 대전에 들어 전승 보고를 마치고 갔으니 며칠 동안은 밀린 업무로 바쁠 것이다. 한낮에야 병부에서 급한 일을 보았겠지만 저녁이면 집에 돌아갔을 유신이 늦은 시각 침전에까지 찾아온 것이 궁금해진 것이다.

"폐하, 서쪽 국경에 백제군이 또다시 모여들고 있다 합니다. 신이 어찌 모른 척하겠습니까?"

"그 때문에 이 시각에 여기까지 온 것이오? 그 일이라면 이미 대당에 출전을 명했고 한산정에서도 군사를 내도록 했으니, 대장군은 아무 걱정 하지 말고 집으로 돌아가 편히 쉬시오."

"폐하, 이번에도 소신이 출전하도록 윤허해주십시오."

"아니오. 지난 가을부터 반년이 넘게 한시도 쉬지 못한 군사들을 어찌 또 출전시킨단 말이오? 당분간 귀당에서 즉각 대응할 것이니 대장군과 상주정 군사들은 다음 출정 때까지 편히 쉬도록 하시오."

상주정과 음리화정(音里火停)이 있는 상락군에 주둔한 귀당(貴幢)은 서라벌에 주둔한 대당(大幢) 다음으로 손꼽히는 전력으로 성장해 있었다. 김유신이 국경지역에 있는 상주정 군사를 모두 이끌고 출전할 수 있었던 것도 바로 곁에 귀당이 있었기 때문이고, 해산을 명해 군사 모두에게 휴가를 줄 수 있는 것도 귀당의 전력을 믿기 때문이었다.

"폐하의 성은에 감읍할 따름입니다. 그러나 이번 출전은 연속 승전을 하고 돌아온 소신만이 감당할 수 있을 것입니다."

"대당의 대장군 금강을 믿지 못한단 말씀이오? 적군이 비록 많다고는 하지만 어찌 대당과 한산정의 군사들이 적은 적을 물리치지 못할 것이란 말이오?"

대당은 서라벌 방위를 책임지고 있어서 출정하는 일이 별로 없지만, 일단 출정을 하게 되면 육정 중에서도 최고의 전력을 자랑한다.

"아무리 많은 군사가 출전해도 이번에는 패전하고 돌아올 것이 불을 보듯 뻔한 싸움입니다. 소신은 육정과 십정, 서당에서 고르게 군사를 뽑아 출전할 것이며 해를 두고 패전을 거듭하다가 가까스로 살아 돌아와 폐하게 죄를 청할 것입니다."

"유신공, 백제나 고구려가 대공세를 취한 것이 아니오. 겨우 백제군 1만여 기가 모여들고 있을 뿐이오."

별것 아니니 걱정 말고 물러가 쉬라는 여왕 폐하의 말씀에 유신은 급변하는 국제정세로 말머리를 돌렸다.

"당왕 이세민이 이끄는 대군이 이미 구려하를 넘었습니다.

당군이 비록 사상 최고의 대군으로 출병했지만 고구려는 결코 만만하게 볼 수 없는 나라, 승리를 장담할 수가 없습니다. 당나라와 군사동맹을 맺은 우리 신국의 군사들이 고구려로 출병하는 것이 마땅하지만, 당군이 수나라 때처럼 대패하고 물러간다면 고구려는 원한의 창끝을 우리 신국으로 돌릴 것이 분명합니다."

"그건 그렇소. 병부령도 바로 그 때문에 대당과 한산정의 군사만으로 백제군을 막아야 한다고 했소."

"한낱 전투의 승패가 아니라 신국의 존망이 걸린 전쟁일 수도 있습니다. 소신에게 신국의 군사들이 다치지 않고 신국의 안위를 도모할 수 있는 계책이 있사오니, 소신이 육정과 십정 등 신국의 군사를 모두 통솔할 수 있도록 윤허하여주십시오."

월성에서 나온 유신은 그날 밤 집으로 돌아가지 않았다. 상주정 서라벌청사에 머물며 밤이 깊도록 백제군에 맞설 준비를 하고 다음 날 아침 일찍 조정에 나갔다.

당군이 고구려 도전을 시작한 마당이다. 당왕 이세민한테서 신라군도 고구려로 출병하라는 독촉이 오는 것은 시간문제였다. 이날은 전날처럼 구체적으로 설명하지는 않았지만 여왕이 먼저 유신의 의견에 동의했고, 사태의 심각성을 알고는 있었지만 뚜렷한 타개책을 찾지 못하고 있던 병부랑 알천도 유신을 믿는다고 했다.

마침내 여왕은 대장군 유신을 상장군에 봉하고 전군의 지휘를 맡겼다. 유신은 조정에서 나오는 대로 아예 병부에 숙소를 정하고 머물면서 각 군의 수장들을 병부로 모아 병력 동원 등 전쟁 준비를 시작했다.

"유신공, 준비는 병부에서 모두 할 것이니 단 며칠이라도 편히 쉬면서 가족들을 위로하시오."

"아닙니다. 아무런 공도 없는 사람이 상장군이 되어 신국의 모든 군사를 통솔하는 마당에 조금이라도 흐트러지면 믿고 따르는 장수가 없을 것입니다."

병부령 알천이 몸소 출병 준비를 챙겨주겠다고 했으나 유신은 대당의 군사뿐 아니라 전군을 지휘하게 되었음을 들어 사양했다.

"걱정 마시오. 육정의 장수들부터 십정과 서당의 하졸들까지도 상장군의 지략과 용맹을 모르는 자가 없을 것이오."

"터놓고 말씀드리자면 지휘권 걱정 때문에 이러는 것이 아닙니다. 사실 소장은 소장의 미천한 목숨을 구하려고 미리 만반의 준비를 갖추는 것입니다."

"전쟁의 승리가 아니라 유신공의 목숨을 구하기 위해서라니, 그건 또 무슨 말씀이오?"

"반드시 그리 될 것입니다. 병부랑께서도 소장이 성실했음을 생각하시어 백제군에게 패하고 돌아오는 소장의 목숨을 붙여주십사, 이렇게 미리 부탁드리겠습니다."

갑자기 유신이 두 손을 맞잡고 머리가 땅에 닿도록 허리를 숙였다.

출전도 하기 전에 패전을 들먹이며, 수치스럽게 목숨을 구걸하다니! 전군을 이끌고 출전해서도 패전할 수밖에 없다는 것인가? 생각할수록 무슨 일인지 이해가 되지 않고 궁금증만 커졌으나, 꼬치꼬치 캐물으면 상장군 유신을 곤란하게 만들 것 같아 알천도 입을 다물 수밖에 없었다.

전군 지휘권을 받아서 7만 정병으로 출전한다고 떠들었지만, 상장군 유신이 막상 출전을 계획한 군사는 겨우 2만 명이었다. 5만 명은 선발대를 따라 출병하도록 했으나 편제만 그리 짜두었을 뿐이다. 2만 군사라도 서쪽 국경에 집결한 백제군의 두 배나 되지만, 예상보다는 턱없이 적은 수였다. 서라벌에 주둔한 대당에서도 겨우 2천 군사를 선발했을 뿐이다.

출전 준비로 바쁜 와중에도 김유신은 음양도를 시켜 옥두리를 안가로 불러냈다.

"무슨 바람이 불었기에, 상장군처럼 바쁘신 분이 나를 찾은 것이오?"

"무슨 바람이 불었느냐? 그 무슨 서운한 말씀을. 이 유신의 가슴속에는 그대를 그리는 마음 하나가 잠들지 못하고 늘 회

오리바람으로 불고 있는 것을 몰라서 하는 말이오?"

"오랜만에 듣기 좋은 말씀을 하시네. 그래, 무엇이 궁금한 것이오?"

옥두리가 시원스럽게 말꼬를 텄다.

"당과 고구려의 싸움이 먼저 끝나야 이번 출정도 끝날 것이오. 몇 달이 아니라 몇 년에 걸친 지루한 출정이 될 수도 있을 것, 그 오랜 기간 사기가 떨어지지 않게 우리 군사들의 마음을 다잡아둘 수 있을지, 그것이 고민이오."

"정말 고민되시겠네요. 유신공, 속도 까맣게 탔을 것이니 우선 시원하게 한 잔!"

언제나처럼 태평스러운 소리를 하며 옥두리가 잔을 권했다. 유신도 권하는 대로 잔을 들었고, 온몸에 따뜻한 열기가 퍼진 뒤 닫혔던 옥두리의 입이 열렸다.

"유신공께서는 집안 식구들이 보고 싶지 않으시오? 지루한 전쟁이 지겹지도 않으시오?"

"나라고 어찌 가족들이 보고 싶지 않겠소? 고달프지 않겠소?"

"그러면 전쟁터에서 도망치면 되겠네."

"말이나 되는 소리를 하시오."

"피할 수도 없고 견딜 수도 없으니 울고 싶겠네. 그럼 그냥 엉엉 울어버리시오. 여인네들의 눈물에도 흔들리는 사내들이 어찌 상장군의 대성통곡에 감동하지 않을 것이오?"

나불나불 재미있다는 듯이 주워섬기지만 우스갯소리도 희롱하는 소리도 아니다. 군사들을 감동시키는 데 눈물보다 나은 것이 없다는 옥두리의 말은 문제를 푸는 중요한 열쇠가 될 것이다. 짓누르던 숙제가 풀렸으니 어찌 대성통곡을 할 것인지는 차차 생각해도 된다. 갑작스럽게 술맛이 매우 달았다.

이레가 지난 뒤 출전의식이 거행되었고 상장군 유신은 서라벌에 집결한 1만 5천 군사를 이끌고 출전을 하게 되었다. 상주정과 한산정 등에서 선발한 5천 군사는 이미 국경에 모여 본군과 합세하기를 기다리고 있을 것이다.

각 군에서 군사를 뽑아 출전하는 것이니 행렬은 온통 깃발의 물결로 뒤덮였다. 부대마다 악대들이 나발을 불고 북을 울리며 앞장서게 했으니, 출전하는 행렬이 아니라 전쟁에서 승리하고 돌아와 대대적으로 승전축하 행진을 하는 것 같았다.

병부를 떠난 행렬은 김유신의 집인 재매정택 앞을 지나게 되어 있었다. 멀리서도 집 앞 풍경이 한눈에 들어왔다. 길가에는 전군이 출전하는 장관을 보려고 나온 사람들로 가득했지만 재매정택 앞에는 유독 자색 옷을 입은 사람들이 많이 모여 있었기 때문이다. 바쁘다는 핑계로 집에 들르지도 않고 가족들이 병부로 찾아오겠다는 것도 말리고 있었으니 행렬이 집 앞을 지나갈 때 잠시만이라도 멈췄다 가라는 연락이 왔었다. 늦게 걸음마를 시작한 삼광이 진작부터 아빠를 찾고 있고, 오랫동안 만나지 못했던 친인척들이 모두 모여 있을 것이니 꼭 그리 해달라는 간절한 부탁이었지만 유신은 아직 아무런 대답도 언질도 주지 않고 있었다.

차츰 가까워지면서 가족들의 얼굴까지 또렷이 보였다. 마침내 상장군의 행차가 집 앞에 이른 것이다. 그러나 상장군의 행차는 멈추지 않았고, 웬일인가 의아해하는 사이 그대로 지나쳐 멀어지는 뒷모습만 보이고 있었다.

집 앞을 지나갈 때, 상장군 김유신은 잠깐이라도 말을 세우기는커녕 고개조차 돌리지 않았다. 똑바로 앞만 쏘아보며 나아가는 김유신의 눈에 자신의 뒷모습을 보며 당황해하고 있을 가족들의 얼굴이 떠올랐다. 오랫동안 만나지 못한 가족들이 모두 나와 지키고 있는 집 앞을 지나면서 잠시도 멈추지 않고 묵묵히 지나가는 상장군 김유신의 모습에 행군 중인 군사들이 더 놀랐다.

3백 보쯤 지나왔을까. 갑작스럽게 행렬을 멈춘 상장군이 곁을 따르던 화랑 흠돌을 불렀다. 흠돌은 유신의 막내여동생 정희의 아들로 이번 전투에 처음 데리고 나가는 길이다. 흠돌의 나이 이제 열아홉, 작은 일에도 감격하기 마련인 꽃다운 나이다.

"재매정의 시원한 물이 그립구나. 빨리 갔다 오너라."

흠돌이 달려가고 난 뒤에도 유신은 고개를 돌리지 않고 계속 앞쪽만 쏘아보고 있었다. 한창 아장거리며 걷고 있을 아들 삼광이 눈에 선했다. 이제 네 살이 되었는데, 또래보다 일어서고 걷는 것이 조금 늦었을 뿐 매우 총명하고 예쁜 아이였다.

딸 넷을 낳고 나서 얻은 아들을 꼭 지금 삼광만 할 때 잃었다. 홍역이었는데 갑작스럽게 열이 오르더니 홍역을 시작한 지 사흘 만에 잃고 말았다. 그때에도 유신은 전장에 나가 있어 앓는 아이를 안아주지도 못하고 허무하게 보내버렸다. 그러고는 팔자에 아들이 없는 줄 알고 포기했는데, 어미 나이 마흔넷에 들어선 아들, 아내는 계속되는 헛구역질에도 임신이라고는 생각도 못하고 그저 위에 고장이 난 줄로만 알았었다.

하나뿐인 늦둥이 아들 삼광은 하늘에 계신 조상님들이 대를 잇게 하려고 보내준 선물이었다. 아이가 아프다는 전갈은 받은 바 없다. 하지만 설혹 아이가 사경을 헤매고 있어도 전장에 나간 아비에게 알릴 가족들이 아니다.

건강하게 무럭무럭 자라고 있을 것이다. 아비의 거친 수염을 따갑다고 하면서도 꼭 껴안아주고 아비 옷에 오줌을 싸더라도 놓아주지 않을 것이다.

그러나 아가야, 사랑하는 우리 아들 삼광아, 이 아비는 너의 웃는 모습조차 보지 못하고 전장으로 나간다. 네 눈앞을 지나가면서도 안아주기는커녕 고개조차 돌리지 않았다고 서운해하지 마라. 무정하다고 원망하지 마라. 아가야, 사랑하는 아가야! 너를 위해서 이 아비는 수만 군사의 행진을 멈춰세웠다. 이것이 바로 너의 아비, 상장군 김유신의 마음이다. 우리 신국이 적의 공격을 받아 위급한 상황에 처했는데도, 전쟁터로 달려가는 군사까지 멈춰세운 것이다. 아가야, 사랑하는 우리 아들 삼광아! 각 군에서 뽑혀나온 신국의 군사들이 모두 바쁜 걸음을 멈추고 귀여운 너의 얼굴을 바라보고 있지 않느냐. 이것이 이 아비의 사랑이다. 너를 안아주는 대신, 출전 중인 대군의 행군까지 멈춰세우는 것으로 너에 대한 애정을 표현하는 것이다. 이것이 이 상장군 아비의 사랑이다. 너 또한 아비의 뜻을 잘 알고 작은 것에 연연하지 마라. 더 큰 것으로 네 마음을 나타내거라.

"상장군, 물을 가져왔습니다."

화랑을 대신해서 호위장수가 다시 아뢰었으나 상장군 유신은 듣지 못한 듯했다. 다시 재촉해서야 알아들은 듯했으나 손을 내미는 대신 얼굴 쪽으로 가져갔다.

상장군이 울고 있었던가? 놀라운 일이다! 돌아보며 말없이 물그릇을 받아드는 상장군의 얼굴이 붉게 물들어 있다.

"상장군님, 가족들은 모두 잘 있다고 합니다. 삼광이는 달음질도 한다고 합니다. 지금도 상장군님한테 달려오겠다고 발버둥치며 떼를 쓰고 있었습니다."

물그릇을 따라 흠돌이 재잘거리는 소리가 날아왔지만 유신은 묵묵히 물을 마셨다. 그랬다. 가족들한테도 상장군 외삼촌은 건강하게 잘 있노라고 안부를 전했을 것이다. 친지들 앞에서 입이 가벼울 수밖에 없는 어린 화랑을 보낸 것은 바로 그 때문이었다.

물을 다 마신 상장군이 아직 젖은 눈으로 화랑을 보며 웃었다.

"물맛이 아주 시원하고 좋구나."

가족들의 안부에 대한 대꾸였다.

빈 그릇을 넘기자 화랑 흠돌이 또다시 말을 달렸다. 상장군께서는 이미 뜨거운 눈물을 흘리며 울고 계셨노라고, 목이 마른 게 아니라 가족들이 보고 싶어 말을 세운 것이었노라고 떠들어댈 것이다.

하나하나가 천재적인 전략가 김유신의 나무랄 데 없는 행동이었다. 집에 돌아가 제대로 쉬지도 못하고 겨우 가족들 얼굴만 쳐다보고 돌아와 다시 전장에 나가는 군사들에게 내놓고 말은 못해도 불만이 없을 수 있겠는가. 나라 사정이 아무리 위급해도 자신의 피곤한 몸이 먼저고 눈에 밟히는 가족들의 안부가 절실한 것이다. 그러나 이 한 번의 행동으로 김유신은 모든 군사들의 불만을 깨끗이 잠재워버렸다. 아니, 1만 5천 대군을 감동의 물결로 덮어버렸다. 하루이틀이 아니다. 몇 달이 될지 몇 년이 걸릴지도 모르는 지루한 전투기간 내내 군사들은 상장군 김유신을 생각하며 가족들에 대한 그리움을 추스를 것이다.

상장군 김유신의 눈물 몇 방울! 길가에 서서 기다리는 가족들의 얼굴조차 바라보지 못하고 묵묵히 스쳐 지나가야 했던 상장군의 눈물은 군사들의 거친 가슴을 촉촉하게 적시기에 충분했고, 그 가족들에까지 넘쳐흘렀으며 듣는 사람 모두를 감동시켰다. 상장군 김유신의 고귀한 눈물이 방울방울 감동의 물결이 되어 서라벌은 물론 신국 신라를 감동의 홍수로 잠기게 했다. 함께 출전하는 군사들을 위한 것이 아니라 비록 가족들을 위한 눈물이 분명했지만, 오히려 그래서 가식이 될 수 없는 눈물인지라 더욱 진한 감동을 주는 것이다.

만일 아무 사건도 만들지 않고 그냥 집 앞을 지나쳤다면 목석이나 다름없이 무정한 장군이라는 악평에다 머릿속에는 온통 전쟁뿐인 전쟁광이라는 혹평을 받을 수밖에 없었다. 그렇게 무심하고 무정한 장군이니 군사들의 아픔도 전혀 모르고 군사들 가족들의 구구절절한 속사정도 전혀 돌아보지 않는 악질이라고 사사건건 원성이 높았을 것이다.

그러나 300여 보 지나친 다음 적당한 거리에서 걸음을 멈추고 가슴 깊이 꾹꾹 뭉쳐두었던 뜨거운 눈물을 흘리며 물 한 그릇을 마시는 것으로 모든 문제를 깨끗이 해결하고 감동적인 이야깃거리까지 만들어냈다. 화살 하나로 두 마리의 새를 잡은 정도가 아니라 하늘 가득 날아가는 기러기떼를 화살 하나로 단번에 떨어뜨린 것이나 마찬가지였다.

당군의 여동 침입

"이 따뜻한 봄볕을 즐기지도 못하고 촐싹대며 허겁지겁 달려간 것부터가 틀려먹은 짓이었다."

부하들 몇몇을 불러 함께 아침을 먹은 이세민은 입가심으로 양광을 말밥에 올렸다.

"생각해보아라. 한뉘를 눈 구경도 못하고 따뜻한 지방에서 살던 군사들까지 혹독한 추위 속으로 내몰았으니 죄 없는 군사들이 오죽이나 고달팠겠느냐?"

군사들의 추위 걱정까지 해가며 제법 어진 소리를 했다.

"말먹이 풀도 제대로 없는 길을 수천 리나 미친 듯이 허겁지겁 달려가서 얻은 것이 무엇이었느냐? 기껏해야 구려하에 둥둥 떠내려오는 얼음덩이와 뻣뻣하게 얼어죽은 군사들의 주검이나 실컷 구경했을 뿐이다."

"정말 그렇습니다. 눈밭을 달려가서 얻은 것은 아무것도 없었습니다."

부하들이 질세라 맞장구를 치자 이세민은 더욱 신바람이

났다.

"그까짓 강 하나를 건너지 못해 얼음 위를 건널 생각으로 100만 명이 넘는 대군을 몰아대었으니 그 죄를 받아서라도 구려하에 비가 내리고 강물이 일찍 녹았을 것이다. 어디 그뿐이더냐?"

부하들도 재미있다는 듯 이세민의 입이 열리기를 기다렸다.

"강을 건너는데 뜬다리가 다 무엇이냐? 군사들이 처음에 강을 건널 때 뗏목을 타고 건너야 한다는 것쯤은 어린애도 다 아는 것이다. 간 큰 도둑 횃불 들고 다닌다고 엉뚱하게 다리를 놓고 설쳤으니, 간덩이가 부어터진 멍청이 하나 때문에 무려 7만이 넘는 군사들이 헛되이 무리죽음을 한 것이다. 생각해보아라. 구려하쯤 건너는데 기껏해야 1만 군사만 잃으면 되지 않겠느냐?"

기껏해야 1만 군사라니? 부하들은 너무 어이가 없어 이세민의 튀어나온 생쥐 주둥이를 쳐다보았다. 이세민은 저 잘난 멋에 한껏 들떠 부하들의 낯빛이 바뀐 것도 몰랐다. 구려하에 대해서 자기밖에 모르는 것처럼 계속 떠들어댔다.

"겨울이 되면 넉 자가 넘는 얼음이 얼게 되므로 사람과 수레가 마음 놓고 건널 수 있으나 얼고 녹는 때가 해마다 다르다. 여름에는 100여 장이 넘고 물살이 빠르나 겨울에는 80장에 지나지 않고 물살도 빠르지 않으며 강물도 깊지 않아서 겨우 키를 넘는 정도다. 다만 강바닥 곳곳에 한두 자가량의 진흙뻘이 있으므로 조심해야 한다."

한껏 자랑을 한 뒤 이세민은 이도종에게 명령을 내렸다.

"이제는 구려하에도 봄이 왔을 것이다. 그대는 먼저 달려가서 구려하를 건너고 강에다 뜬다리를 놓도록 해라."

이세적이 물불을 가리지 않는 사나운 장수라면 이도종은 생각이 깊고 꾀가 많아서 병부상서 이정과 함께 첫손가락에 꼽히는 장수였다. 더구나 육촌아우이기도 했으니 이세민이 제 아들들보다 더 믿고 아꼈다.

우렁찬 대답소리와 함께 깃발을 날리며 달려나가는 이도종을 바라보던 이세민은 문득 장안에 남겨둔 이정 등 늙은이들이 생각나서 기분이 나빠졌다. 젊은 장수들만으로도 장안에 있는 늙은이들의 코를 납작하게 눌러버리겠다고 새삼스럽게 다짐했다.

"두고 보아라. 강하왕은 쏜살같이 구려하를 건너고 바람같이 여동군을 휩쓸어버릴 것이다. 여우같이 눈치나 살피며 날뛰는 여동군쯤이야 범 같은 강하왕을 만나면 꼬리를 내리고 쥐구멍을 찾기에 바쁠 것이다."

"그렇습니다. 강하왕의 용맹과 지략을 따를 사람은 없습니다."

"더구나 강하왕은 30만 군사를 이끌고 달려갔습니다. 15만 여동군쯤이야 놀란 쥐새끼처럼 성안에 숨어서 눈알이나 굴릴 것입니다."

말이 끝나기가 바쁘게 모두들 그저 아첨하기에 바빴다. 장수들이 한목소리로 이도종을 치켜세우자 이세적은 몹시 기분이 나빠졌다.

"흥, 시끄럽게 떠드는 장군들을 보니 마치 치마 두른 계집들 같구려! 그까짓 여동군이 뭐가 그리 대단하다고 입에 올리는 것이오?"

이도종을 늘 맞수로 여겨왔던 이세적이다.

"내 알기로 한번 창칼에 불꽃 튀기며 싸워볼 만한 고구려 정예군들은 모두 평양에 있소. 여동군은 실력이 미치지 못해 변방으로 쫓겨난 것들이라고 하오."

이세민까지 싸잡아 비웃는 소리가 되는 줄도 모르고 입에 거품을 물었다.

"나처럼 한걸음에 압록수를 건너고 하루아침에 평양까지 짓밟아버려야 비로소 공이 있다고 할 것이오. 허수아비나 다름없는 여동군을 입에 올리다니, 장군들은 스스로 창피한 줄 아시오."

마치 이미 평양까지 빼앗은 장수 같았다. 이도종이 여동군을 휩쓸고 큰 공을 세워도 별것 아니라고 강조하다 보니, 이세적 자신이 이미 고구려를 정복해버린 것처럼 되었다. 장수들은 하나같이 떫은 감을 씹은 얼굴이었지만 이세민은 그저 좋아서 싱글벙글했다.

"옳은 소리다. 15만 여동군쯤은 이제 허수아비나 다름없다. 우리 현갑군은 여동군 개마대를 개미떼처럼 짓밟아버릴 것이다."

여동군 개마대에 맞설 현갑군 자랑도 잊지 않았다.

이도종이 군사를 재촉하여 구려하에 이른 것은 3월 말이었다. 여동군도 군사를 이끌고 구려하 동쪽에 바오달을 이루고 있었으나 10만여 명에 지나지 않았다.

방패를 든 군사들이 뗏목 앞쪽에 서고 뒤에서 노를 저어가면 큰 희생 없이 강을 건널 수 있다. 하지만 강을 건넌 뒤 여동군 개마대가 휩쓸기 시작하면 아무리 많은 군사도 놀란 참새떼처럼 흩어지고 갈대처럼 짓밟히고 만다.

"현갑군을 태울 뗏목은 열 명씩 탈 수 있게 크게 만들어라."

이도종은 현갑군을 처음부터 내보낼 생각이었다. 병부상서 이정의 계책대로 길러온 현갑군이 얼마든지 여동군 개마대와 맞설 수 있다는 자신감에서였다. 말까지 갑옷으로 중무장한 현갑군을 열 명씩 태워도 뗏목의 속도는 별로 떨어지지 않는다. 현갑군 군사들이 말고삐를 바짝 붙잡고 늘어서면 뒤쪽에는 화살이 날아들지 못하기 때문에 군사들이 마음 놓고 노를 저을 수 있는 것이다.

이도종의 계책은 성공했다. 당군의 뗏목이 구려하를 뒤덮자 빗발치듯 화살이 날아왔으나 곧 그치고 말았다. 여동군도 화살로는 아무런 효과가 없다는 것을 알았기 때문이다. 강가에 늘어선 여동군 개마대도 강을 건너는 당군을 무섭게 찍어넘겼으나 뭍에 오른 현갑군의 수가 많아지자 슬금슬금 뒤로 내빼고 말았다.

"하하하. 저놈들 개마대도 우리 현갑군에 놀라 꽁무니를 빼는구나. 황상의 말씀대로 여동군은 허수아비에 지나지 않는다."

이도종이 크게 웃었다. 모든 일에 침착한 이도종으로서는 매우 드문 일, 그만큼 현갑군이 자랑스러웠던 것이다.

구려하를 건너며 잃은 군사가 1만을 조금 넘었을 뿐이다. 이세민의 예측이 맞았다.

강을 건넌 이도종은 곧바로 뜬다리를 만드는 한편 마문거와 장군예를 불러 선봉을 맡겼다.

"도위 그대는 3만 군사를 이끌고 먼저 요동성으로 가라. 행군총관은 10만 군사를 이끌고 그 뒤를 따르라."

"예!"

선봉군 3만을 이끌고 달려간 마문거가 성문도 없는 장성을 통과했을 때다. 농성을 하기 전 바깥에서 일전을 치르려는 것처럼 요동성 바깥에 나와 있는 한 떼의 군사를 보았다. 그러나 그 수는 1만여 명에 지나지 않았고 그나마 거의가 나이 어린 군사로, 국내성에서 요동성을 도우러 온 선배들이었다.

선배들은 몇 배나 많은 당군을 보고 놀란 듯 싸움새를 갖추려고 북을 울리고 깃발을 휘저어도 이리저리 몰려다닐 뿐 제대로 무리를 이루지도 못하고 있었다. 갑옷조차 입지 않고 좋은 병장기마저 갖추지 못한 데다 싸움새도 제대로 갖추지 못하는 군사들이다. 마문거가 한걸음에 달려가 짓밟아버리려 했으나 이들을 살펴보던 부장 소천덕이 말렸다.

"저들의 옷차림을 보아 선배의 무리임에 틀림없습니다. 저들이 어리고 그 수가 많지 않다 해도 쉽게 공격해서 싸울 일이 아닙니다."

"무슨 말인가? 저들과 싸우지 말라는 겐가?"

"지난날 저들에 대하여 들은 적이 있는데, 저들의 옷차림을 보고 문득 생각을 되살린 것입니다."

"저들이 무엇이기에 그리 겁을 낸단 말이냐?"

마문거가 짜증난 소리로 물었다.

"저들은 선배라 불리는 무리로 스승들이 입는 옷이 검은 비단이라 하여 조의선인이라고도 합니다. 일찍이 어린 나이로 명산대천을 찾아다니며 천지신명에게 제사를 지내고 노래하고 춤춘다고 합니다. 앙감질도 하고 씨름도 하며 즐기고 때때로

활을 들어 살을 쏘며 창칼을 손에 익히기도 한답니다."

"그대의 말이 앞뒤가 맞지를 않는다. 저들은 흰옷을 입고 검은 띠를 둘렀을 뿐이다. 어린아이들이 노래하고 춤추는 것이나 배우다가 싸움터에 나왔으니 아직도 싸움새를 이루지 못하고 저자에 나온 장꾼들처럼 복작대고 있지 않느냐?"

마문거가 껄껄 웃었다.

"조의선인이라고 하는 것은 저들 틈에 하나씩 보이는 검은 옷을 입은 자들로, 저들의 스승을 말하는 것입니다. 고구려의 벼슬아치는 아비의 지위를 이어받으나 저들 선배의 무리만큼은 귀하고 천한 것을 가리지 않고 오직 그의 성품과 능력에 따라 그 등급을 정하고 있으니 여느 벼슬아치와는 크게 다릅니다. 저들이 천지신명에 제사 지내고 노래하고 춤추는 것은 하늘과 땅의 기운을 알고 나라와 백성을 사랑하는 맑은 성품을 기르기 위함입니다. 저들은 죽음도 마다않고 싸움에 뛰어들 것이니 자칫하다가는 우리 군사들이 크게 다치고 말 것입니다."

소천덕이 애써 설명했으나 마문거로서는 알아듣기 어려운 소리였다.

"그대의 말이 해괴하고 황당하다. 이리저리 꾸며대지 마라."

"저들을 잘 살펴보십시오. 나이가 어리고 그 수가 훨씬 적으나 조금도 불안한 기색 없이 마치 우리가 쳐들어가기를 기다리는 것 같지 않습니까. 우리를 보고도 성안으로 들어가지 않는 것도 의심스럽습니다. 성안 군사들이 저들을 위해 움직이지 않는 것도 우리가 저들의 덫에 걸리기를 기다리기 때문입니다."

"그런 소리 마라. 저놈들이 울며불며 달아나는 것이나 잘 보아두어라."

마문거는 더 듣지 않고 뒤따르는 군사들을 재촉해 서둘러 장성 안으로 들어오도록 하고 3만 군사가 모두 모이자 곧바로 싸움명령을 내렸다.

"저들은 젖먹이나 다름없는 무리다. 한꺼번에 휩쓸어버려라."

3만 당군이 크게 소리를 지르며 휩쓸어가자 선배의 무리들은 먼지를 자욱하게 일으키며 남쪽으로 내빼고 말았다. 아직도 싸움새를 갖추지 못하고 꾸물거리던 무리였으나 달아나는 것만큼은 참새떼가 놀라 달아나듯 재빠르기 짝이 없었다.

10여 리를 뒤쫓던 마문거는 군사를 물려 돌아왔다. 몸이 날랜 선배의 무리를 나이 먹고 갑옷까지 차려입은 군사들이 뒤쫓는 것은 어림없는 일이라는 것을 깨달았기 때문이다.

마문거가 돌아오자 장군예의 10만 중군이 장성 안으로 들어오고 있었다. 도착하는 대로 자리를 잡고 군막을 치는데, 달아났던 선배의 무리가 다시 다가왔다. 좋은 사냥감이 계속 눈앞에 어른거리는 것이다.

마문거가 다시 선봉군을 모아 달려가려 했으나 이번에는 장군예가 말렸다.

"이제 다시 달려가도 저들을 잡을 수 없거니와, 먼 길을 달려와서 군사들이 지쳐 있기 때문에 저들과 싸운다 해도 크게 이길 수가 없다. 또한 저들이 속임수를 쓰고 있다면 뉘우쳐도 때가 늦을 것이다."

그러나 마문거는 듣지 않았다.

"저들에게 무슨 꿍꿍이가 있다면 아까 10여 리를 쫓아갔어도 아무런 낌새가 없었을 리가 없다. 이제 우리가 발 빠른 기마대를 보내서 저들을 쫓는다면 몇 걸음 가지 못하고 주저앉을 것이다. 한 놈도 놓치지 않고 모두 잡을 수가 있다."

"군이 공격한다고 해도 우리 군사들이 모두 들어온 뒤에 해도 늦지 않다. 군사들이 모두 모일 때까지 군사를 쉬게 하는 것이 나을 것이다."

"저놈들이 많은 군사를 보고 겁이 나서 성안으로 들어가버리면 다시는 기회가 오지 않을 것이다."

조바심이 난 마문거는 급한 대로 3천 기마대를 전열에 세우도록 했다.

당군이 기마대를 모으는 것을 본 선배의 무리가 지레 놀라서 달아났으나, 오래지 않아 당군의 기마대에게 뒷덜미를 잡히고 말았다. 그런데…….

힘찬 고함소리와 함께 긴 창을 휘두르며 쫓아가던 군사들이 비명을 지르며 말에서 굴러떨어졌다. 마른 풀로 몸을 가리고 숨어 있던 3만 선배가 벌떼같이 일어나 화살을 퍼붓고 말다리를 찍어 넘기기 시작한 것이다. 마문거의 3천 기마대는 물거품처럼 꺼져버렸다. 뒤따르던 3만 당군도 너무 놀란 나머지 전열이 무너지고 혼란에 빠졌다. 혹시나 해서 멀찌감치 뒤따르던 장군예의 군사들이 고함을 지르며 달려왔으나 이들도 혼란 속에 뒤엉켜버렸다.

가볍게 활과 창칼로만 무장한 선배들은 몸이 무척이나 날랬다. 먼 길을 달려와 피로가 쌓였던 데다 느닷없는 습격에 놀란 당군은 제대로 싸우지도 못하고 왔던 길을 뒤돌아 달리기 시작했다. 그러나 그사이 성안에서 쏟아져나온 고구려 정예군사들이 도망치는 당군을 공격했다.

"다리 아프게 어디를 가느냐? 그냥 여기서 모가지를 쑥 내밀어라."

"더러운 오랑캐놈들이 여기가 어디라고 겁 없이 날뛰느냐?"

마침내 당나라 군사들은 풀숲의 메뚜기처럼 뿔뿔이 흩어져 죽어라 내달렸다.

콰-앙. 콰-앙. 성루에 매달린 종이 울었다. 요동성 군사들과 선배의 무리가 종소리를 신호로 썰물처럼 뒤로 물러났다.

마구 짓밟던 분탕질에도 지쳤을 것이 분명했지만 당군이 더 많이 지쳤기 때문에 장군예는 그나마 다행으로 여겼다.

얼마 후 이도종의 본진이 도착했고 다음 날에는 이세민도 도착했다. 전황을 보고받은 이세민은 행군총관 장군예를 끌어냈다. 성을 공격하기도 전에 2만이 넘는 대군을 잃었으니 누군가 그 죄를 감당해야 하는 것이다.

"너는 어찌하여 곧바로 나아가 싸우지 않고 머뭇거려 군사를 모두 죽게 했느냐?"

"적을 제대로 살피지도 않고 공을 다투어 군사를 죽게 만든 것은 선봉장 도위 마문거입니다. 저는 본진이 오기를 기다려 싸우자고 했습니다. 죄는 제게 있지 않고 함부로 달려가 적의 덫에 걸려든 선봉장 마문거에게 있습니다."

"듣기 싫다. 선봉으로 나선 자가 적을 보고 몸을 사렸으니 그 꼴이 된 것이다."

장군예가 싸움에 진 까닭을 말했으나 속셈이 따로 있는 이세민에게는 들어줄 귀가 없었다.

"건방진 놈, 뉘 앞에서 함부로 더러운 주둥아리를 놀리느냐?"

이세적이 새된 소리를 내지르며 득달같이 뛰쳐나왔다. 뭐라 입을 열어 대꾸하려던 장군예가 비명을 지르며 쓰러졌다. 이세적은 개한테 물린 개백정처럼 길길이 날뛰며 장군예를 사납게 짓밟았다. 대장군 이세적은 장군예의 목을 뚝 소리가 나게 비틀어 꺾어놓고서야 성이 차는지 군사들에게 내주어 목을 자르게 했다. 장군예는 모진 놈 따라다니다가 날벼락을 맞은 꼴이 되고 말았다.

이세민은 장군예의 목을 높이 매달고, 2만 대군을 떼죽음시킨 마문거에게는 오히려 죽음을 무릅쓰고 잘 싸웠노라고 치켜세우며 중랑장 벼슬을 내려 사기를 북돋웠다.

이도종이나 이세민이 그들의 잘잘못을 몰라서가 아니었다. 수천 년 동안 대대로 〈조선가〉를 불러온 서토 백성들이다. 군사들도 거의가 〈고구려군가〉와 〈사망가〉를 부르며 자랐다. 조선나라인 고구려를 두려워하는 마음이 뼛속에 박혀 있었다. 고구려 도전에 필요한 것은 겁 없이 뛰어드는 용맹뿐이다. 앞뒤를 따지며 멈칫거리다가는 군사들에게 고구려군에 대한 공포심만 불러일으키기 마련이다.

앞뒤를 생각하지 말고 무조건 싸움에 뛰어들어라! 몸을 사리는 자는 언제든지 목을 잘라버려라! 멀쩡한 장군예가 맞아 죽고, 함부로 설치다 많은 군사를 잃은 마문거가 오히려 상을 받는 것을 본 장수들은 이세민이 뜻하는 대로 앞뒤를 생각하지 않고 앞장서 싸울 것을 스스로 다짐했다.

구려하를 건넜을 때에도 이세민은 이도종이 구려하에 놓았던 뜬다리를 걷어치우게 했다. 군량과 병장기를 나르기 위해서라도 열흘이 지나지 않아서 다시 놓지 않으면 안 되는 것이 뜬다리다. 그러나 이세민은 강을 건넌 군사들에게, 돌아갈 길을 스스로 끊어버림으로써 이기지 못하면 살아서 돌아가지 못한다는 것을 보여준 것이다. 당군들은 장대 끝에 매달려 있는 장군예의 목을 보며, 구려하에서 뜬다리를 걷어치웠던 이세민의 마음다짐이 얼마나 크고 굳은 것이었는지 똑똑히 알았다.

멈칫거리다가는 언제 목이 잘려나갈지 모른다! 우리 당군 손에 죽으면 가족들까지 종으로 떨어진다!

요동성을 뒤에 남겨두고 고구려 깊숙이 들어가는 것은 뒷덜미의 비수를 그대로 두고 있는 것이나 다름없다. 요동성부터 손에 넣기로 작정한 이세민은 군사를 모두 모아서 성을 몇 겹으로 에워쌌다.

요동성은 한 번도 적의 손에 내준 일이 없었다. 오히려 여동안으로 깊이 들어간 적의 뒷덜미를 잡아 숨줄을 누르고, 달아나는 적들에게 된서리를 안기던 성이다. 더욱이 성안에는 태조 주몽성제의 사당이 있으며, 사당에는 자물쇠로 잠근 갑옷과 날카로운 창이 있다. 나라를 세운 주몽성제가 요동성을 지켜줄 것으로 믿었으므로 사람들은 어떤 어려움도 참고 견딜 수 있었다.

"돌을 날려 성벽을 허물어라."

수백 개의 던질수레를 자랑스럽게 늘어세운 이세민이 큰 소리로 명령을 내렸다. 엄청나게 많은 동돌이 날아갔으나 거의가 성벽에 닿지 못했다. 어쩌다 성벽에 부딪치는 돌도 성벽을 깨뜨릴 만한 힘은 없었다.

"참호를 저렇게 넓혀놓았을 줄은 미처 몰랐다."

20여 장이나 되는 참호를 바라보며 이세민은 이를 갈았다.

"웅담 없는 곰새끼! 기왕 장성을 헐어버릴 바에는 그 흙으로 참호나 메웠으면 얼마나 좋았을꼬?"

푸념을 해댔지만 연개소문이 장성을 헐어 넓은 통행로를 만들어준 것은 서토 오랑캐를 위해서가 아니었다. 겉으로는 통행에 거치적거리기 때문이라고 했지만, 속셈은 오랑캐들 눈을 속여 장성 성벽을 파괴하지 못하게 하려는 데 있었던 것이다.

요동성은 성벽이 70척이나 되게 높은 데다 참호까지 넓었으니 어째볼 수가 없었다. 50여 장마다 설치한 칸막이 둑은 성벽에 닿아 있었으나 군사들이 몰려가 공격하기에는 너무 좁았고, 요동성 군사들의 좋은 과녁이 될 뿐이었다.

활을 쏘아도 땅바닥에서 성벽 위로 날려보내는 것은 아까운 화살만 요동성 군사들에게 보태주는 꼴이 되고 만다. 군사들을 구름사다리 위에 올려보내 활을 쏘게 했으나 구름사다리에는 한꺼번에 많은 군사가 올라갈 수가 없었다. 사다리에 올라간 군사들은 역시 요동성 군사들의 좋은 과녁이 되었다.

"박치기수레까지 함께 세워놓고 그 위에 군사를 올려보내 화살을 쏘도록 하시지요."

이세적의 말에 따라 바오달에 세워두었던 박치기수레까지 끌어다놓고 군사를 올려보내 화살을 쏘게 했다. 그러나 수레에 높이 올라간 군사들은 활을 몇 번 당겨보지도 못하고 외마디 비명을 지르며 낙엽처럼 떨어졌다. 아무리 지켜보아도 성벽에서 쓰러지는 고구려 군사는 보이지 않았다. 구름사다리나 박치기수레, 던질수레 위에 올라간 당나라 군사들만 고구려군의 화살에 맞아 밑으로 떨어져내렸다.

"고구려놈들은 옛적부터 사나운 활로 이름을 떨쳐왔으니 더 가까이 가지 않고는 저들의 과녁이 될 뿐입니다. 좀 더 날짜가 걸리더라도 참호를 메우고 성을 공격해야 할 것입니다. 참호만 없다면 박치기수레로 성벽을 밀어버릴 수도 있습니다."

나무로 얽은 울타리라면 모를까 단단한 돌로 쌓은 요동성을 박치기수레 따위로 밀어붙일 수는 없는 일이다. 그러나 한껏 풀이 죽은 이세민을 다독거릴 줄 아는 게 바로 이도종이었다.

"그렇다. 달리 방법이 없다. 곧바로 참호를 메워라."

이세민의 명에 따라 참호를 메우던 이세적은 참호 사이를 막아놓은 둑부터 없애라는 명령을 전해듣자 기분이 팍 상했다.

"뭐? 둑부터 없애라고?"

창칼을 놓고 흙이나 메어 나르는 것은 군사들이 할 짓이 아니다. 참호가 너무 넓어 마음대로 공격을 하지 못하므로 먼저 참호를 메우는 것은 그렇다 치자. 하지만 한창 참호를 메우고 있는 판에 먼저 참호 사이의 둑부터 파서 없애라니, 재미가 없었다. 더구나 그 명령을 내리도록 한 것이 이도종이라는 게 더 기분 나빴다.

서쪽으로 말을 몰아 득달같이 달려가니 이도종이 이세민 곁에 앉아 차를 마시며 노닥거리고 있었다.

"황상, 한시바삐 참호를 메워야 하는 판에 둑을 가지고 실랑이를 할 필요가 없습니다. 물은 낮은 곳으로 흐르기 마련이니, 넘치는 물은 내버려두어도 저절로 열수로 흘러갈 겁니다."

"동쪽과 서쪽은 그렇지만 북쪽은 넘치는 물이 흘러갈 곳이 없다. 군사들이 물을 밟고 다니면 자연히 수렁이 되고 움직임이 굼뜨기 마련이다. 조금 힘들더라도 순서대로 하는 것이 훨씬 나은 법이다."

이세민이 차근차근 타이를수록 이세적은 더 화가 났다. 만만한 이도종한테 눈을 부라릴밖에.

"참호 사이에 있는 둑이 무엇으로 되어 있는지 알고 있소? 그 크고 무거운 바위를 어떻게 빼낸단 말이오?"

"밧줄을 걸고 말 수십 마리를 이용해 잡아당기면 될 것이오. 요동성 놈들은 차곡차곡 쌓기까지 했소. 우리는 밖으로 꺼내지 않고 아무렇게나 참호 속에 빠뜨리기만 해도 되니 얼마나 쉬운 일이오?"

'그렇구나!' 싶었지만 한번 말을 뱉었으니 물러설 수가 없었다. 이도종이 아무리 왕의 지위에 있지만 싸움터의 실력은 자신이 한 수 위라고 믿는 이세적이었다.

"저놈들이 그리 바보인 줄 아시오? 그게 그렇게 쉽다면 내가 두말 않고 혼자서 칸막이 둑을 몽땅 치워버리겠소."

이세적이 뻗대자 이세민도 옳다는 생각이 들었는지 자리를 털고 일어났다.

군사들이 지르는 고함소리와 말울음소리가 요란했다. 바위를 끌던 말들이 갑자기 내달렸다. 바위를 물에 처넣나 싶었지만 지켜보던 군사들은 "아이구!" 소리를 질렀다. 바위를 붙들어 맨 밧줄이 그냥 빠져버린 것이다. 보니 칸막이 둑은 멀쩡하게 그대로다. 여태껏 하나도 치우지 못한 것이다.

"돌덩이를 제대로 얽어맬 수가 없습니다."

지휘를 하던 장수가 하나마나한 보고를 했다.

"빈틈을 찾아서 쇠기둥을 박고 잡아당기면 될 것입니다."

이도종이 그럴듯한 꾀를 냈지만 별 쓸모가 없었다. 다음 날까지 아무리 애를 써도 쇠말뚝을 깊이 박지 못한 것이다.

"차라리 정으로 돌을 쪼아내는 게 빠르겠습니다. 땅이 좀 질퍽거린다 해도 군사들이 움직이지 못할 까닭은 없습니다. 군사들은 내버려두면 사타구니에 곰팡이가 피는 법입니다."

앞뒤 가리지 않고 설쳐대는 이세적이었지만 이때만큼은 옳은 소리였다. 어리석은 군사들이란 할 일 없어 심심해지면 〈조선가〉나 〈사망가〉를 부르기 마련이다. 어떤 경우에도 군사들을 쉬게 해서는 안 된다고 생각한 이세민은 칸막이 둑을 내버려둔 채 참호를 메우도록 했다.

성을 공격하는 것도 어렵지만 참호를 메우는 일도 쉬운 것은 아니었다. 참호 가까이 가기도 전에 당나라 군사들은 빗발치는 화살에 목숨을 잃고 쓰러졌다. 아무리 다그쳐도 참호를 메우는 일은 더디기만 했다.

"잘하는 자에게는 상을 주어라. 머뭇거리는 자는 그 자리에서 목을 베어라."

이세민은 갑옷을 벗어던지고 손수 흙을 파면서까지 참호 메우는 군사들을 몰아세웠다. 너무 몰아세우다 보니 참호는 퍼넣는 흙만큼이나 당나라 군사들의 주검으로 메워지고 있었다.

마침내 참호의 물이 밖으로 흘러넘치기 시작했다. 당군은 참호가 메워진다고 좋아했으나 그것도 잠깐이었다. 넘쳐흐르는 물은 진흙과 섞여 진창을 만들었다. 발이 푹푹 빠지는 진창에서 군사들의 발걸음은 더딜 수밖에 없었다.

사흘, 나흘, 날이 갈수록 성의 동쪽과 서쪽은 넘치는 물이 성벽을 따라 열수로 조금씩 흘러갔다. 그러나 북쪽은 갈수록 수렁이 깊어져 군사들이 다가서지도 못했다. 북쪽으로는 공격할 수도 더 이상 참호를 메울 수도 없었다. 고구려군으로서는 뜻하지 않은 원군을 얻은 셈이지만, 공격하는 당군으로서는 그만큼 성을 공격할 공간이 적어진 것이다. 나무를 베어다 뗏목처럼 만들어보았지만 어림도 없었다. 나무를 구하기도 쉽지 않았다. 100만이 넘는 군사들이 복작거리고 있었으니 군사들이 밥해먹을 나무만 구해오기도 쉬운 일이 아니었다.

"강하왕, 그대는 무엇하고 있느냐? 저 물을 빼낼 방법을 찾아내라."

"예!"

이도종이라고 뾰족한 수가 있겠는가마는 밤잠을 이루지 못하고 생각에 생각을 거듭한 끝에 한 꾀를 내었다.

"물은 높은 곳에서 낮은 곳으로 흐르는 것이니, 들에다 넓은 못을 파고 참호에서 넘치는 물이 흘러들게 합니다. 못을 판 흙으로는 참호를 메울 수 있으니 한 개의 돌로 두 마리의 새를 잡을 수 있다고 하겠습니다."

"그대의 꾀가 참으로 그럴듯하다. 곧바로 군사들에게 명령을 내려 못을 파게 하라."

이세민은 밤낮으로 요동성 북쪽에다 커다란 못을 파기 시작했다. 수십만 군사가 달려들어 못을 파니 성을 공격하는 것 못지않게 못을 파는 것도 큰 볼거리였다. 이도종과 함께 군사들이 못을 파는 것을 바라보던 이세민은 절로 신바람이 났다.

"잘 봐둬라. 이만한 역사는 예전에도 없었거니와 앞으로도 없을 것이다. 수 양제가 고구려를 치기 위해 운하를 팠지만 막상 고구려에 들어와서는 성 하나도 어쩌지 못하고 물러갔다. 강하왕의 꾀에 맞설 사람은 없을 것이다. 지난번에 정원숙이란 자가 고구려 사람들이 동이족이니 하늘백성이니 하면서 온갖 소리로 저들을 칭찬했지만 저들은 아직 우리의 계책을 짐작조차 못할 것이다. 개소문이란 자를 여느 사람이 아니라고 하지만 그대의 발밑에도 미치지 못할 것이다."

"못을 파기는 쉬우나 물길을 내기는 어려울 것입니다. 바윗돌이 가로막고 있으면 파내거나 물길을 돌려야 하기 때문입니다. 더구나 저들의 화살이 멀리까지 날아오니 물길을 내는 데에는 많은 희생이 따를 것입니다."

이도종이 이세민의 칭찬에 들뜨지 않고 아직 계책이 이루어지지 않았노라고 말했다.

"어찌 적은 군사의 희생을 두려워하여 계책을 쓰지 못하겠느냐? 그대는 너무 마음이 약해서 탈이다."

"참호를 메우는 일도 얼마 남지 않았다."

장수들은 신이 나서 군사들을 더욱 몰아세웠다. 참호가 메워지면 성벽에 기어오르는 일은 아무런 문제도 되지 않는 듯이 참호를 메우는 일에만 매달렸다.

북쪽에서도 참호 메우는 일이 거의 끝나갈 무렵, 20만 수로군을 이끌고 바다로 나간 장량에게서 전령이 왔다.

황상의 뜻을 받들어 비사성을 손에 넣었습니다. 고구려 수군은 아직 앞으로 나서지 않고 있습니다. 신은 구려하와 열수 어귀에까지 뱃길을 열고 황상의 명령을 기다리겠습니다.

처음으로 승전보를 받았으니 이세민은 석 달 가뭄에 단비가 쏟아진 것처럼 좋아했다.

"장량이 마수걸이를 했구나. 그래, 그대는 구려하에까지 뱃길로 왔느냐? 오다가 적의 싸움배는 만나지 않았느냐?"

"제가 구려하에 닿을 때까지 싸움배는커녕 고기잡이배도 구경할 수가 없었습니다. 적들은 우리 수로군이 무서워서 감히 얼씬도 하지 못하는 것입니다."

"저놈들은 우리 수로군을 보기만 해도 오금이 저릴 것이다. 이제야 모든 일이 제대로 풀리기 시작하는구나. 모두들 그렇지 않으냐, 하하하!"

이세민이 길게 웃으며 부하들을 둘러보았다.

요동성 싸움

요동성 안에서는 성주 연재규가 눈살을 잔뜩 찌푸린 채 참호를 메우는 오랑캐 군사들을 바라보고 있었다.

"북쪽 참호도 다 메워져가니 걱정입니다. 머지않아 공격이 시작될 것입니다."

대막리지가 붙여준 부장 김달호가 걱정스러운 얼굴로 말하자 성주는 고개를 저었다.

"참호는 날짜를 벌고 적을 지치게 하자는 것. 참호가 없다고 해서 성을 지켜내지 못하는 것은 아니오."

이어 성주는 장군 고승연을 불렀다. 고승연은 전임 성주 고승학의 아우이니 아직도 많은 군사들이 새로운 성주보다 고승연을 따르고 있다고 보아야 했다.

"장군은 곧바로 여러 장수들을 모아주시오. 함께 의논할 일이 있소이다."

"무슨 일인데 그러시오?"

성주가 모두 모인 다음에 말하겠다고 하자 고승연도 더 묻지 않고 곧바로 여러 장수들을 불러모았다. 장수들이 다 모여서야 성주는 품고 있던 걱정을 털어놓았다.

"저들은 엄청난 희생을 치러가면서도 참호를 다 메우고 말았소. 머지않아 세찬 공격이 시작될 것이오. 그러나 내가 걱정하는 것은 참호가 없어지는 것이 아니라 저들의 끈질긴 집념이오. 옛말에도 몰리던 쥐가 고양이를 물고, 못 먹는 밥에 재를 뿌린다고 하였으니, 저들이 자칫 엉뚱한 짓을 하여 우리를 놀라게 하지나 않을까 하는 것이오."

성주는 그것으로 입을 다물었다. 장수들더러 짐작해보라는 것이다. 요동성 공격에만 매달린 지도 이미 두 달이 되어가는 마당에 저들로서 해보지 않은 방법은 하나도 없을 것이다. 그러나 적을 맞아 싸우느라 바쁜 장수들을 갑자기 한자리에 모아놓고 이런저런 입담이나 나누자는 것이 아니다. 오랑캐들이 무엇인가 우리로서는 엄두도 못 낼 엄청난 일을 꾸미고 있다는 말이 된다. 성주가 무엇을 걱정하는 것인지 짐작할 수 없는 사람들은 더러 적이 꾸미는 일보다도 불쑥 수수께끼를 내놓은 성주의 뜻을 헤아리기에 바빴다.

"미리 방비를 해야 할 것이오."

처음으로 침묵을 깨뜨린 사람은 선배들의 으뜸 스승인 신크마리 강원창이었다. 그는 지난날에 침입해왔던 수군을 세 번씩이나 깡그리 짓밟았던 병마도원수 강이식 장군의 아들로 뭇 사람들의 사랑과 존경을 받아왔다.

그러나 성주는 머리를 한 번 끄덕였을 뿐이었고 신크마리도 더는 입을 열지 않았다.

두 사람은 알고 있다! 무엇인가? 장수들의 궁금한 눈길이 재빨리 두 사람의 얼굴을 달렸으나 아무것도 읽어내지 못했다.

"바삐 서둘러야 할 것입니다."

성주의 부장 김달호였다. 다시 사람들의 눈길이 김달호에게 쏠렸으나 성주는 조용히 머리를 저어 입을 다물게 했다.

성주는 우리가 스스로 알아차리기를 바라고 있다! 장수들은 몹시 궁금했으나 차마 묻지 못하고 이리저리 생각을 달리거나 잠자코 있을 수밖에 없었다.

다시 한참이 지났을 때 무엇에 쫓기듯 놀란 목소리가 울렸다.

"큰일이오. 저들은 얼마든지 그럴 수가 있소이다!"

고승연이었다. 그에게 사람들의 눈길이 모였다.

"장군의 생각을 말해보시오."

뜻밖에도 성주가 입을 열었다.

"화공이오. 하다하다 안 되면 마지막에는 불로써 성을 태우려 할 것이오."

고승연의 말에 사람들은 소스라치게 놀랐다.

불로써 성을 태우다니, 말도 되지 않는 소리다!

"장군의 말이 너무 지나치오. 어찌 백성들이 모여 사는 성에 다 불을 지를 수 있단 말이오?"

"아무리 오랑캐라 해도 사람의 탈을 쓰고서야 어찌 그런 짐승만도 못한 짓을 저지른단 말이오?"

"그렇소. 말도 안 되는 소리요."

여러 장수가 입을 모아 고승연의 생각이 잘못되었음을 나무랐으나 고승연은 제 생각이 옳다고 우겨댔다.

"나는 악에 받친 저들의 엉뚱한 행동을 미리 생각해서 말하였소. 화공에 대한 방비를 하지 않으면 그때 가서 뉘우쳐도 아무런 쓸모가 없을 것이오. 성주가 우리를 모두 부른 것도 이에 대한 방비를 의논하고자 해서일 것이오."

성주도 똑같은 생각을? 그래서 우리를 모이라 하였는가 싶어진 사람들의 눈길이 한꺼번에 성주에게 쏠렸다.

"바로 그렇소이다."

성주가 무겁게 머리를 끄덕였다.

화공이란 너무 엄청난 것이라서 누구도 믿지 않을 것이니 미리 대책을 세우기도 쉬운 일이 아니다. 더구나 연재규는 두 해 전에 갑작스럽게 조정에서 성주로 임명되어 부임한 사람. 이곳에 뿌리도 없고 아는 사람도 없는 성주가 아무리 조바심을 내고 다그쳐도 군사들과 백성들이 제대로 따르지 않을 것이기 때문이다. 아직 성중 사람들의 신뢰를 얻지 못한 신임 성주로서는 대대로 이어온 전임 성주의 동생인 고승연의 입을 빌려 장수들을 설득하는 것이 가장 자연스럽고 효과적인 방법이었다.

"끝끝내 이 요동성을 빼앗으려는 저들의 무서운 집념을 미리 경계하지 않으면 안 될 것이오. 신크마리께서는 저들의 화공을 어떻게 막아야 할 것인지 말씀해주시오."

고승연이 다짜고짜 대답을 하라고 재촉했으나 강원창은 마치 기다렸다는 듯이 제 생각을 털어놓았다.

"불에 탈 만한 것들은 모두 집 안으로 거두어들이거나 한 곳에 모은 다음 흙으로 두텁게 덮어야 하오. 그뿐 아니라 모든 지붕에도 절대 불이 붙지 않도록 흙으로 두텁게 덮어서 불화살 공격을 막아야 할 것이오."

"그렇소이다. 또한 곳곳에 웅덩이를 파고 물을 채워두어 불이 번지는 것을 막고, 군사들의 옷에 붙는 불을 끄기 위해서는 함지에 물을 담아두는 것이 좋겠소."

김달호도 자신의 생각을 보탰다.

"모두 옳은 생각이오. 그만하면 적의 화공에 대한 방비가 되었다 할 수 있을 것이오. 장군들은 지금부터 군사들과 백성들을 잘 이끌어서 준비를 하여주시오. 저들이 불화살을 쏠 때에는 크게 바람 부는 날을 골라서 할 것이므로 어느 한 곳도 빠지지 않도록 하시오. 다만 내성에까지는 화살이 닿지 않을 것이나 그래도 곳곳에 물웅덩이를 파야 할 것이오."

장수들은 그날로 군사들을 지휘하여 흙을 물에 개어 세 치 두께로 지붕에 바르기 시작했다. 백성들도 모두 나서서 제집을 지키고자 했으므로 군사들과 힘을 합쳐 닷새 만에 모든 일을 마쳤다. 불화살이 닿기 어려운 내성에 사는 사람들도 외성으로 나와서 함께 도왔다. 다음에는 곳곳에 물웅덩이를 파서 진흙으로 속을 다졌다. 날마다 물웅덩이에 물을 길어다 채우게 했으므로 물웅덩이에는 언제나 물이 가득 차 있었다. 또한 부지런히 커다란 물두멍을 만들고 작은 함지박으로 물을 길어다 채웠다. 아무 데서나 땀을 씻을 수 있게 되었으니 더위에 시달리던 사람들로서는 절로 신바람이 나지 않을 수 없었다.

이세민이 진두지휘해가며 하루도 쉬지 않고 밤낮으로 공격을 퍼붓고 있지만 요동성이 떨어질 낌새는 어디서도 보이지 않았다.

"지루한 공성전으로 군사들의 사기가 크게 떨어졌습니다. 고구려군이 무서워 설연타마저 참전하지 않은 것을 군사들까지 모두 알고 있으니 저절로 움츠러드는 것입니다."

장손무기의 말은 사실이었다. 다른 데도 아닌 사위의 나라 설연타에서도 군사를 보내기는커녕 말 한 필 양 한 마리 보내오지 않았으니, 설연타가 고구려를 무서워하기 때문이라는 것을 모르는 사람이 없었다. 그렇다고 내놓고 고구려에 사신까지 보내 손잡은 설연타를 움직이게 할 방법은 없었다. 뒤를 물어뜯지만 않아도 다행으로 여겨야 한다.

힘들여 일을 해도 성과가 없으면 힘이 빠지고 딴생각이 들기 마련이다. 풀이 죽은 군사들이 〈사망가〉나 〈조선가〉를 부르게 된다면 그날로 사기는 곤두박질치게 된다. 이세민은 수 양제의 두 번째 공격 때 요동성을 공격하다 야반도주를 해야 했던 것을 생생하게 기억하고 있었다. 참호를 메우는 것은 나름 진전이 있었지만 그래도 너무 오랜 시일과 많은 희생이 따를 수밖에 없었다. 이세민은 끝없이 계속되는 고되고 지루한 노역에 지쳐가는 군사들의 사기를 끌어올릴 방법을 찾았으나, 더운 날씨에 머리만 지끈거릴 뿐 시원한 계책이 떠오르지 않았다.

뜻밖에 장손무기가 한줄기 소나기를 몰아왔다.

"백제를 이용하는 것입니다."

"백제? 우리를 돕기로 철석같이 약속했던 신라도 속수무책인 판에 백제를? 더구나 백제는 신라군이 고구려를 공격하지 못하게 신라를 공격하고 있지 않은가? 무슨 수로 이용한단 말인가?"

"황상, 다행히도 신라와 백제는 바다 멀리 떨어져 있습니다. 우리가 무어라 꾸며대든 확인할 방법이 없으니 군사들은 그대로 믿을 수밖에 없습니다."

"그건 그렇지만……."

"백제가 갑옷과 투구를 보냈다고 하면 됩니다. 백제와 신라가 연합해서 고구려를 공격하고 있으니 뒤에서 급습을 당한 고구려는 오래가지 못할 것이라는 희망을 심어주면 됩니다."

"겨우 그런 것으로 될까? 어리석은 군사들은 몰라도 장수들은 금방 눈치를 채버릴 것이다. 혹시 입이 가벼운 자가 있어 쓸데없는 소리를 지껄이면?"

"어리석은 자들은 몰라서 속고 현명한 자들은 그로 인해 빚어지는 결과물까지 잘 알 만큼 현명하기 때문에 스스로 입을 다물기 마련입니다. 황상께서도 이미 알고 계시듯, 병부상서 이정이 곤경에 처한 군사들을 구하고 천하를 안정시키기 위해 이미 오래전에 써먹었던 방법입니다."

수나라 말엽 장안에 있는 대흥성을 차지한 이연의 반란군에게 고구려 병장기가 있다는 소문이 나돌아 곤경에 처했을 때였다. 위기에 빠진 자신들을 도와달라고 찾아온 이세민에게 이정은 자신은 장성을 떠날 수가 없다며 한 가지 비책을 일러주었으니, 그것은 소문을 역이용해서 고구려와 같이 검은 갑주로 무장한 개마대를 만들고 아예 고구려 태왕의 천명까지 날조하라는 것이었다. 이정의 비책대로 태양 속의 세발까마귀가 선명한 고구려군 깃발을 들고 대를 지어 말을 내달리는 전법까지 그대로 고구려 개마대를 흉내낸 이연의 철갑군은 말 그대로 '검은 바람(黑風)'처럼 싸움터를 휩쓸었다. 들불처럼 일어났던 반란군들은 쉽게 무릎을 꿇기 시작했으며, 도탄에 빠져 허덕이던 서토의 민심은 당나라 이연에게 서토를 모두 다스리도록 했다는 고구려 태왕의 날조된 천명에 속아 매우 빠르게 안정되었다.

"아무리 어리석은 장수라도 우리가 처한 곤경을 모르는 바 보는 없습니다. 뻔한 거짓말이라도 믿고 싶어지는 것이 나약한 인간의 본성입니다. 절대 들통날 까닭이 없습니다."

장손무기의 말을 다 믿어서는 아니지만 달리 방법이 없었으므로 그 계책을 쓰기로 했다. 예비용으로 가져온 갑옷이 3천 벌에 투구가 5천 개나 되니 자랑하기에도 넉넉했다. 장손무기는 은밀하게 갑옷과 투구에 '백제국'이라는 글자를 써놓아 마치 백제에서 만들어 보낸 것처럼 위장했다. 무식한 군사들이 글자를 알거나 모르거나 누구도 의심하지 못할 것이다. 함부로 의심하는 자는 정신병자나 불손한 뜻을 품은 역적으로 몰아 처형해버리면 된다.

며칠 뒤 이세민은 장수들을 불러모았다.

"백제가 드디어 신라와 힘을 합쳐 고구려를 공격할 것이라는 연락이 왔소. 특히 백제에서는 이렇게 수천 벌의 갑옷과 투구까지 보내 충성을 보이니 어찌 가상하지 않겠소?"

이세민이 갑옷과 투구를 들어보이자 도열한 부하장수들의 눈빛이 달라졌다.

"신라와 백제가 뒤에서 공격하면 고구려군은 힘이 약해질 수밖에 없습니다."

모두들 좋아서 야단이다.

백제에서 만들어 보낸 갑옷과 투구가 골고루 나누어졌고, 이세민과 부하들도 모두 새 갑옷과 투구로 무장했다. 녹이 슬지 않게 기름으로 닦아 보관했던 새 갑옷과 투구는 햇빛을 받아 눈부시게 번쩍였다. 백제와 신라가 고구려군의 뒤를 공격하는 것으로 믿는 군사들의 사기도 충천했다.

마침 그동안 군사들을 몰아세운 보람이 있어 참호가 다 메워졌다. 이세민은 다시 한 번 군사들을 다그쳤다.

"이제부터 성을 들이친다. 던질수레를 가져다 성벽 가까이 세우고 성벽을 때려부숴라. 박치기수레도 한꺼번에 몰아 성벽을 밀어버려라."

"황상, 저들은 작은 문에도 모두 옹성을 둘렀습니다. 박치기수레는 나중에 내보내는 게 좋겠습니다."

"강하왕, 군사의 싸움은 기세다. 수많은 병장기가 거친 파도처럼 한꺼번에 밀려가면 저들은 너무 놀라 정신을 차리지 못할 것이다."

이세민은 박치기수레까지 한꺼번에 내보냈다.

나무울짱이라면 모를까, 돌로 단단히 쌓은 성벽이라 박치기수레는 아무런 충격도 가하지 못했다. 성문을 들이박아 부수는 데에는 더없이 좋은 무기가 되겠지만, 옹성 때문에 성문에 다가갈 수가 없었다. 옹성은 성문을 지키기 위해 성문 앞에다 둥그렇게 쌓은 성벽으로, 사람이나 수레가 드나들 수 있게 어느 한쪽만 트여 있으니, 섣불리 옹성 안에 들어갔다가는 사방에서 공격을 받아 죽고 만다.

갖가지 병장기를 모두 끌고 달려가자 요동성 군사들도 크게 놀랐는지 멀리서부터 소나기처럼 화살을 퍼부어댔다. 앞에서 수레를 끌던 군사들이 고꾸라졌다. 그러나 수레 속에 들어가 수레를 끄는 군사들이나 뒤에 붙어서 수레를 미는 군사들은 다칠 걱정이 없었다. 속도가 많이 떨어지기는 했으나 수레는 멈추지 않고 계속해서 앞으로 나갔다. 아무런 소용이 없다는 것을 알아차린 고구려군의 화살이 뚝 멎었다.

큰 집만큼 커다란 병장기 수백 개가 어깨를 나란히 하고 나가는 것은 보기만 해도 장관이었다. 동돌을 수없이 날려 한바탕 기를 꺾은 뒤에 박치기가 내달리고, 구름사다리에서는 군사들이 성벽 위로 뛰어내릴 것이다.

"돌을 날려 성벽을 부숴라! 구름사다리로 군사를 올려보내라!"

신바람이 난 이세민이 발을 구르며 명령을 내렸다. 그러나 몇 개의 돌이 성벽을 때리기도 전에 이세민은 제 가슴을 쳐야 했다.

하늘이 까맣게 연기를 내뿜으며 불화살이 날아오더니 늘어 세운 던질수레와 구름사다리에서 불길이 올랐다. 돌던지기에다 돌을 얹던 군사들이 놀란 메뚜기처럼 뛰어 일어나고 구름사다리를 기어오르던 군사들이 주르륵 미끄러져내렸다.

"불을 꺼라! 물을 끼얹어라!"

이세민의 고함소리가 들리지 않아도 군사들은 잽싸게 제 할 일을 하고 있었다. 용감하게 수레 위로 올라간 군사들이 안에서 올려주는 초롱을 받아 불붙은 곳에 물을 끼얹었다.

퍽! 소리와 함께 물을 끼얹던 군사 하나가 성에서 날아온 돌에 맞아 쓰러졌다. 날아온 돌덩이는 베개만큼 커다란 것이었으나 등을 맞고 쓰러진 군사는 죽지 않고 살아 있었다. 곧바로 일어나 제 입은 갑옷이 좋다고 생각하는 순간 불화살이 날아왔고, 군사는 불덩어리가 되어 땅바닥을 굴렀다.

하늘에서는 불화살과 함께 베개만 한 기름덩이가 수도 없이 쏟아졌다. 성벽 위에서 돌던지기에다 돌덩이 대신 기름주머니를 얹어 날려 보내는 것이다. 물을 끼얹어서 될 일이 아니었다. 수레 안에까지 불붙은 기름이 흘러들었다.

"어서어서 수레를 뒤로 물려라."

이세민이 발을 구르며 재촉했지만 뒤로 빠져나온 수레는 많지 않았다. 운 좋게 도망쳐나온 수레도 시꺼멓게 그을어 볼썽사납게 되었다.

"적이 머리를 내밀지 못하게 화살을 날려라."

"가까이 다가가서 사다리를 걸어라."

이세민은 날마다 악을 쓰며 군사들을 몰아세웠다.

참호가 메워졌으므로 성벽 밑에까지 다가가 사다리를 걸치는 일은 매우 쉬웠다. 구름사다리가 아니라도 얼마든지 성벽에 걸치고 군사들이 기어오를 수가 있게 되었다. 한꺼번에 수천 개의 사다리가 걸리고 군사들이 성벽을 기어올랐다. 그러나 요동성 군사들은 오리떼를 만난 사냥꾼처럼 신나게 화살을 퍼붓고 돌을 던졌다. 당나라 군사들은 사다리를 절반도 기어오르지 못하고 화살과 돌에 맞아 굴러떨어졌다.

"던질수레와 박치기를 가져와라. 군사를 올려보내 화살을 쏘게 하라."

이세민은 뒤로 물려두었던, 시커멓게 그을린 수레들을 끌어냈다. 수레 위에다 높이 단을 만들고 활 든 군사들을 올려보냈다. 높은 곳에서 화살을 날리게 하니 제법 효과가 있었으나 몇 번 활을 쏘지도 못하고 군사들이 굴러떨어졌다. 요동성에서 쏘아보내는 화살은 멀리 날 뿐만 아니라 무척 정확해서 빗나가는 것이 거의 없었던 것이다.

당나라 군사들은 성벽을 기어오르기 위해 밤낮을 가리지 않고 안간힘을 다했으나 도무지 성은 떨어질 낌새도 보이지 않았다.

마침내 부하장수들을 모두 불러모은 이세민이 말했다.

"성을 공격한 지 벌써 두 달이 지났다. 나는 이제 저 요동성을 포기하겠다."

듣던 중 반가운 소리였다. 부하장수들도 차마 입 밖에 내어 말하지 못했을 뿐이다. 어서 군사를 물려 오골성으로 가거나 뒤탈을 없애기 위해 안시성을 쳐야 할 것이다.

그러나 이세민의 입에서는 전혀 뜻밖의 소리가 나왔다.

"그렇다고 이대로 물러나지는 않는다. 끝내 손에 넣을 수 없다면 화공을 써서 깨끗이 태워버릴 것이다."

화공이라니, 마른하늘에 날벼락이다! 어떻게 황제의 입에서 화공이라는 소리가 나올 수 있단 말인가? 장수들이 입에 올리기조차 꺼려하는 것이 바로 화공이다. 군사들이 들판에서 맞서 싸울 때도 꺼려하여 함부로 쓰지 않는 것이거늘 성을 화공으로 공격한다는 것은 생각도 할 수 없는 일이었다. 화공에는 아무것도 견뎌내지 못한다. 뜨거운 불길과 숨 막히는 연기 속에서 살아남을 수 있는 목숨이란 그 무엇도 없는 것이다.

이도종이 한 걸음 앞으로 나섰다.

"우리가 물러가도 저들은 함부로 성을 나서지 못할 것입니다. 저들이 성 밖으로 나오지 못할 만큼만 군사를 남겨둔다면 성안의 군사들은 그다지 걱정하지 않아도 됩니다. 이만한 일로 화공을 써서는 안 됩니다."

"이대로 구려하를 건너 물러가더라도 화공을 쓸 수는 없습니다. 뭇 백성들이 사는 성읍에 화공을 한다면 이는 하늘의 뜻을 크게 거스르는 일이 됩니다."

울지경덕도 질세라 앞에 나서서 이세민을 말렸다.

"조그마한 성을 치려다 나라의 사직이 위태롭게 됩니다. 하늘이 두렵습니다."

"거두어주십시오."

여러 부하들도 왕의 이름을 더럽히는 일을 해서는 안 된다고 한목소리로 말렸다. 그러나…….

"무슨 소리들을 하는 것이오? 어찌 감히 신하로서 황상의 명령을 듣지 않겠다는 것이오?"

새된 소리를 내지르며 이세적이 팔을 걷어붙이고 나섰다.

"저놈들이 하룻강아지 범 무서운 줄을 모르고 날뛰니 이를 나무라고 가르치기 위하여 화공을 쓰는 것을 가지고 나라의 사직이 위태롭다느니 하늘이 무섭다느니 하는 것은 도대체 무슨 미친 소리요? 더구나 저들이 먼저 불화살로 우리를 공격하는 것을 보지 못하였소? 저들이 먼저 우리에게 화공을 했으니 잘못은 모두 저들에게 있는 것이오."

이세적은 잡아먹을 듯이 눈알을 부라리며 사람들을 노려보았다. 포악한 이세적은 어려서부터 사람들에게 짐승 취급도 받지 못했는데 이세민의 부하가 된 뒤로는 대장군에까지 올라 도리어 남의 우러름을 받는 장수가 되었다. 이세적이 이세민에게 충성하는 것은 기르는 개도 따르지 못할 정도였다.

"대장군의 말은 옳지 않소이다. 병장기 따위를 불화살로 공격해 불태웠다고 해서 어찌 백성들이 살고 있는 성읍을 불태울 수 있단 말이오?"

"병장기 따위라니? 우리 군사들이 그 무거운 것들을 끌고 오느라고 얼마나 죽을 고생을 했는지 몰라서 그러오?"

이세적의 낯짝이 벌겋게 달아올랐다.

"여러 장수들은 옷에 불이 붙어 타죽는 군사들을 보지 못해서 그런 소리를 하는 것이오? 저들이 먼저 화공으로 우리 병장기를 태우고 군사를 죽이는데도 우리는 화공을 쓸 수 없다니, 그 무슨 잠꼬대를 하는 것이오? 감히 황명을 거역하는 자가 있다면 이 물건이 가만히 있지 않을 것이오."

시뻘건 눈알을 번들거리며 이세적은 허리에 찬 칼자루를 쥐고 발을 굴러댔다. 그 볼썽사나운 모습에 장수들은 기가 질려서 할 말을 잃었다.

"누가 감히 내 앞에서 하늘을 들먹이느냐? 하늘의 뜻은 하늘이 정하는 것이다. 하늘에도 벼락이 있음을 모르느냐? 황제인 내가 저것들을 벼락으로 다스리려 하는데 누가 감히 냄새나는 입을 벌려 시끄럽게 군단 말이냐?"

이세민도 이세적 못지않게 입에 거품을 물었다. 길길이 날뛰던 이세민은 부하들이 모두 입을 다물고 두려워하는 빛을 보이자 비로소 성이 누그러졌다. 이세민은 그럴듯한 소리로 부하들을 달랬다.

"이 요동성을 그대로 두고 깊숙이 들어갔던 군사들이 어찌 되었는지 몰라서 그러느냐? 이 성을 이대로 뒤에 두고 간다면 비수를 뒷덜미에 매단 채로 달리는 것과 같다. 지난날의 잘못을 반복해서는 결코 안 된다."

지난날이란 33년 전 양광이 요동성을 두고 깊숙이 들어갔다가 크게 지고 달아났던 것을 말한다.

"사흘 안으로 성을 빼앗을 수 있는 장수가 아니라면 다시 입을 열지 마라. 화공을 쓰기 전에 경고하여 저들이 성문을 열고 나온다면 공격하지 않을 것이다. 끝까지 버티다 죽는다면 그들이 택한 운명이니 제 자신을 원망해야 할 것이다."

이세민은 더 들을 것도 없다는 듯이 명령을 내렸다.

"오늘부터 화공 준비를 마치고 큰바람이 불기를 기다려라."

화공

"벌써 두 달이 지났소. 저들은 요동성 공격에 지쳐 다른 곳으로 옮기려 할 것이오."

"아니오. 저들은 기필코 요동성을 빼앗은 다음에 움직이고자 할 것이니 조금 더 기다려보아야 할 것이오."

"요동성 군사들과 백성들이 오랜 싸움에 지치면 큰일이오. 너무 기다리지 말고 여동군을 움직여 적을 끌어들이는 것이 낫지 않겠소."

이세민이 화공을 하려고 바람 불기만을 기다리고 있을 때, 평양에서는 여동군을 움직이는 것에 대한 이야기를 하고 있었다. 끝없는 싸움에 지쳐 있을 요동성을 생각한다면 여동군을 보내 안으로 끌어들여야 했으나, 그리 되면 여동군의 실체가 드러나게 된다. 그 드러나지 않는 모습 때문에 15만 여동군은 가만히 앉아서도 150만 당군의 더듬이를 쥐고 있었다. 그런 여동군의 자취가 드러나는 날에는 당군은 마음 놓고 쳐들어올 것이다. 당군이 요동성에서 뭉그적거리며 헛되이 날을 보내는 것도 요동성을 꼭 빼앗으려는 마음 못지않게, 여동군의 자취를 모르고서는 함부로 움직이기가 두렵기 때문이었다.

"싸움이란 뒷일을 짐작할 수 없는 것, 자칫 요동성이 적의 손에 넘어갈 수도 있는 일이오. 저들이 요동성을 손에 넣는다 해도 요동성 하나를 얻으려 온 것이 아니므로 안으로 깊숙이 들어올 것이니, 차라리 이쯤에서 여동군의 자취를 보여주어 저들이 요동성에서 손을 떼고 뒤쫓게 하는 것이 나을 것이오."

"요동성에는 강원창 등이 4만 선배를 이끌고 들어가서 돕고 있소. 어떤 일이 있어도 무너지지 않을 것이니, 날이 갈수록 저들은 마음이 조급하여 스스로 물러날 것이오."

"요동성주 연재규나 신크마리 강원창은 뛰어난 장수들인 데다 군사마저 많으니 오히려 걱정이오. 성을 지키다 지루함을 견디지 못해 성 밖으로 나가 용맹을 보이려 든다면 낭패를 면키 어려울 테니 말이오."

여태껏 잠자코 듣기만 하던 대막리지가 머리를 저으며 처음으로 입을 열었다.

"어떤 일이 있어도 요동성 군사들은 결코 밖으로 나서지 않을 것이며 요동성을 꿋꿋하게 지켜낼 것이니 근심하지 마시오."

대막리지에게 무슨 속마음이 있었는가? 사람들은 갑론을박을 멈추고 연개소문을 바라보았다.

"저들도 우리 여동군이 맡은 일이 무엇인지 모르고 있지 않소이다. 여동군이 보급로를 끊고 싸운다는 것을 잘 알고 있었기 때문에 지난날에도 크게 걸려들었던 것이오. 나는 이번에도 바로 그것을 이용하여 저들을 물리칠 것이오."

비록 입 밖에 내어 말하지 않고 있었으나 저렇게 많은 오랑캐들이 몰려왔는데 아무런 생각도 없었을 대막리지가 아니다. 그러나…….

"여동군이 모두 평양에 와서 쉬고 있어도 저들의 눈에 띄지 않으면 저들은 함부로 움직이지 못할 것이오. 지난날 을지 막리지께서 이를 이용해 여동군을 압록수 이쪽으로 이동시켰었소. 나는 저들이 빼앗고자 하는 성으로 보내 그 성을 지키게 할 것이오."

듣고 보니 무슨 뾰족수가 있는 것도 아니다. 게다가 자칫 저들이 눈치라도 챈다면 오히려 여동군을 성 하나에 가두어두는 꼴이 될 수도 있다. 여동군이 지켜낼 수 있는 것은 오직 그 성 하나일 따름이니 얻는 것보다 잃는 것이 더 많다. 군사 한 사람이라도 아껴서 적재적소에 배치해야 하는 고구려군이 아닌가.

"차라리 그대로 두는 것만 못할 것이오."

"여동군은 저들이 하는 짓을 보아가며 천천히 움직여도 늦지 않소이다."

사람들은 한목소리로 반대했다.

"여러분이 안 된다고 하는 만큼 저들의 생각도 그러할 것이니, 그렇다면 이미 이루어진 것이나 다름없다고 생각할 수도 있지 않겠소?"

대막리지는 잠깐 뜸을 들인 뒤 끝내 제가 옳다고 우겨댔다.

"우리가 바라는 것은 싸워서 얻는 적의 목이 아니오. 저들이 싸움에 지쳐 물러가면 좋은 것이고 이를 뒤따라가서 한 걸음이라도 잃은 땅을 찾을 수 있다면 더욱 좋을 것이오. 이제 유월, 앞으로 서너 달만 지나면 저들은 우리가 붙잡아도 스스로 달아날 것이니, 그것은 바로 겨울이 시작되기 때문이오. 우리는 달아나는 저들의 뒤를 천천히 뒤따라가기만 하면 될 것이오."

"겨울이 온다고 해도 식량과 말먹이 풀을 미리 마련해두었다면 저들도 추위를 무릅쓰고 싸울 것이오. 그만한 생각도 없이 저 많은 군사를 몰아왔다고 보기는 어렵지 않겠소."

막리지 선도해의 말에 사람들은 머리를 끄덕였다. 눈앞의 이로움만 생각해 욕심이 많고 보고 배운 것 없어 어리석은 오랑캐라지만, 그렇다고 모두가 바보는 아니다. 이세민의 용맹과 지략 또한 남다르다고 하니 이를 함부로 업신여겼다가는 큰코다칠 것이다.

"저들이 겨울이 오기까지 뭉그적거리고 있다가는 한 사람도 살아 돌아가기 어려울 것이오. 추위가 닥쳐도 돌아가지 않는다면 우리 군사들은 모두 성을 나가서 저들을 얼어서 날지 못하는 파리 잡듯이 눌러버릴 것이오. 무엇 때문인지 아시겠소?"

이건 또 무슨 소린가. 오랑캐들을 추위에 비실대는 파리로밖에 여기지 않는다는 말인가.

"저들은 온돌을 놓아 방을 데울 줄도 모르고 화덕을 만들어 불을 피울 줄도 모르니, 바오달 안에 불을 피우다가는 연기 때문에 견디지 못할 것이오. 추위에 떠느라 밤잠도 제대로 자지 못한 군사들이 무슨 힘을 내 싸우겠소?"

"우리는 지난날 저들에게 20만이 넘는 포로들을 되돌려주었소. 그들도 구들 놓는 것쯤은 배워갔을 테니, 이를 잊어서는 안 될 것이오."

"그렇다 해도 벌써 스무 해가 넘었으니 그때 그 사람들이 다시 싸움에 오기도 어렵거니와 어렴풋이 옛 생각을 더듬어 애써 구들을 놓아야 불이 들지 않을 것이오. 무엇보다 저들에게는 가지고 다니며 바오달 안에도 불을 지필 수 있는 화덕이 없소이다. 저들이 오늘부터 화덕을 만든다면 모를까, 겨울이 된 다음에 우리 것을 몇 개 얻어서 만들려고 든다면 이미 때가 늦을 것이오. 그렇게 된다면 이 싸움은 군사들이 서로 죽이는 싸움이 아니오. 화덕을 가진 사람과 가지지 못한 자들이 몰아

닥친 추위 속에서 살아남느냐 마느냐 하는 싸움이 될 것이오."

대막리지의 판단은 옳았다. 어림짐작으로 구들을 놓는다 해도 아궁이와 구들고래를 제대로 만들지 못하면 불이 들지 않는다. 불이 든다고 해도 아랫목만 뜨겁고 다른 곳은 그대로 얼음장처럼 차갑기 쉬웠으니, 고구려 군사들 가운데도 제대로 구들을 놓을 수 있는 사람은 많지 않았다. 또 화덕을 가진 고구려군은 언제 어디로 옮겨가더라도 바오달 안에서 따뜻하게 불을 피울 수도 있고 뜨거운 음식을 만들어 먹을 수도 있다. 화덕에 세운 연통은 높을수록 연기를 잘 빨아들이고 화덕에다 부채질하는 것처럼 불이 잘 들게 하니, 잘 마르지 않았거나 거친 나무도 얼마든지 땔감으로 쓸 수가 있다.

"꾀 많은 짐승은 미리 달아날 굴을 파고 겁 많은 짐승은 제 굴에 들어가면서도 꼬리부터 디미는 법이오. 이세민이란 자가 용맹을 뽐내왔으나 차츰 겁을 먹고 스스로 조심하여 달아날 구멍을 남겨두고 싶어 할 것이니, 앞으로 당군이 몰려갈 곳은 바로 안시성일 것이오."

"안시성은 성벽이 높지 않으나 요동성보다 오히려 큰 성입니다. 요동성에서 물러난 당군이 안시성으로 몰려갈 까닭은 많지 않습니다."

"당주 이세민은 어려서부터 약삭빠른 생쥐라고 불려왔소. 명분을 좇는 것 못지않게 실리를 챙기려고 할 것이니, 갈로산의 쇠를 얻기 위해 틀림없이 안시성으로 갈 것이오. 또한 안시성은 비록 성은 커도 성벽이 높지 않으니 만만히 보고 군침을 삼킬 것이오. 미리 이곳에 15만 여동군을 숨기고 지키게 한다면 저들은 이제나저제나 하며 성이 떨어지기를 기다리다가 물이 얼고 눈이 내리는 것을 보고서야 깜짝 놀라서 도망칠 것이오."

연개소문은 오래전부터 서토 오랑캐들을 지켜보고 있었다. 이세민의 성격과 행동거지쯤은 손바닥 들여다보듯 훤했다. 당주 이세민은 패수에 놓은 뜬다리까지 치워주며 장삿배를 지나가게 해주고 있었다. 무엇보다 고구려 병장기가 길바닥에 널린 것을 보고도 단 하나도 손대지 않았다. 꿈속에서도 그리던 탐나는 물건을 못 본 척하고 그대로 지나친 것은 반드시 더 많은 것을 얻을 것이라는 자신감 때문 아니겠는가. 연개소문은 그동안의 금기를 깨고 유성에 고구려 병장기를 보냄으로써 유성을 지키고 나아가 당군의 움직일 방향까지 미리 안배해두었던 것이다.

이세민이 큰바람을 기다린 지 닷새가 되는 날 아침. 어둠이 걷히면서부터 동쪽에서 바람이 일어났다. 해가 뜰 무렵에는 모래가 날려 얼굴이 따가울 만큼 바람이 거세졌고, 오래지 않아 깃발을 거둬들여야 할 만큼 큰바람이 되었다. 이세민은 아침도 거르고 싸움을 벌였다.

"하늘이 우리를 돕고 있다. 구름사다리와 다른 수레를 모두 성벽 가까이 붙여라."

군사들이 200여 대의 수레를 동쪽 성벽에서 50여 걸음 되는 곳까지 끌고 갔다. 위쪽은 모두 새로 만들었으나 아래쪽 수레는 아직도 시커멓게 그을린 채였다. 멀리서 보면 병장기가 아니라 괴상한 괴물 같았다.

바람이 거세게 부니 화살도 힘을 잃고 낙엽처럼 제멋대로 이리저리 날렸다. 고구려군도 더 이상 쓸데없이 아까운 화살을 날리지 않고 있었다.

수레에 올라선 군사들이 성안에다 항복을 권하는 쪽지를 매단 화살을 수백 개나 날려보냈다.

너희가 곧바로 항복하지 않는다면 불화살을 날려 성을 깡그리 태울 것이다. 항복을 하면 쓸데없이 목숨을 해치지 않고 품 안에 받아들일 것이니 곧바로 흰 깃발을 내걸고 성문을 활짝 열어라.

경고문을 매단 화살은 바람을 타고 성벽을 높이 넘어 멀리 멀리 날아갔다. 뒤따라 수십 개의 불화살을 차례로 성안으로 날려보내 결코 거짓이 아님을 보여주었다. 그러나 아무리 눈을 씻고 보아도 성벽 위에 늘어선 군사들은 조금도 동요하지 않았다. 오히려 팔을 내저어가며 당군을 비웃었다.

"보아라, 저 발칙스러운 놈들을! 항복하면 살려주겠다는데도 죽으려고 미쳐 날뛰고 있다. 나는 살리고자 하였으나 너희 스스로 죽음을 불렀으니 너희들 자신을 원망하거라."

마침내 이세민은 화공 명령을 내렸다.

"불화살을 쏘아라! 성을 태워버려라!"

한마디 명령에 수천 개의 불화살이 날아갔다. 높이 쏘아올린 불화살은 강한 바람을 타고 성벽을 넘어 멀리 날아갔다. 화공에 대한 준비가 없었던 동문 성루에 수백 개의 불화살이 꽂히고 처마에서 연기를 피워올렸다. 벽에도 곳곳에 불화살이 꽂혀 연기가 올랐다.

"어서 물을 끼얹어라!"

요동성 군사들이 소리치며 준비해둔 물을 퍼부었으나 맨 위쪽 처마에는 이미 불이 붙었다.

"아윽!"

아래쪽 지붕에 물을 끼얹고 돌아서던 군사가 불화살에 맞아 쓰러져 뒹굴었다. 곁에 있던 군사들이 물벼락을 씌워 전포에 붙은 불을 껐으나 성루 안에도 불화살이 쏟아져 들어오고 있었다. 매캐한 연기에 눈을 뜨기도 숨을 쉬기도 어려웠다.

"어서 바깥으로 나가라. 불길을 잡으려 하지 말고 내버려두어라."

요동성 장수들은 군사들을 재촉해 불붙은 성루에서 빠져 나왔다.

동문 성루에서 군사들이 뛰쳐나가는 것을 보며 이세민은 껄껄 웃으며 좋아했다.

"성안에서도 곧 연기가 오르고 불길이 솟을 것이다. 네놈들이 얼마나 견디는지 어디 두고 보자."

그러나 성벽에 늘어선 요동성 군사들이 두 팔을 내저으며 무어라 욕설을 퍼붓는 모습이 보일 뿐 어지러운 움직임은 없었다. 불을 끄려고 달려가는 모습도 보이지 않았다. 기껏해야 낮게 날아오는 화살을 피하려고 성가퀴 뒤로 숨는 것이 고작이었다.

"네놈 집구석에나 불을 질러라, 이 나쁜 놈들아!"

"네 할아비도 다 태워 죽여라, 천벌을 받을 오랑캐놈들아!"

"네놈들은 죽어서 불지옥에 들어가 억겁을 불에 탈 것이다, 이 짐승만도 못한 오랑캐놈들아!"

화살을 피해 성가퀴 뒤로 숨었던 군사들은 곧바로 얼굴을 내밀고 말뚝을 먹이며 욕지거리를 해댔다.

성안에서는 이미 화공에 대비해 불에 탈 만한 것들을 안으로 숨기고 지붕을 흙으로 두텁게 덮었으며 곳곳에 물웅덩이를 만들고 물을 가득 채워두었다. 불화살이 날아와 떨어져도 불이 붙을 수가 없었다.

준비했던 수만 개의 불화살을 다 날려보내도 끝내 연기가 오르지 않자 비로소 되어가는 꼴을 짐작한 이세민은 제 가슴을 쳤다.

"아아, 돌이킬 수 없는 실수를 저질렀다. 화공을 쓰려거든 적이 방비할 틈을 주지 말아야 했던 것을……."

화공으로 아무런 이득도 얻지 못하고 백성들이 살고 있는 성을 불바다로 만들려 했다는 악명만 남기게 되었으니 열 번 가슴을 치고 뉘우쳐도 이미 때가 늦었다. 뒷덜미의 비수를 없애기 위해 온 힘을 다해 두 달이 넘게 요동성을 공격하던 이세민은 헛되이 죽어 나자빠지는 군사들 때문에 더 이상 성을 공격하는 것을 포기할 수밖에 없었다.

"벌써 6월이다. 10월이 되기 전에 풀이 마르고 추위가 올 것이니 서두르지 않으면 안 된다. 곧바로 오골성을 치고 압록수를 건너야 할 것이나 요동성을 이대로 두고 떠나는 마당에 안시성이 마음에 걸린다. 여러 장군들은 우리가 어디로 길을 잡는 것이 옳다고 생각하는가?"

이세민이 부하들을 모아놓고 요동성을 떠날 것을 말하자 모두들 기뻐하며 제 생각을 말했다.

"싸움이란 싹쓸바람이 들을 휩쓸어가듯이 해야지 성을 쌓듯이 밑을 다지기만 하면 아까운 시간만 버리게 됩니다. 곧바로 동쪽으로 나아가 압록수를 건너야 합니다."

이세적이 용맹한 장수답게 말했으나 이도종이 반대하고 나섰다.

"요동성을 이대로 두고 가다가는 보급로가 끊길 수 있으므로 먼저 안시성을 쳐야 합니다. 안시성과 건안성을 손에 넣는다면 구려하에 머물고 있는 수로군을 통해 곧장 비사성에 명령을 내리고 또한 장량의 수로군을 통해서도 군량과 물자를 보급받을 수 있습니다. 안시성에서 바다로 나가는 데는 건안성이 있으나 작은 성이니 언제라도 쉽게 함락시킬 수가 있습니다. 먼저 안시성을 손에 넣어 뒤를 다져야 합니다."

"강하왕의 의견이 참으로 옳습니다. 여동군이 어디에 숨어 있는지도 모르는 터에 오골성을 공격하다가 자칫 뒤가 끊기게 되면 뉘우쳐도 때가 늦습니다. 먼저 안시성을 쳐서 장량의 수군과 연결해야 합니다. 더구나 안시성을 빼앗으면 두고두고 갈로산의 쇠를 얻을 수 있습니다."

장손무기가 맞장구를 치고 나서자 이세민도 속뜻을 드러냈다.

"군사를 움직임에 있어서 안전한 것보다 좋은 것은 없다. 지난날 양광이 크게 진 것도 군사를 함부로 움직였기 때문이다. 안시성이 비록 큰 성이나 성벽을 두고 말할 것 같으면 흙으로 쌓은 토성을 겨우 벗어난 정도다. 어렵지 않게 함락할 수 있으니 우리는 작은 힘을 들여서 큰 것을 얻는 것이다."

이세민의 말이 끝나기가 바쁘게 이세적이 뛰쳐나왔다.

"그까짓 안시성 하나를 가지고 이러쿵저러쿵하는 것은 우스운 일입니다. 제가 달려가서 한달음에 짓밟아버리겠습니다."

이세적은 덮어놓고 아무 일에나 나서기를 좋아하고 때로는 미친 듯이 날뛰기도 했으나 어리석거나 생각이 얕은 사람은 결코 아니었다. 다만 이세민에게 충성을 보이거나 제 앞가림을 할 때는 누구의 눈치도 보지 않을 뿐. 그는 다른 사람들한테는 사흘 굶은 호랑이보다 사나운 대장군이었으나, 여느 때에도 이세민 앞에만 서면 살얼음을 밟고 깊은 못에 들어선 듯 조심조심 손을 맞잡고 설설 긴다. 이세민에게 좋은 말을 듣거나 상을 받을 때면 그때마다 화들짝 놀라 엎드려 절을 하다가 이마를 깨거나 까무러치지 않으면 손가락을 물어뜯어 피를 내기도 한다. 때로는 정신이 달아난 듯 멍하니 서서 누가 건드려도 모르는 척 한 마디도 대꾸를 하지 않았고, 벌렁 드러누워 깊이 잠든 척하다가 옷에 오줌을 지리기도 했다.

그러고 보면, 이세적이 미쳐 날뛰는 것은 모두가 이세민을 기쁘게 하기 위해 일부러 꾸미는 짓거리였다. 도무지 꼬락서니에 어울리지 않는 짓거리였으니, 그의 어릿광대짓은 그저 우스꽝스럽기만 했다. 다른 일에는 송곳처럼 눈이 매서운 이세민도 이세적한테만은 뻔히 알면서도 허허 웃고 지나갔다. 오히려 그때마다 여러 부하들을 둘러보며 으쓱거렸다. 저처럼 사나운 놈도 내게는 개처럼 벌벌 기지 않느냐고 뽐내는 어린아이와 다를 바가 없었다.

"나 혼자 안시성으로 달려가서 깨끗이 쓸어버리고 압록수로 뒤따라 갈 터이니 여러분께서는 황상을 모시고 압록수로 나가주시오. 굳게 다짐하건대 여러분이 압록수에 손을 씻을 때면 나도 함께 압록수에 흙탕물을 일으키며 땀을 씻고 있을 것이오."

곧장 압록수로 달려가야 한다던 이세적이 열을 올리며 떠드는 것을 보고 다른 사람들은 하도 어이가 없어 노려보기만 했다. 이세민 혼자서 좋아라 웃으며 맞장구를 쳐주었다.

"어깨 위에 얹힌 물건을 내려놓고 싶지 않거든, 내 앞에서는 흙탕물을 일으키지 마라."

'재롱둥이' 이세적이 곧바로 두 손을 가슴에 모으고 죽는시늉을 했다.

"가쁜 숨을 가다듬고 황상께서 손 씻기를 기다리겠습니다."

왕궁에 있는 계집이나 내시들도 하기 어려운 짓이다. 아무리 재롱둥이라지만, 지켜보던 사람들의 눈이 절로 돌아갔다.

"좋다. 그대는 안시성을 치러 가라. 우리는 모두 단 위에 높이 앉아서 구경하겠다."

이세민은 그렇게 안시성을 먼저 치기로 결정했다. 그러나…….

"이곳을 떠나기에 앞서서 해야 할 일이 있다."

"……?"

무슨 일이 남았다는 것인지, 부하들은 그저 눈만 크게 뜨고 쳐다볼밖에.

"요동성 놈들은 우리가 무서워 바깥나들이를 못해왔다. 두 달이 넘게 꼼짝도 않던 놈들이 밖으로 뛰쳐나오면 너무 좋아서 무슨 일을 저지를지 모른다. 함부로 기어나오지 못하게 울짱을 쳐야겠다."

"그야말로 바라던 바입니다."

"저놈들이 밖으로 나오면 한꺼번에 두들겨 잡아버리게 되니 오히려 좋은 일입니다. 개마군사라고 해도 가까이 달려들어 쇠몽치로 내려치고 자루가 긴 낫으로 끌어내리면 됩니다. 조금 힘은 들겠으나 그리 어려운 일도 아닙니다."

부하장수들이 저마다 신이 나서 떠들었다. 그러나 정작 이세민의 속뜻은 다른 데 있었다. 그가 울짱을 치려는 것은 안시성에서도 화공을 할 생각이었으므로 화공에 대한 일이 전해지지 않도록 미리 단속을 하려는 것이었다. 고구려군의 무서움은 개마군사에 있다고 할 수 있으나 개마군사는 아무래도 움직임이 굼뜨고 쉽사리 울짱을 뛰어넘지 못한다.

당군은 한 발 길이의 나무를 가져다가 울짱을 만들고, 나무가 모자라는 곳에는 돌과 흙으로 튼튼한 둑을 쌓아서 빈틈이 없게 했다. 닷새가 지나자 요동성 바깥에는 또 하나의 커다란 성벽이 생겨나서 성을 에워쌌다. 열수 남쪽에도 울짱을 세워 물샐틈없는 수비를 하게 되었다. 열수에도 두 개의 뜬다리를 놓았다.

"내일 아침 강하왕의 군사부터 안시성으로 떠나라."

이도종에게 선봉을 맡긴 이세민은 이세적에게도 명을 내렸다.

"그대는 열흘 동안 20만 군사로 요동성을 지키다가 안시성으로 오너라. 어떤 일이 있더라도 성을 공격하지 말고 굳게 지키기만 해라. 열흘 안에 개미 새끼 한 마리라도 요동성을 빠져나왔다가는 그대와 여러 장수들의 목숨은 없는 것으로 알아라."

"예, 목숨을 걸고 물샐틈없이 지키겠습니다."

목을 걸라는 소리에 이세적이 큰 소리로 이세민의 명을 받았다. 아무런 성과도 없는 지루한 공성전에 지쳤지만 그저 성을 에워싸고 지키기만 하는 것은 임무를 완수해도 자랑스러울 것이 없다. 그러나 목을 걸라는 것은 그만큼 중대한 사안이라는 것, 아쉽기는 해도 체면이 서는 셈이다.

"만에 하나, 적이 빠져나가게 되는 일이 있으면 곧바로 봉화를 올리고 전령을 달리게 하여 선봉군에게 알려라. 그것만이 그대의 목을 붙여둘 수 있는 단 하나의 길이 될 것이다."

이세민은 이도종에게도 다짐을 받았다.

"강하왕은 기마군사 3만 명을 따로 준비해두고 적이 성을 빠져나갔다는 연락을 받는 대로 기마대를 달리게 하여 안시성을 에워싸라. 어떤 일이 있어도 적의 전령이 성안에 들어가서는 안 된다. 앞뒤를 살피지 않고 달려간 기마대가 적의 덫에 걸려 모두 죽는다 해도 그대의 잘못이 아니다. 무슨 말인지 알겠느냐?"

3만 기마대를 다 죽여서라도 적의 전령만은 막아야 한다는 명령이었다.

"예! 개미새끼 한 마리도 놓치지 않겠습니다."

이도종이 큰 소리로 대답하고 먼저 안시성으로 떠났다.

다음 날에는 본진이 출발했다.

"작은 수레들은 길을 내며 나가고 새 길로는 공성기기를 먼저 이동시켜라."

다행히도 장성 성벽을 고쳐 만든 새 길의 너비가 공성장비를 움직일 만큼 넓었으므로 이세민은 덩치가 큰 공성기기를 먼저 올리게 했다. 대형 병장기의 이동에 애를 먹는 것은, 모두 수레바퀴로 움직이는데 고르지 않은 길바닥에 바퀴가 걸리거나 진창길에 바퀴가 빠져버리기 때문이다. 높다란 성벽을 이용해서 만든 길이라 자칫 잘못해서 굴러떨어지면 박살이 나겠지만 조심해서 끌고 간다면 새로 길을 만들며 가는 것보다는 훨씬 쉽고 빠르기 마련이었다.

이세민의 수레 뒤를 따라 공성기기들이 올라서자 키 큰 공성기기들이 훨씬 더 커 보였고, 길게 줄지어 행진을 시작하자 끝없이 거대한 용이 기어가는 것 같았다. 공성기기들이 시커멓게 그을리지만 않았더라면 역사에 전할 만큼 볼만한 광경이 되었을 것이다.

선배 바람

이세적은 울짱 뒤에다 군사를 벌여 세워서 요동성을 세 겹으로 둘러싸도록 하고 단단히 지켰다. 오랑캐 본진이 떠났는데도 요동성은 20만 군사로 겹겹이 포위되어 있는 것이다.

적이 공격을 멈추고 성을 둘러싸고만 있는데도 요동성주 연재규는 걱정이 많았다. 저들이 저처럼 열수 남쪽에까지 울짱을 두르고 많은 군사로 물샐틈없이 성을 에워싸고 있는 것은 요동성에서 많은 군사가 달려나가는 것을 막자는 것이 아니다. 몰래 빠져나갈 전령을 막고자 하는 것이며, 그것은 곧 다른 성에서도 화공을 하겠다는 의미였다.

다행히 요동성에서는 미리 짐작하고 방비를 했으나 다른 성에서는 화공에 대비하지 않을 것임에 틀림없다. 더구나 당군이 하는 짓으로 보아 다짜고짜 화공으로 성을 공격할 것이 분명하니 방비를 할 겨를이 없을 것이다.

어찌 될 것인지 짐작만으로도 두려운 일이었다. 어떻게 해서라도 저들의 못된 짓을 미리 알려야 한다. 그러나 저처럼 물샐틈없이 지키고 있으니 전령을 내보낼 구멍수가 없다.

"이미 저들의 본진까지 떠났으니 일이 매우 급하게 되었소. 무슨 수가 없겠소?"

성주의 눈길이 장수들의 얼굴 위를 달리다가 신크마리 강원창에게서 멎었다. 뜻밖에 강원창의 얼굴이 밝았다.

"한혈마를 보냅시다. 선배 가운데 안장도 고삐도 없이 사납게 날뛰는 말도 작은 강아지 다루듯이 하는 사람이 있으니 그에게 한혈마를 달리게 하면 되오. 그 선배는 이곳의 산과 들을 잘 알고 있으니 걱정하지 않아도 될 것이오."

"말을 달릴 사람이 없어서가 아니오. 한혈마는 성문을 나서자마자 달리지도 못하고 쓰러지고 말 것이오."

"몰래 저 울짱을 넘고 저 많은 군사를 뚫고 달릴 수는 없으니 어차피 많은 군사를 내보내 싸우지 않을 수 없을 것이오. 맨 앞에 개마대를 세우고 뒤를 따라 많은 군사를 보내 싸우는 사이에 틈을 내 전령을 달리게 합시다."

고승연이었다.

개마무사는 말에게까지 쇠미늘로 뒤덮인 갑옷을 입혔으니 화살이나 창날을 두려워하지 않는다. 개마무사가 대를 지어 달리면 어떤 용맹으로도 막아설 수가 없다. 그러나 저들은 개마대를 막으려고 울짱을 두른 것이다. 달리 방법이 없다고 해도 개마대를 내보내기에는 너무 큰 희생이 따른다.

“고 장군의 말씀은 매우 옳소이다. 그러나 자칫 잘못하다가는 수천 군사가 죽고 다치게 될뿐더러 그 죽어가는 군사들을 살리려다가 이 요동성마저 위태롭게 될 것이오.”

강원창이 제 생각을 말했다.

“마침 저들이 돌과 흙으로 둑을 쌓은 곳은 우리가 한번 뛰어넘어볼 만한 곳이오. 밤에 몰래 기마군사를 내어 둑을 뛰어넘어보겠소.”

“대낮에도 어려울 터인데 어두운 밤에 둑을 뛰어넘기는 더 어렵지 않겠소?”

성주가 걱정스러운 표정으로 물었다.

“그것이라면 걱정할 필요 없소. 어둠이 내리자마자 저들은 어제처럼 방책 앞에다 화톳불을 피울 테니 우리는 따로 등불을 가져가지 않아도 될 것이오.”

강원창의 말에 사람들의 얼굴이 밝아졌다.

“신크마리의 말씀이 참으로 그럴듯하오. 곧바로 날랜 군사를 뽑아 성을 나서게 하겠소.”

성주는 그 자리에서 군사를 내보내겠노라고 했다.

“귀한 물건일수록 비싸기 마련이니 우리 선배가 나서서 길삯을 물겠소.”

강원창은 선배들이 길을 열겠다고 했으나 요동성주 연재규는 받아들일 수가 없었다.

"전령은 선배로 하되 길을 여는 것은 우리 군사들이 하도록 해주시오. 신크마리께서 4만 선배와 함께 요동성을 지켜주는 것만도 고맙기 이를 데 없소이다."

대막리지는 절대로 성을 나가 싸우지 말라고 했으나, 불에 타죽을 다른 성의 백성들을 생각한다면 열 번 목이 잘리는 일이 있더라도 전령을 내보내야만 한다. 더구나 뜻밖에도 4만 선배가 함께 싸워주었으니 요동성주로서는 너무 쉽게 성을 지켜낸 셈이었다.

"선배들이 성에 들기에 앞서 2만여 적을 베었을 때부터 요동성 군사들은 남모르게 선배들을 시샘하고 있었소이다. 이번에도 선배가 나서서 길을 연다면 군사들은 몸을 사릴 줄밖에 모르는 겁 많은 이 몸을 비웃을 것이오. 내가 무슨 낯으로 군사들에게 명령을 내리겠소?"

그러나 강원창에게도 양보할 생각은 없었다.

"요동성 군사들이 함께 싸워주지 않았더라면 도리어 선배들이 크게 졌을지도 모르는 일이오. 무엇보다 요동성에서 성을 지키는 군사를 내보내 싸운 일이 없소이다. 성주께서 군사를 내보낸다면 나쁜 선례를 남기게 되어 요동성의 앞날을 가늠할 수가 없게 되오. 우리는 요동성에 딸린 군사가 아니니 언제 성을 나서도 괜찮지 않겠소."

따지고 보면 강원창의 말도 억지소리였다. 그러나 억지를 부리는 것은 그만큼 그 뜻이 굳어서 꺾을 수 없다는 의미였다. 마침내 성주가 양보하기로 했다.

안전을 꾀하기 위해 개마대를 앞세우자는 말은 일찌감치 들어갔다. 움직임이 굼뜰뿐더러 미늘이 불빛에 번쩍이고 소리 없이 움직이기도 어렵기 때문이었다.

날이 저물었다.

"하나라도 놓쳤다가는 모두 때려죽일 것이다. 특히 밤을 조심해라. 저놈들은 어둠을 틈타서 성을 빠져나가려고 할 것이다."

이날도 어둠이 내리기도 전부터 이세적은 부하장수들을 다그쳤다.

"울짱 앞에도 화톳불을 대낮처럼 밝혀라. 개미새끼 한 마리라도 놓쳐서는 안 된다."

곧 울짱 앞에까지 화톳불이 밝혀지고 군사들은 큰 소리로 떠들며 밤을 새웠다.

"감히 흙담을 기어오르는 자가 있다면 한 창에 목을 꿰주겠다."

둑 위에 걸터앉은 군사들도 서로 용맹을 뽐냈다.

별자리의 위치로 보아 한 시각이 되기 전에 동이 틀 것이다. 내성에서 외성 북문 쪽으로 가는 넓은 길에 한 무리의 사람들이 나타났다. 100여 명이나 되는 이들이 말을 끌고 있었으나 말울음 소리는커녕 발자국 소리도 없었다. 말의 입에는 두터운 재갈을 물리고 말발굽도 헝겊으로 단단히 동여맸다. 밝혀든 세 개의 횃불만 흔들거리며 나가는 듯했다. 세 갈래 길에 이르자 왼쪽으로 접어들었다. 북문에서 서쪽으로 2천여 걸음 떨어진 곳에 있는 작은 문으로 가는 것이다.

선배들이 성을 나서기로 되었다는 말에 모두 나서서 양보를 하지 않았으므로 제비를 뽑아서 가려야 했다.

한혈마를 타고 전령을 전할 선배는 바람이었다. 선배 바람은 2963년(630) 당 장수 이정 등이 설연타 부족과 짜고 동돌궐을 침략했을 때 어미아비를 잃었다. 제 품에 아이를 안고 달리다가는 아이의 목숨마저 건지지 못할 것이라 생각한 바람의 어미는 아이를 말안장에 꽁꽁 묶은 다음 말 잔등에 앉아 말을 몰았다. 등에 살을 맞아 더는 달릴 수가 없게 된 어미는 안간힘을 다해 품에 지닌 칼로 말고삐를 자르고 말에서 떨어졌다. 말안장에 묶인 아이는 너무 작아서 당군의 눈을 쉽게 벗어나 들판을 내달릴 수 있었다. 맥을 놓고 쓰러진 네 살배기 주인을 태운 말이 고구려로 피난길을 나선 사람들에게 발견되어 간신히 목숨을 건졌다.

바람의 기억 속에 남은 것이라고는 어미의 울부짖음과 말안장에 묶인 채 며칠이고 초원을 헤매면서 보았던 끔찍한 모습

뿐이었다. 바람결에 묻어오는 소리는 때로 어미의 목소리였고, 말을 타고 달리면 어디선가 어미를 만날 것만 같아서 어디랄 것도 없이 그저 산으로 들로 헤매고 다녔다. 바람이란 이름도 그래서 얻은 것이었다. 선배가 되어서도 한 잠자리에서 두 번 잠들지 못하는 버릇 때문에 들에 나가서 자는 날이 많았다.

말은 바람의 어린 목숨을 살려주었을뿐더러 그리운 어미의 얼굴을 비춰내는 거울이었다. 한낱 짐승에 불과한 말이었으나 제 목숨처럼 아끼고 사랑하였으니 말은 바람의 몸이나 다름없었고, 말 다루는 데에도 감히 따를 사람이 없었다.

성주와 몇 사람을 뺀 나머지는 모두 선배의 스승이 입는 검은 비단옷을 입고 있었다. 선배들은 성주가 보내준 검은 옷으로 몸을 감추려 했으나 여러 스승들이 검은 비단으로 된 자신의 옷을 벗어서 애써 입혀주었던 것이다. 선배들은 검은 옷을 입었을 뿐만 아니라 드러난 얼굴과 손에도 온통 숯검정을 칠했으므로 다만 검은 그림자가 움직이는 것 같았다.

성루와 성벽에도 드문드문 횃불을 밝혀놓기는 했으나 겨우 앞길이나 분간할 수 있을 만큼 어둠에 싸여 있었다.

"대막리지는 요동성을 빼앗지 못한 오랑캐들이 다음 목표를 안시성으로 삼을 것이라고 했는데, 짐작대로 오랑캐들은 장성을 고쳐 만든 길을 따라 열수를 건너서 남쪽으로 내려갔다. 그러나 눈속임일지도 모른다. 많은 군사들이 움직이고 있으니 자취가 없을 수 없다. 들키지 않도록 조심해서 살피고 오랑캐들이 길을 바꾸었거든 그대도 곧바로 오골성으로 달려라."

요동성주 연재규가 굳게 잡았던 배달 바람의 손을 놓았다. 이어서 성주는 신크마리 강원창과 마일천에게도 하나씩 서찰을 건넸다. 땀에 젖지 않도록 대통에 넣고 초로 단단히 막은 서찰에는 바람에게 준 것과 똑같은 내용이 적혀 있었다.

"천지신명이 함께할 것이오."

"하늘이 돌볼 것이오."

세 사람이 무리 속으로 들어갔다.

"불을 꺼라."

성주의 명에 따라 이들의 얼굴을 비추던 횃불이 꺼졌다. 조금 뒤 기름칠한 성문이 소리 없이 열렸다.

신크마리 강원창과 마일천이 99명의 선배를 이끌고 발소리를 죽이며 빠져나갔다. 옹성을 벗어나자 오랑캐들이 피운 불빛이 먼저 보였다. 울짱 앞에는 곳곳에 밝혀진 화톳불로 환했고 왔다갔다하는 그림자가 멀게 보였다. 군사들이 떠드는 소리도 바람결에 묻어왔다.

성문을 나선 선배들은 성벽에 바짝 붙어서 서쪽으로 걸어갔다.

"오랑캐놈들이 그토록 애써서 참호를 메운 것은 오늘 일을 미리 알았기 때문이다."

누군가 참지 못하고 한마디 했다.

"오랑캐들이 우리가 빠져나갈 길을 만들어주는 줄도 모르고 아까운 화살을 퍼부었구먼."

곁에 있던 사람도 입이 근질거리는가 보았다.

"어두운 밤길에 넘어지지 말라고 불까지 밝혀놓고 있다. 참으로 고마운 놈들이다."

얼마나 갔을까? 성벽 위에서 희끗한 것이 풀썩 떨어진다.

여기다! 이곳에서 똑바로 달리면 적이 돌과 흙으로 둑을 쌓은 곳에 닿게 된다. 강원창이 속삭이듯 낮게 명령을 내렸다.

"다 왔다. 모두 말에 올라라."

조심스럽게 말에 오른 선배들은 천천히 앞으로 나아갔다.

마침내, 환하게 피워놓은 화톳불에 번쩍이는 창날과 무어라 떠드는 얼굴까지 보였으나 오랑캐들은 아직도 다가오는 검은 그림자를 읽어내지 못하고 있었다.

"달려라!"

신크마리의 명에 따라 앞줄부터 고삐를 당기며 박차를 가했다. 말도 성주의 말을 비롯해 모두가 장수들이 타던 훌륭한 말이다. 선배들은 둑을 향해 쏜살같이 내달렸다. 눈 깜짝할 사이에 화톳불이 피워진 곳을 지나 둑에 다다랐다.

"적이다!"

"어찌 된 일이냐?"

갑작스럽게 나타난 고구려 군사들이 돌개바람처럼 휘몰아 가자 당나라 군사들은 넋이 달아나 싸울 생각도 못하고 떠들어댔다.

"북을 울려라!"

"어서 뒤쫓아라!"

당군이 떠들어대기 시작했을 때, 힘껏 달려간 말은 주인과 한 몸이 되어 가볍게 둑 위에 올라섰다가 다음 순간에는 둑을 박차고 달렸다. 둑 위에서 입으로만 용맹을 자랑하던 당나라 군사들은 어둠 속에서 귀신처럼 나타난 선배들을 보고 깜짝 놀라 엎어지고 자빠지며 길을 틔워주고 말았다.

둥, 둥, 둥, 둥. 둥, 둥, 둥, 둥. 시끄럽게 북이 울리기 시작했다. 둑을 넘어선 선배들은 막아서는 자들을 말발굽에 깔아버리며 두 번째 포위망을 향해 달렸다.

모두가 창칼을 휘두르며 몰려드는 적병을 그대로 깔아뭉개고 앞으로 달렸으나 아깝게도 선배 열대여섯 사람이 말에서 떨어졌다. 이들이 헤쳐가는 사이, 세 번째 포위망에는 천여 명이 벌떼처럼 모이고 있었다.

"마지막 포위망이다. 힘껏 달려라!"

모두가 소리를 지르며 벌떼처럼 덤벼드는 적을 헤쳐나갔다.

"됐다!"

"포위망을 뚫었다!"

비명처럼 외치는 소리가 들리고 이어 신크마리의 명령이 내렸다.

"전령은 힘껏 달려라!"

바람아, 빨리 달려라! 달려라, 한혈마! 선배들은 목이 터져라 외치며 몰려드는 적을 향해 미친 듯이 칼을 휘둘렀으나 하나둘 말과 함께 고꾸라지고 말았다.

북문 쪽을 맡아서 지키던 당군 장수는 굴돌통이라는 자였다. 굴돌통은 수나라 말엽 사기가 크게 떨어졌던 조정 군사들을 이끌고 하동으로 나가, 태원에서 몰려오는 이연의 반란군을 잘 막아냈다. 때문에 이연의 반란군은 하동을 지나지 못하고 서쪽으로 멀리 길을 돌아서 장안으로 들어가야 했었다.

수나라가 무너지고 당이 들어선 뒤에 굴돌통도 다른 사람들처럼 당나라의 신하가 되었으나 아직 큰 공을 세우지 못했다. 어디 하나 나무랄 데 없이 훌륭한 장군의 몸으로 이세적의 부하가 된 굴돌통은 사람 잡는 개백정이나 다름없는 이세적을 늘 같잖게 여기고 있었다. 개미새끼 한 마리라도 놓쳤다가는 친척들까지 다 죽일 것이라는 소리까지 들어야 하는 자신의 몰골이 한없이 처량했다.

"내 발밑으로 적이 빠져나가면 나는 더 이상 설 자리가 없다. 차라리 내 손으로 목을 찔러 죽고 말 것이다."

스스로 굳게 다짐한 굴돌통은 군사들을 둘로 나누어 한 시각씩 눈을 크게 뜨고 지키게 했다. 자신도 잠자지 않고 끊임없이 부하들을 살피고 다녔다.

"한자리에 서 있지 말고 왔다갔다하며 쉴 새 없이 움직여라. 큰 소리로 떠들어도, 노래를 불러도, 춤을 춰도 좋다. 멍청하게 앉아 있는 놈을 보면 그대로 목을 잘라버려라. 상을 줄 것이다."

밤새 여기저기 다니며 군사들을 챙겼으나, 어둠 속을 아무리 노려보아도 적이 기어나오기는커녕 생쥐 한 마리 움직이지 않자 저도 모르게 마음을 다잡던 탕개가 풀어지고 말았다. 말에서 내려 오줌을 눈 끝에 막사에 기대 깜빡 잠이 들었다. 시끄럽게 울리는 북소리에 놀라 달려왔으나 벌써 세 번째 포위망에서의 드잡이질도 다 끝난 뒤였다.

굴돌통은 등골에 식은땀이 흐르고 눈앞이 캄캄해졌다. 이세적이 마구 떠들 때는 설마 하는 생각에 그저 아니꼽고 듣기가 싫었지만 제 발밑으로 적이 뛰어들고 나니 땅과 하늘이 서로 맞붙어 빙글빙글 돌아가고 머릿골 속에서 천둥이 우는 것만 같았다. 이세민의 명으로 이세적의 목이 날아가는 판에 자신의 목 따위는 열 개가 아니라 백 개라도 모자랄 것이다.

죽을 수는 없다! 살아야 한다! 이제 자신의 지위 따위는 아무것도 아니다. 죽음이 눈앞에서 덮쳐드니 먼저 살고 봐야 했다. 굴돌통은 애써 정신을 다잡아나갔다.

살아남을 수 있는 길은 하나뿐이다! 요동성에서 나온 자들을 뒤쫓던 기마군사들이 돌아오는 것이 보이자 마음을 굳힌 굴돌통은 빠르게 앞으로 달려나가 이들을 맞았다.

"하나라도 적을 놓쳤다가는 네놈들을 모조리 베어 죽일 것이다!"

굴돌통의 성난 목소리가 어둠을 갈랐다. 일렁이는 횃불에 빼어든 칼이 당장에라도 내려칠 듯이 춤을 추었다.

"적을 모두 다 잡았느냐? 빠져나간 놈이 하나라도 있느냐?"

잡아먹을 듯 덤비자 기가 질린 군사들은 할 말을 잃었다. 굴돌통은 하나라도 놓쳤다면 모두 죽여버리겠다고 계속해서 고래고래 소리를 질렀다.

"빠져나간 놈은 하나도 없습니다."

누군가 입을 열어 대답하자 군사들은 한목소리로 크게 외쳤다.

"하나도 놓치지 않았습니다."

"바깥으로 기어나온 놈들은 모조리 다 잡아 죽였습니다."

군사들이 잘라온 적의 목을 보여주었다. 모두 열네 개였다.

"빨리 가서 이것들의 몸뚱이까지 끌고 오너라."

굴돌통으로서는 자신의 옹근 경계자세를 보여야만 했다.

"주검들을 모두 한곳으로 모으고 신발 속까지 샅샅이 뒤져

품은 것을 찾아내라."

운명은 굴돌통을 돕고 있었다. 요동성에서 나와 죽은 군사들의 주검은 모두 100개였다. 더구나 대장으로 보이는 두 늙은 것의 품에서 나온 두 개의 밀서는 화공을 조심하라는 요동성주의 전령이었다. 성을 빠져나가려던 적들을 모두 잡아 죽인 것이 틀림없었다.

"내 너희를 대장군께 아뢰어 큰 상을 내릴 것이다. 적들이 또다시 뛰쳐나올지 모르니 더욱 잘 지켜라."

덩실덩실 춤추던 굴돌통은 이세적에게 전령을 보냈다.

"성안에서 빠져나가려던 놈들 100명을 모두 잡아 죽였으니 마음 놓으시라 아뢰고 이 두 개의 전령을 전해라."

날이 밝기도 전에 이세적이 천여 명의 군사를 이끌고 들이닥쳤다.

"고구려 병장기는 어디에 있느냐? 하나라도 빼돌렸다가는 모두 죽여버리겠다."

이세적은 다짜고짜 고구려 병장기를 내놓으라고 소리를 질렀다. 굴돌통이 제 막사에 모아둔 창을 보여주자 이세적은 물에 빠진 자식한테 뛰어들듯 달려들어 이것저것 마구 만져보았다. 창을 잡은 이세적의 눈이 빛나는가 싶더니 기합을 지르며 창을 내질렀다.

"크악!"

군사 하나가 비명을 올렸다. 이세적이 갑옷 입은 군사의 몸을 꼬챙이로 고기를 꿰듯 창으로 찔러버린 것이다.

"틀림없다! 고구려 병장기다!"

이세적이 웃으며 다른 창을 잡아들자 장수들도 질겁하며 뒷걸음쳤다.

"장군, 정말 수고하였소. 이처럼 훌륭한 병장기를 빼앗았으니 장군의 공이 가장 으뜸이오."

이세적이 치켜세우자 굴돌통은 그제야 가슴을 쓸어내렸다.

"창이 모두 100개이고 이처럼 훌륭한 보검도 두 개나 얻었습니다."

굴돌통이 두 개의 칼을 건네주자 이세적의 눈이 확 벌어졌다. 손잡이는 불을 뿜는 듯한 용의 머리 모습이고 칼집에도 살아서 꿈틀거리는 듯한 용무늬가 새겨져 있는데, 곳곳에 박힌 수십 개의 보석만으로도 어느 정도 대접받는 보검인지 짐작할 수 있었다.

좌악! 칼을 받아 뽑아든 이세적이 '헉!' 하고 숨을 멈추며 부르르 몸을 떨었다. 쳐다보기만 해도 보검의 날카로움이 보는 이의 눈을 찢고 심장을 얼려버릴 것만 같았다.

신크마리 강원창과 마일천이 지니고 다니던 칼은 웬만한 고구려 장수들도 갖기 어려운 보검이었다. 이세적이 비록 대장군일지라도 기껏 톱칼이나 차고 우쭐대던 변방 서토의 장수다. 제 손으로 만져보는 칼이 어느 정도의 보검인지 가늠해볼 수도 없었다.

이세적이 한숨을 쉬며 머리를 흔들자 곁에 있던 장수들까지 질겁해서 꽁무니를 뺐다. 날카로운 고구려 보검을 시험해 보려고 또 죄 없는 사람을 얼마나 죽일지 알 수 없었기 때문이다. 그러나 이세적은 감히 시험해볼 엄두도 내지 못하고 다시 칼집에 넣었다.

칼에 대한 무서움이 가시자 절로 탄성이 나왔다.

"용이다! 하늘을 날고 불을 뿜는 용이다!"

이세적은 용을 타고 하늘을 나는 것처럼 황홀했다.

"황상께서도 요동성을 얻은 것보다 더 기뻐하실 것이다."

지난날 동돌궐을 쳤을 때 이세민은 승리한 대장 이정보다도 힐리가한에게서 고구려 병장기를 얻은 이도종의 공을 으뜸으로 쳤었다. 이정에 대한 포상은 황금과 비단을 내려주는 정도였지만 이도종에게는 강하왕이라는 왕의 칭호까지 내려주었던 것이다.

이세민을 따라 유성에 갔던 장수들한테 유성 저자에 고구려 병장기가 즐비하게 쌓여 있더라는 소리를 들었을 때, 무엇 때문에 유성 놈들을 모조리 죽이고 고구려 병장기를 빼앗아 오지 못했느냐고 펄펄 뛰었던 이세적이다.

곧바로 이세민에게 보검과 창을 보낸 이세적은 궁둥이가 들썩거려 한곳에 앉아 있을 수가 없었다. 자다가도 어깨춤이 절로 나왔다.

"고구려놈들아! 얼마든지 기어나오너라! 목을 자르기는커녕 모두 상을 내려주겠다!"

이세적은 요동성 주위를 돌며 주문이라도 외듯 떠들었다. 하지만 고구려군은 다시는 뛰쳐나오지 않았다. 예정된 열흘이 지나자 이세적은 성의 포위를 풀고 군사를 모았다. 보물을 두고 떠나는 미련이야 컸지만 이세민한테 가서 칭찬받을 생각을 하니 벌써부터 기절해서 드러눕고 싶게 기분이 좋았다.

"빨리 달려라! 황상을 뵈온 지가 벌써 열흘이 넘었다!"

이세적은 새 길을 따라 부지런히 앞뒤로 쏘다니며, 수레를 밀며 뒤따르는 굼뜬 군사를 재촉하느라 목이 쉬었다.

"개잡놈들아! 무얼 그리 꾸물거리느냐? 화살로 멱통을 뚫어야 정신을 차리겠느냐?"

성벽을 고쳐 만든 새 길은 고르게 다져져서 말을 달리기에 편했고, 높은 단 위에 서 있는 것처럼 멀리 떨어진 곳에 있는 군사들의 움직임까지 똑똑히 볼 수가 있었다. 거느린 군사들이 모두 기마군사들이었다면 단숨에 안시성에 닿았을 것이다.

안시성주 양만춘

안시성에서는 요동성에서부터 전해진 봉화를 보고 요동성을 잘 지켰다는 것과 당군이 이곳으로 올 것임을 알았다. 내일이나 모레쯤 적이 눈앞에 나타날 것이다. 봄부터 저들과 싸우게 될 것을 알고 기다렸으나 막상 눈앞에 적이 다가오자 성은 온통 긴장감에 싸여 있었다.

어제는 여동군에서 전령이 달려와 북부욕살 고연수와 남부욕살 고혜진이 15만 군사를 이끌고 내일 아침 안시성에 들어올 것이라는 연락을 보내왔다. 여동군은 함부로 자취를 드러내지 않고 곳곳에 출몰하며 싸우는 것으로만 알았는데, 성안에 들어와 함께 성을 지켜주겠다는 것이다. 안시성의 군사와 백성들은 뜻하지 않은 구원군을 맞을 준비를 하느라 바쁘게 돌아갔다.

북문 성루를 지키던 군사들은 문득 눈을 비볐다.

"저게 뭐냐?"

"굉장히 빠르다!"

순간 한 군사가 외쳤다.

"한혈마다!"

어디? 어디?

"한혈마다! 한혈마가 달려온다!"

한혈마란 소리에 놀란 군사들은 왁자지껄 법석을 피웠다.

"조의선인이 타고 있다."

눈 밝은 군사가 소리쳤다.

"빨리 성문을 열어라! 성주님께 알려라!"

그제야 정신을 차린 군사들은 한혈마를 맞기 위해 성문을 활짝 열었다. 한 사람은 성주에게 한혈마가 오고 있음을 알리려 말을 달렸다.

한혈마가 성문에 들어서자 몸이 날랜 장수 하나가 자기 말에 채찍을 휘두르며 한혈마를 성주한테 안내했다. 장수는 힘껏 말을 몰았으나 거의 이틀 동안 제대로 쉬지도 못하고 먼 길을 돌아서 달려온 한혈마가 어느새 자기와 나란히 달리고 있는 것을 보았다.

"요동성주의 전령입니다."

한혈마에서 뛰어내린 선배 바람이 안시성주 양만춘에게 서찰을 전했다.

도적들이 다른 곳으로 움직이기 시작하였소. 도적들이 어디로 갈는지는 모르나 이 글을 보는 대로 적의 화공에 대한 방비를 하고, 이웃한 여러 성에도 이를 알려 방비를 철저히 하게 하여주시오. 요동성에서는 미리 지붕에 흙을 바르고 곳곳에 물웅덩이나 물함지를 준비했으므로 어려움 없이 도적들의 화공을 막을 수 있었소. 성주와 여러 백성들의 안녕을 천지신명께 빌겠소. _ 요동성주 연재규

서찰을 읽은 양만춘이 모여든 사람들을 향해 입을 열었다.

"오랑캐놈들이 화공을 쓰고 있으니 이에 대한 방비를 철저히 하라는 요동성주의 전령이오."

듣던 사람들은 제 귀를 믿을 수가 없었다.

"화공이라니, 오랑캐놈들이 불로써 성을 태운단 말입니까?"

"요동성은 어찌 되었다 합니까?"

사람들이 놀라 외쳤으나 성주는 허둥대지 않았다.

"다행히 요동성에서는 미리 방비를 하여 피해가 없었다고 하오. 어서 이웃한 여러 성에 알리고 우리도 방비를 해야겠소."

성주는 곧바로 여러 성에 전령을 보내고, 여동군에게는 한혈마를 달리게 했다.

"오랑캐들이 큰바람을 이용해 수만 개의 불화살을 성에 날렸으나, 미리 방비를 했으므로 동문 성루와 동북쪽 성루가 불

에 탔을 뿐 이렇다 할 피해는 없었습니다."

선배 바람이 요동성에서 겪은 일을 이야기하자 사람들은 치를 떨었다.

"짐승만도 못한 오랑캐놈들이 화공을 쓰고 있다니 우리집은 우리 손으로 지킵시다."

"요동성에서도 백성들까지 불에 태워 죽이려 했으나 백성들이 미리 방비를 하여 불이 일어나지 않았다 하오."

"지붕에도 반 뼘은 흙을 발라야 불이 붙지 않을 것이라 하오."

백성들도 모두 나와서 지붕과 나뭇벼눌에 흙을 덮었다. 이곳에서도 내남없이 서로 도와 성벽 가까운 곳에서부터 차근차근 화공에 대한 방비를 했다. 늙은이와 철모르는 아이들까지 나와서 오랑캐가 닿기도 전에 싸움터 못지않게 바삐 움직이고 있었다.

밤에는 15만 여동군이 성안으로 들어왔다. 여동군은 다음날 점심에나 안시성에 이르게 되어 있었으나 안시성주의 전령에 놀라서 밤길을 달려온 것이었다.

"두 분 욕살께 어려운 부탁이 있는데 들어주시겠소?"

"말씀하시오. 성주의 부탁을 듣지 않을 까닭이 없소이다."

성주 양만춘의 부탁에 남부욕살 고혜진이 말을 받았다.

"두 분 욕살께서는 내일 아침부터 제 아랫사람이 되어주시오. 15만 여동군 또한 깃발을 감추고 안시성 군사가 되어야 할 것이오."

두 욕살의 눈이 휘둥그레졌다. 욕살은 막리지다. 요동성과 안시성의 성주 또한 막리지에 버금가는 신분이나 엄연히 아랫사람이다. 함부로 할 수 있는 말이 아닌 것이다.

"군사를 다스리기 위한 것이라면 반드시 욕살께서 명령을 내려야 하겠으나 저들을 크게 치기 위해서는 저들이 여동군이 어디에 있는지 짐작하지 못해야 할 것이라 여겨서 드리는 말씀이오."

그랬는가? 그렇다면!

"하하하."

갑작스럽게 두 욕살이 크게 입을 벌리고 웃음을 쏟아냈다. 차라리 호통이 떨어졌다면 무어라 말대꾸를 했을 터인데 두 사람이 큰 소리로 웃기만 하니 성주로서는 무슨 뜻인지 가늠할 수가 없었다.

"어제 여동군이 성안으로 들어올 것이라는 전령을 받고 곰곰이 생각했소. 저들이 여동군의 모습을 보지 못해야 겁을 먹고 함부로 움직이지 못할 것이며, 안시성을 어렵지 않게 손에 넣을 수 있다고 여겨야 이곳에 매달려 헛되이 많은 날을 보내게 될 것이오. 겨울이 오면 저들 스스로 물러갈 터이니 적을 치고 아니 치고는 그때 가서 생각해도 될 것이오."

양만춘은 두 욕살에게 차분히 제 생각을 말하고 재차 따라 줄 것을 부탁했다.

"좋소이다. 성주의 뜻대로 하시오."

"참으로 고맙소. 우리가 한마음으로 뭉쳤으니 반드시 이겨 낼 것이오."

성주가 깊이 머리를 숙여 고마움을 나타냈으나 고혜진은 머리를 가로저었다.

"아니오. 우리가 이길 수 있는 것은 성주가 슬기로운 사람이기 때문이오. 내가 남부욕살로서 성주를 모르지 않았으나 이처럼 슬기롭고 뜻이 큰 줄은 미처 짐작하지 못했소."

"무슨 말씀을 그리……."

고혜진의 칭찬에 양만춘이 열없어하자 고연수도 한마디 덧붙였다.

"성주의 생각이 이러한 줄도 모르고 그동안 쓸데없는 걱정을 했소그려. 비록 여동군을 성주에게 맡기라는 대막리지의 명령이 있었으나 막상 그리 하기에는 마음이 썩 내키지 않았는데, 그러나 다 헛걱정었소이다."

"대막리지께서 그리 말씀하셨소?"

놀라 묻는 양만춘에게 고연수가 짐짓 굳은 얼굴을 했다.

"그렇소. 성주가 군사를 부림에 있어서 조그마한 잘못이라도 있다면 내 대막리지의 낯을 보아서라도 성주를 용서하지 않을 것이오."

두 욕살은 그 자리에서 여동군 장수들을 모두 불러모아 명령을 내렸다.

"이제부터 이곳의 모든 지휘는 안시성주가 하게 된다. 여동군 군사들은 곧바로 깃발을 깊이 감추어라. 오랑캐들이 우리가 성안에 있음을 눈치채지 못하게 하라."

"좋다! 과연 이세적이다."

요동성주가 다른 성으로 보내려던 밀서를 받아든 이세민이 함박웃음을 지었다. 요동성에서 뛰쳐나온 것들을 모두 잡아 죽였다고 한다. 수는 모두 100명, 단 하나도 놓치지 않았다고 한다. 요동성에 화공을 했던 사실이 다른 성으로 알려지는 것을 막았으니 안시성 화공은 이미 성공한 것이나 다름없다.

"황상, 대장군은 날카로운 고구려 창을 100개나 얻었고 또 이런 보검도 두 자루나 보내왔습니다."

"모두 고구려 창이라더냐? 고구려 보검이라면 대단할 것이다."

이세민이 벌떡 일어나 장손무기가 건네는 보자기를 받았다.

"흐읏!"

붉은 비단을 풀어헤치던 이세민이 숨을 멈췄다. 저도 모르게 신음이 흘러나왔다.

"용이다! 하늘을 나는 천룡이다!"

한참 동안 홀린 듯이 바라보던 이세민의 눈이 먹이를 노리는 매처럼 빛났다. 살아 꿈틀거리는 듯한 두 마리의 용이었으나 더 나아 보이는 놈이 있게 마련이다.

칼을 골라 든 이세민이 숨을 고르며 천천히 칼을 뽑았다.

츠츠츠츠. 뽑아내는 칼을 따라 엄청난 기운이 쏟아져나왔다. 검은 칼등은 왕궁의 기둥처럼 무겁고 빛살같이 새하얀 칼날은 얼음처럼 심장을 찌른다.

황홀한 눈으로 바라보던 이세민이 문득 보검을 놓고 손을 뻗어 황제의 칼을 잡았다. 동돌궐 왕 힐리가한에게서 빼앗은 칼에다 온갖 보석으로 치장한 황금칼이다. 서토 제일의 명검으로 여태껏 이세민 곁에서 눈부시게 빛나던 칼이었으나, 이 순간 갑자기 빛을 잃었다.

"잘 잡아라."

황금칼을 뺀 이세민이 장손무기에게 건네주었다. 장손무기는 엉겁결에 이세민의 황금칼을 받았으나 곧 그 뜻을 깨닫고 두 손으로 힘껏 날을 세웠다.

"햐!"

이세민이 힘찬 기합과 함께 보검을 후렸다. 숨 막힐 듯 팽팽한 대기가 두 쪽으로 나뉘었다. '툭!' 소리와 함께 황금칼날 토막이 바닥에 박혔다.

"오, 오! 세상에, 이런 보검이 있다니!"

취한 듯, 꿈속을 헤매듯 중얼거렸다.

"고구려 병장기 중에서도! 으뜸 중에서도 으뜸이다!"

15년 동안 황제의 칼로 떠받들던 칼을 나무토막처럼 단숨에 동강내버린 것이다. 세상에 이런 훌륭한 보검이 있을 거라고는 상상도 하지 못했다. 문득 유성에서 황금칼을 뽑아 시험해보지 않기를 천 번 만 번 잘했다는 생각이 들었다.

"천하의 주인인 태왕이나 지녔을 보검이다! 태왕이 사는 천궁이라면 모를까, 이렇듯 황량한 변방에서 이런 보검이 나올 줄 누가 감히 상상이나 했겠느냐! 세적이가 나를 또 놀라게 했구나! 사람백정이나 하던 놈이 장수가 되고 대장군이 되어 눈을 의심케 하더니, 이제는 천하에 둘도 없는 보검을 얻어 이렇게 사람을 놀라게 하는구나!"

생각지도 못했던 보검을 얻은 이세민은 둥둥 구름을 타고 나는 듯했다.

"봐라! 이 검은 천룡이다! 하늘을 나는 천룡이다!"

이세민은 그 자리에서 '천룡검'이라는 이름까지 지었다. 다른 칼은 '화룡검'이라 이름 붙였다. 며칠 뒤 안시성으로 뒤따라온 이세적에게 화룡검을 내려주자 재롱둥이 이세적은 놀라 기절해버렸다. 버릇처럼 오줌까지 지린 이세적을 부하들이 둘러메고 나갔다.

안시성에 도착한 이세민은 이미 성을 손에 넣은 것처럼 말했다.

"안시성은 요동성과 견줄 바가 못 된다. 더구나 지난날에 우리와 싸우지 않았으니 지키는 군사도 적고 요동성 군사들처럼 강하지도 못할 것이다."

이세민은 맘껏 큰소리를 쳤다. 여동군 15만이 모두 성에 들어와 있으리라고 어찌 꿈엔들 생각했겠는가.

"게다가 성벽이 높다 해도 흙으로 쌓은 토성이나 다름없다. 이따위 성에서 오래도록 뭉그적거렸다가는 두고두고 웃음거리가 되고 말 것이다. 밤낮을 두고 쉴 새 없이 공격해서 적을 피곤하게 만들어라."

본디 안시성 언저리에는 돌이 적었다. 성을 쌓을 때에도 흙으로 4장 높이의 토성을 쌓고 그 위에 다시 돌로 성벽을 둘렀다. 이세민이 안시성을 흙으로 쌓은 토성이라고 한 것도 돌로 쌓은 성벽 높이가 1장 5척 정도밖에 안 되기 때문이다. 더구나 안시성 언저리는 땅이 고르지 못해 낮은 곳에만 군데군데 참호가 있었는데 너비도 좁았다. 요동성에 대면 참호가 없는 것이나 마찬가지였다.

이세민이 도착하고 닷새째 되던 날 이른 새벽부터 동쪽에서 바람이 일더니 아침이 되자 큰바람으로 바뀌었다. 당군은 야단법석을 떨며 부랴부랴 성 동쪽에 수레를 늘어세웠다.

"때를 놓쳐서는 안 된다. 성문을 열고 항복하지 않으면 곧바로 화공을 하라."

이세민이 쇳소리로 명령을 내리자 수레에 높이 올라간 당군들은 먼저 화공을 하겠다고 겁을 주며 성문을 열고 나오라는 쪽지를 성안으로 쏘아보냈다. 거짓이 아님을 알리려고 수십 개의 불화살까지 날려보냈다. 그러나 성벽 위에 늘어선 안시성 군사들은 놀라기는커녕 펄펄 뛰며 욕설을 퍼부었다.

"한 탯줄을 끊고 나온 형제까지 죽인 악독한 놈아. 제 아들까지 잡아먹었으면 되었지 또 무슨 죄를 짓지 못해 지랄을 하는 것이냐?"

"이 짐승만도 못한 오랑캐놈들아. 사람의 탈을 썼으면 그래도 사람의 흉내라도 내면서 살아라."

성깔 사나운 군사들은 아예 웃통을 벗어부치고 팔을 내저으며 고함을 질러댔다. 뜻밖의 대거리에 이세민은 문득 요동성에서의 일이 떠올라 꺼림칙해졌다. 화공을 해도 헛일일지 모른다. 그러나 곧 불길한 생각을 털어버리기라도 하듯 이세민은 고래고래 악을 썼다.

"불화살을 쏘아라. 깡그리 태워버려라."

수만 개의 불화살이 바람을 타고 성의 깊숙한 곳까지 날아갔으나 이곳에서도 끝내 불길은 오르지 않았다. 이세민은 또 다시 화공으로 성읍을 불태우려 했다는, 하늘과 사람이 함께 용서 못할 죄를 걸머지게 되었을 뿐이다.

"쉴 틈 없이 공격을 퍼부어 적이 지치기를 기다려라."

그래도 당군은 대를 나누어 밤낮없이 세찬 공격을 퍼부었다.

다시 닷새가 지났다.

"드디어 저놈들이 지치기 시작했다. 보아라, 전포도 걸치지 못한 백성들까지 성벽에 늘어서 있지 않느냐? 얼마 가지 못해 성이 떨어지고 말 것이다. 힘을 내라."

당나라 군사들은 신바람이 났다. 날이 갈수록 성벽에 올라오는 백성의 수가 늘어나더니 나중에는 절반도 넘었다.

"잘 보아라. 머리가 허옇게 센 늙은이와 젖먹이 어린애까지 나왔다."

"그뿐이냐. 계집들도 섞여 있는 모양이다."

군사들은 오늘 안에라도 성벽에 올라설 듯이 신이 나서 지껄였다.

안시성을 지키러 들어온 여동군 군사들이 갑옷과 투구를 벗어놓고 여름지기의 옷을 입거나 늙은이 모습으로 꾸민 것은 안시성에 당군을 붙잡아두려는 속셈이었다. 몸집이 작고 나이 적은 군사들은 어린아이처럼 입히고 더러는 여자들처럼 꾸민 것을 당나라 군사들이 알아차릴 수는 없는 일이었다. 그러나 어린애들이 던지는 돌에도 다치기는 마찬가지다. 늙은이들이 쏘는 화살도 사납기만 했다.

“요동성에서도 많은 백성들이 함께 성을 지켰으나 저렇게 많지는 않았다. 끝내 힘이 다해 저절로 무너지고 말 것이다.”

요동성에서처럼 그만두고 돌아설 수도 없거니와, 마냥 허술해 보이기만 하는 안시성은 이세민의 발목을 단단히 움켜쥐고 있었다. 더구나 안시성만 손에 넣으면 갈로산의 쇠를 파낼 수 있다는 것도 떨치기 어려운 유혹이었다. 갈로산의 쇠만 있으면 서토에서도 얼마든지 고구려 병장기를 만들어낼 수가 있는 것이다.

반드시, 손에 넣고 말 것이다! 생각에 생각을 거듭한 끝에 이세민은 한 가지 꾀를 내었다. 가슴을 두드리며 한참이나 껄껄거리던 이세민이 이도종에게 명령을 내렸다.

“그대는 오늘부터 밤을 낮 삼아 성의 동남쪽에 흙으로 산을 쌓아라. 반드시 성보다 높게 쌓아 성을 내려다보면서 공격할 수 있게 하고, 차츰 성벽으로 닿아가게 하여 마침내 성벽을 흙으로 덮어버려라. 나는 군사를 준비하여 그곳으로 뛰어내려 적을 치겠다. 그대의 군사들이 적의 화살을 두려워하여 일을 게을리 한다면 나는 그대의 목을 베어 창끝에 꽂아놓고 그대의 부하들을 다스리겠다.”

듣고 보니 과연 그럴듯한 꾀인 데다 자신에게 주어진 책임 또한 엄청나게 큰 것이다. 잘못하면 목을 베겠다는 소리에도 이도종은 절로 신바람이 났다. 비록 요동성을 빼앗지는 못했지만 넘치는 물을 한곳으로 빼내 참호를 메웠던 것도 자신의 공이었다.

"죽기로써 하루라도 빨리 흙산을 쌓겠습니다."

목소리도 우렁차게 대답을 하고 물러나왔다.

모두가 성을 들이치느라 북새통인데 이도종은 50만 군사를 둘로 나누어 밤낮없이 흙을 파다가 흙산을 쌓고 있었다. 보름이 지나자 흙산이 차츰 높아지며 성벽을 향하게 되자 성에서 날아온 화살에 다치는 군사가 늘었다. 흙산이 커지자 흙을 나르는 거리가 멀어진 데다 군사들이 성에서 날아드는 화살을 겁내 일이 처음처럼 빠르게 진행되지를 않았다.

"황상께서는 목을 걸고 흙산을 쌓으라고 하셨다. 그대들의 군사들이 저렇게 굼벵이처럼 움직인다면 나는 그대들의 목을 자르는 수밖에 없다."

이도종이 부하장수들을 닦달하며 발버둥쳤으나 안시성에서 날아오는 화살에 겁을 집어먹은 군사들은 고양이 앞에 선 쥐처럼 벌벌 떨었다. 장수들이 채찍으로 후려쳐도 그때뿐이다. 오히려 채찍을 휘두르는 장수들이 먼저 지쳐 떨어졌다.

이세민이 가까이 와서 지켜보는데도 군사들의 움직임은 굼뜨기만 했다. 성벽에서 날아오는 화살에 멈칫거리는 군사들을 바라보던 이세민이 이도종에게 물었다.

"강하왕, 그대는 아직도 군사를 다스릴 줄 모르는 것이 아니냐."

이도종은 낯을 붉힐 뿐 감히 대꾸하지 못했다.

"저자를 잡아 묶고 군사들을 불러모아라."

이세민의 손가락이 흙산 위에서 지휘를 하고 있는 장수를 가리켰다. 이세민의 호위장수들이 달려가 독수리가 병아리를 낚아채듯 묶어서 끌고 왔다.

흙산을 쌓던 군사들이 모두 모이자 이세민은 목청껏 악을 썼다.

"잘 보아라. 이놈은 너희를 감독하던 놈이다. 화살 따위를 겁내고 게으름을 피우는 놈은 모두 이렇게 될 것이다."

호위장수의 칼이 번쩍 빛나자 그 장수는 말대꾸도 못하고 벌벌 떨다가 그대로 목 없는 귀신이 되었다. 아직도 뜨거운 피가 흐르는 목이 창끝에 꿰여 흙산 위에 높이 걸렸다.

"적군의 화살을 두려워하는 놈은 내 손에 먼저 죽을 것이다."

한마디를 남기고 이세민은 자리를 떴으나 이도종과 부하장수들은 혼이 달아났다. 본보기로 흙산 높이 깃발처럼 꽂혀 있는 목을 보면 벌건 대낮에 귀신을 만난 듯 소름이 쭉 끼쳤다. 흙산을 쌓는 장수들은 꿈속에서도 창끝에 꽂힌 목을 보았고 벌건 대낮에도 제 목이 달아나는 헛기운에 시달렸다.

장수들은 제가 살아남기 위해서라도 서슴없이 군사들의 목을 쳐내 흙산에 묻었다. 몸에는 활을 지니고 다녔으며 언제라도 손에서 화살이 날았다. 언제 어디서 장수들의 칼날과 화살이 날아들 줄 몰랐다. 눈앞에 보이는 화살보다도 등 뒤에서 날아드는 보이지 않는 화살이 훨씬 더 무섭다. 이도종의 군사들은 안시성에서 날아오는 화살을 겁내지 않고 부지런히 흙을 퍼날랐다.

"성주, 어찌 이곳에는 꺾쇠를 하나도 지르지 않는 것이오? 높이 쌓아야 할 울짱이니 조금이라도 허술하게 해서는 안 될 것이오."

성벽 위에 나무울짱 세우는 것을 둘러보던 남부욕살 고혜진이 깨우쳐주었으나 성주는 되레 엉뚱한 대꾸를 했다.

"그 통나무들은 흙산이 내려미는 힘을 견뎌낼 버팀대올시다. 바깥에 둘러세운 울짱은 모두 튼튼하게 되어 있소."

"그러니 더욱 중요한 것 아니오? 버팀대가 흙이 미는 힘을 견디지 못하고 무너지면 어쩌려고 이러시오?"

"어차피 나무로 만든 울짱으로는 흙산을 견뎌내기 어려울 것, 일부러 무너지기 쉽게 만들었소이다."

"일부러 무너지게 만들다니? 그게 무슨 말씀이오?"

고혜진이 깜짝 놀라 소리를 쳤으나 양만춘은 싱긋 웃으며 품속에서 도면 몇 장을 꺼냈다. 그중에는 적의 흙산이 성벽에 세운 목책까지 다가온 그림이 있는가 하면, 흙산이 미는 힘을 견디지 못하고 무너진 목책의 그림도 있었다. 성벽 위에 세운 목책을 그린 도면에는 전체적인 그림과 세부적인 그림이 나뉘어 있었다. 특히 꺾쇠를 지르거나 밧줄을 묶지 않고 고정시킨 곳은 연결부위의 크기와 각도까지 세밀하게 그려져 있었다.

오랑캐가 흙산을 쌓는 것은 흙산으로 성벽을 뒤덮어버리려는 것이니 막아내기도 어렵거니와 엄청나게 큰 희생이 따른다. 적을 막는 가장 좋은 방법은 저들이 성벽을 넘으려고 군사를 준비하기 전에 먼저 흙산으로 올라가 빼앗는 것이다. 그렇게 하기 위해서는 우리 쪽에서 좋다고 생각했을 때 울짱을 무너뜨려야 한다.

성벽 위에 나무울짱을 5장 높이로 세워두면 적들은 울짱의 4장 높이에 이르기까지 흙을 채우지 않고는 울짱을 넘어 공격할 엄두를 내지 못한다. 흙산에서 흘러내리는 흙이 3장 높이까지 찼을 때 버팀대를 잡아당겨 울짱을 무너뜨리면 흙산도 따라서 무너지게 된다. 저들은 아직 공격 준비가 갖춰지지 않았을 때이니 이때 군사를 보내 흙산을 빼앗겠다는 것이다.

"저들은 애써 흙산을 만들어 우리에게 바치는 것과 같소이다. 걱정이 있다면 저들이 온갖 수고를 아끼지 않고 만들어 바치는 흙산을 우리가 어떻게 쓸모 있는 것으로 만드느냐는 정도겠지요."

말은 그랬지만 거기까지 생각이 미치지 않았을 양만춘이 아니었다.

"빼앗은 흙산에 울짱을 둘러 토성을 만들 생각이오. 또한 이곳에는 다시 돌로 성벽을 튼튼하게 쌓을 것이니 토성이 다시 저들의 손에 넘어가더라도 걱정이 없을 것이오. 이곳에 나무울짱을 세운 뒤 흙산에 두를 한 발 반 정도의 마른나무와 두 발 길이의 통나무, 그리고 다시 성벽을 쌓을 돌이오. 그리고 무너진 흙산을 쉽게 기어오르려면 미리 많은 사다리를 만들어두어야 할 것이오."

양만춘은 도면을 살펴가며 낱낱이 쓰임새를 짚어주었고 고혜진은 내내 머리를 끄덕였다.

"사다리나 빼앗은 흙산에 두를 울짱을 만들 나무를 준비하는 것은 어려운 일이 아니오. 그러나 성벽을 높여 쌓을 그 많은 돌을 어디서 가져온다는 말이오?"

고혜진으로서는 걱정이 없는 것도 아니었다. 안시성 언저리에는 돌이 많지 않았다. 그래서 성을 쌓을 때도 먼저 토성을 쌓은 뒤에야 돌로 쌓은 것이 아닌가. 그렇다고 성벽을 쌓는 데 주먹만 한 돌로 여느 백성들이 제집 담을 쌓듯이 할 수도 없는 일이다. 어디서 큰 돌을 가져온다 해도 성벽을 튼튼하게 쌓으려면 네모지게 다듬어야 하니, 어느 세월에 뜻을 이루겠는가.

안시성주의 생각은 좋았으나 이것저것 따지고 보면 하늘의 별 따기만큼이나 어려운 일이다.

“마침 제가 들어 있는 집이 오래되어 낡았으므로 허물고 다시 지어야 하니 거기서 잠깐만 빌려오겠소이다. 조상님들이 성주의 집이라 하여 축대를 높이 쌓고 무척 크게 지었으니 쓸 만한 돌도 많이 나올 것이오. 또한 집에서 나오는 나무는 울짱을 만드는 데 도움이 될 것이오.”

성주 양만춘이 제집을 헐겠다고 했다. 군량이 창고마다 가득 쌓여 있지 않았다면 군량창고까지도 모두 헐겠다고 했을 것이다. 군량창고는 홍수와 습기를 막기 위해 축대를 높이 쌓았으므로 반듯하게 다듬은 돌이 많았다.

성주의 집을 허는 것은 작은 일이 아니나 자칫하다가는 성마저 오랑캐들에게 짓밟힐지도 모르는 상황이다. 고혜진도 양만춘을 말릴 수가 없었다.

“다음에는 아예 돌로 성주의 집을 지읍시다. 여동군에서도 군사를 내어 좋은 돌을 얻어 나르겠소.”

열흘 만에 나무울짱이 다 만들어지자 성주는 제집을 헐게 했다.

“성주님께서 집을 내놓으셨다.”

“과연, 우리 성주님이시다!”

말하는 사람이나 전해듣는 사람들 모두 신바람이 났다. 하도 많은 사람들이 달려나와 일을 거들다 보니 어느새 관아의 건물들을 허무는 일은 백성들 차지가 되었다. 새벽부터 지붕에 올라가 기왓장을 벗기던 군사들은 뒷전으로 밀려났다.

"기와가 깨지지 않게 조심해라."

"서까래 하나라도 잘 다뤄라."

모두들 법석거리며 신바람 나게 일하는데 뒤늦게 나왔다가 일거리를 찾지 못하고 저리 밀려나 구경만 하던 사람들도 댓돌을 허물어내는 것을 보고 바쁘게 제집으로 내달렸다. 제 할 일을 찾은 것이다.

"우리집 댓돌도 성벽을 쌓기에는 그만이다."

"댓돌을 뺀다고 집이 무너지는 것도 아니다."

"성주님은 살던 집도 내놓았다. 나중에 지을 집이 무에 대단하다고 나무를 아끼겠느냐."

사람들은 자기 집을 지으며 쌓았던 댓돌에 신발 벗고 올라서는 섬돌 하나까지, 더러는 집을 지으려고 준비해두었던 나무 기둥은 물론 서까래까지 몽땅 실어 날랐다. 며칠 지나지 않아 성의 동남편에는 돌과 나무가 엄청나게 쌓였다.

"이미 충분하니 가지고 돌아가시오."

군사들이 말렸으나 백성들은 슬그머니 버리고 달아났다. 빈 터마다 골목마다 돌과 나무가 잔뜩 쌓여 있으니 그것도 걱정이었다.

"성을 빼앗긴다면 우리에게 무엇이 남아나겠나? 적이 물러간 다음에 다시 집을 지으면 된다."

집 안 마당에까지 돌과 나무가 쌓이자 모두가 제집을 헐어버리고 떠났다. 울짱을 세운 성의 동남쪽에는 너른 빈터가 생겨 숨통이 트였다.

군사들은 네모반듯해서 성벽을 쌓기에 좋은 마름돌을 골라낸 뒤 나머지를 수레에 싣고 다니며 나눠주느라 바쁘고 억지로 떠맡기느라 힘이 들었다.

"어쨌거나 이 집에서도 돌이 나온 것은 틀림없으니 받아두시오. 섬돌도 없어 오르내리기에 힘들지 않소?"

돌은 망가진 축대를 보고 짐작할 수 있었으나 나무는 뉘 집에서 나왔는지 알 수도 없었고 거저 받으려는 사람도 없었다.

"남는 나무는 밥할 때 불을 피우면 될 것 아니오?"

그렇다고 좋은 나무를 땔감으로 쓸 수는 없는 일이다. 쓰임새는 나중에 생각하기로 하고 성 안쪽으로 옮겨다 쌓아두는 수밖에 없었다.

성벽에는 2장 높이의 나무울짱이 170여 장이나 서더니 다시 가운데 쪽 100여 장이 3장쯤 더 높아지고는 그만이었다. 자꾸 높이 쌓았다가는 오히려 제 몸을 이기지 못해 저절로 무너질 것이다. 5장쯤 높아진 것이야 대수로울 것이 못 된다.

고구려군이 울짱을 세운 만큼 당군의 흙산도 높아졌다. 이제는 안시성 군사들이 밑에서 위를 보고 화살을 쏘는 판이니 눈먼 화살에 다치는 군사가 줄었다. 당군은 화살을 겁내지 않고 그저 부지런히 흙만 나르면 되었다. 부쩍부쩍 눈에 띄게 일이 빨라지고 있었다. 수레 하나에 두세 마리씩 말을 매었으므로 수레의 행렬도 끝이 없었다.

"진작 이런 생각을 내었어야 했다. 요동성에서도 흙산을 쌓았더라면 좋았을 것을!"

이세민은 하루가 다르게 성벽을 향해 다가가는 흙산을 보며 즐거워하고 있었다. 높고 커다란 흙산이 마치 자신의 위용 같았다.

"보아라. 여태껏 누구도 흙산을 쌓아 성벽을 뒤덮는 것은 엄두도 내지 못했다."

여러 부하들에게 또다시 입이 닳도록 자랑을 일삼던 이세민은 배부른 소리로 선멋을 부렸다.

"성벽을 뒤덮고 흙산을 넘어 들어가는 날 나는 산 이름을 황제산이라 하겠다. 산에다 온갖 꽃과 나무를 심고 산짐승이 뛰놀게 할 것이다. 강하왕, 이 일도 그대가 맡아라."

이때 또 하나 즐거운 일이 생겼다. 장손무기가 한 늙은 군사를 데리고 온 것이다.

"하수 어귀의 바닷가에 살던 자인데 어렸을 때 고기잡이를 나섰다가 고구려 해라선에 붙들려갔다고 합니다. 비사성에서 종으로 있었으나 몰래 작은 배를 얻어서 다시 고향으로 도망쳐왔답니다. 비사성에서 있을 적에 열수 어귀에 배를 대고 이곳 안시성까지 세 번이나 왔던 일이 있으므로 이곳에서 열수 어귀로 나가는 길을 알고 있다고 합니다."

"잘되었다. 비사성에 있는 장량이 구려하와 열수 어귀를 지키며 내 명령을 기다리고 있음을 잊고 있었다. 그런데 열수 어귀로 나가려면 요동성 언저리에서 배를 띄우거나 건안성을 거쳐 바닷가로 나가야 하지 않느냐?"

"많은 군사가 움직이기 위해서는 반드시 건안성을 거쳐야 하나 수십 명의 적은 군사는 따로 다니는 지름길이 있다고 합니다."

그러나 이세민은 다는 믿지 못하겠다는 얼굴이었다.

"그렇다 하더라도 오래전의 길을 어찌 다 기억하겠느냐? 늪에 빠지면 헤어나지 못하는 곳이 아니냐?"

"늪이 많고 길이 험해서 고구려 군사들도 더러 길을 잃는다 합니다. 이때는 늙은 말을 고삐 풀어 앞세우고 뒤를 따르는데, 늙은 말이라면 그 길을 처음 가는 말도 반드시 옳은 길을 찾아내므로 늪이나 수렁에 빠지는 일이 없답니다."

"늙은 말의 지혜를 빌린다니, 저자의 말이 과연 옳다. 곧바로 장량에게 사람을 보내라. 열수 어귀에서 장량의 군사를 만

나거든 큰 상을 주고, 저자가 이미 늙었으니 배를 내어 고향으로 돌려보내도록 해라."

이세민이 기분 좋게 명령하자 장손무기는 그 늙은 군사에게 길을 안내하게 하여 군사들을 열수 어귀로 보냈다. 정말 늙은 군사의 말은 틀리지 않아 길을 떠났던 군사들은 스무 날 만에 비사성까지 다녀왔다.

장량이 수십 필의 말에다 100여 벌의 갑옷과 수많은 고구려 병장기를 보내오자 이세민은 덩실덩실 춤을 추었다. 유성에서는 목구멍에서 손이 나오게 탐나던 것도 체면 때문에 억지로 참아야 했는데, 이렇게 엄청난 보물을 얻은 것이다.

이세민은 몸소 탄력을 시험해가며 활부터 골랐다. 화살을 얹어 당기니 하늘 끝으로 새처럼 날아간다. 고구려 화살을 얹으면 10리 밖에 있는 군사도 꿰뚫을 것 같다.

부하들에게도 귀한 보물을 나누어주며 더욱 충성을 바치게 했다. 세상에 고구려 병장기를 막아낼 무기는 없다. 고구려 갑옷은 전포처럼 가볍다. 모두들 지린내 나는 누더기를 벗어던지고 향기로운 비단옷으로 감싼 것처럼 갑주를 자랑하고, 나무칼만 만지다 진짜 칼을 받아든 아이들처럼 우쭐거렸다. 이세민의 심복부하들은 새로 얻은 병장기를 늦게까지 시험해보고 자리에 누워서도 너무 좋아서 잠이 오지 않았다. 입어보고 쓰다듬느라 모두들 잠을 설쳤다.

다음 날에도 모두들 고구려 병장기 자랑이었다.

"요동성에서는 천하의 보검이 두 자루나 나왔고 작은 비사성에서도 이렇게 많은 보물이 쏟아져나왔다. 저 안시성에는 얼마나 많은 보물이 있을 것인가? 아아, 짐은 여태껏 싸움터를 달렸지만 여동에 와서야 진정한 보람을 느끼노라!"

마치 안시성을 손에 넣은 것처럼 흰소리였다.

"두꺼운 갑옷을 벗어던지니 마치 날아갈 것 같습니다. 저따위 성벽쯤이야 날아서라도 넘겠습니다."

"군사들까지 고구려 병장기로 무장하면 천하제일의 군사가 될 것입니다."

"값으로 따진다면 저 성에 있는 고구려 병장기만으로도 온 세상을 사고 남을 것입니다."

새겨들으면 큰일 날 소리지만 모두들 구름을 탄 것처럼 발이 둥둥 떠 있었다. 귀담아듣는 사람도 없었다. 무슨 소리를 지껄이든 하는 사람이나 듣는 사람이나 그저 즐겁기만 했다.

"먼저 성에 들어가는 군사들에게는 군졸들까지 모두 고구려 병장기를 상으로 내리겠다."

아무래도 오래전부터 고구려 병장기로 몸을 감싸고 있었던 이세민이 먼저 정신을 차렸다.

"수로군도 움직일 때가 되었다. 머지않아 안시성을 손에 넣을 것이니 한 달 안에 오골성을 치고 한편으로는 압록수를 건널 것이다. 장량은 곧바로 바다로 나가 압록수 어귀에 군영을 이루고 우리가 닿기를 기다려야 할 것이다."

수나라가 어수선할 때 반란군을 일으켰던 장량은 밭갈이나 하던 자라고는 할 수 없을 만큼 용맹했다. 군사를 움직이는 계략도 제법 볼만했으므로 이세민은 장량에게 20만 수로군을 맡겼었다.

이세민의 명령이 내리자 장량은 20만 수군을 이끌고 다시 바다로 나갔으며 압록수 어귀에 가서 군영을 이루었다.

흙산의 비밀

흙산이 성큼성큼 다가옴에 따라 안시성을 지키는 군사들은 잔칫날을 맞는 것처럼 들뜨기 시작했다. 울짱을 넘어뜨리고 달려나갈 2만 군사들이었다. 더 많은 군사를 냈다가는 오랑캐들이 여동군이 성안에 들어와 있다는 것을 눈치챌 수도 있으므로 2만 명으로 제한한 것이다.

"게으름 피우지 말고 부지런히 흙산을 쌓아라. 네놈들 덕분에 맘껏 달리며 몸을 풀게 되었다."

"어리석은 오랑캐놈들, 머지않아 네놈들이 애써 만든 흙산에 우리 깃발이 휘날리는 것을 보게 될 것이다."

모두들 주먹을 불끈불끈 쥐어가며 울짱에 닿은 흙이 높이 차오르기를 기다렸다.

마침내 그날이 왔다. 새벽 별이 빛을 잃어가며 먼 하늘이 희부옇게 밝아오고 있었다. 흙산 위에다 드문드문 눈먼 화살을 날리고 있던 500여 군사들이 한꺼번에 울짱에서 내려왔다.

성주 양만춘의 고함소리가 울렸다.

"밧줄을 당겨라!"

둥, 둥, 힘찬 북소리와 함께 이엉차, 이엉차 소리가 어둠을 가르며 파도처럼 울려퍼졌다. 꺾쇠를 박지 않았던 버팀대마다 매어두었던 기다란 밧줄을 1천 500 군사가 한꺼번에 잡아당기는 것이다.

"이엉차, 이엉차!"

북소리에 맞추어 길게 뽑아대는 이엉차 소리에도 가득 힘이 실렸다. 모두들 달포 가까이 손꼽아가며 기다려온 순간이었으니 절로 힘이 솟구쳐올랐다. 그러나 모두가 함께 불끈불끈 힘을 쓰는 것도 잠깐이었다.

"피해라!"

둥둥둥, 어지러운 북소리와 함께 군사들이 밧줄을 내던지고 뒤돌아 내달렸다. 성벽에서 커다란 용틀임이 일어났다. 뿌드득, 뿌드득. 쿠쿠쿠, 쿠르르르. 나무울짱이 비틀리며 넘어지자 흙산이 함께 무너져내렸다.

빈터에는 다시 북소리가 둥둥 울려퍼졌다. 창칼을 비껴차고 기다란 사다리를 둘러멘 2만 군사가 나타났다. 흙산도 이미 흘러내리기를 멈췄다. 남부욕살 고혜진은 전투명령을 내렸다.

"흙산에 올라가라! 오랑캐를 응징하라!"

얼마나 애타게 기다렸던가.

"와아!"

함성이 일며 군사들이 내달렸다. 기다란 사다리로 빈틈없이 흙산을 뒤덮은 군사들은 잽싸게 흙산 위로 올라갔다.

흙산 위에는 수많은 당군이 있었지만 안시성을 향해 화살을 날려보내는 군사들은 조금이었고, 거의가 병장기도 없이 흙을 나르던 군사들이었다. 고구려군이 흙산을 향해 화살을 날리지 못하도록 성안으로 화살을 쏘아가며 흙산을 지키는 경계군사들의 장수는 복애였다. 그는 군사를 둘로 나누어 하루에 두 번씩 번갈아가며 안시성을 공격하도록 했고, 자신은 밤낮으로 흙산에 올라 군사를 독려하고 있었다. 흙산이 성벽 위에 설치한 울짱보다도 높아진 뒤에는 성안에서 날아오는 눈먼 화살도 매우 적었지만 흙산 경계를 책임진 장수로서 모범을 보여야 했기 때문이다. 아무리 좋은 조건이라고 해도 모든 경계는 낮보다 밤이 어려운 법, 이날도 날밤을 꼬박 새우며 화살 날리는 군사들을 독려했던 복애는 새벽이 다가오자 아침밥을 먹을 때까지 잠시라도 눈을 붙이려고 흙산을 내려갔다.

장수가 잠시 자리를 비우거나 말거나 안시성 안으로 드문드문 화살이나 날리며, 다음 교대할 군사들이 아침을 먹고 올라오기를 기다리던 천여 명의 경계군사들은 마른하늘에서 내려치는 날벼락을 맞고 말았다. 느닷없이 성안에서 북소리와 함성소리가 일더니 갑자기 흙산이 무너져버린 것이다.

"으아악!"

비명과 함께 50여 군사가 푹 꺼지는 흙무더기에 휩쓸려 내려갔다. 갑작스러운 일에 놀라 웅성거리는데 다시 드높은 함성과 함께 안시성에서 군사들이 까맣게 흙산을 기어올라왔다. 그것도 사다리를 밟고 올라왔으니 움직임이 무척이나 빨랐고 올라오면서도 어렵잖게 창칼을 휘둘렀다.

"장군님을 불러와라! 당황하지 말고 적을 막아라!"

복애의 부하장수들이 악을 썼다.

"경계군사들은 앞으로 나서라!"

천여 명뿐이라고 해도 성으로 이어지는 길이 넓지 않았으므로 웬만큼은 막아내며 버틸 수 있었으나 그나마도 온몸이 결박당한 것처럼 어떻게 손을 써볼 수가 없었다. 산 위에 있던 흙 나르던 만여 명의 군사들이 한목숨 건지려고 서로 부딪치며 제각기 산 뒤쪽으로 어지럽게 내달리는 통에 휩쓸려버린 것이다.

"밀지 마라!"

경계군사들이 악을 쓰며 군사들을 떠밀었다. 수레를 끌던 말도 놀라 함께 날뛰며 군사들을 짓밟고 내달렸다. 곳곳에서 밤새 어둠을 밝히던 화톳불이 뒤집혀 뜨거운 불티가 마구 날렸다.

"아악!"

"아이쿠!"

"사람 살려!"

주르르 흙산을 내리구르며 나오는 대로 외마디 소리를 질렀다.

"모조리 찔러 죽여라!"

"한 놈도 놓치지 마라!"

뒤에서는 안시성 군사들이 성난 호랑이떼처럼 덤벼들었다. 경계군사들은 병장기로 무장하고 있으면서도 전열을 갖출 엄두도 내지 못하고, 다리여 날 살려라 하며 흙 나르던 군사들과 함께 어지러이 뒤섞여 달아날밖에.

"제자리에 서서 적과 싸워라!"

장수들은 그래도 뒷갈망을 해보겠노라고 이리저리 날뛰며 악을 썼으나 몇몇이서 거대한 산사태를 막아서는 꼴이었다.

"섰거라!"

"한번 덤벼보아라!"

안시성 군사들은 도망쳐 굴러가는 적을 흙산 아래까지 뒤쫓아내려가 창칼도 없이 맨몸으로 도망치다 서로 걸려 넘어진 오랑캐들을 마음껏 베었다.

흙산을 내려간 군사들이 오랑캐들한테 밀렸던 분풀이를 하는 사이, 흙산 위에는 또 한 떼의 군사가 나타났다. 이들은 산을 내려가 공격할 생각은 하지 않고 기다란 통나무를 가져다가 흙산 허리춤에 때려박았다.

"어서어서 울짱을 만들어라."

뒤따라 달려온 고연수가 군사들과 함께 흙산에 나무울짱을 두르고 있는 것이다.

"울짱이 세워진 곳에는 흙을 채워라."

"군사들이 돌아오기 전에 빨리 끝내야 한다."

뒤이어 새벽부터 시끌벅적한 소리에 놀라 뛰쳐나왔던 백성들도 까닭을 알고 함께 나무를 나르는 등 일을 도왔다.

이도종과 이세민 등은 빨라도 대엿새 뒤에나 흙산이 안시성 성벽 위의 울짱을 뒤덮을 줄 알고 있었는데 느닷없이 안시성 군사들이 흙산을 무너뜨리고 나오는 통에 어이없이 두들겨 맞고 말았다.

잠자던 군사들이 놀라 일어나 부랴부랴 창칼을 들고 달려 나왔으나, 흙산을 쌓던 군사들 거의가 병장기를 갖추지 않고 있었으므로 이들과 섞여 어지럽기 짝이 없었다. 안시성 군사들과 어울려 싸울 엄두도 내지 못하고 이리저리 휩쓸려다니며 제 목숨을 숨기기에만 바빴다.

"안 되겠다. 먼저 저들의 뒤를 끊어라."

이세민이 악쓰는 소리에 장작대장 염립덕이 5만 군사를 이끌고 함성을 울리며 싸움판으로 가지 않고 뒤돌아 흙산 쪽으로 내달렸다. 염립덕의 군사가 뒤를 끊으려 드는 것을 본 고구려 군사들은 싸움판에서 손을 떼고 줄지어 흙산 위로 올라가 버렸다. 새벽일을 마치고 아침을 먹으러 가는 여름지기처럼 창칼을 어깨에 둘러메고, 손을 저어 약을 올리며 느긋하게 흙산으로 올라갔다.

"빨리 뒤를 쫓아가 흙산을 빼앗아라!"

"흙산을 넘어서 적의 성에 뛰어들어라!"

염립덕은 미친 듯이 군사들을 재촉해 산을 달려오르기 시작했다. 그러나 그의 군사들은 생각지도 못했던 걸림돌에 걸려서 흙산을 오를 수가 없었다. 안시성 군사들이 어느새 성에서 한 발이 넘는 나무를 가져다가 흙산에 세워 좁은 길만을 남겨놓고 울짱을 만들어버린 것이다. 울짱 뒤에는 흙을 메워 성벽처럼 만들고 군사들이 지키고 있었다.

"높지 않은 울짱이다. 한걸음에 뛰어넘어라!"

염립덕이 이를 갈며 군사를 몰아붙였으나, 소나기처럼 쏟아지는 화살을 피해 흙산을 올라가봤자 울짱이 벼랑처럼 버티고 서 있고, 안간힘을 다해 울짱 위로 기어오른 군사들은 목에 창날을 받고 굴러떨어졌다.

울지경덕이 급히 현갑군을 이끌고 흙산으로 올라갔으나 울짱에 가로막혀 더 나갈 수가 없었다. 개마대로도 어쩔 수 없게 된 것이다. 게다가 안시성 군사들은 언제 준비했는지 끊임없이 두 발이 넘는 기다란 통나무를 가져다가 처음 쌓은 울짱 뒤에다 더욱 높고 튼튼한 성벽을 만들고 있었다. 날이 저물기도 전에 기어오르기 힘든 된비알에까지 흙을 다지고 울짱을 둘렀으므로 흙산은 훌륭한 토성이 되었다. 게다가 자꾸 굵은 나무를 가져다 쌓아 번듯하게 성가퀴까지 만들고 있는 것이다.

이세민은 볼수록 기가 막혀 말이 나오지 않았다. 쥐구멍을 뒤지다 송곳니 부러진 멧돼지처럼 씩씩 코를 불며 안절부절못하고 날뛰던 이세민은 꽁꽁 묶어두었던 복애를 끌어냈다.

"무너진 흙산을 기어오르는 적을 막는 것은 식은 죽 먹기인데 네놈은 무슨 지랄을 하느라고 적을 막아내지 못하였느냐? 애써 쌓은 흙산을 빼앗기고도 네놈이 살아남을 줄 알았더냐?"

간밤에도 군사들을 독려하느라 날밤을 새운 복애가 자신은 아침밥을 먹기 전에 잠깐 눈을 붙이려고 흙산을 내려왔을 뿐이라고 소리쳤으나, 이세민의 부하들은 복애의 숨통을 움켜쥐고 끌어냈다. 조금 뒤 복애의 목이 장대에 꿰여 높이 내걸렸다.

"신이 직무를 태만히 하여 큰 죄를 지었습니다. 신의 죄, 죽어 마땅합니다."

"너 또한 당장 죽여야 하나, 한나라 무제가 왕희를 죽인 것은 진목이 맹진을 살려두고 쓰는 것만 같지 못한 것이다. 너는 기필코 저 성을 빼앗아 그 죄를 씻어야 할 것이다."

이도종이 벌벌 떨며 맨발로 기어나와 엎드려 죄를 빌자 이세민은 쉽게 용서해주었다. 이도종만큼 믿을 만한 부하장수가 없었으므로 옛 영웅들을 흉내내 이도종을 살려둔 것이다.

지략과 용맹이 뛰어나 이세민이 제 몸처럼 아끼고 사랑하는 장수는 이정과 이도종 두 사람이었다. 그러나 이정은 이길 수 없는 싸움이라며 고구려 도전을 끝까지 반대했으므로 데려오지 않았다. 따라서 이 싸움터에서 이세민이 믿을 수 있는 장수는 이도종 한 사람뿐인 셈이었으니 너그럽게 용서하지 않을 수가 없었다. 이도종 같은 장수를 섣불리 처벌하는 것은 스스로 제 몸을 묶는 것이나 다를 바가 없기 때문이었다.

이날 아침에도 이도종은 남 앞서서 말에 올라 달려나갔다. 그러나 너무 바빠서 갑옷을 겨우 걸쳤을 뿐 옷소매를 묶지 못해 활을 들어 쏠 때마다 옷소매가 자꾸 시위에 걸렸다. 언뜻 보니 장수나 군사를 가릴 것 없이 잠자다 뛰쳐나온 자들은 너펄거리는 옷소매 때문에 제대로 싸우지 못하고 있지 않은가.

"모두 옷소매를 뜯어내라."

이도종은 옷소매부터 뜯어내라고 명령을 내렸다.

이빨로 물어뜯는 놈, 칼로 베어내다 제 팔까지 베는 놈, 가지가지였으나 옷소매를 뜯어내고 나니 한결 팔놀림이 빨라졌다.

볼품없이 쫓기기만 하던 싸움이 끝난 뒤에도 이도종은 옷소매를 줄이라고 명령을 내렸다. 옷소매를 좁혀서 달고 보니 너무 작아 팔이 들어가지 않는 군사도 있었고, 아직도 맨살을 드러낸 채 다니는 군사들도 있었으나 어쨌든 팔소매를 묶지 못해 겪는 어려움은 없게 되었다.

이세민도 이날 아침 옷소매를 너펄거리며 돌아다녔으므로, 이도종의 판단을 옳게 여기고 전군에 명을 내려 모두 옷소매를 좁게 줄이도록 했다. 집안 아우가 아니더라도 그처럼 뛰어난 장수를 잃을 수는 없는 일이었다.

흙산만 빼앗으면 성안으로 쳐내려가는 것은 그야말로 식은 죽 먹기다. 이세민은 군사를 모아 흙산 공격에 매달렸다. 그러나 안시성 군사들은 흙산 쪽에 있는 흙무더기를 깨끗이 치우는가 했더니 돌을 가져다 성벽 위에 다시 튼튼한 성벽을 쌓기 시작했다.

"어떻게 해서라도 성벽 위에 돌 쌓는 것을 막아야 한다."

성벽 위에 다시 완전한 성벽이 서면 흙산을 빼앗아봐야 아무런 쓸모가 없다. 이세민은 안시성에서 성벽을 새로 쌓는 것을 막아보려고 숱한 군사를 밀어넣었으나 성과 흙산 양쪽에서 앞뒤로 공격을 받게 되었다. 옹성 안에 갇힌 것처럼 당군은 공격다운 공격도 해보지 못하고 죽어갔으며 나중에는 제 편의 주검무더기에 걸려 가까이 다가서지도 못하고 죽어 넘어졌다.

열흘도 되지 않아 안시성 군사들은 흙산 쪽의 성벽을 돌로 쌓아 튼튼하게 굳혀버렸다. 당나라 군사들은 하릴없이 다시

성을 에워싸고 고함만 질러댔다.

"쓸데없는 짓을 하고 말았다!"

바쁜 마음에 죄 없는 군사들만 몰아붙여 떼죽음을 시키던 이세민은 넋을 놓았다. 모처럼 꾀를 내 흙산을 쌓은 것이 아무런 보람도 없이 도리어 제 편을 무리죽음시키고 만 것이다.

"황상, 저들이 언제 무슨 짓을 저지를지 모르니 군량을 뒤로 옮기고 단단히 지켜야 합니다."

"그대는 벌써부터 간이 오그라들었느냐? 100만이 넘는 우리 군사가 제 먹을 식량 하나도 지켜내지 못할 것이란 말이냐?"

시답지 않게 무슨 소리냐고 벌컥 짜증부터 냈다. 그러잖아도 제대로 되는 일이 없어 늘 언짢은 이세민이었다. 그러나 이도종은 이세민의 눈치를 보려 들지 않았다.

"어이없이 흙산을 빼앗기고 만 것도 따지고 보면 제 잘못입니다. 제가 적을 업신여기고 미리 싸울 군사를 세워두지 않았기 때문입니다."

"그래서? 이제라도 책임을 지겠다는 것이냐?"

배알이 뒤틀린 이세민은 이도종의 말끝마다 가시를 박았다.

"황상, 저들은 생각하고 움직이는 것이 우리와는 너무나 다릅니다. 무슨 짓을 저지를지 미리 짐작하기 어렵습니다."

"저들한테 하늘을 날고 땅속에서 솟아나는 재주라도 있단 말이냐? 그대는 저놈들이 무서워 밤잠도 못 자겠구나."

"모든 것이 안전함만 같지 못합니다. 황상, 군량을 뒤로 옮기라는 명령을 내려주십시오."

"으음……."

이도종이 끝까지 강경하게 나오자 이세민은 비로소 맑은 정신이 들었다. 이도종은 병부상서 이정에 견줄 수 있는 당나라 으뜸 장수다. 저만한 장수가 무엇인가 불안한 마음을 가지고 있다면 뜻밖의 일이 터질 수도 있다.

"강하왕은 군량을 뒤로 옮겨라. 그러나 너무 멀리 떨어지면 오히려 지키기가 어렵다. 적당한 곳에 자리를 잡도록 해라."

이세민의 허락이 내렸으므로 이도종은 남동쪽으로 20여 리 떨어진 산에다 군량을 옮겼다. 지키는 군사도 따로 5만을 두었다.

군량을 옮긴 이도종은 여기저기 흩어져 있는 농막을 찾아다녔다. 안시성 또한 공략하기 어려워 장기전이 될 가능성이 많았기 때문이다.

안시성 근처에도 농막은 많았다. 그러나 모두가 농사를 짓기 위해 봄에서 가을까지 비교적 따뜻한 계절에만 머무는 농막이기에 제대로 된 건축물이라고 하기가 어려웠다. 말이 집이지 군사들의 군막보다 못한 것들도 많았다. 개중에는 관리들이 묵었던 듯 기와까지 올린 크고 번듯한 집도 더러 있었지만 방바닥만큼은 철저하게 파헤쳐져 있었다. 모두가 당나라 군사들이 아궁이에 불을 피우고 따뜻한 온돌방에서 먹고 자는 것을 막으려는 괘씸한 소행이 분명했다.

이도종은 과거 고구려에 잡혀 살다가 돌아온 자들의 후손들을 따로 모으게 했다.

"고구려 사람 중에도 온돌방을 만드는 이는 따로 있었다고 합니다. 무당을 불러 고사를 지내고 날마다 목욕재계를 하며 구들을 놓지만 변덕이 심한 구들귀신이 불을 꺼버리기 때문에 애를 먹는답니다. 정말 고약한 귀신은 따뜻한 기운이 고루 퍼지지 않게 해서 아무리 불을 많이 때도 아궁이 쪽만 뜨거울 뿐이랍니다."

구들에 대해 아는 자가 있는지 물었으나 황당한 귀신이야기나 해댈 뿐이었다. 아비나 할아비를 따라 구들을 만들어보았다는 자들도 있었으나 아무리 애를 써도 방 안 가득 연기가 차고 불이 자꾸 꺼지는 것을 막을 방도를 찾지 못했다고 한다. 눈물 콧물 줄줄 짜가며 어떻게 종일 불을 넣는다고 해도 아랫목만 타는 듯이 뜨거울 뿐 방 안 전체가 따뜻해지지를 않아서 말짱 헛수고였다는 것이다.

모두가 아사달에서 뒤쫓아온 구들귀신들의 장난 때문이라고 했다. 캄캄한 어둠 속에서 뜨거운 불길만 먹고사는 구들귀신들은 독하기가 짝이 없고 변덕도 심해서 도무지 비위를 맞추기가 어렵다고 했다. 대대로 이어오는 무당들처럼 대를 잇는 구들장이가 아니라면 고구려 사람들도 함부로 구들을 놓지 못한다는 소문만 무성했다.

서토에도 고장에 따라 까다로운 토지신도 있고 이런저런 고약한 귀신도 많지만 구들귀신들은 오로지 아사달에서만 살아왔기에 감히 그 정체조차 알아내지 못했다고 한다. 어쩌다가 재수 없게 서토까지 따라온 구들귀신들도 땅이 낯설고 물이 맞지 않아서 그런지 더욱 변덕이 심하고 까다롭게 구는 것이 뻔했지만, 그 귀신들이 도대체 무엇을 좋아하고 싫어하는지 알아야 비위를 맞추든지 멀리 내쫓든지 할 것인데, 정체를 파악할 길이 없으니 구슬리거나 쫓아낼 비방도 찾아내지 못했다는 것이다.

이도종은 아쉬운 대로 이들을 시켜 부서진 농막마다 찾아다니며 파헤쳐진 것들을 치우고 구들 놓은 자리를 살피게 했으나, 철저히 파괴되어 별 소득이 없었다. 그들은 옛 기억을 더듬고 나름대로 생각을 보태 구들을 놓기 시작했으나 번번이 실패였다. 아궁이에 불을 때다가 구들귀신들의 해코지에 기절하는 군사도 있었는데, 눈썹이며 머리까지 몽땅 불에 타버렸다. 불을 때는 군사들은 아무리 갑갑해도 투구를 벗지 못했다.

고구려에 있는 동안 온돌방에서 살다가 온 자들마저 구들을 만들지 못했다는데 오죽할까 싶어 크게 나무라지도 못하고, 노력해서 안 되는 일은 없다고 격려나 할 뿐이었다. 아무리 해도 불이 잘 들지 않았고 연기가 자욱해서 방 안에 들어서면 숨이 턱턱 막혔다. 정말 귀신이 훼방을 놓는 것인지 해코지를 하는 것인지, 불이 잘 들어가다가도 어느 한순간에 꺼져버리고 매운 연기만 피어오르기 일쑤였다. 잘 마른 장작더미가 활활 타오르다가도 거짓말처럼 불길이 꺼져버리고 푸른 연기만 모락모락 올라오는데 어떻게 용을 써볼 재간이 없었다.

눈물 콧물 쏟아가며 간신히 불을 때지만 그것으로 문제가 끝나는 것이 아니었다. 불을 다 때고 난 뒤에도 계속해서 올라오는 연기가 또 말썽이었다. 방바닥이 갈라진 틈을 찾아서 아무리 메워도 눈에 보이지도 않을 만큼 더 작은 틈새를 만들고 연기가 올라왔다. 군사들이 악전고투해서 불을 때고 나면 방바닥이 따뜻해서 좋았지만 계속 문을 열어놓고 연기를 빼야 했다.

그렇게 연기가 계속 올라오는 어설픈 구들이었지만 하룻밤을 보낸 것만으로도 뜨끈뜨끈한 방바닥의 마술에 매료된 이도종은 저들에게 술을 내려 치하하고 계속 애써줄 것을 당부했다.

꾸중 대신 계속 격려를 하는 이도종의 은혜에 감격한 이들이 마침내 구멍수를 찾아냈다. 방바닥 전체에 구들을 놓아 온돌방을 만드는 것이 아니라 한쪽 구석에만 벽을 따라 구들을 만드는 것이다. 이것은 아사달에서도 많은 사람들이 신발을 신은 채 계속 드나드는 너른 방에서 쓰는 방식이라고 하는데, 나름대로 효과가 있었다. 구들귀신들의 불을 꺼뜨리는 장난질은 여전했지만 연기가 훨씬 적게 나와 환기를 자주 하지 않아도 되었던 것이다. 또 한 사람이 편하게 누워 잠을 잘 수 있을 만큼은 위쪽까지 따뜻했기에 이도종은 크게 기뻐했다.

둥, 둥, 북이 울리며 군사들이 파도처럼 밀려간다. 오늘도 안시성 공격이 시작된 것이다. 날마다 공격하고는 있지만 성이 함락될 낌새는 어디서도 보이지 않았다. 날이 밝으니 일어나고 때가 되니 젓가락을 들어 밥을 먹는 것처럼, 날이 밝아 하루가 시작되었으니 그저 성을 향해 공격하는 흉내를 내고 있을 뿐이다.

모든 희망을 걸고 피와 땀을 흘려 쌓은 흙산이었다. 힘들게 죽 쑤어 개 준 꼴이 되고 말았다. 두 달 동안 애쓴 것이 한순간에 물거품이 되어버렸다. 잃은 것은 흙산뿐이 아니었다. 군사들도 장수들도 모두 다 기운을 잃고 마지못해 성을 공격하는 시늉만 내고 있었다.

"으휴!"

한숨이 절로 나왔다.

이세민의 눈은 어느새 성을 공격하는 군사들을 지나서 성벽 뒤로 멀리 이어지고 있는 산들을 바라보고 있었다. 흰 구름이 한가롭게 흐르는 하늘은 무척이나 파랗고 아름답다. 그 아래 아침 햇살을 받아 빛나는 산들이 어느새 단풍으로 곱게 물들어가고 있다.

"내 고장 롱주로 돌아온 느낌이구나."

어릴 때부터 이세민은 말달리기를 즐겼다. 말타기나 활쏘기라면 누구에게도 지지 않았다. 말을 달려가면 너른 들이 끝나는 곳에 산이 있었다. 산에 가려고 말을 달리는 것은 아니었지만 말을 달리다 보면 어느새 산이 나타났다.

산은 늘 아름다웠다. 집채 같은 바위들이 나무들과 어우러져 있고 콸콸 소리를 내며 흐르는 맑은 물이 있었다. 산은 신비스러운 곳이기도 했다. 들에도 눈이 녹으면 파란 풀이 돋아나고 가을이면 온통 누런 황금물결이 넘실거린다. 하지만 산속 나무에서 돋아나는 고운 새싹과 단풍에 견줄 바는 아니었다.

온갖 새들이 지저귀며 날아다니는 산은 여름에도 무척 시원한 곳이지만 가을이 더 좋았다. 나뭇잎은 들녘의 풀처럼 그냥 누렇게 시드는 것이 아니었다. 모두가 예쁜 꽃잎처럼 빨갛고 노랗게 물이 들었다. 산에서 가져온 곱게 물든 단풍잎은 계집아이들에게 좋은 선물이 되기도 했다.

아마 붉은 연꽃, 홍련이라고 했을 것이다. 노리개보다 단풍잎을 좋아한다던 아이…… 그때는 그 말이 거짓인 줄 알았다.

당국공 룡주자사의 아들! 나 스스로 금칠한 이름이었는지도 모른다! 홍련은 정말 나를 좋아했는지 모른다! 싸한 아픔이 밀려든다. 너무도 못생긴 얼굴 때문에 턱없이 기죽어 지내던 철없던 때의 일이다.

오랫동안 깊은 생각에 잠겨 있던 이세민이 문득 꿈에서 깨어났다.

"황상, 이곳에서는 갈로산이 멀지 않습니다. 군사를 보내 쇠를 캐는 것이 좋겠습니다."

장손무기였다. 이세민의 처남인 장손무기는 장수보다는 서책이나 뒤적이는 벼슬아치에 어울리는 인사다. 잔머리가 누구보다 잘 돌았다.

"갈로산의 쇠를 캔다?"

"갈로산의 쇠가 있으면 우리도 얼마든지 고구려 병장기를 만들 수 있습니다."

"알고 있다. 그래서 우리가 이곳에 온 것이 아니더냐?"

"황상, 풀이 마르고 있습니다. 머지않아 눈이 내리고 추위가 닥칠 것이니 서둘러야 합니다."

"큰일이다! 꾸물거릴 시간이 없다!"

이세민은 저도 모르게 신음소리를 내뱉었다.

"이제부터 죽을힘을 다해 성을 들이쳐라! 추위가 닥치기 전에 성으로 들어가야 한다."

"싸움을 너무 오래 끌었습니다. 이제 우리 군사들은 나가 싸우려 하지 않습니다."

"그래서?"

"차라리…… 갈로산의 쇠를 캐서 늦기 전에 장안으로 돌아가는 것이 좋겠습니다. 군사들이…… 〈조선가〉를 부르고 있습니다."

뭐? 쳐죽일 놈들! 성난 이세민의 얼굴이 벌겋게 달아올랐다.

"당장 그놈들을 잡아와라! 내 손으로 놈들의 아가리를 찢고 혀를 뽑아버릴 것이다!"

미친 듯이 발을 구르며 소리를 질렀다. 곁에 있던 부하들이 놀란 참새처럼 흩어졌다. 장손무기는 괜한 소리를 지껄였다고 뉘우쳤으나 때는 이미 늦었다. 불벼락이 이르기 전에 수습해야 한다.

강하왕밖에 없다! 미쳐 날뛰는 이세민을 다독거리려면 이도종밖에 없다고 생각한 장손무기는 죽어라 말을 달렸다.

안시성의 성채가 되어버린 흙산을 멍하니 바라보고 있던 이도종이 장손무기의 말이 끝나기가 바쁘게 쯧쯧 혀를 찼다.

"도대체 무슨 배짱으로 그런 말씀을 드렸소?"

"막사 안에 앉아서도 군사들의 생각을 모를 황상이 아니오. 군사들이 그런 노래를 부른다는 것을 황상께서도 잘 아실 거라는 생각에 그만……."

"스스로 아는 것과 남에게 듣는 것은 결코 같을 수가 없소."

"부디 살려주시오. 내 목숨은 강하왕에게 달렸소."

"아니, 그렇게 엄청난 짓을 저질러놓고도 살아남기를 바라시오? 나라가 망하는 판에 하찮은 그대의 목숨이 그리 중요하단 말이오? 일이 잘못되면 내 손으로 먼저 그대의 목을 잘라버리겠소."

이도종이 큰 소리로 성을 내며 나무랐다. 죽여버리겠다는 소리까지 들었어도 장손무기는 낯을 붉히며 머리를 숙일 뿐 아무 대꾸도 하지 못했다.

"〈조선가〉를 부르는 군사가 어디 몇백이나 몇천뿐이오? 〈조선가〉를 부르는 군사를 잡아들였다가는 오늘 밤 안으로 군사들이 다 달아나고 말 것이오. 당장 달려가 장수들에게 손을 쓰지 말고 기다리라고 전하시오."

이도종은 곧바로 말을 달려 이세민에게 갔다. 이세민이 안절부절못하고 씨근덕거리고 있었지만 이도종은 못 본 척하고 제 말만 늘어놓았다.

"황상, 몇 달을 두고 싸웠으나 우리는 아무것도 얻지 못했습니다. 날마다 성을 공격하고 있지만 적에게 화살이나 보태주는 꼴입니다."

그래서 〈조선가〉를 부른단 말이냐? 〈사망가〉와 〈주검의 노래〉를 부르며 벌벌 떨고 있다는 말이냐? 이세민의 성난 눈초리가 날카롭게 물었다. 돼먹지 않은 소리를 지껄였다간 네놈의 목도 없다!

"남쪽에 있는 건안성을 쳐서 군사들의 사기를 북돋우는 것이 좋겠습니다."

"건안성을 친다고?"

이세민이 어이가 없다는 듯 쯧쯧 혀를 차며 이도종을 노려보았다.

"그까짓 작은 성은 빼앗아 무엇하려고? 150만 군사를 동원해서 그렇게 작은 성을 탐내다니, 후세에 나를 일러 무어라 하겠느냐? 강하왕, 그대는 부끄러움이 무엇인지도 모르느냐?"

이세민이 화풀이라도 하듯 꾸짖었으나 이도종은 고개를 빳빳이 세우고 대꾸했다.

"황상, 아무리 작아도 고구려 성입니다. 성안에는 고구려 병장기가 많을 것입니다."

"……?"

이세민은 잠깐 말을 잊었다.

"알았다! 물러가라!"

이세민의 대꾸는 짧았다. 길게 생각할 필요를 느꼈기 때문이다.

그러나 반 시각도 안 되어 이세민은 장수들을 불러모았다. 그러고는 이도종을 앞으로 불러내더니 엄한 군령을 내렸다.

"건안성은 작은 성이다. 그대는 곧바로 건안성으로 가서 열흘 안으로 빼앗아라. 그대는 누구도 따를 수 없는 서토의 으뜸 장수. 이번에도 실수를 한다면 그대의 목은 붙어 있지 못할 것이다!"

"예! 반드시 열흘 안으로 건안성을 빼앗겠습니다."

이도종이 곧바로 명령을 받았으나 울지경덕이 말리고 나섰다.

"건안성은 험한 산속 높은 벼랑을 따라서 저절로 이루어진 산성입니다. 또한 구려하와 열수 어귀의 바닷길로 오가는 길목이니 방비가 자못 튼튼할 것입니다. 작은 성이지만 쉽게 빼앗기 어려울 것입니다."

사람들은 건안성을 '하늘이 내린 성'이라고 했다. 동쪽과 서쪽에는 험한 바위가 절로 성벽을 이루었고, 조금이라도 길이 될 만한 곳은 돌로 단단히 담을 쌓았으니 지키지 않아도 기어오르기가 어려웠다. 사람이 쌓은 성벽이 적으니 그만큼 공격할 곳도 적은 셈이다. 그러나…….

"바로 그것이다. 그렇기 때문에 건안성은 이미 우리 손에 넣은 것이나 다름없는 것이다."

이 무슨 엉뚱한 소리란 말인가. 부하장수들은 도무지 영문을 알 수가 없었다.

"아직도 모르겠느냐? 그렇다면 안시성이 어째서 아직까지 버티고 있는지 생각해보아라. 안시성이 크다 하나 어디에도 높은 산과 험한 벼랑이 없다. 돌로 성벽을 쌓았다 하나 기껏해야 흙으로 쌓은 토성 위에 성벽을 두른 흉내를 냈을 뿐이다. 누가 저따위 성을 치기 어렵다고 생각했겠느냐?"

이세민의 말마따나 성벽이 높지 않으면 군사들은 마음을 놓을 수 없으니 굳은 마음으로 있는 힘을 다하여 싸우고 눈앞에 싸움이 없을 때에도 미리 튼튼한 준비를 갖추기 마련이다. 그러나 이세민이 여태껏 알지 못한 가장 중요한 사실이 있었으니, 바로 여동군이 안시성에 들어와 있다는 것이었다. 여동군은 이리저리 옮겨다니며 싸우는 별동군이었으니 15만 여동군이 모두 안시성에 틀어박혀 있다는 것은 꿈에도 생각하지 못할 일이었다. 지난번 흙산을 빼앗을 때에도 안시성에서는 군사를 숨겨두고 백성들이 나가서 돕게 하는 등 철저하게 오랑캐를 속였다.

"죽기로써 건안성을 손에 넣겠습니다!"

다시 한 번 이도종이 큰 소리로 명령을 받았다. 건안성을 손에 넣고 못 넣고는 나중 일이다. 〈조선가〉를 부르는 군사들을 잡아 죽이려는 이세민의 관심을 다른 곳으로 돌린 것만으로도 충분했던 것이다.

건안성에 정신이 팔린 이세민은 〈조선가〉를 부르는 군사들을 잡아들이라는 명령을 까맣게 잊었다. 아니, 뻔히 알면서도 짐짓 잊어버린 척하는 것이었다. <조선가>를 부르는 군사들을 정말 잡아 죽였다가는 어떤 꼴을 당할지 불을 보듯 뻔한 노릇이었으니.

역시 강하왕이다! 이세민은 위기에서 벗어나게 해준 이도종이 고맙기 짝이 없었다. '비단갑주'에서 이세민의 속뜻을 정확히 읽고 토번과의 전쟁이라는 수렁에서 빠져나온 이도종이다. 이세민이 끔찍이 아끼던 문성공주를 첩으로 주는 것은 물론 해마다 많은 곡식까지 주겠다고 제안한 것은 이도종처럼 판단이 빠르고 행동에 자신감 넘치는 사람이 아니면 감히 할 수 없는 일이었다.

<조선가> 금지는 어디까지나 엄포였을 뿐, 막상 처벌할 수가 없는 일이었다. 더구나 한 번도 좋은 꼴을 보지 못해 사기가 땅에 떨어진 군사들이다. <조선가>를 불렀다고 처벌한다는 것은 상상도 할 수 없는 일이었다. 이세민이 홧김에 뛰어든 <조선가>라는 수렁에서 건안성을 핑계로 미끈하게 빼낼 수 있는 것은 이도종같이 책략이 뛰어난 장수나 할 수 있는 일이었다. 열흘 안에 건안성을 빼앗지 못하면 죽이겠다는 것도 엄포가 아니라 칭찬이었던 셈이다.

"안시성 안의 적들이 생각보다 훨씬 많습니다. 성벽에는 많은 수가 보이지 않으나 오랜 싸움에도 저들이 지치지 않는 것은 성안에 많은 군사를 두고 교대로 싸우기 때문일 것입니다."

"적들이 갑자기 성을 나와 쳐들어올지도 모르는 데다 여동군이 뒤에서 강하왕의 군사를 치려 든다면 막아내기가 어렵습니다."

이도종과 장손무기에게 사태의 위험성을 전해듣지 못한 장수들이 말리고 나섰다. 건안성 공격으로 당군을 〈조선가〉라는 수렁에서 건져내야 할 이도종과 장손무기는 애가 탔으나, 그것도 잠깐이었다. 이미 이세민도 건안성을 공격하기로 작정을 했기 때문이다.

"무슨 말을 그렇게 하느냐? 우리가 여태껏 이 고생을 하는 것은 적들이 성을 나오지 않았기 때문이다. 적들이 아무리 많다 해도 제 발로 성을 나온다면 이는 하늘이 우리를 돕는 것, 나오는 대로 버려두었다가 한꺼번에 적들을 잡아버릴 것이다. 또한 여동군이 눈앞에 나타나기를 얼마나 기다렸는지 몰라서 하는 소리냐?"

이세민의 말이 끝나기가 바쁘게 많은 장수들이 건안성을 쳐야 된다고 소리쳤다. 역시 이세민은 한 수 위였다.

다음 날 아침, 이도종은 30만 군사를 이끌고 건안성으로 달려갔다.

대반격

이도종이 건안성으로 달려간 지 이레가 지났다. 갑자기 줄어든 당군을 보고 안시성 안에서는 의견이 둘로 갈렸다.

"아무래도 우리를 끌어내려는 속임수 같지는 않소이다. 나가서 저들을 쳐야 할 것이오."

북부욕살 고연수는 나가서 싸우고자 했다.

"만에 하나 적의 꾐에 말려든다면 뉘우쳐도 때가 늦을 것이오. 속임수가 아니더라도 건안성은 험한 산에 기대어 쌓은 성이니 쉽게 무너지지 않을 것이오."

안시성주 양만춘은 적군의 수가 30여 만이나 줄어든 것을 적의 눈속임으로 보았다.

"안시성으로 들어와 성을 지키라는 것이 대막리지의 명령이나 우리 여동군은 더 이상 이곳에 손발을 묶고 앉아서 건안성이 오랑캐의 손에 들어가는 것을 두고 볼 수는 없소이다."

남부욕살 고혜진도 고연수와 함께 성을 나가 싸우고자 했다. 안시성주는 며칠만 더 지켜본 뒤에 움직이자고 제안했으나 두 욕살은 듣지 않았다.

"건안성에 있는 2만여 명의 백성과 군사들이 저들에게 짓밟히도록 두고 볼 수는 없소이다. 건안성이 비록 험하다고 해도 작은 성이니 저들이 죽기로써 덤빈다면 오래 버티지 못하고 무너질 것이오."

"성주에게 묻겠소. 우리 여동군이 없으면 안시성이 저들의 손에 넘어갈 거라고 생각하는 것이오?"

성질 급한 고혜진이다. 성을 지킬 자신이 없느냐고 내놓고 물어오자 양만춘은 쓰게 웃었다.

"여동군이 성안에 들어와 싸워줄 것이라고는 미처 생각조차 못했던 일이오."

"그렇다면…… 내일부터 여동군은 우리 두 욕살이 이끌 것이오. 성주는 성을 잘 지켜주시오."

고연수가 낯빛을 굳히고 결정을 내렸다. 그동안 안시성주에게 여동군의 지휘권을 주었으나 이제 욕살의 자리로 돌아가 15만 여동군을 움직이겠다는 것이다. 비록 안시성에 들어가 성주에게 여동군을 맡기라는 대막리지의 명령이 있었으나 이는 어디까지나 여동군의 존재를 감추기 위한 것이었다. 성주더러 두 욕살 위에서 여동군을 이끌라는 의미는 아닌 것이다. 오히려 이제부터는 안시성주가 두 욕살의 명령에 따라야 한다.

"오해하지 마시오. 자칫하면 우리끼리 싸워 적에게 이로움을 주게 되겠소. 내일 나가서 싸우더라도 처음부터 저들의 기세를 크게 꺾어놓고 싸워야 할 터이니 그 방도에 대해 서로 의견을 나눠봅시다."

자신의 생각만을 내세우다가는 얻는 것도 없이 서로의 믿음에 찬물을 끼얹는 꼴이 될 뿐이다. 양만춘이 선뜻 물러서자 두 욕살도 자못 멋쩍어했다.

"미안하오, 용서하시오."

"무슨 말씀, 오히려 내 잘못이오."

세 사람이 서로 뜨겁게 손을 잡았다.

"비록 수는 적으나 처음으로 총공세를 펼치는 만큼 조금이라도 적들에게 밀리면 아니 될 것, 따로 복안이 있소이까?"

"먼저 성주의 의견을 듣고 싶소."

고연수가 곧바로 되물었다. 나가 싸우기로 작정했지만 구체적인 작전은 아직 결정하지 못한 터였다.

"예나 지금이나 우리의 강점은 개마대입니다. 개마대와 기마대를 앞세워 적절하게 운용한다면 대승을 거둘 수 있습니다."

"그건 그렇지만…… 적들이 우리가 개마대와 기마대를 다 내보낼 때까지 기다려주겠소? 적들이 놀라 각 통로의 출구를 봉쇄한다면 매우 어려워지지 않겠소? 보졸들이야 줄을 타고 성벽을 내려가 일시에 진을 구축할 수 있지만, 개마대와 기마대를 제대로 운용하지 못한다면 군사들을 모두 수렁 속으로 밀어넣는 결과가 될 것이오."

고연수의 지적은 정확했다. 적들이 성문의 통로 앞에다 목책으로 만든 장애물을 설치해버리면 개마대는커녕 몸이 가벼운 기마대조차도 뛰어넘지 못한다. 굵은 나무를 뾰족하게 깎아서 만든 정식 장애물이 아니라 그냥 죽어 자빠진 적들의 주검이라도 개마대의 움직임은 깊은 물에 들어선 것처럼 자유롭지 못하게 된다.

"적들은 얼마든지 기다릴 것이오. 우리가 서두르면 화급히 장애물을 설치하고 막아설 것이나, 우리가 느긋하게 줄지어 군사를 내보내면 저들은 오히려 모든 장애물을 끌고 뒤로 물러날 것이오. 아무리 덜떨어진 오랑캐라고 해도 높은 성벽 위의 군사들을 공격하는 것보다 평지에서 대등한 조건으로 싸우는 것이 낫다는 것을 어찌 모르겠소?"

양만춘의 의견도 얼마든지 가능한 이야기였다. 높다란 성벽 위에서 한가롭게 화살이나 날리던 안시성 군사들이 바깥으로 나온다면 대등한 위치에서 싸울 수 있게 된다. 그것만으로도 당군들은 좋아서 날뛸 것이다. 안시성 군사들이 개마대와 기마대를 앞세운다고 해도 당군에는 몇십 배나 많은 개마대와 기마대가 있다. 대등한 조건이라면 수가 많은 당군으로서는 백전백승의 유리한 싸움이 될 수밖에 없는 것이다.

"그렇다면 미리 총공세라는 것을 적에게 알리고 느긋하게 군사를 모두 내보내면 되겠군요."

"아니요. 군사를 모두 전열에 배치하고 싸우는 것은 결국 힘으로 밀어붙이는 것인데 그리 되면 적을 많이 베지도 못하고 아군의 피해도 너무 커질 것이오. 대군의 싸움은 어디까지나 기세의 싸움, 일거에 적의 전열을 흩트려놓고 사기를 떨어뜨리지 않으면 안 될 것이오."

"적을 성안으로 끌어들여 싸우는 것이 아니라 우리가 바깥으로 나가 싸우는 것이니, 매복을 걱정한다면 저들이 아니라 우리가 해야 하지 않겠소?"

"당군은 수가 많기 때문에 전면전을 펼치지 절대로 매복작전을 쓰지 않을 것이오. 우리가 성에서 농성하는 줄로만 알고 나가 싸우리라고 예상하지 못한 것, 많은 수를 믿고 지형지물을 적절하게 이용해서 싸우지 않는 것도 모두 오랑캐들의 패배요인으로 작용할 것이오."

안시성 근처에는 평지뿐 아니라 높고 낮은 산들이 많아 먼저 차지한 쪽이 요소요소에 군사를 배치해놓고 얼마든지 유리하게 전황을 이끌어갈 수 있다. 그러나 15만 여동군의 위치조차 파악하지 못하고 그저 안시성 성벽 공격에만 주력해온 당군으로서는 안시성 군사들이 유리한 농성전을 그만두고 자신들을 공격해올 것으로 예상하지 못하기 때문에 미리 대비책을 세우지도 않았을 것이라는 이야기였다.

"저들은 아직도 15만 여동군이 이곳에 들어와 있다는 것을 전혀 모르고 있소이다. 만약 눈치챘더라면 이곳에는 30~40만 정도의 적은 군사만 남겨두고 곧바로 평양으로 쳐들어갔겠지요."

사실 당군은 15만 여동군이 어디로 갔는지 전혀 알아채지 못하고 있었다. 기껏해야 요동성에까지 길게 늘어진 보급로 어딘가를 끊고 애를 먹일 것이라는 걱정을 하고 있을 뿐이었다.

고구려군이 장성을 고쳐 만든 길을 따라 보급품을 나르도록 한 이세민은 기분이 매우 좋았다. 군데군데 길이 끊어졌거나 보수가 덜 된 곳을 모두 고쳐 이제는 요동성 앞에서 출발한 수레가 한 번도 짐을 고쳐싣지 않고 그대로 이세민이 주둔하고 있는 곳까지 달려오고 있었다. 전날에 그랬던 것처럼 새 도로를 따라 점점이 늘어선 고구려 성벽에서는 깃발만 나부끼고 고구려 군사들이 멀거니 쳐다보기만 할 뿐 성을 나와 공격할 엄두도 내지 못하고 있었다.

"저들의 허를 찌르는 또 하나의 계책이 있으니, 흙산을 통해 개마군사를 내려보내는 것입니다."

"그쪽에 새로 쌓은 성벽에는 통로가 없지 않소? 군사들이야 줄을 타고 한꺼번에 내려보낼 수 있지만 말들은 사다리도 타지 못하오. 무슨 재주로 한두 필도 아니고 수천 필의 말을 일시에 내보낸단 말씀이오?"

"바로 그것입니다. 적들도 그리 생각할 터이니 토산을 통해 적진 깊숙이 개마대와 기마대를 투입한다면 저들의 전열은 순식간에 무너질 것입니다."

개마대와 기마대의 말들이 토산 쪽 성벽을 넘는 것은 의외로 간단했다. 성 양쪽에 비스듬한 길만 새로 만들면 되는 것이다. 다만 성벽 바깥은 혹시라도 적들이 이용하지 못하게 철거하기 쉽게 만들 것이며 눈치채지 못하도록 작전 직전에 설치하기로 했다.

뒤숭숭한 꿈자리에 잠을 설치고 느지막이 일어나 아침밥을 먹으려던 이세민에게 부하장수들이 뛰어들었다.

"안시성 놈들이 성문을 열고 나오고 있습니다."

무엇이? 이세민이 젓가락을 팽개치고 펄쩍 뛰어 일어나 한걸음에 군막을 뛰쳐나갔다. 그러나 안시성까지는 15리 길이 넘었으니 북소리마저 아득하게 들렸다.

"어서 군사들을 뒤로 물려 적들이 모두 빠져나오도록 하라."

적이 보이거나 말거나 이세민은 잇달아 명령을 쏟아냈다.

"어서 다른 문 쪽으로도 달려가 각 문마다 군사들을 뒤로 물려 적들이 나올 수 있게 하라. 한 놈이라도 더 성을 나오도록 우리가 먼저 공격하지 말라. 적들이 모두 나와서 먼저 공격할 때까지 기다려라. 적들이 싸움새를 이룬다 해도 겁내지 말고 끝까지 기다려라."

부하들의 말대로 고구려군이 먼저 큰 싸움을 벌이려 드는 다음에야 군사들이 다 나오려면 시간이 오래 걸릴 터이니 다시 들어가 천천히 밥을 먹고 나와도 될 것이었다. 그러나 엉덩이가 들썩거리고 어깨춤이 절로 난 이세민은 곧장 갑옷을 걸치고 말을 달려 한달음에 남문 앞에 이르렀다.

안시성 남문에는 군사들이 북을 울리며 줄지어 나오고 있었고, 남서쪽으로 난 작은 문에서도 군사들이 나오는 것이 보였다.

"멀찍이 물러나 성안에 있는 놈들이 모두 나오게 하라."

몇 번이고 똑같은 명령을 쏟아내는 이세민의 목소리에는 기운이 넘쳤다. 안시성 군사들이 줄지어 나오는 것을 지켜보는 당나라 군사들도 너무 기뻐서 어쩔 줄 몰라 했다.

풀을 밟아 뱀을 놀라게 하지 마라! 저놈들이 모두 기어나와 전열을 갖출 때까지 서두르지 말고 기다려라!

"저놈들이 성문을 열고 나오다니, 고마워서 눈물이 다 난다."

"고향집에 두고 온 마누라도 이보다 반갑지는 않을 것이다."

장수고 군졸이고 저마다 좋아라 손에 침을 발라가며 안시성 군사들이 모두 빠져나오기를 기다렸다. 북쪽을 맡은 이세적한테서도 깃발 신호가 전해졌고 서쪽과 동쪽을 맡은 장수들한테서는 전령이 달려들었다. 큰 문 작은 문 할 것 없이 문이란 문은 다 열리고 군사들이 몽땅 기어나오는가 보았다.

"좋다! 모두들 힘껏 싸워 공을 세우라!"

이세민이 큰 소리로 장수들의 사기를 북돋우는데 문득 뒤에서 둥, 둥, 북소리가 울리며 한 떼의 개마군사가 달려나왔다. 이세민을 지키는 울지경덕의 현갑군과 똑같은 차림이었으나 한데 섞이지 않고 따로 서 있었다.

이세민은 고구려 도전을 위해 꾸준히 현갑군을 길러왔다. 이 싸움에는 지난날 현갑군을 이끌었던 사나운 장수 울지경덕을 비롯해 여러 장수들이 현갑군을 이끌고 나왔다. 그러나 모두들 성벽 공격에만 매달려 있었으니 언제 싸움터를 달려볼 만한 기회를 만나지 못했다. 모두들 정신없이 돌아가고 있을 때에도 현갑군은 하릴없이 말을 달리며 지루하기 짝이 없는 날들을 보내야 했다.

이날 아침 안시성 군사들이 바깥으로 나오고 있으니 이제야말로 힘차게 달릴 수 있게 되었다고 가뭄에 단비를 만난 듯 뛰쳐나온 것이다.

울지경덕이 5천 현갑군을 이끌고 이세민을 지키게 되었을 뿐 나머지 현갑군은 언제 어디라도 나가 싸울 수 있게 여러 곳에 나누어 두었었다. 지금 이세민의 눈앞에서는 정교금과 적장손이 각각 3천 현갑군을 거느리고 나가 공을 다투게 되었다.

"그대들은 얼마 만에 싸움터를 달리는가?"

"무려 스무 해 만에 마음껏 달리게 되었습니다. 저놈들 개마대쯤이야 한주먹거리도 되지 않을 것입니다."

애써 길러온 현갑군이 마음껏 싸움판을 달리는 것을 생각만 해도 즐겁다.

"무엇보다 먼저 저놈들 개마대부터 깨끗이 무찔러 뒤탈이 없게 하라. 쇠도끼로 내리찍고 걸낫으로 적의 말 다리를 베어라."

이세민은 싸움에 나가는 현갑군의 사기를 북돋워주었다. 정교금과 적장손이 씩씩한 대답과 함께 달려간 뒤에도 이세민은 고구려 개마대가 현갑군의 쇠도끼 맛을 보게 되었다고 침이 마르게 자랑했다.

개마대를 잡는 것이 걸낫인 줄로만 아는 이세민이었다. 배고픈 것도 잊고 부지런히 옥추경을 외우며 도깨비가 나타나기만을 빌었으나 산속에 살던 도깨비가 옥추경 무서운 줄을 어찌 알겠는가. 이세민 등이 만병통치약이라도 되는 듯이 읊었던 걸낫과 쇠도끼도 여동군 개마대 앞에서는 아무런 쓸모가 없게 되고 말았다. 여동군 개마대는 당군 현갑군이 걸낫을 들고 나올 줄 알고 있었으므로 긴 창이나 걸낫을 버리고 모두 칼과 채찍만을 들고 싸움에 나왔기 때문이었다.

2945년(612), 두 번째 여동에 쳐들어온 수나라의 개마대는 그 수가 엄청나게 많았고 말에게 입힌 갑옷도 여동군 개마대처럼 짧아지고 긴 창까지도 똑같았다. 군사들의 갑옷과 투구도 매우 두꺼워져 화살이나 쇠도끼도 전처럼 막강한 위력을 발휘하지 못했다.

을지문덕과 강이식은 원숭이 같은 오랑캐들이 이제는 걸낫으로 말의 다리를 후리는 것도 배워갔을 것이라 짐작하고 대책을 세웠다. 여러모로 궁리를 하고 시험을 해본 끝에 만들어낸 것이 쇠사슬을 끈으로 만든 채찍이었다. 석 자 길이의 속빈 쇠막대기에 두 자쯤 되는 쇠사슬을 맨 그닥잖은 채찍이다. 그러나 사슬 끝에 마름쇠를 달고 나니 소름 끼치게 무서운 무기가 되었다.

첫 훈련 때에는 날카로운 마름쇠 대신 헝겊으로 싼 쇠뭉치를 달았어도 군사들이 크게 다쳤다. 하는 수 없이 쇠뭉치를 떼어버려야 했다. 그래도 쇠사슬에 다치는 것만은 어쩌지 못해 나중에는 아예 허수아비를 세워놓고 연습해왔다.

당군이 싸움새를 갖춘 채 손가락 하나 까딱 않고 기다리자 대충 어림셈으로도 8만 명에 가까운 안시성 군사들이 성문을 빠져나왔다.

"저렇게 많은 군사가 있었더란 말이냐?"

이세민은 크게 놀랐다. 그렇다면 여태껏 갑옷이나 투구는 커녕 흰옷에 맨머리로 성벽을 지키던 백성들은 다 무엇이었단 말인가. 늙은이와 어린아이에다 여자들까지 함께 나서서 성을 지키지 않았던가.

그러나 그 생각도 잠깐이었다. 저토록 많은 군사가 빠져나왔으니 안시성 군사들은 이제 다시 성안으로 한꺼번에 들어갈 수 없다는 데 생각이 미친 것이다.

"네놈들이 두더지처럼 성안에 숨어 있어서 우리가 그동안 힘을 쓰지 못했다. 이제 제 발로 벌판으로 뛰쳐나왔으니 네놈들은 독 안에 든 쥐나 다름없다. 어디 쥐구멍을 찾아 이리저리 도망쳐보아라."

성을 나온 군사들이 8만이라면 안시성에는 군사가 하나도 없이 텅 비었을 것이다. 이제 안시성은 손 안에 들어온 것이나 다름없게 되었다.

남문 앞을 보니 더 나올 군사도 없는 듯, 싸움새를 이룬 1만 5천여 안시성군은 북을 울리며 앞으로 나오고 있었다. 서쪽 작은 문 앞으로 나왔던 5천여 군사도 싸움을 돋웠다. 북쪽이나 흙산에 가려 보이지 않는 동쪽에서도 곧 싸움이 시작될 것이다.

말안장에 앉아서도 엉덩이춤을 추던 이세민은 몸소 깃발을 휘두르며 목청껏 악을 썼다.

"북을 울려라! 한 놈도 놓치지 말고 모두 목을 베어라!"

둥, 둥, 둥, 둥. 힘껏 쳐대는 북소리가 싸움을 알리자 안시성

진영에서도 함께 빠른 북소리가 일어나 들판을 가득 채웠다. 곧 당군과 안시성군이 서로 맞붙어 싸우기 시작했다.

"이제야 싸움다운 싸움을 하게 되었구나. 이럴 줄 알았다면 일찌감치 건안성을 쳐서 적을 끌어낼 것을. 쓸데없이 안시성 하나만 공격하다가 애타는 날들을 보내고 아까운 군사들만 죽였구나."

제 꾀가 들어맞았음에 신바람이 난 이세민은 싸움이 한창 어우러지는 남문 쪽을 느긋하게 바라보다가 문득 눈길을 돌렸다. 갑작스럽게 벌건 대낮에 꿈을 꾸는 듯한 느낌이 들었다. 아침 햇살을 받아 하얗게 빛나던 성벽이 갑자기 검게 바뀐 것이다.

무엇인가? 지그시 반쯤 감고 바라보는 눈에 거미새끼들처럼 줄을 타고 쏟아져내리는 것들이 보였다. 얼마나 많은지 성벽이 까맣게 뒤덮였다. 이세민의 작은 생쥐 눈이 튀어나올 듯이 커졌다.

"적이다!"

싸움터에서 적을 처음 보는 것인가? 놀란 이세민의 헛소리였다.

"적을 막아라!"

그러나 벽을 타고 내려온 안시성군은 눈 깜짝할 사이에 당군의 뒤를 물어뜯기 시작했다. 성벽에서는 끝도 없이 군사들이 쏟아져내려 싸움새를 갖추며 얼빠진 당군을 사납게 휘저었다.

"빨리 저들을 막아라!"

이세민을 지키고 있던 장손무기가 5만 군사를 이끌고 성벽에서 쏟아지는 군사들을 막으러 달려갔다. 장손무기가 간 뒤에는 울지경덕이 5천 현갑군으로 이세민을 지키게 되었다.

오래지 않아 이세민은 현갑군과 개마대가 맞부딪친 곳에서 어지러운 소용돌이가 일어나더니 차츰 크게 번지는 것을 보았다. 현갑군이나 개마대나 서로 똑같은 차림이다. 한참이나 이마에 손을 얹고 바라보던 이세민은 뒤로 몰리는 모양을 보고서야 현갑군이 개마대에게 무너지고 있음을 알았다.

"바보 같은 놈들, 그까짓 개마대가 무에 그리 대단하다고!"

그렇게 일렀거늘! 고구려 개마대를 잡기 위해 그렇게 많은 훈련을 시켰거늘! 6천이나 되는 현갑군이 저렇게 힘없이 당하고 있으니! 이세민의 눈에서 시뻘건 불이 일어났다.

이세민이 발을 구르든 말든 현갑군과 개마대의 싸움은 더욱 큰 소용돌이로 어지러워지고 있었다. 마름쇠가 달린 채찍을 들고 덤벼들어 함부로 얼굴을 찍어대는 개마대 때문에 현갑군은 두꺼운 갑옷으로 온몸을 감싸고서도 함께 어울려 싸울 수가 없었다.

서로 어울린 지 얼마 안 되어 대장인 정교금과 적장손까지 채찍에 맞고 칼에 찔려 말에서 떨어져 죽었으니 다른 군사들이야 말할 것도 없었다. 개마대는 총채로 하루살이떼를 쫓듯이 어지럽게 채찍을 휘둘렀다. 채찍을 견디지 못한 현갑군은 저마다 얼굴을 감싸쥐고 말에서 떨어져내렸다. 주인 잃은 말들만 고삐 풀린 망아지가 되어 날뛰며 땅에 떨어진 당군을 짓밟았다.

"쇠도끼로 내려찍고 걸낫으로 말의 다리를 잘라내라!"

말 탄 사람의 얼굴을 후리고 덤벼드는 판에 말의 다리나 자르려 들다니, 딱하디딱한 일이었다. 이미 여동군의 채찍 하나로 개마대와 현갑군의 싸움이 판가름난 것을 모르고 또다시 옥추경을 외는 이세민의 고함소리가 문득 묻혀버렸다.

"와아! 쳐라!"

느닷없이 당군의 본진 뒤에서 함성이 일었다. 어느 틈에 흙산에서 내려온 안시성주 양만춘이 2만 군사를 이끌고 이세민의 옆구리를 짓밟으며 쫓아오고 있었다. 곧바로 울지경덕이 5천 현갑군으로 마주쳐갔다. 그러나 현갑군의 위세도 잠깐뿐, 천 명도 안 되는 여동군 개마대에게 걸려 꼼짝없이 당하고 말았다.

울지경덕은 정교금과 적장손의 현갑군이 너무 쉽게 무너지는 것을 보고 영문을 몰라 웬 도깨비놀음인가 궁금하게 생각하다가 자신이 직접 적과 마주친 뒤에야 여동군 개마대의 무서움을 알게 되었다. 적당한 거리를 두고 적의 곁을 빠르게 스쳐지나가며 걸낫으로 상대방의 가장 취약한 부분인 말 다리를 후리는 것이 첫 번째 전술인데, 마주쳐오던 여동군 개마대의 대열 사이 틈이 갑자기 사라져버렸다. 대열이 무질서하게 흐트러진 것이 아니라 줄지어 달리던 군사들 사이사이에서 군사들이 두어 걸음씩 옆으로 나와 열 사이의 공간을 메워버린 것이다.

갑작스럽게 절벽을 만난 것처럼 앞길이 막힌 울지경덕의 현갑군은 속도를 늦추고 말을 세운 뒤 병장기를 휘둘러 길을 만들어야 했다. 빠른 기세로 스쳐가며 말 다리를 베어 적진을 무너뜨리는 것이 아니라 한 사람 한 사람 얼굴을 마주 보며 서로의 우열을 가려야 하게 된 것이다. 그러고 보니 여동군 개마대는 모두가 걸낫 대신 칼과 채찍처럼 보이는 괴상한 병장기를 양손에 나누어 들고 춤추듯 공격해오고 있었다. 군사들이 서로 스쳐지나가는 것이 아니라 근접해서 베고 찌르는 것이라면 자루가 기다란 걸낫은 아무런 쓸모가 없다. 울지경덕의 현갑군도 쓸모없이 그저 거치적거리기만 하는 걸낫을 버리고 칼을 빼어들어 일대일 맞대결에 대비해야 했다.

"이 무슨 개 같은 일이?"

여동군 개마대가 칼과 함께 마름쇠 달린 채찍을 휘두르는 것을 눈앞에서 본 뒤에야 울지경덕은 싸움판의 전세를 제대로 읽을 수 있었다. 서로 엇비슷하게 견주어볼 수도 없이 차이가 나는 병장기를 가지고 싸운다면 군사들의 용맹도 별 쓸모가 없는 것이다.

"모두 얼굴을 가려라! 말을 돌려 물러나라!"

억지로 싸워보았자 얻어걸리는 것은 값없는 개죽음뿐이다. 울지경덕은 재빠르게 군사를 돌려 물러났다.

울지경덕이 거느린 현갑군의 깃발이 어지러워진 것을 보고 일이 틀린 줄 안 이세민은 뒤도 돌아보지 않고 죽어라 말을 달려 달아났다. 호위장수들도 말을 몰아 이세민의 뒤를 따랐다.

안시성군과 맞닥뜨리기 전에 뒤에서 일어나는 소리를 듣고 기겁을 한 장손무기는 곧바로 군사를 돌려세워 이세민 등을 구해서 뒤로 물러났다.

울지경덕은 생각 끝에 방패를 찾아들고 다시 여동군 개마대와 맞서보았으나 방패도 그다지 쓸모가 없었다. 울지경덕의 현갑군은 또다시 잽싸게 꽁무니를 뺌으로써 더 큰 피해를 줄일 수 있었다.

15만 여동군과 3만 안시성 군사가 모두 성 밖으로 뛰쳐나왔다. 그동안 힘이 모자라서 숨어 있던 군사들이 아니다. 한꺼번에 몰아치기 위해 갑갑함을 참으며, 손에 침 발라가며 기다려온 군사들이다. 억지로 참아가며 마음의 탕개를 다잡아 죄었던 군사들이 팽팽하게 당겨진 활시위처럼 뛰쳐나갔으니 사납기 짝이 없을 수밖에!

"오랑캐를 때려잡아라!"

"성읍을 불태우려 했던 짐승만도 못한 놈들이다! 모조리 참살하라!"

현갑군을 흩어버린 여동군 개마대가 다시 긴 창으로 바꿔 들고 휩쓸며 달리기 시작했다. 당군의 싸움새는 자꾸 흐트러졌고, 한 번 사기가 떨어진 군사들은 뒤따라 덤벼드는 안시성 군사들과도 힘껏 싸울 수가 없었다.

돼지우리에 뛰어들어 이리저리 몰리며 제 동무의 배때기에 머리를 처박고 숨기 바쁜 돼지들에게 도끼질을 해대는 도살꾼처럼, 여동군 군사들은 사납게 창칼을 휘둘렀다. 당군들은 수가 훨씬 많았으면서도 싸움새가 흩어진 채 이리저리 살려고 도망치기에 바빴다.

"뭐라고? 황상을 구해야 한다고?"

한참 정신없이 돌아가던 판이었다. 부하장수의 느닷없는 소리를 듣고 이세적은 간이 뒤집히게 놀랐다.

이세적은 북문을 나온 고연수와 어우러져 싸우고 있었다. 느닷없이 성벽에서 쏟아져내려온 적을 보고 놀란 판에 적의 개마대까지 날뛰고 있으니 정신이 하나도 없었다. 이세민이 상으로 내려준 화룡검을 뽑아들었으나 아직 여동군을 상대로 시험도 해보지 못했다.

첫 번째로 이세적의 전투명령을 받은 것은 진경의 3천 현갑군이었다. 허리에는 칼과 쇠도끼를 비껴차고 여동군 개마대를 끌어내리기 위해 걸낫을 들고 달려나갔다. 그러나 긴 창이나 걸낫을 내던지고 칼과 채찍만 들고 나온 여동군 개마대는 진경의 현갑군에게 걸낫을 사용할 기회를 주지 않았다. 현갑군의 질주를 절벽처럼 막아서며 두 손에 든 칼과 채찍을 동시에 휘둘렀다. 현갑군이 든 걸낫은 자루가 길었으므로 바짝 다가든 말의 다리를 벨 수도, 개마대 군사들을 끌어내릴 수도 없이 그저 거추장스럽기만 했다. 걸낫을 내던지고 아쉬운 대로 칼이나 쇠도끼를 뽑아들고 엉거주춤 맞섰으나 칼날과 쇠도끼를 착착 감으며 날아드는 채찍까지 막아낼 수는 없었다. 채찍 끝에는 날카롭기 짝이 없는 마름쇠가 달려 있어 채찍을 막아내도 대번에 얼굴로 날아들어 눈을 때리고 살갗을 찢었다. 엄청난 아픔에 조금이라도 빈틈을 보이면 어김없이 칼날이 파고들었다. 현갑군은 온몸과 말에게까지 갑옷을 둘렀으나 얼굴을 때려오는 채찍과 칼날에는 속수무책이었다.

울지경덕처럼 접전을 시작하자마자 사태의 위급함을 깨닫고 곧바로 꽁무니를 뺐더라면 좋았을 것을, 지난날 어중이떠중이 반란군이나 잡으러 다니던 때만 생각하고 처음부터 깊숙이 뛰어들었던 것이 잘못이었다. 진경은 고삐를 놓고 칼과 쇠도끼를 부지런히 휘저었다. 그러나 두 손으로도 하루살이떼를 막지 못하는 것처럼, 정신없이 파고드는 채찍을 제대로 막아내지 못했다. 채찍 마름쇠에 얻어맞아 말에서 떨어진 진경이 곧바로 일어서며 칼을 휘둘렀으나 개마대 군사는 무지막지한 못신으로 진경의 낯짝을 걷어차버렸다. 피투성이가 되어 쓰러진 진경은 끝내 피아를 가리지 않고 무수히 쏟아지는 말발굽에 짓밟혀 목숨을 잃고 말았다.

"와아!"

현갑군이 나가 싸우는 동안 뒤에서 사기를 북돋우던 군사들의 함성소리가 어느새 놀람과 비명으로 바뀌었다.

"아-앗!"

"적이 뒤에서 달려든다!"

"뒤돌아 적을 막아라!"

느닷없이 뒤에서 적이 덤벼드니 정신을 차릴 수가 없었다. 게다가 현갑군을 모두 흩어버린 여동군 개마대는 군사들에게 다시 긴 창을 받아 쥐고 줄지어 달리며 당나라 군사들을 짓밟고 있었다.

"아앗, 피해라!"

개마대가 달려오면 군사들은 재빠르게 길을 터주었고, 미처 피하지 못한 자들은 말발굽에 짓밟혔다. 이세적의 부하들도 모두가 싸울 뜻을 잃고 이리저리 휩쓸리고만 있었다.

"황상께서 무슨 명령을 내렸느냐?"

말 잔등이 부러지게 엉덩이를 들썩거리며 걸낫으로 말 다리를 잘라버리라고 악을 써대던 이세적이었다. 부하장수가 팔소매를 잡아당겨서야 황상이 어떻고 하는 말에 정신이 번쩍 들어 옆을 돌아보았다.

"명령이 아닙니다. 황상께서 위험할 것입니다."

"황상께서 어찌 되셨단 말이냐?"

"그렇습니다. 현갑군이 어이없이 무너지고 개마대가 저렇게 날뛰는 것을 보니 황상께서도 큰 어려움을 겪고 계실 것입니다."

이세적은 무엇이 얼마만큼 자기한테 도움이 되는지 속셈이 빠른 사람이었다.

부하들을 다 죽여서라도 황상을 구하려는 충성을 보여야 한다! 더 생각하고 말 것이 없었다. 이세적은 잽싸게 부하장수들을 이끌고 뒤로 물러났다. 이리저리 쫓기던 군사들도 북을 울리며 달아나는 이세적의 뒤를 따라 물러났다. 이세적은 군사들이 대충 빠져나왔다고 여겨지자 다시는 뒤도 돌아보지 않고 서쪽 싸움판을 멀리 돌아서 남문 쪽으로 달려갔다.

서쪽 싸움판에서 이세적의 군사가 멀리 달아나는 것을 본 당나라 군사들도 살길을 찾은 듯 부지런히 뒤따라 달려갔다. 이세민에게 잘 보이려는 속셈에서 일찌감치 싸움을 끝내고 달아난 이세적은 뜻밖에 저도 모르게 많은 군사를 죽음의 수렁에서 건져낸 셈이 되었다. 싸움이 채 무르익기도 전에 이세적의 군사들이 싸움판을 빠져나가 줄행랑치는 것을 보고 마음이 꺼림칙해진 고연수가 함부로 뒤쫓지 않았던 것이다.

"이대로 가다가는 모두 죽게 됩니다. 더 늦기 전에 멀리 물러가서 군사를 모아야 합니다."

장손무기가 이세민에게 물러날 것을 말했고 울지경덕도 옆에서 거들었다.

"우리가 멀리 물러나면 적들도 함부로 뒤쫓지 못할 것입니다."

그러잖아도 겁에 질려 있는 판이다. 부하들이 물러날 것을 권하니 이세민도 그 자리에서 군사를 물리라고 명령했다.

"북을 울려라! 곧바로 군사를 뒤로 물려라!"

이세민은 장손무기 등과 함께 북을 울리며 남은 군사를 이끌고 달아났다. 이세민이 먼저 줄행랑을 놓자 이리저리 몰리던 군사들이 비로소 그들을 따라 한곳으로 목숨을 구하여 달리기 시작했다.

이세민이 달아나다 보니 서쪽에서 한 떼의 군사들이 구름같이 몰려오고 있었다. 모두 붉은 옷을 입었으니 당나라 군사임에 틀림없었다.

"저것이 누구의 군사들이냐?"

반가움에 저절로 말이 튀어나왔다.

"대장군 이세적의 깃발입니다."

"세적은 북쪽에 있지 않으냐?"

그러나 이세민의 의문은 곧장 감탄으로 바뀌었다.

"오오, 역시 세적이다!"

이세민은 더욱 박차를 가해 이세적의 군사들 쪽으로 말을 달렸다.

"세적이 왔습니다. 황상께서는 걱정하지 마십시오."

앞장서 달려오던 이세적은 이세민이 무사한 것을 보고 좋아서 날뛰었다. 크게 칭찬받을 때마다 벌렁 드러누워 오줌까지 지리던 버릇이 나오려고 하는 것을 때가 때인지라 스스로 참아내야 했다. 대신 이세적은 이를 악물었다. 빌어먹을 안시성 놈들 때문이다!

"쥐새끼 같은 놈들! 얼마든지 몰려와라! 화룡검으로 모두 베어버리겠다!"

화룡검을 높이 쳐든 이세적은 용맹을 떨쳐 밀려오는 적군을 막아섰다. 그러나 얼마 지나지 않아 이세적의 군사들도 시위에 둑이 무너지듯 흩어지고 말았다. 이세적은 어려서부터 사람을 죽여왔으니만치 싸움터에서는 남달리 용맹했으나 따르는 군사들은 가을바람을 만난 낙엽처럼 우수수 떨어졌다. 이세적의 호랑이 같은 용맹도, 창칼을 썩은 나무처럼 베어버리는 화룡검도 별 쓸모가 없었다.

저러다 아까운 장군을 잃게 된다! 결국 이세민이 소리쳤다.

"북을 울려 대장군을 구하라."

싸우지 말고 물러나라는 북소리에 부하장수가 이세적을 잡아당겼다.

"황상께서 부르십니다. 곧바로 물러나야 합니다."

"그렇다! 황상께서 위험하다!"

물러나라고 명령을 내릴 새도 없었다. 부하들을 거느릴 겨를도 없이 이세적은 뒤돌아 달렸다. 그로서야 목숨처럼 귀한 화룡검만 간직하면 그만이었다.

허겁지겁 내달린 이세민 등이 군량을 쌓아둔 곳으로 달아날 때였다. 어지러운 북소리와 함께 5만 군사가 마중을 나왔다. 느닷없는 군사들의 모습이 보이자 뒤쫓던 여동군은 도망치듯 잽싸게 물러갔다. 너무 멀리 뒤쫓다가 당군의 덫에 걸릴지도 모른다는 걱정과 함께 군사들이 모두 성을 비우고 나왔기 때문에 뒤가 켕겼던 것이다.

울안에 갇혀 있다 뛰쳐나온 호랑이처럼 여동군과 안시성 군사들은 팔다리가 뻐근하도록 적을 쫓아다니며 치고 베었다. 얼씬거리는 당군이 하나도 보이지 않고서야 북소리를 드높이 울리며 성안으로 들어갔다.

건안성은 작은 성인 데다 지키는 군사마저 많지 않았다. 험한 산속 높은 벼랑에 기대어 세웠으므로 치기에 어렵고 막기에는 쉬워 지키는 군사를 적게 두었던 것이다.

앞장서서 달려온 이도종은 도착하자마자 성을 한 바퀴 둘러보았다. 서쪽과 동쪽은 험한 바위와 벼랑을 성벽으로 삼고 군데군데 필요한 곳에만 대충 성벽을 쌓은 것으로 보였으나 맨몸으로 기어오른다면 몰라도 군사들이 싸우며 기어오를 곳은 못 되었다. 그보다는 돌로 높이 성벽을 쌓은 남쪽과 북쪽이 오히려 공격하기가 훨씬 쉬워 보였다.

"남쪽 성벽이 높으나 우리 군사들의 행동이 자유로우니 오히려 쉬울 것입니다. 햇빛을 등지고 싸우는 것도 많은 보탬이 됩니다."

뒤따르던 부하장수 굴돌통이었다.

굴돌통은 이세적의 부하로 요동성을 지키고 있다가 성을 빠져나가던 군사 100명을 모두 잡았다. 다른 사람들은 고구려 병장기에 정신이 팔렸지만 이도종은 죽음을 무릅쓰고 달려나온 군사들을 모두 잡아버린 것을 더 높이 쳤다. 돌이켜 생각해보면 지난날 머저리나 다름없는 조정 군사를 이끌고 하동을 지킬 때, 들녘에 붙은 불길처럼 뻗어가던 이세민 등의 반란군을 훌륭하게 막아낸 것은 아무 장수나 할 수 있는 일이 아니었다. 그래서 이도종은 건안성을 치라는 명령을 받았을 때 이세민에게 굴돌통을 부장으로 달라고 했던 것이다.

그러나 굴돌통의 그럴듯한 말에도 이도종은 엉뚱한 소리를 했다.

"나는 동쪽을 공격하겠다. 다른 곳은 싸우는 흉내만 내 적의 힘을 나누게 할 뿐이다."

"동쪽은 벼랑을 이룬 바위들이 험하고 곳곳에 돌로 성벽을 쌓아 도저히 공격할 만하지 않습니다. 무엇보다 성벽 아래까지 많은 군사를 움직여 가기가 어렵습니다. 적은 군사는 가보아야 적의 먹이가 될 뿐입니다."

"그대의 말이 옳다. 그러나 황상께서는 나에게 동쪽을 공격하라고 하셨다."

"동쪽을 공격하라는 황상의 명령이 있었습니까? 그렇다면 이렇게 성을 둘러볼 필요도 없지 않았습니까?"

굴돌통은 도무지 알 수가 없었다.

"하지만 피해가 너무 클 것입니다. 적에게 죽는 군사보다 발을 헛디뎌 벼랑에 떨어져 죽는 군사가 열 곱은 더 많을 것입니다."

"황상께서 열흘이라고 하신 것은 바로 가장 어려운 동쪽을 공격하라는 것이었다."

이도종이 어금닛소리로 내뱉었다.

"동쪽에도 한 가지 이로운 점이 있다. 군사들이 많이 다치겠지만 어려움을 뚫고 그 아래까지 닿기만 하면 된다. 지키는 군사들도 함부로 움직이기 어려우니 바위를 기어오르는 것이 성벽을 기어오르는 것보다 훨씬 쉬울 것이다."

"그렇습니다. 황상의 뜻이라면 어차피 죽을 각오를 해야겠지요."

굴돌통이 곧바로 머리를 끄덕이며 다짐을 하자 이도종도 한껏 부추기는 말을 해주었다.

"그대가 동쪽을 맡아서 바위를 깎고 벼랑에 돌을 채워가며 공격하도록 하라. 그대가 앞장서서 성을 손에 넣게 될 것이다."

성을 에워싼 당나라 군사들은 악착스럽게 덤벼들었다. 군사를 나누어 밤에도 쉬지 않고 성을 공격하고, 동쪽에서는 굴돌통이 군사를 닦달해 길을 냈다.

"아악!"

구덩이에 돌을 던져넣던 군사가 주르륵 미끄러지며 비명을 질렀다.

"사람 살려!"

구덩이에 떨어진 군사가 팔을 흔들며 살려달라고 소리치지만 위에서는 밧줄 대신 돌과 흙을 쏟아부었다. 돌덩이에 맞고도 아프다는 소리 대신 더 크게 살려달라고 울부짖지만 위에서는 아무도 손을 멈추지 않고 돌을 던지고 흙을 부었다. 구덩이에 떨어진 군사들이 기어나오든 말든 자기만 떨어지지 않으면 그만이다. 더러는 팔다리가 부러지고 머리가 깨진 채로 살아서 기어나오기도 하고 더러는 묻혀서 구덩이를 메우는 데

도움이 되기도 했다.

"비켜라, 비켜!"

"조심해라, 조심해!"

모두가 조심하라고 소리를 질렀지만 정말은 자기 자신에게 살아남으려면 조심해야 된다고 다짐을 두는 소리일 뿐이었다.

성벽이 가까워지자 건안성 군사들의 저항도 심해졌다. 소나기처럼 화살을 퍼부어대니 화살을 피하려다 엉겁결에 바위 틈새로 떨어지는 군사도 많아졌다.

칼날 같은 바위너설에 서서 어쩌지 못하고 멈칫거리는 군사에게는 뒤에서 화살이 날아오거나 창날이 파고들었다. 어차피 죽기는 마찬가지였으니 군사들은 저절로 용감해지지 않을 수가 없었다. 이래저래 돌이나 흙보다는 군사들의 송장으로 구덩이가 메워지고 있었다. 비명소리가 끊이지 않는 가운데 동쪽에서는 싸움이 없어도 갈수록 다치고 죽는 군사들이 많아졌다.

그렇게 이레가 지나자 성벽 가까이 갈 수 있었다. 말이 성벽이지, 건안성 군사들이 바위 위에 쌓은 성벽은 군사들이 앉아 쉬려고 만든 것처럼 석 자 높이도 되지 않았다. 안쪽에서도 맘 놓고 움직이기가 어려운 듯 성벽을 지키는 군사도 매우 적었다.

"힘을 내라. 얼마 남지 않았다."

성벽 밑에 닿기만 하면 성이 저절로 떨어지기라도 하는 듯 굴돌통은 신이 나서 군사를 몰아세웠다.

"이젠 저놈들이 구덩이를 메워주고 있습니다."

궁금하여 찾아온 이도종에게 굴돌통이 자랑삼아 말했다. 성벽 위에서 화살과 함께 돌이 날아오는 것을 보고 하는 말이었으니, 제 딴에는 그것도 우스갯소리라고 지껄이는 것이다.

"내일 저녁쯤이면 성벽에 닿을 수 있을 것이니 머지않아 성에 들어갈 수 있습니다."

때마침 돌을 던지다 성벽 밑으로 굴러떨어지는 건안성 군사도 보였다.

"성을 손에 넣는 것은 그대의 공이다. 끝까지…… 가만!"

끝까지 잘해 큰 공을 세우라고 굴돌통을 치켜세우던 이도종이 비명에 가까운 소리를 질렀다. 멀뚱하게 쳐다보는 굴돌통은 돌아보지도 않고 이도종은 제 부하장수에게 명령을 내렸다.

"빨리 저 화살을 뽑아와라!"

손끝을 따라 부하장수가 달려가더니, 쓰러진 군사의 등에서 화살을 뽑아왔다.

"고구려 화살이다. 저 성은 이제 손 안에 들어온 것이나 다름없다."

갑작스럽게 화살에 맞아 쓰러지는 군사들이 늘어나고 있었다. 날카로운 고구려 화살에 당나라 군사들의 얇은 갑옷이 견디지 못하는 것이다.

"군사를 뒤로 물려라!"

건안성 공격이 시작된 뒤 처음으로 내리는 후퇴명령이었다.

비교적 안전한 곳에 자리를 잡은 이도종은 군사들에게 명령을 내려, 고구려 화살도 견딜 수 있도록 두껍게 만든 갑옷과 투구만 따로 모아오게 했다. 두꺼운 갑옷과 투구를 흙과 돌을 나르는 군사들에게 모두 입혔으니 굴돌통의 군사들은 전과 다름없이 흙을 메울 수가 있었다.

이후 이도종은 아예 굴돌통과 함께 성 동쪽에 눌러앉아 흙을 나르는 군사들을 감독했다.

"고구려 병장기가 나오기 시작한 것을 보면 건안성에는 별다른 방비를 하지 않았다는 뜻이다. 지키는 군사도 많지 않을 것이다."

즐겁게 흙을 메우고 있을 때, 이세민의 전령이 숨이 턱에 닿아 달려왔다.

"안시성의 적이 모두 몰려나오고 있습니다. 곧바로 군사를 돌려 돌아오라는 황상의 명령입니다."

그래? 안시성의 적이 몰려나오고 있다면 이따위 건안성은 아무것도 아니다!

"공격을 멈춰라! 군사들은 곧바로 공격을 멈추고 물러나라!"

곧장 군사를 물린 이도종은 부리나케 안시성으로 달려갔다.

주검 위에서 죽음을 각오하고

들판이 온통 주검으로 덮여 발 디딜 틈도 없었다. 하루 동안 무려 20만 군사가 죽어버린 것이다. 기가 막혀 말도 나오지 않았다.

"성에 들어가는 날이면 사내란 사내는 다 죽일 것이다. 화룡검으로 모가지를 뎅겅뎅겅 잘라 죽일 것이다."

이세적이 이를 갈아붙였다.

"늙은 것들은 꼬부라진 허리를 밟아 죽이고, 애새끼들은 개구리같이 패대기를 쳐서 죽일 것이다."

모두들 넋이 빠져 맥을 놓고 있는데 이세적 혼자만 기운이 펄펄 넘쳤다. 이세민 앞에서도 벌게진 얼굴로 팔을 내두르며 악을 썼다. 이세적이 하도 설쳐대니 다른 사람들은 보기 딱한지 얼굴을 돌렸다. 그러나 언제까지 이세적의 넋두리나 귀 아프게 듣고 있을 때가 아니었다.

"군사들의 사기가 떨어질 뿐이다. 어서 주검부터 치우도록 해라."

어려서부터 숱한 싸움터를 달려온 이세민이다. 수나라를 무너뜨리고 서토의 주인이 되었으며 주위의 만류를 무릅쓰고 고구려 도전을 감행한 그였기에 스스로 영웅의 모습을 보여야만 되었다. 보기 싫은 것일수록 빨리 치워야 했다.

"늙은 것들은 내일까지 기다리지도 못하고 저절로 죽어버릴 것입니다. 곧바로 성에 쳐들어가서 모두 밟아 죽여버려야 합니다."

그러나 이세적은 이세민의 말을 듣지 못한 듯 어서 성을 공격해야 한다고 떠들어댔다.

미친 것이 아닌가? 모두들 어이없어하는데, 아닌 게 아니라 이세적의 임자는 이세민이었다.

"그대는 잠자코 짐을 호위하라. 어제도 그대가 아니었으면 정말 큰일 날 뻔했다."

두어 마디 치켜세우는 말로 펄펄 뛰는 이세적의 코뚜레를 꿰어버렸다. 단박에 꼬리 사린 개처럼, 이세적은 너무 기쁜 나머지 두 손을 맞잡고 얼굴을 붉히며 어쩔 줄 몰라 했다. 쩔쩔매기도 하고 눈을 희번덕이며 여러 장수들을 휩쓸어보면서 뽐내기도 하다가 갑자기 스르르 바닥에 쓰러졌다. 그대로 잠드는가 했으나 곧 몸을 뒤척이더니 허리에 찬 화룡검을 허리춤에 깔고 누웠다. 허리에 괴여 매우 불편할 것이다.

"쳇, 누가 훔쳐간다고!"

보기 딱했던지 누군가 혀를 찼다.

"화룡검 걱정에 잠이 오겠나?"

장손무기가 제법 큰 소리로 핀잔을 주었으나 이세적은 요란하게 코 고는 소리로 대답을 대신했다. 지켜보던 사람들이 모두 웃었다. 호들갑스럽고 낯 두꺼운 이세적한테 걱정거리 하나가 늘었다는 소리가 그럴듯해서였다.

모두들 정신없이 돌아치는데 팔자 좋은 이세적은 하루 내내 코를 골며 늘어지게 잠을 잤다. 오줌보가 차면 그냥 내갈겼다. 오줌에 젖을까 봐 화룡검이 어느새 베개를 대신하고 있었다. 그러나 해 질 무렵이 되자 배가 고파 더 견디지 못했다.

지켜보는 사람도 없지만 아직도 정신이 돌아오지 않는 듯 눈을 비비며 어질어질 밖으로 나섰다. 오줌에 찌든 옷을 갈아입고 밥을 든든히 먹은 이세적은 다시 기운이 펄펄 났다. 낮에 하지 못한 일을 벌충해야 했다. 횃불을 밝히고 널린 송장을 치우느라 애꿎은 부하들만 고달프게 만들었다. 깜짝 놀란 이세민이 전령을 보내 이세적을 불러들였기에 망정이지 모진 대장 밑에 있는 죄로 부하들은 밤잠도 못 자고 시달릴 뻔했다.

당나라 군사들은 싸움을 멈추고 서둘렀으나 주검을 치우는데 사흘이나 걸렸다. 언제 구덩이를 팔 수도 없어서 산골짜기마다 피 묻은 송장을 던져넣고 흙으로 대충 덮었다.

"사내놈들의 불알을 모두 깨뜨려 죽여버릴 것이다."

이세적은 멀쩡하다가도 가끔씩 귀신에 씐 것처럼 이를 갈며 헛소리를 했다. 처음에는 호들갑스러운 이세적이 장난치는 것이라고밖에 여기지 않던 사람들도 차츰 걱정을 하게 되었다. 놈이 미친 척하고 화룡검을 휘두를지도 모를 일이다. 아무도 이세적 곁에 얼씬거리지 않았다.

누구보다 애가 타는 것은 이세민이었다. 이세민은 주검을 모두 치운 뒤에도 이세적을 떼어놓지 못했다. 이세적의 군사들까지도 본진으로 재편성해 제 곁에 붙들어두었다.

"대장군, 이제 그만하시오. 사내놈들 씨를 말리는 것만이 능사가 아니오. 그보다 먼저 할 일이 있소. 뭔지 아시오?"

장손무기가 모처럼 입을 다물고 얌전하게 서 있는 이세적을 나무라듯 말했다. 느닷없는 질문에 당황한 이세적이 얼른 대꾸할 말을 찾지 못하고 멀뚱하게 쳐다보자 이세민이 먼저 끼어들었다.

"무슨 말을 하려는 것이냐?"

머리 회전이 빠르고 잔머리를 잘 굴리기로 정평이 나 있는 장손무기가 이날따라 정신이 들락날락하는 이세적에게 말을 걸고 나서자 곁에 있던 사람이 더 궁금했던 것이다. 하지만 장손무기는 이세민의 물음에서 슬쩍 비켜섰다.

"황상, 신은 대장군에게 무슨 까닭으로 고구려 사내놈들의 씨를 말리겠다는 것인지 물었습니다."

"그야 그 나쁜 놈들을 내버려두면 언제까지고 우리를 못 살게 굴 것이 아니겠소? 내일 아침이면 나 혼자서라도 성벽을 넘어가 놈들을 모두 죽여버릴 것이오."

이세적이 그제야 제정신이 돌아온 듯 입에 거품을 물었다. 사람들은 괜히 벌집을 건드려 시끄럽게 되었다고 장손무기를 흘겨보았지만 장손무기는 또다시 이세적을 건드렸다.

"성이란 성을 다 빼앗아도 사내놈들을 모두 죽여버리면 재미가 없소. 우리 군사를 잃은 만큼 고구려놈들을 붙잡아다가 종으로 만들어 부려먹어야 하지 않겠소?"

그제야 사람들은 장손무기에게 무슨 속셈이 있다는 것을 느꼈다. 이세적도 함부로 덤벙거릴 때가 아니라는 것을 알아챈 듯 눈알을 굴리며 입술을 핥았다.

"대장군은 미처 생각하지 못한 모양이나 적을 치고 다스릴 때에는 손에 든 창칼만 빼앗는 것으로 되질 않소. 먼저 정신을 뽑아놓지 않으면 언제고 말썽을 부리기 마련이오. 다시는 머리를 들지 못하게 넋을 뽑아버려야 할 것인데, 어찌해야 하는지 한번 생각해보시오."

말은 이세적에게 하면서도 장손무기의 눈길은 여러 사람을 하나씩 훑어보았다. 너희 가운데 누가 이런 생각을 해보았는가, 자랑삼아 묻는 것이다.

전쟁에서 승리할 생각만 하기도 바쁜 터에 누가 거기에까지 생각이 미쳤겠는가? 먼저 성을 치고 나라를 빼앗으면 구실을 낮춰주고 잘 다독거려 백성들의 마음을 얻어야 하는 것으로만 알았다. 정말이지 장손무기의 말처럼 백성들의 넋을 뽑아내야 한다는 것은 생판 처음 들어보는 소리였다.

"말해보아라. 나도 미처 생각해보지 못한 일이다."

이세민이 묻고 나서니 장손무기도 더는 뜸을 들일 수가 없었다.

"평양을 치게 되거든 조선의 내력을 적어온 역사책부터 모조리 거두어 불태우는 것입니다. 그 뒤 동이족 또한 우리와 같은 사람으로 결코 하늘백성이 아니었다는 것을 가르치면 됩니다."

지난날 진나라 영정(진시황)처럼 책을 불태우는 정도가 아니라 아예 조선인들에게 하늘백성임을 잊게 만들자는 이야기였다.

"너무 심하지 않소? 지난날의 교훈을 잊고 함부로 하늘을 속이려 들다니. 조선 백성들뿐 아니라 서토 백성들도 다 아는 사실을 어찌 감출 수 있다는 말이오?"

이도종이 댓바람에 하늘까지 들먹이며 나무랐으나 장손무기는 끄떡도 하지 않았다.

"수나라 때 여동에 왔던 서토 군사들은 〈조선가〉를 불렀습니다. 밤마다 〈고구려군가〉와 〈사망가〉를 부르는 군사들이 고구려 군사를 이길 수는 결코 없는 일이었습니다."

이세민 앞에서 군사들이 <조선가>를 부른다는 소리를 했다가 혼쭐났던 장손무기는 지난날 수나라 때의 일로 슬쩍 둘러 방쳤다.

"아무것도 아닌 노래 몇 개 때문에 수나라 군사들은 고구려군에게 오금이 저려 꼼짝없이 당하고 말았습니다. 우리가 아무리 평양을 치고 고구려를 손에 넣는다고 해도 빛나는 조선의 역사를 적어온 서책이 남아 있는 한 우리는 서토의 들짐승이라는 오명을 벗을 수가 없습니다."

구구절절이 옳은 소리였다. 이세민이 대꾸 대신 머리를 크게 끄덕였다.

"역사책을 없애는 것은 하늘백성이라고 뽐내는 저들의 넋을 뽑으려는 것입니다. 우리 쪽에서는 공자와 맹자가 이미 저들을 덤불 밑에 숨은 짐승으로 낮추어 말했고 사마천도 우리의 자랑스러움을 낱낱이 적어두었습니다. 우리가 저들의 손에서 저들의 역사책만 빼앗아버리면 저들은 뒷날 제 조상이 우리의 종이었다고 해도 곧이듣고 그대로 따르게 될 것입니다. 들에 사는 꿩은 잡아다 기를 수 없으나 꿩알을 얻어다 깨어서 기르면 좁은 울타리 안에서도 얼마든지 꿩을 기를 수 있습니다. 사람을 길들이고 부리는 것도 이와 마찬가지입니다."

"옳은 말이다. 평양을 치는 날에는 책이란 책은 하나도 남겨두지 않을 것이다."

이세민이 장손무기의 말이 옳다고 했으니 누구도 따질 수가 없게 되었다. 그보다도 평양은커녕 당장 눈앞의 안시성 하나만도 벅찬 판이다. 이날 있었던 일을 모두들 까맣게 잊고 말았으나, 그 자리에서는 한 마디도 못하고 눈알만 굴리고 있던 이세적은 마음 깊이 새겨두었다. (뒷날 악적 이세적은 백제가 망하고 고구려가 망하자, 하늘백성의 발자취를 적어온 책을 찾아내 모두 불태워 없앴다. 우리 겨레의 빛나는 역사를 깨끗이 지워버리고 오랑캐놈들의 입맛대로 고쳐 쓰기 위한 것이었으니, 이 악적은 훨씬 뒤에 『삼국사기』라는 왜곡된 역사서를 꾸민 김부식에게는 더없이 반갑고 고마운 존재가 되었다.)

"그 괴상한 채찍 같은 것을 무용지물로 만들어버리면 됩니다. 저놈들이 그것을 제대로 사용할 수 없게 만들면 됩니다."

채찍은 현갑군 같은 기마군사에게만 위협적인 병기일 뿐 땅바닥을 뛰어다니며 싸우는 보졸한테는 별다른 효과가 없다. 땅 위의 보졸들이 겁내는 것은 개마대의 말발굽과 기다란 장창뿐이다. 말 위에 앉은 개마군사들의 길이 짧은 채찍을 겁내지 않고 걸낫으로 개마군사를 말에서 끌어내릴 수가 있는 것이다. 말에서 내려온 개마군사들이 보졸들에게도 무시무시한 채찍을 휘둘러 해를 입힐 수는 있겠지만, 말에서 내려온 개마군사는 이미 개마대가 아니다.

이정에 버금갈 만큼 뛰어난 지략가인 이도종은 몸소 겪어 보지 않고도 고구려 개마대의 무서움을 정확하게 알아차렸고 채찍처럼 괴상한 병장기에 대한 대비책도 마련했다.

"그렇다. 괴상한 채찍도, 고구려 개마대도 이제는 모두 허수아비나 다름없다."

이세민도 즉석에서 찬성하고 새로운 전술을 익히도록 명을 내렸다.

당나라 군사들은 괴상한 무기를 가진 고구려 개마대를 제압할 만반의 준비를 갖추고 손바닥에 침을 발라가며 한판 승부를 기다렸으나 다시 성에 들어간 여동군은 코빼기도 내비치지 않았다.

"여동군 놈들은 다 죽었느냐? 한 번 더 기어나와보아라."

"이불 속에서만 활개 치는 고구려놈들아, 너희 할아비가 뭘 하고 있는지 나와보아라."

바지를 훌렁 벗어던지고 욕지거리를 퍼붓던 군사들이 잽싸게 방패 뒤로 숨었다.

팟, 팟, 팟. 열댓 개의 화살이 날아와 꽂혔다.

"아, 으으……."

미처 피하지 못해 살에 맞은 군사가 고통을 참지 못하는 소리가 들리다가 이내 조용해졌다. 그러나 그것도 잠깐이었다.

"바보 멍텅구리 같은 놈들아."

"화살도 쏠 줄 모르는 바보 고구려놈들아."

방패 뒤에서 뛰쳐나간 당군들이 다시 팔을 걷어붙이고 삿대질을 해가며 성을 향해 욕을 퍼부었다. 그러나 성벽 위에서는 줄지어 선 깃발만 바람에 나부끼고 몇몇 군사들이 내려다볼 뿐 조용하기만 했다.

"네 어미와 붙겠다, 고구려놈들아!"

"네 아비가 여기 있다. 네 어미에게 나오라 해라."

오만가지 별의별 짓을 다 해도 어쩌다 화살이나 몇 대 쏟아질 뿐이었다.

속이 시원하게 짓밟아버렸으니 성안에 있은 군사들로서야 갖가지 욕을 들어도 성낼 일이 없었다. 노름판에서도 돈 잃은 놈이 나서서 설치는 것이다. 여동군이나 안시성 군사들로서는 싸움을 못해 안달복달할 까닭이 없는 것이다.

"오랑캐놈들이 심심한가 보구나."

느긋하게 내려다보며 어쩌다 심심풀이 삼아서 시위를 당길 뿐이다. 안시성에서 군사들이 뛰쳐나와 당군을 휩쓸어버리고 다시 성으로 들어간 지도 벌써 엿새가 되었다.

"적을 다시 끌어낼 방법은 없느냐?"

까마귀고기라도 먹은 듯 오늘 하루에도 벌써 몇 차례나 이세민이 물었으나 부하들이라고 무슨 뾰족수가 있겠는가.

"다시 건안성을 공격하는 것이 좋겠습니다. 우리가 건안성을 치러 가면 다시 적들이 나올 것입니다."

다들 입을 다물고 눈치만 살피는데 성을 거의 다 빼앗았다가 이세민의 명령으로 부랴부랴 돌아왔던 굴돌통이 건안성에 대한 미련을 버리지 못하고 말했다. 건안성 군사들이 아까운 고구려 화살까지 날리던 판이었으니 다시 쳐들어가면 건안성은 얼마 버티지 못할 것이다.

"미처 생각하지 못했다. 성벽 아래에까지 길을 내었고 성안에서는 고구려 화살까지 쏘았다고 하지 않았느냐?"

"그렇습니다. 우리는 가장 험한 동쪽에다 길을 내었고 적들은 천금같이 아끼는 고구려 화살까지 퍼부었습니다. 마지막 저항이었을 것이 분명합니다. 또 성안에는 고구려 병장기도 엄청나게 많을 것입니다."

굴돌통이 고구려 병장기 더미에 묻힌 사람처럼 자랑스럽게 지껄이는 소리에 이세민도 고개를 끄덕였다.

"그렇다. 안시성 놈들이 몰려나오지 않아도 괜찮다. 건안성에 있는 고구려 병장기만 손에 넣어도 우리가 여기까지 달려와 고생한 보람이 있을 것이다."

이어서 이도종에게 명령을 내렸다.

"강하왕, 그대는 내일 아침 군사를 이끌고 다시 건안성으로 가라."

이세민은 이도종에게 20만 군사를 이끌고 가서 건안성을 치게 하고 자신은 성안의 여동군이 다시 나오기를 기다리기로 했다.

이튿날 이도종의 군사가 다시 건안성을 치기 위해 떠났다. 이도종의 본진이 눈앞에서 사라질 무렵 수로군에게서 전령이 왔다. 연개소문이 20만 군사를 이끌고 습격해왔다는 것이었다. 수로군은 안간힘을 다해 싸웠으나 12만 군사가 죽었으므로 남은 군사들을 모아 다시 비사성으로 도망쳐왔다는 보고였다.

"연개소문은 어디로 갔느냐?"

이세민의 생쥐 낯짝이 벌겋게 달아올랐다.

"연개소문은 20만 군사를 이끌고 이곳으로 향하는 것 같았습니다. 그래서 저희도 이곳으로 달려온 것입니다."

"머저리 같은 놈들, 누가 네깟 놈들의 도움을 받는다더냐? 냉큼 다시 압록수로 돌아가 싸워라."

아닌 밤중에 홍두깨라더니! 눈앞이 캄캄해진 이세민이 그 자리에서 다시 수로군을 압록수로 쫓아보냈다. 그러잖아도 엄청나게 많은 군사를 잃은 뒤가 아닌가. 고구려 조정의 권력을 한 손에 쥐고 있는 대막리지 연개소문이 스스로 군사를 이끌고 나왔다는 소리에 가슴이 떨리고 오금이 저렸다.

연개소문에게 참패를 당한 자들의 입에서 20만 대군이라는 소리가 나왔으니 어쩌면 10만 명도 아니 될 것이다. 그러나 다시 생각해보면 연개소문이 거느린 군사의 많고 적음이 문제가 아니다. 대막리지 연개소문이 스스로 군사를 이끌고 나왔다는 것은 고구려군의 본격적인 반격이 시작되었음을 뜻하는 것이다. 여태껏 꼼짝하지 않고 있던 자가 움직이는 것은 곧 저들이 승리를 굳게 믿고 있다는 의미일 것이다.

당나라 군사들이 구려하를 건넌 지 몇 달이 지나도록 연개소문은 코빼기조차 비치질 않았었다. 개소문은 장성 밑에까지 와서 엉덩이를 까고 앉아 욕을 퍼붓던 미친놈이다. 어째서 여태껏 그런 미친놈이 꼼짝도 않고 있다는 것을 의심하지 못했을까.

이제 와서 돌이켜보면 자신이 지금까지 연개소문의 손바닥에서 놀아났는지도 모른다.

두렵기 짝이 없는 일이다! 어서 바삐 돌아가야 한다! 그러나 이세민은 고개를 저었다. 나는 서토를 모두 다스리는 당나라 황제다! 그 넓은 땅을 한 마디 호통으로 다스리는 내가 한 번 싸워보지도 못하고 연개소문 따위의 이름에 놀라 쫓겨간다는 것은 있을 수 없는 일이다!

또 하나, 황제라는 헛된 자만심 말고도 이세민을 물러서지 못하게 하는 것이 있었으니, 바로 지난날 수 양광의 일이었다.

두 번째 여동에 쳐들어왔던 양광은 요동성 공격에만 매달려 있다가 여동군과 을지문덕이 온다는 소문에 놀라 밤을 틈타 도망쳤다. 군량미와 병장기는 물론 군기마저 내버리고 달아났으나 그들은 구려하를 건널 때까지 을지문덕의 얼굴도 보지 못했다. 허겁지겁 달아나는 통에 뒤쫓아온 여동군 군사들에게 걸려 15만 명이나 잃고 말았다.

그뿐이 아니었다. 고구려군이 장성을 넘어 뒤쫓지 않아도 그 무서움은 서토 끝까지 그대로 전해졌다. 서토 곳곳에서 반란이 일어난 것이다. 요동성에서 제대로 싸워보지도 못하고 맨몸으로 도망쳐야 했던 겁쟁이 양광은 웃음거리가 되었다. 뭇 사람들의 손가락질을 당하게 된 양광은 마침내 제 부하의 손에 죽고 말았다.

싸워보지도 않고 놀라서 도망치는 자에게는 이미 황제의 자격이 없다! 더구나 양광처럼 맨몸으로 달아나려고 해도 너무 늦었다. 자신은 이미 요동성을 지나 고구려 깊숙이 들어와 버린 터였다. 되돌아 구려하를 건너기도 여간 어렵지 않을 것이다.

그렇다! 물러갈 수 없다면 길은 오직 하나뿐이다! 차라리 이곳에서 죽어 아름다운 이름을 남기자! 마침내 이세민은 스스로 죽을 것을 다짐했다. 죽기로 마음을 굳힌 이세민에게 지난날 장안을 떠나던 자신의 모습이 눈에 선했다.

이세민은 수레를 타지 않고 장안을 나섰다. 눈부시게 번쩍이는 황금갑옷을 입고 토번의 사위 송찬간포가 보내온 한혈마에 높이 앉아서, 꿇어 엎드린 백성들에게 몸소 출전하는 황제의 위풍을 마음껏 자랑했다. 허리에는 고구려 병장기로 만든 황금칼을 차고 등에는 고구려 활을 짊어졌으며 말안장 뒤에는 비옷을 매달았다. 옷소매를 질끈 동여매, 칼 한 자루로 당나라를 세우고 서토의 주인이 된 영웅의 모습을 한껏 자랑했었다.

"평양까지 손에 넣지 않고서는 결코 살아서 돌아오지 않으리라 다짐했었다! 초라한 몰골로 돌아가 들짐승처럼 쫓기느니 차라리 싸우다 죽어서 아름다운 이름을 전하게 하리라!"

이세민은 소리 내어 다짐했다.

죽을 작정을 하니 오히려 이 싸움이 되어가는 꼴이 제대로 눈에 보이는 듯도 했다. 연개소문이 군사를 이끌고 온다고 해도 먼저 보급로를 끊으려 들 것이다. 적은 군사를 가지고 처음부터 힘든 싸움을 벌이려 하지는 않을 테니까. 요동성 곁을 지나는 보급로가 끊긴다 해도 안시성에 들어가면 겨울나기는 걱정하지 않아도 된다. 자신이 안시성을 차지하고 있는데 연개소문이 겨우 20만 정도의 적은 군사로 싸움을 걸어온다면 스스로 무덤을 파고 들어가는 꼴이 되고 말 것이다.

머나먼 이곳에까지 군사를 몰고 와서 공을 세우지 못하고 물러나는 못난이가 어떻게 황제의 자리를 지키겠는가. 어쨌거나 나는 죽은 목숨이다! 군사들을 모두 죽여 주검의 산을 쌓아서라도 안시성을 쳐야 한다!

"강하왕에게 곧바로 돌아오라고 일러라."

이곳에 뼈를 묻기로 굳게 다짐한 이세민은 건안성으로 가는 이도종의 군사도 불러들였다. 밤이 되자 성을 공격하던 것을 멈추게 하고 부하장수들을 불러모았다.

"장안을 나설 때 길가에 꿇어 엎드린 수많은 백성들 앞에서 나 스스로 다짐한 바가 있었다. 고구려 평양까지 치지 않고는 결코 살아서 돌아오지 않으리라. 나는 한 번 내뱉은 말을 다시 주워먹는 사람이 아니다."

황상은 스스로 죽을 결심을 하고 있다! 이레 동안이나 큰 싸움 없이 이세민의 눈치를 보던 장수들은 문득 두려운 느낌에 몸을 떨었다.

"150만 대군을 이끌고 왔다가 이따위 성 하나도 빼앗지 못한다면 세상이 부끄러워 낯을 들지 못할 것이다. 차라리 나는 저 성을 베개 삼아 죽을 것이다. 저 성에 들어갈 때까지 한숨도 자지 않을 것이며 음식도 입에 대지 않을 것이다."

장수들도 스스로 죽을 생각을 굳히라는 이야기였다.

"그대는 내가 며칠이나 살 수 있을 것이라고 생각하느냐?"

이세민이 이도종을 바라보며 물었으나 이도종은 차마 대답하지 못했다. 이세민도 이도종의 대답을 기다리지 않는 듯 여러 부하들을 하나하나 둘러보았다.

"사흘이다. 사흘 동안 군사들이 죽을힘을 다해도 성을 빼앗지 못하면 내가 몸소 성벽을 기어오르다 죽을 것이다. 살아남은 자들은 그 자리에서 곧바로 장안으로 돌아가라. 내 뼈를 거두려고 하지 마라. 아무런 공을 세우지 못하고 죽는다면 죽어서도 백성들을 보기가 부끄러울 것이다."

숨소리마저 죽인 부하들에게 끔찍스러운 명령이 떨어졌다.

"절대로 물러서지 마라. 물러서는 자는 내가 그 목을 베어 죽일 것이다. 나아가 죽는 자에게는 큰 상을 내릴 것이며, 물러나 내 손에 죽은 자는 가족들까지도 모두 죽거나 종으로 떨어질 것이다."

듣지 못했는가? 모두가 꿀 먹은 벙어리처럼 말이 없었다. 이세민의 명령은 너무나 무서운 것이었다. 사흘 뒤 자기가 죽으면 뼈도 거두지 말고 곧바로 돌아가라는 유언까지 미리 남긴 것이다.

모두들 잠자코 있는데 이세민은 이세적을 앞으로 불러냈다.

"그대는 성안에 들어가는 날 사내놈들의 씨를 말릴 것이라고 했다. 그대에게 먼저 기회를 주겠다. 그대에게 내려준 화룡검이 부끄럽지 않게 하라. 개미새끼 한 마리 남기지 마라."

사람들은 모두 귀를 의심했다. 조금 전에도 이세적은 고구려놈들을 모두 죽여버리겠다고 헛소리를 했었다. 미친 사람이 아니고서는 할 수 없는 소리였다. 도저히 군사를 맡길 수 있는 꼬락서니가 아닌 것이다. 그러나 그런 이세적에게 이세민은 거듭 명령을 내렸다.

"모두 죽여라. 모두 죽이지 못한다면 내가 먼저 그대의 주검을 밟고 가겠다."

"예! 죽음으로써 받들겠습니다."

이세적이 명령을 받자 이세민은 다시 여러 부하장수들에게 일렀다.

"내일 아침, 어떻게 싸워야 하는가 보여주겠다. 잘 보아두어라."

주몽성제의 살을 받은 이세민

아침 햇살을 타고 북소리가 울려퍼졌다. 벌써 석 달이 넘게 울리는 공격신호였으나 여느 때와는 다르게 남쪽 한 군데서만 들려왔다.

이세민과 여러 장수들의 눈앞에서 성의 남쪽을 공격하는 장수는 이세적이었다. 모두가 싸움을 멈추고 이세적이 싸우는 것을 구경하는 것이다. 화룡검을 높이 빼든 이세적은 절로 신바람이 나지 않을 수가 없었다.

"오늘 하루다. 해가 질 때까지 저 성벽 위에 서지 못하면 나 스스로 갑옷을 벗어던지고 저 성벽에 머리를 부딪쳐 죽을 것이다. 장수들이 앞장서 뛰어들어라. 머뭇거리는 자는 곧바로 죽일 것이며 그 가족까지 능지처참할 것이다."

이세적은 군사를 200명씩 묶어 한 대를 만들었다. 군사들이 들고 있는 무기는 갖가지였으나 이들의 목에는 손바닥만 한 패쪽이 걸려 있었다. 군사들의 성명이 적힌 나무패쪽 뒤에는 고향과 가족들의 이름까지 상세히 기록되었다.

둥, 둥, 둥, 둥. 모두가 지켜보는 가운데 북소리에 맞추어 첫 번째 대열이 달려나갔다. 비록 방패로 몸을 가리기는 했으나 날카롭게 파고드는 화살을 다 막아내지는 못했다. 먼저 다리에 살을 맞아 고꾸라지면 뒤이어 날아드는 살을 받아 몇 번 땅바닥을 뒹굴다가 숨이 끊겼다. 성벽 밑에까지 다가간 군사들도 성벽을 기어오르지 못하고 토성 비탈에서 굴러떨어졌다.

둥, 둥, 둥, 둥. 두 번째 대열도 용맹하게 달려나가 헛되이 죽었다.

둥, 둥, 둥, 둥. 세 번째 대열이 성벽 아래까지 달려나갔을 때였다. 30여 명의 군사가 죽지 않고 되돌아오는 것이 보였다. 이들이 50여 걸음 앞에까지 이르렀을 때였다.

"쏴라!"

이세적의 호통에 수백 개의 화살이 소나기처럼 날아갔다. 목숨을 살리려고 뒤돌아 달려오던 30여 군사가 풀잎처럼 누웠다. 몇몇 군사가 달려나가 당군의 화살에 쓰러진 자들에게서 이름이 적힌 패쪽을 거둬왔다. 고향에 두고 온 가족들까지 저승으로 붙잡아갈 저승사자의 명부였다.

둥, 둥, 둥, 둥. 네 번째 대열이 용맹하게 달려나갔다. 고향에 있는 피붙이들을 살리려면 고구려군의 화살에 죽어야 한다.

둥, 둥, 둥, 둥. 다섯 번째 대열이 달려나갔다. 모두가 제정신이 아니었다.

"물러서는 자는 내 손에 죽을 것이다."

장수들은 모두 칼을 빼들고 군사들을 몰아세웠다.

"저자를 죽여라!"

장수의 호통과 함께 멈칫거리는 군사의 등에 화살이 날아가 꽂혔다.

고구려군의 화살에 죽으면 가족들이 상을 받고 당군 손에 죽으면 가족들까지 모두 죽임을 당할 것이다! 이러나저러나 이미 죽은 목숨, 고향에 있는 가족들을 위해서 군사들은 누구에게 죽을지 하나뿐인 선택을 해야만 했다.

부하장수들과 함께 말을 탄 채 흙으로 높이 쌓은 단 위에 올라서 이세적의 군사를 바라보던 이세민은 스스로 격동했다.

"죽고자 하면 살길이 열린다고 했다. 보아라. 한 사람도 물러나지 않고 잘 싸우고 있질 않느냐."

"예, 참으로 용맹하게 잘 싸우고 있습니다. 머지않아 성벽을 기어오를 것입니다."

흥분한 부하장수들이 잽싸게 혓바닥을 놀렸다. 어느 한 사람 나서서 말리는 이가 없었다. 모두 함께 짐승이 되어버린 것이다.

당군은 무엇에 홀리기라도 한 듯 북소리에 맞추어 성벽 아래까지 달려와 죽었다. 성벽 밑에 쌓인 주검이 2천을 넘어섰으니 안시성 군사들은 아예 넋을 잃고 있었다. 성주의 명령에 따라 성벽을 지키는 군사들이 바뀌었으나 한바탕 화살을 날리고 나면 저마다 눈을 돌리고 진저리를 쳤다.

이세민이라는 자는 이런 효과를 노리고 우리 눈앞에서 죄 없는 군사들의 주검을 쌓고 있는 것이다.

"성주의 말대로 낮까지만 기다려보겠소. 성주와 여러 백성의 안녕을 비는 바요."

두 욕살은 성주에게 마지막 통고를 하고 성루를 내려갔다. 성주는 다시 눈앞이 캄캄했다.

성 밖으로 나가는 것은 스스로 적의 덫에 뛰어드는 것이다! 그러나 두 욕살의 말도 옳았다. 군사들이 한 번 처참한 죽음에 질리면 저도 모르게 싸움터에서 벗어나고 싶다는 생각이 들게 되어 좀처럼 힘을 내 싸울 수가 없게 된다.

하늘이 무너져도 솟아날 구멍이 있다지만 안시성주 양만춘은 아직 그 구멍수를 찾지 못했다. 나가 싸워서는 안 될 일이었으나 나가 싸우지 않을 수도 없는 일이었다. 두 욕살의 말처럼 당군들의 끔찍한 꼴에 군사들은 벌써부터 얼굴을 돌리고 있질 않은가. 꼼짝없이 오랑캐들의 덫에 걸리고 말았다!

"저들이 용맹한 척 덤벼드나 오래가지 못한다. 힘을 내 화살을 쏘아라."

양만춘이 큰 소리로 군사들을 북돋웠으나 저 자신에게 이르고 다짐하는 소리이기도 했다.

"웬 늙은이가 와서 성주님을 꼭 뵙겠다고 합니다."

불나방처럼 날아와 죽어가는 미친 짐승들을 물끄러미 내려다보던 양만춘에게 한 늙은이가 찾아왔다. 부하장수의 안내를 받아 온 사람은 온통 주름살투성이에 머리가 하얗게 세었으며 앓기라도 하는 듯 혈색 또한 좋지 않았다. 7척이 넘는 큰 키에 손이 무릎에 닿을 만큼 팔이 길었다. 한 손에는 거무죽죽한 막대기를 들고 있었는데, 늙은이의 키보다 서너 뼘은 더 크게 기다랗고 굵기는 엄지손가락만 했다. 여느 백성이었으나, 나이 많은 늙은이였으므로 성주는 먼저 말을 건넸다.

"노인장은 무슨 일로 나를 보자고 하시었소?"

"이 늙은것은 어려서부터 사냥으로 먹고살아왔소이다. 한뉘를 사냥질로 살아온 한살이였으나 한 번도 새끼 밴 짐승을 잡지 않았으며, 새끼 거느린 짐승을 잡아 그 새끼를 굶게 한 일도 없소이다."

적을 맞아 싸우는 싸움터다. 또다시 북소리가 일어나고 오랑캐들이 불나방처럼 달려온다. 한가하게 살아온 늙은이의 이야기나 듣고 있을 겨를이 없었다. 그러나 싸움판에서 눈을 돌린 성주는 짜증을 내지 않고 다음 말을 기다렸다.

"어미를 따르는 새끼를 잡아서 그 어미의 가슴을 아프게 한 일도 없으며, 암수가 다정하게 함께 있는 것을 잡아서 그 외로운 짝이 슬피 울게 한 일도 없소이다."

"그렇게 고르다 보면 사냥할 짐승이 얼마나 되겠소?"

"호랑이가 풀을 먹지 않고 짐승을 잡아먹어도 산에는 그 짐승이 줄지 않으며 곰이 물고기를 잡아도 개울에는 물고기가 떼를 지어 사는 법이오."

듣고 있던 한 젊은 장수가 장난삼아 물었으나 거침없이 미끈한 대답이었다.

"여태껏 몸에 살을 지니고 살았으나 해로운 짐승이라 하여 그저 재미로 승냥이를 쏜 일도 없으며, 잘못하여 사람을 다친 일도 없소이다."

여느 늙은이가 아니다! 성주는 늙은이를 새삼스레 다시 보았다. 그러나 키가 몹시 크고 허리가 굽지 않았을 뿐, 길에 나서면 어디서고 흔하게 만날 수 있는 늙은이일 뿐이었다.

"노인장은 어디에 살며 이름은 무엇이오?"

"저승길에 들어선 늙은것이라 이름마저 잊었소이다. 다행히 아들 하나 있는 것이 아비를 거스르지 않고 손주들도 별 탈 없이 잘 자라고 있으니, 그저 복이 많은 늙은이라고만 알아주시오."

성주가 이름을 물었으나 늙은이는 아직 할 말이 끝나지 않았다.

"너무 멀리 있는 것은 잡아야 할지 몰라서 함부로 쏘지 않았으나, 한 번 살을 쏠 때는 살을 빗맞혀서 살에 맞은 짐승을 고통스럽게 한 일도 없소이다."

그렇다면 살아오는 동안 단 한 번도 빗나간 일이 없는 신궁이란 말인가? 성주는 비로소 늙은이의 손에 있는 기다란 막대기에 눈이 갔다. 그러고 보니 늙은이가 들고 있는 것은 화살이었다. 하지만 생김새를 보아서 화살이라고 했을 뿐이다. 화살대는 다 삭은 듯하고 길이는 너무 길다. 푸른 녹이 덩어리로 피어 있는 화살촉은 이제라도 부서져내릴 것만 같다.

둥, 둥, 둥, 둥. 북소리가 들렸으나 성주는 눈을 돌리지 않았다.

"노인장은 그렇게 큰 화살을 어찌 사용하였소? 나로서는 이렇게 큰 화살이 있다는 말조차 들어본 일이 없소이다."

"어려서부터 직접 활을 만들어 써왔소이다. 젊은 나이에 이 화살을 만들었으나 아직 활에 걸어본 일은 없소. 어리석은 마음에 제 키보다 큰 화살을 만들어놓고 언젠가 한 번 이 화살을 써보겠다고 마음먹었으나 한 번도 활에 걸지는 못했소. 나이를 먹으면서는 이 화살에 부끄럽지 않게 살겠다는 생각으로 살아왔을 뿐이오."

그럴듯한 이야기였다.

"예부터 활을 잘 다루는 사람을 주몽이라 하였소. 이 나라를 세우신 주몽성제는 아예 이름까지 주몽이시었소. 노인장도 잊은 이름보다는 주몽으로 불러야 옳을 것 같소이다."

성주의 말에 늙은이는 펄쩍 뛰었다.

“어찌 감히 옛 어른의 이름을 더럽히겠소. 이 늙은것이 성주를 찾아온 것은 새벽에 잠에서 깬 뒤 주몽성제를 뵈었기 때문이오.”

꿈도 아니고 새벽잠에서 깬 뒤에 주몽성제를 뵈었다? 사람들의 눈이 크게 떠졌다.

늙은이는 그 일을 생각하기만 해도 격동이 되는지 지그시 눈을 감고 숨을 크게 들이마셨다.

“이 늙은것은 어려서부터 남달리 몸이 튼튼하여 앓아본 일이 없소이다. 곰곰이 헤아려보니 오늘로 꼭 100일이 되었소. 석 달 열흘 전부터 갑자기 온 누리가 아득하니 멀어지고 온몸에 맥이 없어 자리에서 일어나지 못하였소.”

새벽에 주몽성제를 뵈었다 하여 잔뜩 호기심을 끌어모은 늙은이가 또 딴소리를 하는가 보았다.

“누워 있는 늙은것에게 죽물을 넘기려는 아들과 며느리의 울음소리가 마치 꿈결인 듯 들리고 어린아이들의 목소리가 마치 내 것처럼 느껴졌으니 아마도 저승 문턱에 누워 있었던 모양이오.”

늙은이가 힘들게 웃었다.

“그런데 방 안에 꼼짝 못하고 누워 있는 늙은것에게 한혈마를 몰아오는 어린 선배의 모습이 보이더니 적의 화공 소식에 놀라는 사람들의 얼굴이 하나하나 똑똑히 보였소. 바람이 불고 불티처럼 불화살이 솟아오르더니 성안 여러 곳에 떨어지는 것도 하나도 빠짐없이 똑똑히 보였소."

믿을 수 없는 소리였다. 늙은이는 아마도 사람들이 지껄이는 소리를 따라 헛기운을 본 것이리라.

"우리가 저들이 쌓은 흙산을 빼앗는 것은 보지 못하였소?"

장수 하나가 장난삼아 물었으나 늙은이는 듣지 못한 듯 제 말을 이었다.

"성벽 바깥에 붉은 개미떼가 자꾸 와서 죽더니 나중에는 그 죽은 것들이 허공에 걸린 다리가 되고 그 다리를 타고 담을 넘는 붉은 개미떼를 보았소이다."

"정말이오?"

성주가 놀라 물었다. 성을 공격하는 것이 아니라 아예 주검의 산을 쌓기로 작정한 듯이 미쳐 날뛰는 오랑캐들을 정신이 멀쩡한 군사들이 막을 수 없다. 성을 지키는 군사들이 정나미가 떨어진 싸움에 기운을 낼 수가 없으니 오늘 하루해를 넘기지 못하고 성이 떨어질 판이다. 늙은이의 말대로 오랑캐들은 저들의 주검을 밟고 성벽을 넘을 것이니 비록 성을 지켜낸다 해도 엄청나게 큰 희생이 따를 것이다.

"큰일이오. 아무래도 성을 지켜내기가 어려울 것이오."

성주가 걱정을 토해냈다. 짐작하지 못하는 것은 아니었으나 막상 성주의 입에서 절망적인 소리가 나오자 장수들의 얼굴이 한꺼번에 어두워졌다. 그러나 늙은이는 아무렇지도 않은 듯 제 할 말을 했다.

"주몽성제께서는 새벽빛을 타고 오셨소. 성제께서는 이 늙은것의 손을 잡아 일으켜주시고 이 화살을 쥐여주신 뒤 다시 새벽빛을 타고 돌아가셨소."

한뉘를 사냥으로 살아온 사람이니 성을 지키기 위해 함께 싸우겠다는 것이다. 제 한 몸 가누기에도 어려워 보이는 늙은이라도 그 마음까지 막을 수는 없었다. 성주는 늙은이의 손을 잡았다.

"그렇게 하시오. 우리와 함께 싸워준다면 많은 군사들이 노인장의 아름다운 마음을 알고 크게 힘을 낼 것이오."

그러나 늙은이는 머리를 저었다.

"오랑캐 군사들과 싸우러 온 것이 아니오. 오랑캐라 해도 부모가 있고 처자가 있을 것이니 이 늙은것이 어찌 사람을 쏠 수 있겠소? 성주께서는 이 늙은것의 마지막 사냥하는 모습이나 보아두시오. 함부로 사람을 해치는 못된 짐승이나 쫓아버려서 더는 사람을 해치지 못하도록 하겠소."

장수들은 눈길을 돌려 서로의 얼굴을 보았다. 피가 튀는 싸움터에서 사람을 쏘지 않고 짐승을 쫓겠다니, 알 수 없는 소리였다.

그러나 성주는 머리를 깊숙이 끄덕이고 있었다. 이제 비로소 늙은이를 알 수 있을 것 같았다.

"성주의 활을 빌려주시오."

성주 양만춘은 힘이 남다른 장사였으니 성주의 활을 웬만한 사람은 시위도 당기지 못했다. 비록 그 생김이 남다르고 평생을 사냥으로 살아왔다 해도 병들어 제 몸조차 가누기 어려운 늙은이다. 성주의 활을 빌려달라는 것은 말도 안 되는 소리였으나 성주는 선뜻 자기의 활을 건네주었다.

"잘은 모르겠으나, 저기 저 높은 곳에 올라 있는 것들 가운데서 황금갑주를 걸친 것이 짐승들의 우두머리요?"

그러고 보면 늙은이의 눈은 뛰어나게 좋은 모양이었다. 이세민이 단을 쌓고 올라서 지휘하는 곳까지는 1천 300걸음 정도 떨어져 있었다. 많은 장수들이 뒤섞여 있어 이세민의 황금갑주를 똑똑히 알아보기도 어려웠으나, 성주는 곧바로 대답했다.

"그렇소. 그자가 바로 우두머리요."

"우두머리는 무리의 눈에 해당되오. 무리의 눈을 쏘려는데 그 우두머리에게는 눈이 두 개가 있으니 어느 한쪽을 쏠 수밖에 없겠소. 어느 쪽이 좋겠소?"

얼빠진 소리다. 미쳐도 단단히 미쳤다. 화살이 절반까지 날아가기도 쉽지 않을 터인데 그 먼 거리를 살을 날려보내고 더구나 눈을 쏘아 맞히겠다니? 아무래도 정신이 오락가락하는 늙은이가 헛소리를 하는가 보았다. 지켜보던 사람들은 다들 그렇게 알고 쓴웃음을 지었으나, 단 한 사람, 성주 양만춘은 늙은이가 하는 말을 그대로 믿었다.

"노인장은 저 짐승의 오른쪽 눈을 과녁으로 하시오."

"성주도 마음을 물같이 고요히 하시오. 산들거리는 바람 또한 천 리를 가는 것이오."

말을 마친 늙은이가 숨을 골랐다. 지그시 먼 곳을 바라보더니 천천히 활줄에 살을 걸었다. 어느덧 사람들은 늙은이의 고요한 모습에 차츰 빠져들었다. 살이 나는 소리도 군사들의 아우성도 들리지 않고 깊은 고요 속에 잠겼다.

휘-유-우, 휘-유-우. 바람이 분다. 사람들은 바람소리 속에 드러나는 높은 산을 보았다. 한밝산 높은 봉우리다.

다각다각, 다각다각. 어디서 말발굽 소리가 들리더니 검은 말을 탄 젊은이가 흰 옷자락을 날리며 멧봉우리에 그 모습을 드러냈다. 머리에 꽂은 천지화처럼 눈부시게 아름다운 젊은이다. 젊은이는 별처럼 맑게 빛나는 눈을 들어 하늘못 저쪽을 건너다보더니 활을 집어들었다.

주몽성제다! 사람들의 눈이 휘둥그레졌다.

주몽성제는 꽃잎처럼 붉은 입술에 싱긋이 웃음을 머금더니 활에 화살을 얹었다. 왼손에 들린 것은 엄청나게 굳센 활이었으나 조금도 힘들이지 않고 천천히 시위를 당겼다. 살을 잡은 오른손이 귀밑을 지나 오른쪽 어깨를 넘어섰다. 믿을 수 없는 일이 일어나고 있었다. 왼손에 잡은 굳센 활이 버들가지처럼 휘고 이에 따라 화살이 차츰 길게 자라났다.

마침내 주몽성제는 두 팔을 곧게 벌렸다. 화살이 미끄러지듯 시위를 떠났다.

포롱, 날아오른 한 마리 날렵한 새처럼 화살이 가볍게 날기 시작했다. 산기슭을 타고 내려가더니 물에 닿기 전에 길을 바꾸어 스치듯 물 위를 날아간다.

휘-유-우, 잔물결 위를 스칠 듯 낮게 날아서 하늘못을 건넌 화살은 다시 산비탈을 타고 솟아오른다.

휘-유-우, 멧봉우리에는 온몸이 핏빛처럼 붉고 커다란 독수리 한 마리가 앉아 있다가 문득 화살이 날아오는 것을 보았다. 위험하다 싶은 순간, 화살이 오른쪽 눈을 파고들었다.

"악!"

엄청난 아픔에 사람들은 얼굴을 감싸쥐었다.

"살에 맞았다!"

누군가 비명을 질렀다.

"살에 맞았다!"

사람들은 비로소 정신이 들었으나 아직도 오른쪽 눈에는 얼얼한 아픔이 남아 있었다.

한참이 지나서야 사람들은 자기들이 아니라 짐승이 눈에 살을 받았음을 알았다.

"짐승이 살에 맞았다!"

사람들은 큰 소리로 부르짖었다.

"짐승이 살을 받았다!"

"주몽성제께서 짐승을 잡았다!"

이때 늙은이의 몸이 앞으로 천천히 쓰러졌다. 장수들이 달려들어 팔에 안았으나 마지막 사냥을 끝낸 늙은이는 이미 숨이 멎어 있었다.

"악!"

흙을 모아 커다란 단을 쌓고 말 위에 높이 앉아서 거들먹거리고 있던 이세민이 문득 허공을 잡고 쓰러졌다.

말에서 굴러떨어진 이세민의 손에는 썩은 나뭇가지 같은 것이 쥐여져 있었다. 엉겁결에 이세민을 안아올린 장수들은 그제야 비로소 이세민이 오른쪽 눈에 살을 받았음을 알아차렸다.

도저히 믿을 수가 없는 일이었다. 화살이 저 먼 거리를 날아오다니, 그것도 화살이라고 할 수도 없을 만큼 터무니없이 기다랗고 대가 다 썩은 화살이다. 장수들은 제 눈앞에서 벌어진 일을 그대로 받아들일 수가 없어서 머리를 흔들었다. 그러나 언제까지 넋을 놓고 있을 수는 없는 일, 장수들은 까무러친 이세민을 재빨리 바오달 안으로 옮겼다. 이도종이 이세민의 눈에 박힌 화살촉을 뽑아냈다. 화살촉은 이도종의 손끝에서 푸른 녹덩어리처럼 부스러졌다.

"눈알을 뽑지 않으면 안 됩니다. 이미 독이 퍼지고 있습니다."

의원이 장수들의 생각을 묻자 이도종은 어서 서두르라고 명령을 내렸고 다른 장수들도 머리를 끄덕여 허락했다. 이미 으깨져버린 것을 파내지 않으면 더욱 보기 싫을 것이다. 의원이 이세민의 눈알을 깨끗이 파내고 눈구멍에 약을 발랐다.

치료가 끝났을 때 아직도 깨어나지 못한 이세민의 입에서 신음이 흘러나왔다. 열에 시달리기 시작한 것이다. 부하장수들은 이세민의 다친 몸이 싸움에 미치는 영향을 깨닫고 다시 눈앞이 캄캄해졌다. 그러나 그것도 잠시, 차츰 마음이 놓이는 한숨으로 바뀌었다.

때마침 이세적이 싸우는 것을 구경하느라 한자리에 모여 있던 장수들은 이세민이 크게 다친 것을 핑계 삼아 되돌아가기로 결정했다. 대막리지 연개소문이 몸소 군사를 이끌고 몰려오고 있는 마당에 이세민이 크게 다친 것은 이들에게 물러갈 수 있는 좋은 빌미가 되었다.

"황상께서 눈을 다쳐 누워 계시니 깨어난다 해도 몸소 싸움터에 설 수는 없을 것이오."

이도종이 큰 걱정이라는 듯이 말하자 울지경덕이 재깍 받았다.

"우리가 여태껏 안간힘을 다하였으니 이제는 차라리 돌아가서 다음 때를 기다리는 것만 같지 못할 것이오."

"연개소문의 군사가 압록수를 건넌 지가 이미 오래되었소. 저들이 길을 막기 전에 서둘러 돌아가야 할 것이오."

울지경덕의 뒤를 이어 다른 장수들도 곧바로 물러갈 것을 말했다.

"어쨌거나 돌아갈 것이라면 때를 놓치지 않도록 서두릅시다."

이세민이 들었으면 그 자리에서 목이 달아날 소리들이었으나 장수들은 질세라 목청을 높였다. 모두들 물러나야 된다고 소리를 높이는데 여태껏 얼이 빠진 듯 눈알만 이리저리 굴리고 있던 이세적이 팔을 휘저으며 앞으로 나서더니 크게 소리를 내질렀다.

"모두들 나를 따라오시오."

난데없는 소리에 사람들이 모두 어리둥절해 있는데 이세적이 다시 한 번 사람들을 일깨웠다.

"내가 화룡검을 들고 앞장서서 여동군 놈들을 짓밟고 나갈 것이오. 여러분은 황상을 잘 모시고 내 뒤를 따라오시오."

"그렇소. 어서 물러날 순서부터 정해야 할 것이오."

어이없게도 사람들은 정신없는 이세적이 내지르는 소리를 듣고서야 제정신을 차린 셈이 되었다.

누구나 한시바삐 물러나야 한다는 것을 알고 있었다. 모두가 앞뒤 순서를 정하는 것도 저마다의 이익을 따지지 않았다. 말이 나오는 대로 '옳소'를 외치면서 서둘러 회의를 마쳤다.

낮이 되기 전에 당나라 군사들은 서둘러 짐을 챙겨 왔던 길을 되짚어 돌아가기 시작했다. 이세적이 선봉을 이끌었고, 뒤를 이어 이도종이 이세민의 수레를 지키며 본진을 이끌고 뒤따랐으며, 울지경덕이 다음 날까지 남아서 뒤를 맡기로 했다.

낮이 되자 성에서는 봉화연기가 올랐다.

"적들도 황상께서 크게 다쳐 우리가 물러감을 알고 있다는 뜻이다. 길을 서둘러라."

모두들 마음이 바빴으므로 부지런히 걸음을 재촉했다.

북을 울리며 여동군이 성 밖으로 나왔으나 이도종 등은 군사를 뒤로 돌리지 않고 앞으로 달렸다. 울지경덕도 다음 날까지 기다리지 않고 곧바로 뒤따라 물러났다.

안시성주는 성의 포위가 풀리자 곧바로 여러 성에 전령을 보내 이세민이 눈에 화살을 받아 적이 물러가고 있다는 것을 알렸다.

이세민은 저녁이 다 되어 깨어났다. 수레바퀴가 구르는 느낌만으로도 어찌된 일인지 알아차린 듯 조금도 성내지 않고 이도종을 불러 명령을 내렸다.

"나가는 것보다 물러가는 것이 더 어렵다. 잠시도 마음을 놓지 말고 잘못을 저지르지 않도록 하라. 길을 서둘러 적이 방비를 하기 전에 빠져나가야 한다."

더 이상 싸우지 않고 돌아가고자 하였으나 앞으로 나가는 것보다 오히려 더 어려운 것이 군사를 돌려 돌아가는 것이다. 이세민의 수레는 전처럼 고구려군이 장성을 고쳐 만든 평탄한 길 위에 있었으나 수레를 끄는 말들은 달리지 못하고 자꾸 제자리걸음만 해대고 있었다.

안시성 북쪽 문으로 달려나온 고연수의 여동군이 개마대를 앞세워 길을 막았다. 당군 현갑군을 파고들어 휘둘러대는 여동군 개마대의 채찍은 여전히 소름 끼치게 무서운 위력을 발휘하고 있었다. 개마대의 채찍을 효과적으로 막기 위해 걸낫으로 무장한 보졸들을 먼저 내보내면 개마대는 채찍 대신 기다란 창으로 바꿔들고 당나라 보졸들을 유린했다. 고혜진의 군사들도 성을 나와 상대적으로 전열이 약한 당군의 뒤를 어지럽히고 있었다.

그나마 다행스러운 일이라면, 여동군이 제 목숨을 아끼느라 생각보다 끈질기게 막아서지 않는 것이었다. 여동군은 조금이라도 어렵다 싶으면 깨끗이 물러나 길을 내주었으므로 이세적의 선봉군은 비싼 길삯을 물어가며 조금씩 앞으로 나갔다.

그러나 나흘째 되는 날, 당군은 하늘이 무너지는 것을 보았다. 앞으로 나아가는 당군을 막아선 것은 전혀 새로운 깃발이었고, 그 깃발의 주인은 꿈에서라도 피하고 싶은 연개소문이었다. 고구려 대막리지가 몸소 군사를 이끌고 달려온 것이다. 당나라 군사들이 듣기로 연개소문은 절문을 지키는 신장 같은 괴물이었는데, 그 괴물이 눈앞에 나타나 소리를 버럭버럭 질러대고 있었다.

"서토의 못된 짐승들이 여기가 어디라고 함부로 더러운 발을 내밀었느냐? 용맹을 뽐내어보고 싶거든 썩 달려나와 내 칼을 받아라!"

조금이라도 밀린다 싶으면 더 싸우지 않고 쉽게 물러서던 여동군과는 너무도 달랐다.

"못된 오랑캐놈들을 한 놈도 살려보내지 마라."

고구려 군사들은 악을 쓰며 당군을 베어넘겼다.

"저승에 가서는 올바르게 살아라."

입에서는 옳은 소리였으나 번뜩이는 창날에는 눈곱만큼도 자비심이 없었다. 두 발로 내달리며 창을 내지르는 군사들도 개마대 못지않게 무서웠다. 그 괴물 같은 연개소문의 군사에게는 나가는 장수마다 군사들을 잃고 돌아왔으며 더러는 군사들만 도망쳐오기도 했다.

한곳에 눌러앉아서 닷새를 헛되이 보냈다. 하루에 네 번 다섯 번 군사를 보내도 당군은 한 발도 앞으로 나가지 못하고 애꿎은 군사만 잃었다. 아무리 생각해보아도 왔던 길을 되돌아가서 구려하를 건너기는커녕 열수도 건너지 못하고 모두 죽을 것만 같았다. 여러 성에서도 군사들이 내달려오니 고구려군의 수는 갈수록 불어나고 있는 데다, 어느새 10월이다.

여동 땅에는 벌써 추위가 시작되었다. 밤에는 군사들이 잠을 제대로 자지 못하고 덜덜 떨었다. 그러잖아도 더딘 걸음이다. 추위에 대한 대비도 갖추지 못하고 어느새 겨울 문턱에 들어서고 말았으니 보통 걱정이 아니었다.

여동군 군사들은 군막 안에다 쇠로 만든 화덕을 들여놓고 불을 피워 음식을 만들거나 군막을 따뜻하게 했다. 화덕은 젖은 나무로 불을 피워도 불이 잘 붙고 높다란 연통을 통해서 연기가 잘 빠졌다. 그러나 당나라 군사들에게는 화덕이 없었다. 바깥에서 불을 피우고 화로에 잉걸불을 담아다가 군막을 덥히는 것은 지위가 높은 장수들이나 누리는 행복이었다. 군막 가운데를 도려내고 불을 피우면 따뜻해서 좋으나 연기 때문에 눈이 아프고 머리가 지끈거렸다. 또 젖은 나무는 타지 않고 뜨거운 불기운이 연기와 함께 빠져나가므로 나무도 턱없이 많이 들었다. 아직은 큰 추위가 시작되지 않았으므로 견딜 만했으나 한겨울이 닥치면 내버려두어도 저절로 얼어죽을 것이다. 군사들은 자연히 얼어죽을지도 모른다는 두려움에 몸을 떨었다.

이때, 이세적이 한 가지 꾀를 내었다.

"연개소문이 끝내 화근덩어리가 되어 우리의 앞길을 막고 있습니다. 앞뒤로 적을 두고 쓸데없이 날을 보내며 힘을 없애기보다는 차라리 앞에 적이 없는 곳으로 나가야 합니다."

"적이 없는 곳이라니, 그곳이 어디냐?"

이세민이 지옥에서 지장보살을 만난 듯 반가워 물었으나 좋아하기에는 너무 일렀다.

"요동성을 지나가지 않고 뒤돌아 남서쪽으로 내려가 구려하 어귀에 있는 발착수를 건너는 것입니다."

"그곳은 길도 없고 늪지가 많아 사람이 다닐 수도 없는 곳이 아니냐? 이 많은 군사들을 이끌고 늪지에 들어섰다가 자칫 비라도 만나면 오도 가도 못한 채 모두 죽고 만다."

"우리를 막아선 자는 연개소문입니다. 이곳에서는 아무리 용맹을 내어도 갈수록 사나워지는 적들을 막을 수가 없습니다. 죽고자 하면 비로소 살길이 열린다고 했습니다. 밤에 한 사람이 열 사람을 피하여 달아날 수 있는 것은 어둠이 서로를 갈라놓기 때문입니다. 우리가 늪지로 들어서서 진창에 빠져 자유롭지 못한 만큼 뒤따르는 적들 또한 진창에서 허우적거릴 것입니다. 더욱이 적들이 앞에 내세우는 개마대가 함부로 날뛰지 못할 테니 우리에게는 큰 근심거리가 하나 없어지는 셈입니다. 적들에게 하늘을 나는 재주가 없는 다음에야 제아무리 연개소문의 창칼이 날카롭다 해도 우리를 크게 다치지는 못할 것입니다. 뒤따르는 적이 함부로 날뛰지 못하니 우리는 다만 길을 내며 앞으로 나아가기만 하면 됩니다."

넋이 빠진 듯 동떨어진 소리만 지껄이던 여느 때의 이세적이 아니었다. 그야말로 하수의 물이 넘실거리며 흐르는 듯이 힘차고 거침이 없는 말솜씨였다.

이세민이 듣고 보니 과연 그럴듯했다. 어찌어찌 길을 열고 요동성에까지 간들 요동성 군사들이 성벽에 걸터앉아서 물러가는 당군을 구경삼아 그냥 보고 있지는 않을 것이다. 성안에서 몰려나온 적들까지 함께 모여서 앞을 막고 지옥나찰 같은 연개소문이 당군을 숨도 쉬지 못하게 짓누르며 피를 부를 것이니, 구려하를 건너지도 못한 채 모두 죽을 것이다.

여러 장수들 또한 연개소문의 흉악한 모습을 생각만 해도 등골이 시리고 온몸에 소름이 돋았다. 여동군 개마대가 무서운 줄은 이미 알았거니와 연개소문의 흉악한 창칼도 그에 못지않았다.

더구나 길이 막혀 우물쭈물하다가는 군사들이 모두 얼어죽을지도 모르는 일이 아닌가. 진창에 빠져 고생하는 것은 나중의 일이다. 도저히 상종 못할 저 흉악한 고구려놈들부터 멀리 떼어놓고 볼 일이었다. 이세민은 그날로 스스로 군사를 몰아 진창길로 달려들어갔다.

그러고 보니 이세적의 생각이 들어맞은 모양이었다. 당군이 뒤돌아서 발착수 쪽으로 길을 잡고 늪으로 들어서자 맨 먼저 마음대로 내달릴 수 없는 개마대가 모습을 감추고 나타나지 않았다. 뒤를 치고 물어뜯는 고구려군의 사나움도 눈에 띄게 줄어들었다. 싸움에도 그다지 힘을 기울이는 것 같지 않았다. 한차례 달려들어 뒤에서 맞서 대들다가 도망치지 못하는 당군 천여 명을 베고 나면 그날 할 일을 다 했다는 듯이 뒤로 물러나 군막을 치고 쉬는 것이었다. 그렇게 사흘이 지났다.

가장 무서운 적

수만 당군이 달려들어 성을 공격하고 있었다. 성벽을 타넘어 들어가는 것이 아니라 손에 든 망치로 성벽을 때려부수는 것이다. 성벽이 갑작스럽게 무너지고 부서진 성벽이 흙먼지가 되어 하늘로 올라갔다. 흙먼지는 검은 구름이 되었고 땅에 내려와 산이 되었다. 산 옆을 지나가는데 바윗돌이 굴러떨어지며 길을 막았다. 멀리 돌아가려 해도 바윗돌이 굴러와 길을 막는다. 하는 수 없이 바위를 타넘고 가려는데 발이 땅에 붙은 듯 떨어지지 않는다. 내려다보니 해골들이 입을 벌린 채 이세민의 발을 물고 있다. 발버둥쳐봐도 해골은 떨어지지 않았다. 우웅, 우웅, 바람이 울 듯 사방에서 처량한 노랫소리가 일어났다.

밤에는 눈비 내리더니 날 밝으니 찬바람 부네.
죄지어 죽은 몸은 묻힐 곳도 없어
흩어진 해골들만 풀숲에 나뒹구네.
서글픈 내 혼백은 언제나 스러질까.

텅 빈 해골에는 빗물만 고이고
바람이 불면 서러운 흐느낌이 절로 일어나네.
고향에는 늙은 부모 어린 자식,
밭은 어이 갈고 김은 누가 매나.
걱정은 끝이 없고 고향은 꿈속에서도 만 리인데
또 낯선 해골이 굴러와 고향을 묻네.

가슴 저리는 슬픔에 이세민은 저도 모르게 눈물을 흘렸다. 함께 따라 노래를 불렀다.

아아, 자신도 뒤따르던 군사들도 모두 하얗게 뼈만 남은 해골이 되었다!

온몸이 땅속으로 가라앉는 것만 같다.

지독한 악몽이다! 온몸이 물에 젖은 것처럼 땀으로 흥건했다. 촛불만 밝게 타고 있었다. 지켜본 놈이 없어 천만다행이었다. 귀를 기울여도 〈주검의 노래〉 따위는 어디서도 들리지 않았다. 장막을 스치고 지나는 바람소리만 들릴 뿐.

어디쯤인가? 안시성 남쪽이라고 했으니 이 근처 어디인지도 모른다. 장손사를 시켜 없애버린 경관이 문득 께름칙했다. 발착수로 길을 잘못 잡았는지 모른다. 그러나 되돌아서기에는 너무 늦었다. 아침이 되어 부하들이 몰려올 때까지 이세민은 혼자서 밤을 새웠다.

웬일인지 하루해가 다 가도록 고구려군은 움직이지 않았다. 그날 저녁 행군을 마친 당군들이 잠자리 준비를 하는데, 아뿔싸! 부슬부슬 비가 내리기 시작했다. 마침내 내내 두려워하던 일이 닥친 것이다.

밤에 내린 비로 말미암아 다음 날부터는 진창길에 수레바퀴가 달라붙어 앞으로 나갈 수가 없었다. 고구려군이 아직은 움직이지 않지만 언제 덮쳐올지 모르는 터에 땅이 마르기를 하염없이 기다릴 수도 없었다. 어떻게 해서든 한 걸음이라도 더 나가야 했다.

"풀을 베어다 길에 깔아라."

당군은 군사를 풀어 풀을 베어다 길에 깔고 수레를 밀어서 나갔으나 하루에 10리밖에 가지 못했다.

다음 날도 풀을 베어 깔며 나가다 해 질 무렵이 되어 잠자리를 준비하는데 갑자기 고구려군이 밀어닥쳤다. 모두들 일손을 놓고 창칼을 잡고 떨쳐나서자 고구려군은 싸우지도 않고 돌아가버렸다.

웬일인가 했는데, 아침에 일어나보니 5리도 안 되는 곳에 고구려군의 군막이 보였다. 간덩이가 부은 고구려군이 당군 코앞에다가 군막을 쳐놓고 밤새 코를 골며 잠을 잔 것이다. 그러나 당군은 고구려군을 공격해서 혼을 낼 생각은커녕 더욱 두려움에 몸을 떨었다. 모두들 한시바삐 벗어나고자 힘껏 수레를 밀었다. 금방이라도 고구려군이 다가와 뒷덜미를 잡아채는 것만 같았다. 이도종과 이세적 같은 대장군들도 모두 나서서 수레를 끄는 말에 채찍질을 하고 몸소 수레를 밀어야 했다.

이도종은 한밤중 잠에서 깨어났다. 종일토록 수레를 미느라 땀을 많이 흘렸고 물을 많이 마신 탓이었다. 오줌을 갈기고 다시 잠자리에 들었으나 뒤숭숭하고 잠이 오지 않았다.

황상의 건강이 걱정이다! 의원은 화살독이 골수에 스몄을 것이라고 했다. 머지않아 증상이 나타날 것이라며 두려워했다.

다시 옷을 입고 바오달을 나섰다. 하늘에 총총한 별들이 무엇보다 반가웠다. 땅이 마르고 있으니 행군 속도가 빨라질 것이다. 뒤따르려는 부하장수를 물리친 이도종은 발걸음을 이세민의 군막 쪽으로 옮겼다.

조심스럽게 걷던 이도종의 발이 문득 멈췄다. 군막 안에서 나지막한 노랫소리가 흘러나왔기 때문이다.

"서글픈 내 혼백은 언제나 스러질까. 텅 빈 해골에는 빗물만 고이고……."

〈주검의 노래〉다! 순간 이도종은 소름이 쫙 끼쳤다. 고구려에 도전했던 수나라 군사들의 백골이 부른다는 노래다. 또한 이세민이 고구려에 도전하는 군사를 일으키자 이를 경계하여 혜성이 내려와 퍼뜨렸다는 노래다.

수 양견이 유성을 침략했을 때 〈고구려군가〉가 유행했고, 양광이 군사를 일으켰을 때에는 〈고구려군가〉가 〈사망가〉로 바뀌었다. 모두 수나라 군사들의 몰살을 예고하는 내용이었는데, 그 예언은 너무도 무섭게 들어맞았다. 혜성이 내려와 가르친 것이 아니고 고구려 간세들이 만들어 퍼뜨린 노래라고 했지만, 아직까지 그런 헛소리를 믿는 바보는 없었다.

민심은 천심이라고 했다! 〈주검의 노래〉도 당군의 몰살을 미리 일러주는 예언이었던가. 문득 병부상서 이정의 얼굴이 떠올랐다. 문관 출신인 위징이나 저수량과 달리 이정은 한뉘를 싸움터에서 늙어온 장수이며 서토에서 으뜸가는 대장군이다. 그 이정이 고구려에 도전해서는 안 된다고 악착같이 주장했던 것은 고구려군의 무서움을 정확히 알고 있었기 때문이었다. 한낱 늙은이의 쓸데없는 걱정으로만 여겼던 자신이 가슴을 치게 미웠다. 이정이 이세민을 부추겨 토번과 싸우도록 했을 때 이도종은 괜한 짓을 한다고 미워했었다. 이세민의 의중을 알아차리고 문성공주를 토번 왕에게 첩으로 준 것도 그 때문이었다. 자신은 잘한다고 했는데, 이제 와 돌이켜보니 나라를 망하게 만든 장본인이 되고 말았다.

아아, 나 때문에 나라가 망하게 되었다! 이도종은 뼈저리게 뉘우쳤다.

노랫소리는 군막 안에서만 들리는 게 아니었다. 창을 잡고 경계를 서는 군사들도 웅얼웅얼 노래를 불렀다.

아침이면 동녘을 향해 머리를 조아리고
빛의 나라 조선에 감사드리네.
동이는 세상의 밝은 빛이니
그 손길 스치면 천하만물이 되살아나네.

〈조선가〉는 이미 오래전부터 노래가 아니었다. 죽음 속에서 목숨을 구하는 주문이었다. 서토 백성들의 믿음대로 정말 〈조선가〉가 고구려군의 창날을 비켜가게 해줄지도 모른다. 그러나…… 부질없는 생각이다! 처음부터 조선을 향해 군사를 일으키지 말았어야 했다! 맥이 풀린 이도종은 발길을 돌려 제 바오달로 돌아갔다.

땅이 웬만큼 말랐으므로 풀을 베어다 깔지 않아도 수레가 나가 좋아했는데 저녁이 되자 또다시 비가 내렸다.

하늘이 이토록 무심할 수가 있는가. 〈조선가〉를 부르며 애원했지만 하늘은 귀를 기울이지 않았다.

날이 밝아오자 온 누리가 하얗다. 밤새 내리던 비가 눈으로 바뀐 것이다. 뒤따르는 고구려군이 언제 창날을 들이밀지 모른다. 군사들은 언 손을 비비며 수레를 밀었으나 눈이 왔다 해서 땅이 언 것은 아니어서 수레는 잘 나가지 않았다. 길이 언제

끝날지 모른다. 아무리 귀찮아도 식량수레를 버릴 수는 없는 일이었다. 다시 풀을 베어다 깔며 조금씩 앞으로 나갔다.

밤부터는 추위가 밀어닥쳤다. 지치고 병든 군사들은 밤새 얼어죽어 아침에 일어나지 못했다.

땅이 얼었으므로 그런대로 수레가 잘 나갔으나 하늘은 끝까지 당군을 돌아보지 않았다. 땅이 얼고 물이 얼었건만 아직 얼음이 두껍게 깔리지는 않았으므로 사람이 함부로 얼음 위를 건널 수가 없었다. 온 누리가 하얗게 눈에 덮였으니 말이나 사람이 물에 빠지기 전에는 물웅덩이의 깊이를 미리 알 수가 없어서 더 큰 고역을 치르게 되었다.

"길을 찾아라!"

"물웅덩이를 조심해라!"

선발대를 보내 길을 찾도록 했으나 어디가 어딘지 알 수 없는 벌판인 데다 곳곳에 물웅덩이가 널린 늪이다. 되는대로 남서쪽으로 발착수를 향해 나가는 수밖에 달리 길이 없었다. 커다란 물웅덩이를 돌아서 이리 구불 저리 구불 펀펀한 벌판을 지렁이가 꿈틀거리듯 나아가던 행렬은 앞선 군사들이 물에 빠지면 그제야 놀라 다른 쪽으로 머리를 틀었다. 어쩔 수 없이 물웅덩이를 지나야 할 때는 수레가 건널 수 있게 반드시 메워야 했으나 이를 메울 흙을 얻기가 쉽지 않았다. 땅이 얼어서 한참씩 죽어라 괭이를 휘둘러서 땅거죽을 걷어내고서야 가래

질을 해 흙을 얻을 수 있었다.

며칠 동안 말썽 없이 뒤따르던 고구려군이 피로에 지친 당군을 공격하기 시작했다. 이세적과 부하장수들이 모두 나서서 막았으나, 한나절에 걸친 싸움이 끝났을 때는 4만이 넘는 군사가 피를 흘리며 언 땅에 코를 박은 뒤였으니, 엄청난 피해였다.

"이제 다시는 저들의 공격이 없을 것입니다."

장손무기의 귓맛 당기는 소리였다. 고구려놈들을 꿈에서라도 만날까 두려웠던 자들로서는 비록 믿기지는 않았지만 지옥에서 지장보살 부처님을 만난 것만큼이나 반가웠다.

장손무기의 말은 맞았다. 다음 날부터 고구려군은 움직이지 않고 제자리에 눌러앉아서 쉬었다.

고구려군이 다시 올 일은 없을 것이다! 마음이 한결 느긋해진 당나라 장수들은 힘을 내어 수레를 미는 군사들을 다그쳐서 앞으로 나갔다. 추위가 본격적으로 밀어닥치자 그런대로 얼음이 두껍게 얼어서 얼음 위를 밟고 지날 수 있었으나, 마음을 놓기에는 아직 일렀다. 툭하면 말과 수레가 한꺼번에 물에 빠졌다. 군사들은 건널 수 있는 얼음이라도 무거운 말과 수레의 무게는 아직 감당하지 못했기 때문이다.

수레를 꺼내기 어려운 곳은 아예 수레를 부수고 흙을 채워서 웅덩이를 메웠다. 물에 빠진 자들은 불을 피우고 선 채로 옷을 말렸으나 한곳에 오래 꾸물거리고 있을 수는 없었으므로 김이 나는 옷을 입은 채로 앞서간 자들을 뒤쫓았다. 채 마르지 않은 옷은 이내 갑옷처럼 딱딱하게 얼어붙었다.

여드레째 되는 날부터 고구려군은 뒤를 따르지 않았다. 추운 날씨에 뒤따르기도 지쳐서 일찌감치 맘을 돌려먹고 돌아가 버린 모양이었다. 그러나 당군은 이제 고구려 군사보다 몇 배나 더 무섭고 모진 추위에 쫓겨서 창 한 번 내지를 수 없는 처절한 죽음의 길을 걷지 않으면 안 되었다. 벌판 가득히 눈발을 흩날리며 미친바람이 불어오면 군사들은 한 걸음도 나아가지 못하고 서로 부둥켜안은 채 하늘을 원망하며 울었다.

"아으! 으, 으 으!"

앙다문 이 사이로 삐져나오는 것은 짐승들의 신음이었다. 그들은 처절한 짐승의 울음으로 하늘을 저주했다. 비정한 아사달의 하늘은 서토 백성들을 돌아보지 않았다. 〈조선가〉도 위안이 되지 못했다. 주문처럼 외우던 〈조선가〉 대신 군사들은 〈주검의 노래〉를 불렀다.

"고향에는 늙은 부모 어린 자식, 밭은 어이 갈고 김은 누가 매나……."

눈물이 말랐어도 피붙이를 그리는 마음은 끝이 없었다. 살아서 돌아가야 한다! 내 부모 내 자식을 생각해서라도 살아야 한다!

“죄지어 죽은 몸은 묻힐 곳도 없어, 흩어진 해골들만 풀숲에 나뒹구네…….”

조선은 빛의 나라다! 검스러운 아사달을 더럽힌 자는 죽어도 묻힐 곳이 없다! 〈주검의 노래〉를 부르며 군사들은 죽을 수도 없는 몸임을 깨달았다. 조선의 하늘은 아사달을 침범한 서토 군사들의 죄를 너무도 가혹하게 묻고 있었다.

미친바람은 시도 때도 없이 벌판을 휩쓸고 다녔다. 매서운 칼바람이 밤마다 엉성한 장막 속으로 눈발을 몰아넣었다. 아침이 되어 발로 차 깨워도 눈을 이불 삼아 덮어쓰고 일어나지 못하는 자도 많았다. 어떻게 해서든 옷을 껴입어 혹독한 추위를 막아야 했다. 밤새 얼어죽은 군사들의 주검은 이내 발가벗겨졌다. 길을 가다 죽어도 몸이 굳기도 전에 옷부터 벗겨졌다. 쓰러지기가 바쁘게 곁에 있는 군사들이 굶주린 승냥이처럼 덤벼드는 것이다.

“이제 그대는 추위를 느끼지도 못할 것이다. 언젠가 그대를 위해 제사를 지내주겠다.”

차마 감지 못하고 뻔히 쳐다보는 눈이 무서운 군사들은 혼잣소리로 웅얼거리며 옷을 벗겼다. 옷을 더 껴입어도 추위를 다 막을 수는 없었다. 끝없이 이어지는 고달픈 길에 지친 군사들은 길을 걷다가도 툭툭 쓰러져 숨을 거뒀다. 뒤쫓는 고구려군이 없어도 당군의 행렬 뒤에는 늘비하게 널브러진 벌거벗은 송장의 행렬이 남아서 들짐승 날짐승들의 먹이가 되었다.

짐승들도 힘없는 군사를 아는가? 까마귀는 까욱, 까욱 소름 끼치는 울음소리로 떼를 지어 하늘을 맴돌았고, 승냥이들은 대낮에도 군사들 곁을 어슬렁거렸다. 활을 들어 쫓기는커녕 몸이 오싹해진 군사들은 못 본 척 눈을 내리감고 길을 재촉했다. 군사들을 습격하지는 않았으나 밤이면 아으으, 아으으으 울부짖는 승냥이의 울음소리가 지친 군사들을 공포에 떨게 했다.

그날도 이세민은 빼낸 눈구멍에 느껴지는 얼얼한 아픔과 온갖 걱정으로 밤새 잠을 이루지 못하고 동이 틀 무렵이 되어서야 겨우 잠 속에 떨어졌다.

"누구냐? 나중에 다시 오너라."

이세민이 아직도 꿈속을 헤매는 듯 잠에 취한 소리를 냈다.

"급히 드릴 말씀이 있어서 왔습니다."

"다시 오라지 않았느냐?"

이도종이 억지로 단잠을 깨우는 통에 이세민은 버럭 소래기를 질렀다.

"큰일 났습니다. 어서 바삐 명령을 내려주십시오."

"큰일이라니, 무슨 소리냐? 적들이 쳐들어오기라도 했단 말이냐?"

빨갛게 핏발 선 눈으로 노려보는 이세민에게 이도종이 새벽같이 찾아온 까닭을 말했다.

"우리가 늪에 들어선 지 열흘이 넘었습니다. 적이 우리 뒤를 쫓지 않은 지도 이미 사흘, 다시는 우리 뒤를 쫓지는 않을 것입니다."

"그것이 어쨌다는 말이냐? 저들도 추위를 겁내 우리가 뒤돌아서지 못하게 지키고만 있는 것이 아니냐?"

새삼스러울 것도 없는 이야기로 단잠을 깨웠다 싶은지 이세민의 목소리에는 짜증이 가득 묻어 있었다.

"연개소문이 우리를 쫓지 않는 것은 늪이 두렵고 추위가 무섭기 때문이 아닙니다. 아무래도 그자는 군사를 물려 돌아간 것 같습니다. 되돌아 요동성 쪽으로 열수를 건너고 구려하를 건너 우리가 발착수로 나오기를 기다릴 것입니다."

"무엇이?"

그제야 호랑이 등에 업힌 것을 깨달은 이세민이 까무러치게 놀랐다. 하나 남은 눈이 마저 튀어나올 듯이 커지고 튀어나온 생쥐 주둥이로 가쁜 숨을 몰아쉬었다. 뒤통수에 몽둥이를 맞은 듯 눈앞이 캄캄하고 정신이 아득하다. 무엇을 어찌해야 한단 말이냐?

"늪에 빠지더라도 길을 가리지 말고 힘껏 내달려 열수를 건너고 구려하를 건너야 합니다. 그러기 위해서는 식량도 군사들에게 나눠주고, 모든 수레를 버리고 군막 등은 모두 말에 실어야 합니다. 우리 군사들의 발목을 붙잡는 것은 늪이 아니라 수레바퀴이기 때문입니다."

이도종이 이르는 말을 듣다 보니 차츰 가닥이 잡혔다. 그렇다! 늪지대에서는 무엇보다 수레가 말썽이다. 수레는 군량이나 군막, 병장기 등 군수품을 운반하기에 더없이 좋지만 수레바퀴는 바닥이 고르지 않으면 움직이기조차 어려운 것이다.

"좋다. 황제의 군막과 수레부터 불에 태워라. 모두가 힘껏 달려서 열수를 건너고 구려하를 건넌다. 아직도 정신을 차리지 못하는 놈은 그 자리에서 베어라."

어려서부터 싸움터를 달린 장수답게 그 자리에서 척척 명령을 내렸다. 이세민은 재빨리 옷을 입고 갑옷을 걸쳤다.

"아니 됩니다. 몸조리를 하지 않으면 자칫 큰 화를 부르게 됩니다. 제가 나서서 군사를 이끌 것인즉 황상께서는 몸조리를 하십시오."

이도종이 깜짝 놀라 말렸으나 이세민은 이미 바오달 밖으로 걸어나가고 있었다.

"강하왕, 그대답지 않게 얼빠진 소리를 하고 있구나. 황제가 몸소 나서서 모범을 보이지 않고 어떻게 맥이 빠진 군사를 움직여 이 어려움을 뚫고 나가겠다는 것이냐?"

나무라던 이세민이 이도종에게 명령을 내렸다.

"그대는 내 호위군사 가운데 기마군사 만 명만 데리고 먼저 떠나라."

"옛?"

"먼저 길을 열란 말이다. 이 많은 군사들이 어느 세월에 열수를 건너고 구려하를 건너겠느냐? 말을 달려 발자국으로 길을 내란 말이다. 구려하에 가서 뜬다리를 놓으란 말이다."

매섭게 쏟아지는 명령에 이도종은 곧바로 기마대를 모으러 달려갔다.

"북을 울려라! 곧바로 짐을 챙기고 앞으로 나간다."

새벽 추위를 가르며 싸움을 알리는 북소리가 어지럽게 울렸다.

"어디 적이라도 오는 것이냐?"

"고구려놈들은 잠도 없나?"

웅크린 채 굳은 몸을 억지로 펴며 군사들은 구시렁댔다.

"황상의 명령이다. 곧바로 길을 떠난다."

"꾸물거리는 놈은 그 자리에서 베어버린다. 빨리빨리 서둘러라."

이어서 장수들의 거친 발길에 차인 군사들의 비명소리가 잠을 10리나 달아나게 했다. 군사들은 튕기듯 일어나 밖으로 나와 부지런히 막사를 걷고 길 떠날 채비를 했다.

"군막과 식량을 말에다 싣거나 짊어지고 수레는 모두 버려라."

장수들이 부지런히 내달리며 외쳤다. 가장 먼저 이세민의 군막에 불이 붙었고 옆에서 수레도 함께 타고 있었다.

"황상께서는 스스로 황제의 군막과 수레를 불에 태우셨다."

"모두가 마음을 새롭게 하고 젖 먹던 힘까지 다해 달려라."

불타는 이세민의 군막과 수레를 본 군사들은 발 빠른 자만이 살아남을 수 있다는 것을 알아차리고 마음을 굳게 다졌다. 군사들은 모두 뛰다시피 걸었다.

"웅덩이에 빠진 짐을 건지려 하지 마라. 뒤처지는 군사는 내버려두어 승냥이의 밥이 되게 하라."

이세민의 명령은 잔혹하기 짝이 없었다.

"멀쩡한 사람도 살아남기 어렵다."

"뒤에 처지면 죽는다. 내 한 몸도 무사히 돌아갈지 모른다."

아무도 지친 군사들을 돌아보지 않았다. 〈주검의 노래〉를 웅얼거릴 새도 없었다. 모두들 숨이 턱에 닿아 내달렸다.

기마군사 만 명을 거느린 이도종은 저녁때가 되어 열수에 닿았다. 강물은 가장자리부터 얼어들고 있었지만 가운데는 잔물결이 넘실거리고 있었다.

"10월이니 강물이 많이 줄었을 것이다. 그대가 먼저 강을 건너보아라."

이도종이 명령을 내리자 젊은 장수가 얼음을 깨뜨리며 물에 뛰어들었다. 장수가 강 가운데로 들어가도 다행히 강물은 말 잔등을 겨우 넘는 정도였다. 물에 들어선 장수가 서쪽 언덕에 닿기도 전에 이도종은 군사들에게 명령을 내렸다.

"다행이다. 모두 그대로 강을 건너라. 강을 건넌 뒤에는 화톳불을 피우고 옷을 말려라."

강을 건너 군사들은 이도종의 명령에 따라 곳곳에 화톳불을 피워놓았다. 이도종은 군사들을 나누어 잠을 자게 하는 한편 밤새워 나무를 잘라다 나뭇벼눌을 쌓았다.

다음 날 아침 이도종은 굴돌통에게 군사 천 명을 떼어주고 길을 떠났다.

"장군은 끝까지 이곳에 남아 모두가 강을 건널 때까지 화톳불이 절대 꺼지지 않게 하시오."

어둠이 걷히기도 전에 아침을 지어먹고 달려온 이세민은 활활 타고 있는 수백 개의 화톳불을 보고 대뜸 이도종의 뜻을 알았다.

"모두 걸어서 강을 건너라. 화톳불에 몸을 말려라."

활활 타오르는 수백 개의 불을 보고 군사들은 조금도 망설임 없이 걸어서 강을 건넜다. 그러나 군사들이 너무 많은 데다 길을 재촉해야 하는 상황이고 보니 그 많은 화톳불도 한낱 눈요기에 지나지 않았다. 화톳불 사이에 들어서기만 해도 후끈후끈해서 얼었던 몸이 녹고 살 것 같았으나, 너무 짧았다.

"밀지 마라, 밀지 마!"

"누가 밀고 싶어서 미느냐?"

불길 앞에서의 행복한 말씨름도 잠깐이었다.

"뭘 하느냐? 빨리 뛰어가지 않으면 베어버린다!"

칼을 빼어든 장수들이 눈을 부릅뜨고 호통을 쳤다.

"어서 달려라. 달리면서 체온으로 옷을 말려라."

뼛속으로 파고드는 추위를 막기 위해서도 군사들은 쉬지 않고 내달려야 했다. 고향 동무가 쓰러져도 돌아볼 틈이 없었다. 곳곳에 추위를 이기지 못하고 지쳐서 죽은 주검이 널브러졌으나 그대로 밟고 넘어서 달려갔다.

갑옷을 떨쳐입고 말을 달린 뒤로 이세민은 밤에도 갑옷을 벗지 않았다.

"황상께서는 밤에도 갑옷을 벗지 않으신다."

전해듣는 장수들도 감히 갑옷을 벗지 못했다. 날이 어두워서야 솥을 걸고, 추워서 잠못 이루는 새벽에는 달빛에 기대어 길을 떠났다. 그렇게 사흘을 달려서 구려하에 닿았다.

"하늘은 우리를 버리지 않았습니다. 고구려군은 아직 이곳에 이르지 못했습니다."

이세민이 도착하자 이도종은 자랑스럽게 말했다. 엉성하게나마 구려하에 세 개의 뜬다리를 놓았던 것이다.

"그대의 공이 참으로 크다. 그대가 아니었으면 우리는 이곳에서 고구려놈들과 싸워가며 구려하를 건너야 했을 것이다."

이세민도 끝없이 줄지어 다리를 건너는 군사들을 보며 감격했다. 처음 이세민을 따라서 구려하를 건넌 130만 군사들 가운데 무려 90만 명이 모두 낯선 땅의 귀신이 되고 겨우 40만 군사가 목숨을 건져서 도망치고 있는 것이다. 20만 수로군 가운데서도 12만 명이 연개소문에게 걸려 죽었으니 당군은 적게 잡아도 102만이 넘는 군사가 아무런 공을 이루지 못한 채 죽은 것이다.

이틀 뒤, 패수를 지키던 군사들의 눈이 놀라 휘둥그레진 것을 본 이도종은 유성을 지키는 고구려 군사들이 나서지 않은 것에 대해 하늘에 감사드렸다.

당군은 패수도 무사히 건넜다. 뜬다리에 마른나무를 쌓은 뒤에야 고구려군이 나타난 것이다. 불화살을 날려보내니 곧 불이 붙었다. 활활 타오르는 불길이 따뜻해서 좋고 고구려군을 비웃는 것 같아 더욱 좋았다.

"다행히 패수의 물이 깊어 어렵지 않게 저들을 막을 수 있을 것입니다. 제가 지킬 터이니 황상께서는 마음 놓고 장안으로 돌아가십시오."

이도종의 말에 이세민은 머리를 저었다.

"내 어찌 그대의 충성을 모르겠느냐? 그러나 약은 고양이 밤눈 어둡다는 말처럼 그대는 작은 충성으로 눈이 가려져 큰 것을 보지 못하는구나."

"예?"

"개소문이 고구려 군사를 몰아왔으나 나는 조금도 걱정하지 않는다. 그대는 알겠느냐? 참으로 무서운 적은 뒤에 있지 않고 바로 우리가 돌아가는 장안에 있음을."

이세민의 타이름에 이도종은 무어라 할 말을 찾지 못했다. 가장 무서운 적은 뒤쫓는 고구려군이 아니라 장안에 있는 백성이라는 이세민의 말이 참으로 옳았던 것이다.

"그대는 20만 군사를 거느리고 닷새만 저들을 막아라. 내가 앞서 가면서 모든 준비를 해둘 터이니, 닷새가 지나면 미련 없이 군사를 이끌고 장성으로 달려오너라. 알겠느냐? 가장 무서운 것은 성난 백성들이다. 지금부터는 군사를 하나라도 잃어서는 안 된다."

"예! 닷새 뒤에는 곧바로 군사를 거두어 달려가겠습니다."

당나라의 운명이 바람 앞의 등불 같아졌다. 말도 안 되는 고구려 도전을 감행해 100만이 넘는 군사를 잃었으니, 자식과 형제를 잃은 백성들이 들고 일어서면 당나라도 수나라처럼 사직을 보전하기가 어려울 것이다. 하지만 당장 눈앞에서 달려드는 고구려군부터 막아야 한다. 이도종은 패수 남쪽에 20만 군사를 나누어 벌려 세웠다.

연개소문의 뜻

"내버려두어라. 화살이 아깝다."

패수에 다다른 대막리지는 군사들을 쉬게 했다. 뜬다리에 쌓인 나무를 치우려고 달려가는 군사들도 모두 불러들였다.

"전하, 바람처럼 휩쓸어가는 기세를 멈춰서는 안 됩니다. 곧바로 뗏목을 만들어 강을 건너야 합니다."

연재규의 말에 연개소문이 잔뜩 찌푸린 얼굴로 돌아다보았다. 연재규는 요동성주로 있었는데 대막리지 연개소문은 전임 성주 고승학의 아우 고승연에게 요동성을 맡기고 연재규를 불러냈던 것이다.

"다시 말해보아라."

잠자코 노려보던 연개소문이 입을 열자 이번에는 연재규가 입을 다물었다.

"며칠이면 되겠느냐?"

밑도 끝도 없이 엉뚱한 물음이다. 며칠? 언제까지 기다려야 하느냐? 연재규는 빠르게 계산했다.

"앞으로 닷새입니다."

"어째서?"

"패수에서 장성까지 500리이니, 먼저 간 군사들이 패수에 남아 있는 군사들이 재빨리 물러갈 수 있도록 준비를 하는 데 필요한 날짜입니다."

"옳게 보았다. 다시는 덤벙거리지 말아라."

강 건너 당군 쪽에서 불화살이 날아와 뜬다리를 태웠다. 불길이 세차게 타오르자 가까이 있던 군사들이 주춤주춤 물러섰다. 따뜻해서 땀을 말리기 좋을 것이다.

불타는 뜬다리를 쳐다보던 연개소문이 다시 물었다.

"내가 왜 요동성에서 불러냈는지 아느냐?"

"예. 북평성을 고쳐쌓고 지키게 하려는 것으로 압니다."

"또 틀렸다. 어찌 북평성뿐이겠느냐. 아무리 못해도 장성을 넘어 선수까지는 되찾을 것이다."

"선수까지 말입니까?"

연재규가 되묻더니 스스로 다짐을 하듯 말했다.

"그렇다면 이 기회에 서토 오랑캐를 토벌하고 서토를 모두 평정해야 합니다."

"물론이다. 마음 같아서는 하수(황하)를 지나 강수(장강)를 건너서까지 잃었던 땅을 모두 되찾고 싶다만, 뒤에서 딴소리하는 자들이 많을 것이다. 오랑캐 토벌과 서토 평정에 뜻을 같이 하는 이가 몇 사람만 있었어도 나는 장안에까지 쫓아가 대흥성을 베개 삼아 눈을 감을 수 있을 것이다. 모처럼 좋은 때가 왔으나 스스로 저버려야 하다니, 내 이럴 줄 미처 몰랐구나."

연개소문의 목소리는 무겁게 가라앉아 있었다.

"지난날 북평성을 쌓고 돌아온 막리지 을지문덕이 스스로 울화병을 이기지 못해 돌아갔음을 어찌 잊겠느냐. 그때 오랑캐들의 뒤를 바짝 쫓아갔더라면 오랑캐를 모두 토벌하고 서토를 평정하는 것도 어려운 일이 아니었다. 구려하를 건너면 안 된다고 우기던 자들은 을지문덕과 강이식 등이 장성 안으로 적을 밀어넣고 북평성을 쌓은 것마저 칭찬하고 고마워하기는 커녕 쓸데없는 짓을 했다고 나무라고 비웃었으니, 어찌 울화병이 나지 않았겠느냐."

연재규는 잠자코 듣기만 했다. 대막리지의 답답한 가슴이 그대로 느껴졌다. 비록 대막리지가 고구려 조정의 우두머리라고는 해도, 오랜 싸움을 하기는 어렵다. 싸움터에 있지 않고 평양으로 돌아가서 사람들을 타일러 따르게 하려고 해도, 그동안 큰 싸움을 겪지 않고 살아온 사람들이니 잃었던 옛땅을 찾기보다는 이쯤에서 싸움을 그치고 싶어 할 것이다.

"불이 붙은 화톳불이라도 함부로 나무를 던져넣으면 오히려 숨이 막혀 불이 꺼진다. 작은 나뭇가지를 하나씩 보태가며 불길이 세차게 타오르기를 기다려야 한다. 차라리 선수에서 그친다면 뒤에 있는 사람들은 우리가 더 나가지 못하였음을 아쉬워할 것이다. 차근차근 준비하며 그때를 기다려야 한다."

대막리지의 얼굴은 무척이나 어두웠고 말소리는 낮았다. 마치 자신을 타이르는 것처럼.

뒷덜미를 낚아챌 듯 뒤쫓던 고구려군이 걸음을 멈추고 딴전을 피우고 있다. 넓지 않은 패수를 사이에 두고 마주 보면서도 고구려군 진영에서는 화살 하나 날아오지 않는 것이다. 그러나 이도종은 오히려 잠을 이루지 못했다.

"연개소문은 우리의 생각을 모두 읽어내고 있다. 내일 밤 우리가 몰래 도망치리라는 것도 모르지 않을 것이다. 그자는 우리가 달아나게 내버려둘 것이며, 싸우지 않고 어슬렁거리며 장성까지 따라올 것이다."

따라와서는? 이도종은 머리를 흔들었다.

30여 년 전 장성 밑에서 수나라 군사들을 조롱했다는 연개소문이다. 배짱도 그만한 배짱이 없다. 어린 나이에 혼자서도 수십만 수군을 조롱했는데, 이제 그는 수십만 군사를 이끌고 와 있다. 이미 반란을 일으켜 태왕까지 죽이고 대막리지에 오른 연개소문이다. 그까짓 장성쯤이야 눈에 보이지도 않을 것이다.

쓸데없는 생각이다! 잠을 자두어야 했으나 눈을 감으면 더욱 또렷이 떠오른다. 두 손에 칼을 나눠어쥐고 새처럼 가볍게 장성에 날아올라 갈대를 베듯 군사를 쓸어넘기던 연개소문이 오금이 달라붙어 꼼짝 못하는 이도종을 보고 껄껄 웃어댄다.

연개소문의 웃음소리는 눈발을 날리며 벌판을 휩쓸어오는 바람소리였다. 얼어죽은 군사들의 주검을 들짐승들의 밥으로 남겨두고 찬바람이 휘몰아치는 죽음의 벌판을 헤매던 것이 아득하게 먼 꿈속의 일 같기도 하고, 날이 밝으면 이제부터 들어서야 할 끝없는 죽음의 길 같기도 했다.

군사들은 대낮에도 〈조선가〉를 불렀으나 이도종은 모르는 척하라고 장수들에게 미리 명령을 내려두었다. 군사들의 목을 잘라 걸어둔다고 막을 수 있는 일이 아니어서가 아니다. 〈사망가〉나 〈주검의 노래〉는 군사들을 두려움에 몰아넣지만 〈조선가〉는 희망을 갖고 일어서게 만든다. 살아갈 수 있다는 희망이 군사들을 움츠러들지 않고 깨어나게 하는 것이다.

어리석은 군사들은 고구려군이 뻔히 쳐다보면서도 화살 한 대 날리지 않는 것을 주문처럼 외우는 〈조선가〉가 효험을 나타내는 것으로 생각할지도 모른다. 못된 버릇으로 남지 않도록 막아야겠지만 지금은 움츠러든 군사들의 사기를 일깨우는 것이 더 급하고 중요하다.

군막을 펄럭거리며 불던 바람도 잠든 지 오래였지만 이도종은 잠을 이룰 수가 없었다. 너무 고단한 탓이다. 이도종은 자리에서 일어나 불을 밝히고 앉았다. 그래도 마음이 어수선하고 무엇에 쫓기는 듯 가라앉지를 않는다. 머리맡에 풀어두었던 칼을 집어들었다. 장안을 떠날 때 이세민에게서 받은 대장의 칼이다.

요동성을 에워싸고 지키던 이세적이 100개의 창과 함께 두 자루의 보검을 얻었을 때 이세민은 미친 듯 좋아하면서 이세적에게도 보검 하나를 나누어주었다. 이세민은 새로 얻은 보검에다 직접 천룡과 화룡이라는 이름까지 붙였다. 천룡검은 이세민이 차고 다니던 황제의 칼까지 베어버렸다. 그 황제의 칼은 이도종이 힐리가한에게서 빼앗은 것으로 그 또한 고구려 병장기였다. 천룡검은 그 이름처럼 서토의 하늘 아래서는 감히 상상도 할 수 없는 전설 속의 보물이다. 그에 비하면 이 용검은 그저 아이들의 나무칼에 지나지 않는 허접쓰레기일 뿐이다. 아니, 장량이 비사성을 치고 전리품으로 보내온 칼들보다도 약한 톱칼이다. 하지만 제아무리 날카롭고 강한 이세적의 화룡검도 이 용검과 견줄 수는 없다. 이 톱칼은 이세민에 버금가는 지휘권을 상징하는 용검이다. 적군을 베라는 것이 아니다. 서토 하늘 아래 그 누구라도 곱게 목을 늘어뜨리고 칼을 받아야 한다.

"황상께서는 몸소 싸움터에 나서서 군사를 이끌면서도 내게 대장의 칼인 용검을 내리셨다. 황상께서 흙산을 쌓고 있던 장수를 끌어다 목을 벨 때 나는 스스로 내 목을 잘라야 했으나 감히 엄두도 내지 못했다. 참으로 부끄러운 일이다."

칼집에서 용검이 뽑혔다. 서슬 퍼런 칼날이 싸늘한 살기를 뿜어냈다.

"대장 된 몸으로 뒤척이며 잠을 못 이루는 것은 말이 되지를 않는다. 이제 조금이라도 흔들린다면 스스로 목을 칠 것이다."

허리를 곧게 펴고 똑바로 앉아서 천천히 숨을 골랐다. 벽을 마주하고 앉은 스님처럼 이도종은 용검을 앞에 놓고 앉아서 하얗게 밤을 밝혔다. 날이 훤하게 밝아오자 이도종은 용검을 칼집에 넣어 허리에 차고 밖으로 나갔다.

뽀얗게 물김이 피어오르는 패수는 철버덕철버덕 물 긷는 군사들과 낯을 씻는 군사들로 수런수런 깨어나고 있었다. 저쪽에도 부지런한 군사들이 나와서 패수의 잠을 깨우고 있다. 그러나 약속이라도 한 듯이 양쪽 다 자기들끼리 무어라 떠들고 있을 뿐 강 건너 적군에 대해서는 서로가 전혀 아는 척하지 않고 있다. 패수는 벌써 닷새째 화살 한 대 없는 평온을 지키고 있는 것이다.

늪지대를 헤맬 적에는 그리도 혹독하게 몰아치던 강추위도 발착수를 건넌 뒤에는 많이 풀렸다. 얼어죽는 군사도 없었다.

차츰 많은 군사들이 물가로 몰려나와 패수가 시끌벅적해졌으나 맞은편에 있는 적군을 애써 모르는 척했다. 물가에 서면 폭이 가까운 곳은 40여 장에 지나지 않았으니 돌이라도 던져 볼 만큼 가까운 거리다.

굳이 고구려군을 건드려 덧낼 까닭이 없었으므로 먼저 공격하는 일이 없도록 하라는 명령을 내렸지만, 누가 시킨다고 이렇듯 일제히 따를 수 있는 일이 아니었다.

저 군사들은 서로의 가슴에 창날을 박으며 오늘 일을 생각이나 할 것인가. 화살을 날리며 누군가 맞아 죽기를 바랄 것이 아닌가. 문득 바람이 일어 차갑게 안겨들더니 저만치서 깃발을 흔들며 달려갔다. 밤잠에서 깨어난 바람은 오늘도 내내 바다 쪽으로 불어갈 것이다.

"참으로 평온하구나."

이도종은 누가 듣기라도 하는 듯 소리 내어 말했다.

"참으로 평온하구나."

군막으로 돌아가는 이도종은 저절로 발걸음이 가벼웠고 막혔던 가슴이 툭 트인 것처럼 시원해졌다.

"고구려군은 장성을 넘으려 들 것이나 연개소문이 고구려 으뜸 장수라면 나 또한 당나라 으뜸 장수다. 모처럼 때를 만났으니 서로 견주어보는 것도 좋은 일이 아니겠는가."

대책을 세우지 못했다 해서 미리 걱정을 하고 잠들지 못하는 어리석음은 다시 범하지 말아야 한다.

"오늘 밤에 이곳을 떠날 것이다. 적이 눈치채지 않게 대를 나누어 낮잠을 자도록 해라."

부하장수들에게 명령을 내린 이도종은 군막을 뒤흔들고 지나가는 바람소리를 들으며 깊은 잠에 빠졌다.

"오랑캐들이 모두 달아났습니다."

"밤새 1만여 명의 개마군사들이 남아서 우리를 속인 모양입니다."

"곧바로 달린다면 어렵잖게 따라잡을 수 있습니다."

이튿날 아침 당군 개마대가 철수하는 것을 본 장수들이 달려와서 떠들었으나 연개소문은 기다렸다는 듯 차분하게 말했다.

"20만 오랑캐보다도 우리 군사 천 명이 더 소중하오. 잃었던 땅을 되찾은들 지킬 군사가 없다면 무엇하겠소. 서두를 것 없으니 아침이나 먹도록 하시오."

연개소문은 군사들이 아침을 다 먹은 뒤에야 패수에 뜬다리를 놓게 했다.

"남부욕살은 5만 군사를 이끌고 가서 북평성을 대충 고쳐 쌓고 남은 군사들이 겨울을 날 수 있게 땔나무 따위를 마련해 준 다음 군사를 돌려 돌아오시오."

고혜진을 불러 명령을 내린 연개소문은 연재규에게 2만 군사를 거느리고 남아서 북평성을 지키게 했다.

연재규가 1만 군사를 이끌고 앞장서고 고혜진이 4만 군사를 이끌고 뒤를 따랐다.

고혜진이 군사를 이끌고 떠나자 연개소문은 북부욕살 고연수에게 패수 남쪽 200리와 300리 되는 곳에 각각 5만 명씩 군사를 시켜 산성을 쌓게 했다.

"나도 이곳 패수 언저리에 두 개의 성을 쌓을 것이오."

한곳에 눌러앉아 성을 쌓겠다는 말에 고연수는 깜짝 놀랐다.

"대막리지께서는 장성을 넘어 오랑캐들을 정벌할 생각이 없는 것이 아니오?"

"어찌 그럴 리가 있겠소? 조금이나마 옛 땅을 찾았으니 여러 성을 쌓아서 다시는 오랑캐들에게 빼앗기지 않도록 하려는 것이오."

"그래도 적이 물러가는 틈을 타서 한 치의 땅이라도 더 찾아야 할 것 아니오?"

"물론이오. 그러나 우리의 뜻은 겨우 장성을 밟고 서는 데 있지 않소. 날짜가 많이 걸리더라도 우리 군사를 다치지 않고 장성을 넘어야 할 것이오."

그렇다면 대막리지는 다른 생각이 있어 이곳에다 성을 쌓는 척한다는 이야기다.

"때가 되면 이곳에서 패수 물줄기를 따라 유성으로 올라갈 것이오."

"유성으로? 대막리지께서는 유성에 군사를 보내지 말라는 호태왕의 명을 어길 셈이오?"

"천만에! 유성에 들르지 않고 곧장 패수 물줄기를 따라갈 것이오."

놀라는 고연수를 보며 연개소문이 빙긋 웃었다. 그러고는 강줄기를 그리고 손으로 짚어가며 설명했다.

"유성을 지나 패수를 거슬러 올라가면 곧장 장성이 있는 남서로 향하게 되니 쉽게 이곳까지 닿을 수가 있소. 패수는 우리가 다니는 길에서 200여 리가 넘게 떨어져 있는 데다가 높은 산과 울창한 나무로 막혀 있으니 저들이 군사를 보내 찾으려 해도 우리가 나가는 길을 미리 알지 못하면 결코 찾지 못할 것이오."

군사를 움직이는 것은 무엇보다 적이 모르게 해야 한다. 15만이나 되는 군사를 적이 모르게 움직인다는 것은 몹시 어려운 일이나 대막리지의 설명을 듣고 보니 그럴듯했다.

"이곳에서 작은 고개를 넘어서면 요수(요하, 난하)의 한 줄기를 만나게 되오. 이 도산을 돌아 250리를 나가면 어렵지 않게 장성에 닿게 되는데, 저들의 본진이 있는 곳에서 이곳 성벽까지는 대충 450여 리가 되오. 이곳에서 장성을 넘어서면 모두가 벌판이니 수레를 끌고 가는 것도 어렵지 않소이다."

"하지만 유성을 지나 패수를 거슬러 올라가는 길에는 험한 벼랑과 울창한 나무가 많아서 움직이기가 어렵소. 수레까지 끌고 가기에는 마땅치 않은 길이오. 혹시 돌궐을 지나가려는 것이오?"

"유성에 들어가지 않듯이 돌궐 땅도 지나지 않을 것이오. 섣달 중순이 되면 유성 위의 패수는 단단히 얼어붙어 얼마든지 수레가 다닐 수 있소."

대막리지는 미리부터 모든 준비를 해왔음이 분명했다. 이제는 고연수도 모든 일이 대막리지의 생각대로 될 것임을 굳게 믿었다.

"저들이 미리 우리 군사의 움직임을 알 수 없다면 이렇게 먼 곳까지 많은 군사를 보내지는 못할 것이오."

"그렇소. 가장 중요한 것은 우리 군사들을 먼저 속이는 것이니 욕살께서도 가슴속 깊이 담아두시오."

이어서 연개소문은 장성을 넘는 것까지 일러주었다.

"정월 초아흐렛날 아침 장성을 넘을 것이니 욕살께서도 그날에 맞춰 군사를 움직이되 싸움새를 벌이기만 하고 공격하지는 마시오. 보름쯤 되면 저들의 깃발이 절로 어지러워질 것이니 그때야 비로소 장성을 들이치시오. 그러나 이때도 적이 순순히 물러서지 않으면 공격을 멈추고 며칠 더 기다려보시오."

"성을 들이치다 멈추면 쓸데없이 저들의 사기만 올려주는 꼴이 되지 않겠소?"

"그래도 기다리시오. 우리가 이쪽으로 돌아올 것이니 뒤를 찔린 오랑캐들은 싸울 뜻을 잃고 도망칠 것이 틀림없소. 언제라도 적이 스스로 물러가기를 기다릴 것이며 함부로 뒤쫓지 말고 쉬엄쉬엄 공격하시오."

"알겠소이다. 정월 초아흐렛날 아침에는 남부욕살과 함께 싸움새를 벌이고 보름날부터는 장성을 공격하겠소. 군사들이 나가는 길에 어려움이 없기를 빌겠소이다."

이튿날 고연수가 10만 군사를 거느리고 패수를 건너 두 개의 산성을 쌓으러 갔다.

미리 준비를 하고 있었던 당나라 군사들은 고구려군보다 훨씬 빠르게 달음질쳐서 장성 저쪽으로 물러났다. 연재규의 선봉군은 한 번도 싸우지 않고 장성에까지 다다랐다. 여러 곳을 살펴서 당나라 군사들이 모두 장성 안으로 들어갔음을 확인하고 뒤따라온 고혜진의 본진과 함께 북평성으로 들어갔다.

성문과 그 언저리가 크게 부서졌으나 성벽은 거의 그대로 남아 있었다. 다만 성안에 있던 집은 모조리 불타고 무너져 새로 지어야 했다.

"생각보다 크게 부서진 것은 아니오. 성문부터 새로 만들고 나무를 베어다 집을 지읍시다. 돌 걱정은 하지 않아도 되니 더욱 다행이오."

"그렇습니다. 대막리지께서 말씀하신 대로 한 달이면 성을 쓸 만하게 고쳐낼 수 있을 것입니다."

다행스러워하는 고혜진의 말에 연재규도 맞장구를 쳤다. 이날부터 고구려 5만 군사는 부지런히 나무를 베어들여 집을 짓고 차곡차곡 빈틈없이 돌을 쌓아서 부서진 성을 고치기 시작했다.

"어디까지 믿어야 한다는 말이냐?"

오늘도 센바람이 바다 쪽으로 불어간다. 이른 아침부터 장성에 올라 찬바람을 맞받으며 서 있던 이도종이 중얼거렸다. 이도종은 이세민이 10만 군사를 데리고 장안으로 돌아간 뒤 30만 군사를 거느리고 이곳 장성을 지키고 있었다.

"이곳을 잘 지켜 어떤 일이 있더라도 적이 장성을 넘지 못하게 하라. 조정 벼슬아치나 길가에 엎드린 백성들은 갈대처럼 바람 부는 대로 아무 쪽으로나 쉽게 기운다는 것을 잊지 말라."

눈물겹게 서글픈 명령이었다. 조선나라 고구려에 도전했다가 100만이 넘는 군사가 떼죽음을 당했다. 조선에 도전한 죄를 묻기 위해 고구려군이 장성을 넘어 몰려온다면 당나라의 운명은 그것으로 끝이다. 이세민도 수 양제처럼 부하들의 손에 죽을지 모른다.

"성벽이 모두 깨져나가도 적들은 장성 안으로는 단 한 발자국도 들어서지 못할 것입니다."

이도종은 온몸이 부서지더라도 반드시 장성을 지켜낼 것을 뼛속 깊이 새기고 굳게 다짐했다.

연개소문의 욕심이 장성 바깥에서 멈추지 않으리라는 것은 불을 보듯 뻔한 일이다. 그가 얻으려는 것은 당나라 군사들의 주검이 아니라 장성을 넘어서 이어지는 넓은 땅이다. 오랑캐 토벌과 서토 평정을 외쳐왔으니 장안까지 엿볼지도 모른다.

고구려군은 바닷가를 따라 걷는 것이 군량이나 병장기를 들여오기 쉽기 때문에 이도종이 몸소 지키고 서 있는 이곳을 넘으려 들 것이다. 하지만 패수 쪽으로 거슬러 올라와서 장성을 넘는 길도 생각하지 않을 수가 없었다.

"연개소문은 군사를 아끼기 때문에 오히려 그곳으로 장성을 넘을지 모른다. 그러나 우리 눈에 띄기만 한다면 말짱 헛수고가 될 것이다."

이도종이 부하장수를 불러 무어라 명령을 내리자 전령이 달려가고 3만 군사가 움직여갔다.

열흘이 지났다.

어둠이 내린 지 두 시각이 지났으나 이도종은 서쪽 하늘을 바라보며 움직이지 않고 있었다. 이도종뿐 아니라 많은 장수들도 목을 빼고 무엇인가를 기다리고 있는 모습이다.

"봉화가 올랐다!"

누군가가 기쁨에 넘쳐 소리쳤으나 다른 사람들은 모두 입을 다문 채 여전히 무엇인가를 기다리고 있었다.

한참이 지나서 불빛이 없어지더니 다시 봉화가 오르다 사라졌다.

"도산 쪽으로 장성을 넘으려 든다면 연개소문은 스스로 어리석음을 알게 될 것이다."

비로소 이도종이 기쁜 얼굴로 말했다.

"저들이 도산 아래 다다른 뒤에 군사를 보내도 늦지 않습니다. 저 약은 줄만 알고 설치던 연개소문이 장성 밑에 주저앉아서 제 가슴을 치는 꼴이야말로 볼만할 것입니다."

"비로소 하늘 위에 하늘이 있음을 알게 될 겁니다."

부하장수들도 나서서 이도종의 지략이 뛰어남을 낯간지럽게 치켜세웠다.

"아무리 좋은 그릇도 한 번 금이 가면 결국 깨지고 만다. 더욱 조심해서 적을 막아야 한다."

이도종은 들뜨지 않고 엄하게 명령을 내렸다.

도산에서 날마다 전해지는 소식은 적이 보이지 않는다는 것이었다. 눈앞의 북평성에서도 성을 고치는 데 온통 힘을 쏟아부을 뿐 장성으로 밀려올 조짐은 없다. 그러나 아무리 생각해도 쉽게 그만두고 돌아설 연개소문이 아니다. 그자가 군사를 아낀 것은 반드시 장성을 넘을 생각이었기 때문일 것이다.

'연개소문이 장성을 넘는다면 큰일이다. 내가 비록 30만 군사로 맞서고 있으나 적과 싸워 이길 것이라고 장담할 수는 없는 일이다. 장안에는 이곳까지 내보낼 군사가 없다. 당나라의 모든 힘을 다 들인 고구려 도전에 실패했으니 나라가 어지러워지고 도처에서 도둑이 일어날 것이다. 수나라가 망한 길을 그대로 따라가고 말 것이다.'

날마다 깊은 시름에 잠겨 있던 이도종이 문득 화들짝 놀라며 벌떡 일어섰다.

"큰일이다. 내가 왜 그 생각을 못했던고?"

이도종은 곧바로 부하장수 몇을 불러 명령을 내렸다.

"그대들은 곧바로 곳곳에 있는 봉화대 군사들에게 내 명령을 전하고 봉화대마다 군사를 남겨두고 장수들도 함께 그곳에서 내 다음 명령을 기다려라. 오늘부터는 어떤 일이 있어도 봉화를 올리지 못한다. 바로 앞에서 봉화가 올라도 눈을 감고 못 본 척할 것이며, 고구려군이 눈에 보이면 봉화대를 지키지 말고 그냥 그대로 도망치게 해라. 내가 다시 봉화를 올려도 좋다는 명령을 내리기 전에 봉화를 올리는 자는 그 가족들까지 모조리 죽여버릴 것이다. 탁군은 물론 선수 남쪽에까지 빠짐없이 달려가 어김없이 전하고 함께 봉화대를 지켜라."

곳곳의 봉화대를 향해 열 명의 장수가 천 명의 군사를 이끌고 달려갔다. 이제는 고구려군이 장성을 넘는다 해도 장안에까지 소식이 전해지지는 않을 것이다. 이세민도 걱정하지 않고 민심도 흔들리지 않을 것이다.

"급한 불은 껐으나 정작 큰불은 따로 있다."

봉화대로 군사들이 달려간 뒤 이도종은 다시 중얼거리며 애써 적을 맞을 궁리를 했다. 골똘히 생각에 잠겨 있던 이도종은 문득 깨달아지는 것이 있었다.

그렇다! 춤추듯 달려간 이도종은 지도를 펼쳐놓고 밤을 새웠다. 이튿날 날이 밝기가 바쁘게 울지경덕을 불러 명령을 내렸다.

"장군은 10만 군사를 이끌고 가서 이곳에 표시한 대로 황량대(謊糧臺)를 쌓으시오."

이도종이 준 지도에는 난하에서 선수에 이르기까지 붉은 점 30개와 푸른 점 70개가 표시되어 있었다.

울지경덕이 이세민을 따라 장안으로 돌아가지 못한 것은 누구보다도 임기응변에 능한 장수였기 때문이다. 이정이 길러낸 서토 최고의 개마대 장수인 울지경덕은 여동에 쳐들어갔을 때 현갑군 5천을 거느리고 이세민을 곁에서 지켰다. 여동군 개마대와 부딪쳤을 때 잽싸게 물러나 헛된 죽음을 당하지 않았다. 비록 또 쫓겨오기는 했으나 재빨리 방패를 찾아들고 다시 싸움에 나섰으니, 때에 따라 재빠르게 나가고 물러갈 줄 알고 어떤 어려움이 닥치더라도 뚫고 나갈 수 있는 장수였다.

"한 곳에 수십 개씩 황량대를 쌓고 군량을 쌓은 것처럼 겉모습을 그럴듯하게 잘 꾸미시오. 푸른 점을 찍은 곳은 흙을 쌓아 만들고, 붉은 점을 찍은 곳 또한 겉보기는 똑같이 만들되 많은 군사가 들어갈 수 있게 하고 그 안에 식량 따위를 넣을 수 있도록 만드시오."

이도종은 또 하나 중요한 명령을 덧붙였다.

"곳곳에서 천 명씩 군사를 뽑아 잘 훈련시켜서 함께 황량대를 지키고 필요에 따라 어느 싸움터에나 나가 싸울 수 있게 하시오. 또한 선수 남쪽 300리에까지 군사를 보내 적어도 10만 군사를 모아서 선수의 남쪽에 이르게 하시오. 기한은 이달 말까지니 서두르시오."

"잘 알겠습니다. 그러나 그 많은 군사를 모으고 훈련까지 시키기에는 시간이 많이 모자랄 것입니다."

"군사들을 사납게 다그치면 그리 어려운 일도 아니오. 창을 들어 싸우는 것 못지않게 중요한 일이니 마음가짐을 새롭게 해야 할 것이오. 서둘러서 낮에는 떠날 수 있도록 하시오."

"곧바로 준비를 하겠습니다."

낮이 되자 울지경덕이 10만 군사를 끌고 달려갔다.

며칠이 지났다. 날마다 성루에 올라 멀리 북평성 쪽을 바라보던 이도종은 궁금해서 참을 수가 없었다. 다른 때 같으면 유성을 드나드는 장사치들을 통해서라도 고구려군의 동태를 어느 정도 짐작해볼 수 있었겠지만 지금은 풍랑이 심한 겨울철이다. 뱃길이 끊겨 장사치들도 움직이지 않는다. 이도종은 한 장수를 불러 명령을 내렸다.

"그대는 적에게 가까이 다가가 저들이 성 쌓는 것을 잘 보고 오너라."

다음 날 저녁 장수가 돌아왔다.

"성을 튼튼하게 고치고 있었습니다. 또한 군사들이 베어들이는 나무도 거의가 집을 지을 수 있는 것들이지 그저 불이나 피울 것은 아니었습니다."

장수가 잘못 보지 않았다면 고구려군은 북평성을 나와서 장성을 넘으려고 할지라도 아마 날이 풀리는 내년 봄에나 움직일 것이다. 20여만 명이 어딘가에서 겨울을 나고 있다면 눈에 띄지 않을 수가 없을 텐데 군사를 풀어 찾아보아도 얻어걸리는 것이 없었다.

혹, 군사를 되돌려 돌아갔는가? 그렇게 쉽게 물러날 연개소문은 아니었으나 눈에 띄지 않고 아무런 움직임이 없으니 그렇게 믿고도 싶었다. 벌써 보름이 넘었다. 겉보기에는 부서진 성벽을 손질하는 것도 대충 끝나가는 것 같았다. 나무를 베어 나르는 군사들의 움직임이 빨라진 것을 보니 불을 피울 나무를 해들이는 모양이었다.

궁금증을 견디지 못한 이도종은 다시 날랜 장수 열 명을 뽑았다.

"너희들은 말번지기와 함께 가서 고구려 군사를 붙잡아 지금 무엇을 하고 있는지, 연개소문은 어디서 무슨 일을 하고 있는지 알아보아라. 적의 눈에 띄지 않도록 조심하고 너무 멀리 가지 말고 열흘 안으로 돌아오너라."

뽑힌 장수들은 그날 밤 성벽을 타고 내려가 고구려군이 드나드는 산으로 들어갔다.

낮이 되자 고구려 군사들이 산으로 들어와 떠들어대며 나무를 베어 나르기 시작했다. 말번지기와 함께 산등성이에 숨어 있던 장수 하나가 먼눈으로 살펴보니 고구려 군사들이 한 커다란 바위 뒤로 돌아와 한참씩 쪼그리고 앉았다가 돌아갔다. 장수는 덤불더미로 몸을 가리고 그 커다란 바위 쪽으로 다가갔다. 오래지 않아 고구려 군사가 또 하나 바위 뒤로 돌아와 엉덩이를 까고 냄새를 풍기며 볼일을 보았다.

이때다! 슬금슬금 다가간 장수가 고양이처럼 뛰어오르자 급소를 찔린 고구려 군사는 앉은 채로 정신을 잃었다. 장수는 매가 병아리를 채듯 번쩍 들어서 어깨에 메고 산등성이를 넘어왔다.

"거짓말을 했다가는 살아남지 못한다. 연개소문은 어디에 있느냐? 평양으로 돌아갔느냐?"

아무리 을러대도 여느 군사 따위가 대막리지 있는 곳을 알 리가 없었으니 대답이 시원스럽지 못했다. 고혜진의 군사가 떠나올 때 대막리지가 이끄는 20만 군사는 패수를 건너지 않았을뿐더러 평양으로 돌아간다는 소문도 없었다.

"며칠 뒤 성을 고치는 일이 끝나면 연재규 장군이 2만 군사와 함께 남아 성을 지키고 남부욕살 전하는 3만 군사를 이끌고 구려하를 건너 돌아간다고 했습니다."

"너도 돌아가느냐?"

지나는 말로 물었으나 고구려 군사는 주르르 눈물을 흘리며 애원했다.

"이놈도 욕살 전하를 따라 돌아가게 되어 있습니다. 제발 살려주십시오!"

엉엉 울며 손바닥이 닳게 빌었다.

"걱정 말아라. 네놈 하나 죽여서 좋을 것도 없다. 다만 네놈이 거짓말만 하지 않으면 된다."

"예, 예! 어찌 거짓말을 아뢰겠습니까? 무슨 말이든 다 하겠습니다."

"여기에 와 있는 군사들은 모두 어디에 속해 있느냐?"

"요동성주가 2천 군사를 데리고 왔을 뿐, 다른 사람은 모두 여동군으로 남부욕살에게 속해 있습니다."

"요동성주가 2천 군사를 끌고 왔다는 것이 말이나 되느냐?"

호통을 쳤으나 고구려 군사가 도리어 펄쩍 뛰었다.

"정말입니다. 요동성주는 전임 고승학의 아우인 고승연이 뒤를 이었고 연재규 장군은 이곳 북평성을 지키기 위해 왔습니다. 이들이 자기 살 곳이라고 집을 잘 지어라 어째라 미리부터 텃세를 부리는 통에 모두들 '평생 변방에 처박혀 살아라' 욕을 하고 있습니다."

"그래? 집은 몇 채나 지었느냐?"

"스무 명이 들 수 있는 것으로 모두 150채를 지었습니다. 사람이 자는 방에는 모두 구들을 놓았으므로 따뜻해서 아주 좋습니다."

"달리 더 할 말은 없느냐?"

"아는 대로 다 말씀드렸습니다. 그저 살려만 주십시오."

다시 제정신이 돌아온 듯 고구려 군사가 손이야 발이야 빌었다.

"흥, 네놈은 여태 쓸데없는 소리만 지껄였다. 아까 다른 군사들을 잡아 물어보았는데 네놈 말과 달랐다. 네놈이 거짓말을 하는데 우리가 어떻게 인정을 베풀 수 있겠느냐. 네놈이 무엇을 속였는지 아직도 모르겠느냐?"

그냥 얼러보는 소리였으나 고구려 군사는 안타깝다는 듯 고개를 저었다.

"그것은…… 그냥 헛소문입니다! 절대로 그럴 리가 없습니다!"

"어째서 헛소문이란 말이냐? 살고 싶거든 바른대로 대라."

"대막리지 전하와 북부욕살 전하가 군사를 나누어 100리마다 성을 쌓고 있다는 것은 보급품을 나르는 군사들이 우리를 놀려먹으려고 거짓말을 한 것으로 밝혀졌습니다. 생각해보십시오. 여기 북평성은 이미 있는 성을 조금 고치는 것에 지나지 않지만 새로 성을 쌓으려면 몇 해가 걸릴 터인데 이 추운 겨울에 어떻게 성을 쌓겠습니까? 모두 돌아갔다가 내년 봄에 다시 와서 성을 쌓아도 될 것입니다."

"그들이 왜 그런 거짓말을 하여 너희를 놀렸겠느냐?"

"우리가 북평성을 고친 다음 여동으로 돌아갈 것이라는 소리를 듣고 한 군사가 '모두가 곳곳에 성을 쌓고 있는데 돌아가기는 어디로 간단 말이냐? 너희들은 어디가 되었건 또다시 산성을 쌓는 일을 맡게 될 것이 뻔하다. 차라리 이곳에 남아 성을 지키는 군사들이 열 번 더 편하고 좋을 것이다'라고 해서 헛소문이 퍼졌습니다만, 그 군사는 우리를 놀리려고 그런 거짓말을 했다고 자백했습니다."

"되었다. 그만 돌아가거라."

"고맙습니다! 고맙습니다!"

살려주어 고맙다고 절하던 군사가 뻣뻣하게 굳었다. 처음부터 살려줄 생각이 아예 없었던 당군 장수가 손을 써 숨을 끊어버린 것이다. 장수는 말번지기에게 고구려 군사의 주검을 떠메게 했다.

"조그마한 자취도 남겨서는 안 된다. 놈들은 하나쯤 돌아오지 않아도 배고픈 짐승이 물어간 줄 알 것이다."

주검은 한참이나 더 떠메고 가다가 낙엽더미 속에 묻었다.

"고생이 많았다. 그대는 돌아가서 푹 쉬어라."

이도종은 소식을 가져온 장수를 위로했다. 그가 전한 말이 그대로 들어맞는 것 같았다.

며칠 뒤부터는 산으로 나무를 하러 다니는 군사들의 수가 눈에 띄게 줄었다. 고구려군 3만이 여동으로 돌아갔거나 아니면 뒤쪽으로 가서 다른 성을 쌓고 있을 것이다.

나머지 장수들도 여드레가 되기 전에 모두 돌아왔다.

"이곳에서 북쪽으로 150여 리 되는 곳에 산성을 쌓고 있었고, 다시 100여 리 되는 곳에서도 산성을 쌓고 있는 것을 보았습니다. 산성은 둘 다 둘레가 10여 리에 이르고, 이미 나무를 베어내고 기초를 다지고 있습니다. 성벽을 모두 돌로 쌓으려는 듯 많은 군사들이 돌을 캐 나르고 있었는데, 성을 쌓는 군사들의 수는 5~6만쯤 되는 것으로 보였습니다. 돌아오다가 3만여 군사가 북쪽으로 물러가는 것을 보았는데, 7~8천 정도는 이곳에서 150여 리에 산성을 쌓는 곳으로 가서 함께 일하고 있습니다."

고구려 군사의 말대로 고구려군은 여러 곳에 성을 쌓고 있다. 성을 쌓는다는 것은 쉽게 장성을 넘으려 하지 않을 거라는 의미로 보아도 될 것이다. 게다가 이세민에게서 전령이 왔다.

강하왕, 그대가 보이지 않으니 허전하구나. 위급하지 않거든 곧 돌아오라.

이세민의 서찰을 가져온 장수도 내용에 대해서는 전혀 모르고 있었다. 그저 태평스럽게 이세민이 이도종에게 싸움에 대한 명령을 내리거나 안부를 묻는 것이려니 할 뿐이었다.

서둘러 돌아가야 한다! 황상은 고구려군보다 장안의 백성과 조정의 벼슬아치들을 두려워하신다! 이세민이 자신을 부르는 것은 자기 한 사람이 필요해서가 아니다. 겨우 10만 군사만을 데리고 돌아갔다가는 많은 백성들이 고구려 도전에서 크게 진 것을 알아챌 테고, 간 큰 도둑들은 양광 때처럼 반란을 일으킬 것이다. 이도종은 10만 군사를 이끌고 하루바삐 돌아가기로 결정했다.

울지경덕이 황량대를 다 쌓고 군사들도 끌어모아 훈련을 시키고 있다는 보고를 해왔다. 눈앞의 고구려군도 아직은 움직일 조짐이 보이지 않는 데다, 도산으로 나가 있는 군사들한테서도 적이 보이지 않는다는 소식만 날마다 전해지고 있었다.

검모잠과 봉홧불

군사들을 이끌고 유성으로 출발하기 전 대막리지는 호위군사 가운데 날랜 자 500명을 따로 뽑아 선발대로 내보냈다.

"저들은 틀림없이 도산에서부터 우리가 오는 것을 찾아내려고 할 것이다. 우리가 가는 것을 밤낮으로 지킬 것이나 봉화대는 우리 눈에 띄지 않게 숨겼을 것이므로 몰래 도산을 돌아가거라. 봉화대를 찾아내더라도 사흘은 몰래 숨어서 저들이 하는 짓을 지켜보아라."

대막리지의 호위장수 가운데 하나인 국철웅이 선발대를 이끌고 달려갔다. 선발대는 유성에 이르자 타고 온 말을 숙군성에 맡기고 소 30마리에 길마를 지워 길을 떠났다. 소잔등에 실린 것은 군사들의 식량과 밤에 덮고 잘 짐승가죽뿐이었다. 바오달도 화덕도 없었다. 군사들도 활과 칼만 짊어졌을 뿐 가벼운 차림이었다. 도산 앞 100여 리에 이르러서는 소마저 돌려보내고 모두 짐을 나눠지고 걸었다. 얼어붙은 강을 따라 걷는 데다 모두 흰옷을 둘러쓰고 있었으므로 먼 곳에서 알아보기 어려웠다.

선발대 군사들은 서쪽으로 도산을 멀리 돌아가 남쪽 기슭에 숨어들었다. 남쪽이라 눈이 모두 녹고 없었다. 여기서부터는 흰옷을 벗고 짐승가죽을 둘러썼다. 갈색이라 쉽게 눈에 띄지 않았다. 혹시 눈 밝은 자가 보아도 짐승으로나 여길 것이다.

도산 봉우리에서 10여 명 군사들의 모습이 보였으나 아무런 눈치도 채지 못하고 해 질 무렵에 산을 내려가 봉화대로 갔다. 봉화대를 지키는 군사들도 별다른 움직임이 없었다. 밤이 되어 어둠이 내리자 도산 봉화대에서 불길이 일어났다.

모두들 숨죽여 지켜보는 가운데 봉화가 타오른 것은 뜨거운 차를 거푸 두 잔 마실 시간에 지나지 않았다.

다시 그만큼 시간이 지나자 불길이 또 일어났다.

"바로 이것이다. 잘 지켜보아라."

이번에 일어난 불빛도 얼마 지나지 않아서 꺼졌다. 그것으로 끝이었다. 밤이 지나고 날이 밝을 때까지 봉화는 다시 오르지 않았다.

이튿날 떠오르는 아침 해와 함께 새해가 밝았다.

"섣달 그믐밤에 잠자면 안 된다더니 꼬박 밤을 새웠구나."

"새해가 밝았다. 우리는 새해 꼭두부터 서토 오랑캐를 토벌하고 서토 평정에 나선다."

화덕도 없이 짐승가죽만 뒤집어쓰고 밤을 지낸 군사들이었으나 마음만은 뜨거웠다. 마른 음식으로 끼니를 때우고 얼음을 깨물어먹어도 즐거웠다.

낮에도 번갈아 오랑캐의 움직임을 지켜보고 잠을 자두었다. 지루한 기다림 끝에 다시 어둠이 내리고 당나라 군사들의 봉화놀음이 시작되었다.

"아니, 저건 또 뭐지?"

"큰일이다! 우리가 들켰나 보다!"

선발대 군사들은 크게 놀랐다. 봉화가 어제처럼 두 번으로 끝나는 줄 알았는데 갑자기 또 한 번 불이 밝혀진 것이다.

"모두 입을 다물고 조용히 해라."

군사들은 흠칫 몸을 떨었다. 깊은 무덤 속에서 울려나오는 것처럼 어둡고 싸늘한 목소리.

"밤에는 작은 소리도 멀리 가는 법, 쓸데없이 오랑캐를 건드리지 마라."

귀에 대고 속삭이는 것처럼 나직한 소리에 군사들은 저도 모르게 좌우를 두리번거렸다. 500명의 군사 누구의 귀에나 똑똑하게 들렸으나 희부연 어둠 속에서는 아무것도 알아볼 수 없었다.

"대막리지 전하께서 며칠 동안 지켜보라고 하신 것은 바로 이 때문일 것이다."

귀신 같은 목소리가 갑작스레 봄바람처럼 부드럽고 따뜻하게 바뀌었다.

검은마름쇠다! 몇몇 군사들은 목소리의 주인을 알아차렸으나 그 수는 20명도 못 되었다. 안다고 해도 다른 사람에게 함부로 떠들 수 없는 것이 바로 검모잠의 정체였다.

선발대 500명의 군사는 모두 대막리지의 호위군사였으나 검모잠의 정체를 제대로 아는 사람은 대장 국철웅뿐이었다. 어렴풋이 짐작하는 군사들도 자신들이 지어 부르는 별명인 검은마름쇠의 정체를 몰랐다. 검은마름쇠라는 것도 빈틈이 없고 바늘 끝처럼 날카로운 데다 어둠처럼 흔적이 없다고 해서 절로 얻어진 별명일 뿐, 군사들은 검모잠에 대해 아는 것이 없었다. 밤낮을 가리지 않고 대막리지 부부의 침실에까지 스스럼없이 드나드는 매우 특별한 사람이라는 것과 장수들도 깍듯하게 대하는 것으로 보아 그 지위를 짐작할 뿐이었다. 처음에는 검모잠의 날렵한 몸과 크고 깊은 눈, 오뚝한 콧날과 갸름한 얼굴만 보고 파사 곡예단을 따라온 여인으로 착각한 군사들도 있었다.

"오랑캐라고 해서 모두 바보는 아니다. 장성을 넘어 서토를 되찾는 일이 맨 먼저 우리 선발대의 어깨에 걸렸으니 더욱 조심해야 한다."

이튿날 밤에는 봉화가 두 번 오르고 그쳤다. 그 변화를 알려면 며칠을 더 두고 봐야 했으나 시간을 너무 허비할 수도 없었다. 패수를 거슬러오는 대막리지의 본진이 도산에서 감시하는 오랑캐의 눈에 띄어서는 안 되기 때문이다.

국철웅의 명령에 따라 군사들은 그림자처럼 산을 타기 시작했다. 은신술을 배운 호위대 군사들인지라 흐릿한 별빛만으로도 거침없이 움직였고 가랑잎 밟는 소리도 들리지 않았다.

봉화대를 지키는 오랑캐는 50여 명에 지나지 않았으나, 하나라도 놓쳐서는 안 된다. 또한 다른 곳의 오랑캐가 놀라지 않도록 소리 없이 해치워야 한다. 500명의 군사가 봉화대와 군막을 빈틈없이 에워싸 개미새끼 한 마리 빠져나가지 못하게 했다.

봉화대 밑에는 모닥불을 피우고 둘러앉은 군사가 열다섯 명이나 되었고, 산기슭을 따라 하나씩 흩어져 있는 세 개의 군막 안에서도 잠자지 않고 떠드는 소리가 시끄러웠다. 군막 안에 피운 불 때문에 연기를 쐬고 콜록거리며 기침하는 소리도 요란했다. 따뜻한 낮에 낮잠을 많이 자서 오히려 밤에는 잠이 쉬이 오지 않는가 보았다. 모두 잠들기를 기다릴 새가 없었다. 오늘 밤 안으로 10여 리 저쪽에 있는 봉화대까지 손에 넣어야 하기 때문이다.

"내가 혼자 가서 살펴볼 터이니 모두 기다리시오."

검은마름쇠는 선발대장 국철웅의 허락도 받지 않았다. 몇 걸음 앞으로 나가던 검모잠이 선발대의 눈앞에서 연기처럼 사라졌다.

놀랍다! 역시 검은마름쇠다! 이제 오랑캐들은 귀신에게 당하는 것처럼 죽는 줄도 모르고 죽어갈 것이다!

검은마름쇠는 금방 돌아왔다.

"군막 안에 있는 오랑캐들이 〈조선가〉를 부르고 있소. 목숨을 해치기보다는 사로잡아야 할 것이오."

"인정에 끌리다가는 일을 그르치기 마련이오. 심문하기 위한 몇 명만 남기고 나머지는 모두 죽여야 하오."

"하나라도 시끄럽게 굴면 큰일입니다. 깨끗이 죽여야 합니다."

국철웅이 먼저 반대했고 군사들도 오랑캐를 죽여야 한다고 주장했다. 그러나 검모잠은 뜻을 굽히지 않았다. 나는 새도 품 안에 들어오면 잡지 말라고 했다. 하물며 오랑캐들이 〈조선가〉를 부르며 천지신명에게 목숨을 빌고 있다. 하늘인들 감응하지 않을 것인가.

"국 장군, 내가 손을 쓰지 못하면 그때 가서 목숨을 해쳐도 좋소."

군사들이 모닥불을 향해 활을 겨누고 군막까지 덮칠 준비도 마쳤다. 다시 한 번 검모잠의 모습이 연기처럼 사라졌다.

모닥불을 둘러싼 군사는 모두 열다섯 명, 소리 없이 잠재우기에는 벅찬 수다. 투구 대신 짐승가죽을 둘러쓰고 있는 것이

다행이지만 그래도 정확히 맥을 누르기가 쉬운 일은 아니다.

남의 고향집 이야기를 듣고 있던 군사들이 10여 명이나 차례로 뻣뻣이 굳었으나 눈치챈 자는 없었다. 검모잠이 옆으로 돌아가며 또 한 군사의 목뒤를 찔렀다.

"엇!"

곁에 있던 군사가 놀라는 소리를 냈다. 순간, 검모잠의 몸이 쏜살같이 뛰어오르며 소리 낸 자와 그 곁에 있는 자의 목을 후려치고 신나게 떠들던 자의 몸을 덮쳤다. 부싯돌이 반짝이는 것만큼 짧은 시간에 셋을 잠재운 것이다.

소리 없이 나타난 군사들이 오랑캐 군사들의 옷을 벗기고 그 붉은 옷을 덮어썼다.

군막 문을 젖히고 들어서자 모닥불을 쑤시며 불길을 돋우던 군사 하나가 말을 건넸다.

"벌써 교대할 때가 되었나?"

"그래!"

"밖에 나가면 등이 시려 죽겠다니까. 고구려놈들이 오기는 어디를 온다고 이 지랄인지 모르겠어!"

밖에서 들어선 군사 셋이 대꾸 대신 군사들 곁을 비비고 앉으려는가 보았다.

"젠장, 우리가 일어난 뒤에나……."

투덜대던 군사는 끝까지 말을 잇지 못하고 헉 소리와 함께 뒤로 쓰러지고 말았다. 검은마름쇠의 신호에 따라 군사들이 소리 없이 군막 안으로 스며들었다.

"이자들도 잘 묶어야 해."

구석에 박혀 잠을 자는 군사까지 모두 묶고 재갈을 물렸다. 봉화대 밑에서 붙잡은 군사들까지 메고 와 한곳에 부려놓았다. 바오달 셋을 모두 처치하는데 뜨거운 차 한 잔을 마실 시간도 걸리지 않았다.

잠자다 끌려온 자들도 모두 땅바닥에 수없이 머리를 박으며 살려달라고 빌었다.

"너희들은 짐승이나 다름없는 서토 오랑캐로서 감히 조선 땅 아사달에 더러운 발자국을 남겼다. 모두 한칼에 베어 죽여야 마땅하나 너희 무리 중에 〈조선가〉를 부르는 자들이 있었으므로 모두 살려주겠다. 그래서 하나도 죽이지 않고 모두 사로잡은 것이다."

"정말입니까? 고맙습니다! 고맙습니다!"

당나라 군사들은 살려주겠다는 소리에 모두들 좋아서 어쩔 줄 몰라 했다. 〈조선가〉를 부르면 살아남을 수 있다던 말이 정말이었다고 가슴을 쓸어내렸다. 어디 어느 곳에 사는 우리 가족들도 모두 조상 대대로 〈조선가〉를 불러왔다는 소리까지 덧붙였다.

"봄이 오기 전에 모두 고향으로 돌려보낼 것이다. 고향집에

가 있다가 고구려 군사를 만나거든 〈조선가〉를 부르며 목숨을 살리라고 너희 입으로 전하라."

목숨을 살려줄 뿐만 아니라 고향으로 보내준다는 말에 당나라 군사들은 지옥에서 부처님을 만난 듯 고마워했다. 수나라 때에도 고구려군은 〈조선가〉를 부르는 포로들을 모두 고향으로 돌려보냈다는 것을 잘 알기 때문에 털끝만치도 의심하지 않았다.

당나라 군사들은 장성까지는 10리마다 하나씩 모두 열 개의 봉화대가 있고, 아무 이상이 없으면 초저녁에 봉화를 올리며, 고구려군을 보면 아무 때나 크게 불이나 연기를 피워올리기로 되어 있다고 가르쳐주었다.

"봉화를 올리는 방법은?"

"아무 일 없으면 차 한 잔 마실 동안만 올리는데 홀수 날에는 세 번, 짝수 날에는 두 번씩 올립니다. 제대로 시간을 지키지 않거나 올리는 횟수가 틀리면 무조건 고구려군이 나타난 것으로 알고, 장성 너머에 있는 원광효 장군의 군사가 모두 장성으로 올라오고 동쪽 바닷가에서도 군사들이 달려오게 되어 있습니다."

고구려군한테서 몰래 도망친다고 해도 봉화대를 빼앗겼다는 죄를 받아 그냥 죽을 목숨이다. 붙잡힌 당나라 군사들이 목숨을 구하려면 고구려군의 도움을 받아 나중에 장사치들의 배를 타고 몰래 고향으로 돌아가는 수밖에 없다. 당군들은 자신이 살아남기 위해서라도 고구려군의 승리를 빌어야 하게 되었다.

당나라 군사들은 다음 봉화대까지 안내하겠다며 앞장섰다. 봉화대가 열 개나 된다니 오래 꾸물거릴 여유도 없었다. 사로잡은 당군들을 지키며 밤마다 봉화를 올릴 스무 명의 군사만 남겨놓고 검모잠은 선발대와 함께 밤길을 재촉했다. 봉화대를 지키는 당군들이 군량을 운반하며 길을 내두었으니 밤길을 걷는데도 어려움이 없었다.

나흘 동안 장성 앞까지 열 개의 봉화대를 모두 손에 넣었다. 도산에서 장성에 이르는 봉화대는 모두 고구려 군사들의 차지가 되었고 도산 100리 언저리에 제 뜻대로 움직이는 당나라 군사는 하나도 없었다.

도산에서 날마다 전해지고 있는 소식은 이미 고구려군이 보내는 것이었지만, 이를 까맣게 모르는 이도종은 10만 군사를 이끌고 장안으로 돌아가기로 마음먹었다. 자칫 잘못하여 고구려군이 장성을 넘는다 해도 모든 준비가 되어 있다고 생각한 것이다.

이도종은 굴돌통을 불러 침통한 낯으로 뒷일을 당부했다.

"황상께서 이 몸을 부르시니 10만 군사를 이끌고 돌아가야 하겠소. 장군은 20만 군사로 장성을 지키되 바깥으로는 한 발자국도 나가지 마시오. 지난날 대장군 우문술은 60만 대군으로 장성을 지키면서도 팔뚝 하나도 바깥으로 내밀지 않았소. 고구려 군사들이 갖은 욕을 다 퍼부어도 귀를 막았으며, 장성 밑에다 수나라 군기를 늘어놓고 오줌을 갈겨도 눈을 감고 모른 척했소."

이도종의 열떤 눈이 허공을 더듬었다. 군기는 군의 상징이니 목숨보다 무겁게 지켜야 한다. 속으로 피를 토하며 참았을 대장군 우문술의 분노가 눈에 보이는 것만 같았다.

"장군, 절대 잊지 마시오. 대장군 우문술이 온갖 수모를 당하면서도 못 본 척하고 상대하지 않았기 때문에 고구려군이 끝내 장성을 넘지 못한 것이오. 장군이 가만히 앉아서 움직이지 않고 지키는 것만이 황상의 근심을 덜고 우리 당나라의 사직을 보전하는 길이오."

전에 없이 간곡한 당부였다. 굴돌통도 낯빛을 굳히고 무겁게 대답했다.

"결코 바깥으로 나가지 않을 것이며, 밤낮으로 물샐틈없이 지키겠습니다."

"또 하나, 만에 하나 적이 장성을 넘어 막을 수 없거든 곧장 군사를 뒤로 물리시오. 이곳에서 용맹을 뽐내 헛된 죽음을 당하지 말고, 내가 곳곳에 황량대를 쌓아두었으니 이를 잘 활용하시오. 여기에 황량대가 붉은색과 푸른색으로 표시되어 있소."

이도종이 굴돌통에게 지도를 건네주었다. 장성에서부터 난하를 건너 조수, 선수에 이르기까지 100개의 황량대가 표시되어 있었다.

"적들이 한두 번은 쉽게 속을 것이나 다음부터는 잘 속지 않을 것이오. 그러나 그것을 알면서도 이렇게 많은 황량대를 쌓은 것은 바로 황량대에 속지 않는 적을 속이기 위한 것이니 바로 허허실실, 장군은 이를 잘 이용하여 적을 막아야 할 것이오."

"예, 명심하겠습니다."

"이제부터는 당나라의 사직이 장군의 어깨에 달려 있소. 절대 싸우지 마시오."

다시 한 번 당부하고서야 이도종은 임유관을 떠났다.

이도종은 곳곳에 있는 봉화대에다 명령을 내려 고구려군이 장성을 넘으면 봉화를 올리게 하면서 덧붙였다.

"봉화는 나한테까지만 전해져야 한다. 봉화가 나를 앞질렀다가는 그곳 군사들은 열 번 죽어도 그 죄를 다 감당하지 못할 것이다."

당나라를 살린 신흥공주

유성에서부터 얼어붙은 강을 타고 가는 고구려군은 잘 닦인 길을 가는 것처럼 움직임이 빨랐다. 못신을 신은 개마군사들이 앞장서 걸어갔기 때문에 거울같이 미끄럽던 얼음판도 우둘투둘 거칠어져서 모래를 밟는 것 같았다.

도산에 다다른 연개소문은 선발대가 붙잡아놓은 당군 500명을 모두 유성으로 보냈다. 유성다물에서는 당군을 봄이 되면 장사치들 틈에 끼워 모두 서토로 돌려보낼 것이다.

마침내 정월 초아흐레, 비명과 아우성 속에서 날이 밝았다. 장성 바깥쪽에서는 고구려군이 줄지어 성벽을 오르고, 안쪽에서는 자다 깬 2만 당군이 성벽을 향해 공격을 하고 있는 것이다.

검모잠이 나비처럼 날아올라 경계군사들을 잠재웠고 국철웅과 함께 선발대로 나갔던 대막리지의 호위군사들도 곧바로 성벽에 날아올랐다. 이들이 성가퀴 곳곳에다 줄을 걸어서 내려뜨리자 기다리던 군사들이 앞다퉈 성벽을 기어올랐다. 성루를 지키고 있던 당나라 군사 300여 명은 감히 맞서 싸울 생각도 못하고 죽거나 성벽을 뛰어내려 달아났다.

시끄러운 소리에 성벽 안쪽에서 잠자던 2만 명의 군사가 뛰어 일어나 성벽을 향해 달려들었다. 고구려군이 장성을 지키고 당군이 덤벼드는 꼴이었다. 그러나 그 시간은 길지 않았다. 장성 위의 고구려군이 와글거리며 많아지더니 오래지 않아 성벽을 뛰어내려 당군을 밀어붙이기 시작한 것이다.

강둑이 터진 듯 쏟아져내리는 고구려군에게 견디지 못한 당나라 군사들은 뒤돌아 내빼고 말았다. 먼 곳에 있던 성루에서도 엄청나게 많은 고구려군을 보고 지레 놀랐다. 겨우 봉화연기를 피워놓고 꽁지가 빠지게 달아나버렸다.

"기둥을 세우고 들보를 얹어라."

적을 멀리 내쫓은 고구려 군사들은 먼저 나무기둥을 끌어올린 다음 곳곳에 세 길이 넘는 나무를 엇걸어 기둥을 높이 세우고 들보를 가로질렀다. 들보에 몇 개의 밧줄을 걸어 넘기고 성벽 밑에서 매달아주는 대로 병장기가 먼저 올라왔으며 다음에는 말이 올라왔다. 말은 발버둥치지 못하게 돼지처럼 네발을 묶어서 올렸고, 건너편으로 내린 다음에서 묶었던 끈을 풀었다.

장성을 넘는 기쁨에 군사들은 더운 입김을 훅훅 불어대면서 까닭 없이 큰 소리를 질러보았다. "조심조심해서 빨리빨리 끌어올려라!" 아래에서 소리치면 위에서도 "벽에 부딪힌다. 힘껏 당겨라" 하고 아래에서 밧줄을 당기는 군사들에게 마주 큰 소리를 질러댔다.

장성 양쪽에서는 나무를 베어 끌어오느라 목도질 소리가 한창이었다. 장성 성벽에다 비스듬히 걸쳐놓고 계단을 만들려는 것이다. 이 계단으로는 수레를 끌어올리고 식량자루가 올라올 것이며 말들도 제 발로 걸어서 장성을 넘을 것이었다.

낮이 되자 급히 끌어올려 성벽을 넘긴 말과 병장기, 군막과 군량 등이 아쉬운 대로 2만 군사를 움직일 만했다.

"먼저 앞으로 나가 진을 치도록 하라."

연개소문이 명령을 내리자 여동군 장수 정용철이 20리 밖에까지 나가서 군영을 이루었다.

장성을 넘은 지 이틀째 되는 날, 연개소문은 정용철에게 5만 군사를 주어 동쪽으로 나가 당군을 치고 남부욕살과 북부욕살이 이끄는 15만 군사와 만나도록 했다.

"이제부터 오랑캐를 토벌하고 서토 평정을 이룩해야 한다."

대막리지 연개소문은 스스로 5만 군사를 이끌고 남서쪽으로 나갔다.

"봉화연기가 오르고 있습니다. 고구려군이 도산 쪽으로 장성을 넘었습니다."

한 장수가 이도종에게 보고했다. 요수를 건넌 지 사흘째 되는 날이었다.

"연개소문이 장성을 넘었다면 내가 막지 않으면 안 된다. 황상께서는 나름대로 계책을 세우실 것이다."

이도종은 장안으로 돌아가지 않고 고구려군을 지키기로 결정했다.

"장성에 있는 군사를 불러오고 적의 움직임을 잘 살펴라."

바삐 명령을 내리고 왔던 길을 되짚어갔다.

고구려군이 장성을 넘어오자 당나라 군사들은 먼저 주눅이 들었다. 한 번도 싸워 이겨본 적이 없었는 데다, 대막리지 연개소문이 몸소 군사를 이끌고 나타났다고 하기 때문이다.

황량대를 이용해서 싸우려고 했으나 고구려군이 너무도 천천히 움직였기 때문에 속아넘어가지를 않았다. 이도종은 애써서 쌓았던 것이 별다른 도움이 되지 못하는 것을 보고 가슴을 쳤다. 그나마 다행이라면 고구려군이 조금도 서두르지 않는다는 것이었다. 하지만 고구려군이 서두르지 않아도 당군은 날마다 조금씩 뒤로 밀렸다.

"연개소문은 크게 싸우는 것을 원하지 않는다. 무엇 때문인가?"

골머리를 싸매고 있던 이도종이 무릎을 쳤다.

"바로 그것이다. 연개소문은 우리가 안에서부터 망하기를 기다리고 있다. 남이 저절로 망하기를 기다리다니, 괘씸하기 짝이 없다."

그러나 적을 미워한다고 해서 되는 일은 아무것도 없었다.

그자의 욕심이 어디까지 뻗어 있는가? 그것을 알아야 한다! 너무 일찍 방어선을 치고 맞섰다가는 크게 다칠 위험이 있으나, 그렇다고 무턱대고 뒤로 쑥 물러나는 것도 연개소문의 간덩이를 키워주는 것밖에 안 될 것이다.

오랜 생각 끝에 이도종은 연개소문이 선수에서 발을 멈출 것으로 판단했다. 적은 군사로 뒤를 다지지 않고 너무 깊숙이 들어오지는 않을 것이기 때문이다.

선수를 방어선으로 잡은 이도종은 탁군(북평)을 깨끗이 치웠다. 북평에는 수십만 섬의 식량과 많은 병장기가 있었고, 따로 5만 군사가 지키고 있었던 것이다.

탁군에 있던 식량과 병장기를 치운 뒤 이도종은 울지경덕에게 다시 명령을 내렸다.

"선수에서 적을 막고 싸울 것인즉, 그대는 10만 군사를 이끌고 가서 선수 남쪽에 토성을 쌓고 나무울짱을 두르시오."

울지경덕은 선수 남쪽에서 끌어모은 군사들까지 모두 25만 군사를 몰아세워 밤낮으로 토성을 쌓고 나무울짱을 둘렀다.

2월이 되자 이도종의 군사들은 모두 강을 건넜다. 울지경덕이 만든 토성을 더 높이고 나무울짱도 크고 튼튼한 것으로 바꿔가며 고구려군을 지켰다.

이도종의 짐작대로 고구려군은 선수 북쪽에서 걸음을 멈췄다. 그날부터 고구려군은 나무를 베어다 집을 짓기 시작했다. 보름이 지나자 집짓기가 끝났다. 대막리지 연개소문은 태조 임금 때 쌓았던 용도성(桶道城) 등을 고쳐쌓았다.

장안으로 들어가지 못하고 낙양에 주저앉은 이세민은 근심 걱정으로 밤잠을 이루지 못했다. 꿀도 얻지 못하고 벌집만 건드린 꼴이 되었다. 벌떼처럼 뒤쫓아오는 고구려군을 막아내는 것이 발등에 떨어진 불이겠으나, 더 큰 걱정은 수천만 백성과 장안에 있는 벼슬아치들의 사나운 눈초리였다. 싸움에 지고 돌아가는 자신의 초라한 몰골과 수나라 때처럼 들고 일어설 반란군을 생각하면 눈앞이 캄캄했다. 게다가 며칠 걸러 찾아오는 통증은 이제라도 골이 빠개질 것만 같다. 하나 남은 눈마저 쏙 들어가 볼썽사납게 되었다.

고구려군이 장성을 넘어온 마당에 안에서 반란을 일으키는 자까지 생겨나면 큰일이다! 갖은 고생을 하며 수나라를 뒤엎고 당나라를 세운 이세민이다. 왕위에 오르기 위해 아비를 내쫓고 피붙이들을 모두 죽였다. 어떤 희생을 치르더라도 왕의 자리를 지켜야 했다.

이세민은 맏아들 이승건을 죽여야 한다고 생각했다. 이승건은 이우가 먼저 죄를 받아 죽는 바람에 왕세자에서 밀려나 검주(사천성 팽수)로 귀양 가 있다. 이세민은 장작대장 염립덕을 불러 두르고 있던 허리띠를 끌러 던져주었다.

"검주에서 못된 짓을 꾸미는 자가 있다. 나라를 어지럽히기 전에 한시바삐 저승으로 보내라."

이세민이 제 허리띠를 던져준 것은 나중에 어느 누구라도 염립덕에게 이승건을 죽인 것에 대해 말을 꺼내지 못하게 하려는 것이다. 염립덕은 마음 놓고 검주로 달려가서 이세민의 허리띠로 이승건의 목을 졸라 죽였다.

고구려에 참패당하고 돌아왔으나 이세민은 부하장수들에게 죄를 씌워 죽이지 않았다. 자신이 몸소 싸움터에 나가서 군사를 이끌고 싸움을 돋웠으니 누구한테 죄를 물을 수도 없었거니와, 고구려군이 장성을 넘어온 마당에 멀쩡한 사람에게 죄를 씌워 죽였다가는 부하들이 모두 등을 돌릴 것이 뻔했기 때문이다. 그런데 멍청하게도 잠자는 호랑이 아가리에 머리를 집어넣고 목젖을 건드려 아까운 목숨을 날려버린 장수가 있었다. 형부상서 장량이다.

장량은 20만 수로군을 이끌고 댓바람에 고구려 비사성을 빼앗았었다. 나중에 12만 군사를 잃고 쫓겨왔어도 한때나마 공을 세운 유일한 장수였다.

장량은 압록수에서 군사를 잃고 비사성으로 되돌아왔다가 다시 압록수로 가라는 명령을 받았다. 어쩔 수 없이 다시 나서기는 했으나 고구려 수군의 모습을 보자 간이 오그라들어 그 길로 도망쳤다. 그러나 묘도군도에서 고구려 수군에게 앞길이 막힌 장량은 등주로 가지도 못하고 탁군으로 도망쳐왔다. 탁군에서 부서진 배를 고치고 전열을 가다듬은 뒤에도 다시는 나가 싸울 엄두를 내지 못했다. 수나라 때 내호아가 그랬던 것처럼, 운하를 오르내리며 군량과 병장기를 나르는 등 부산을 떨고 있었는데, 오래지 않아 이세민이 도망쳐왔다.

이세민은 수로군이 크게 패하고 허락도 없이 도망쳐온 것을 알면서도 장량을 나무라지 않았다. 하지만 장량은 장손무기한테서 이세민이 이번 싸움에서 누구의 죄도 묻지 않을 것이라고 했다는 소리를 듣고서도 안심하지 못했다. 자신은 고구려 도전을 말렸던 사람이므로 적을 두려워해서 패전했다는 의심을 받을 수도 있다고 생각했기 때문이다. 울지경덕이나 강확도 악착같이 고구려 도전을 말렸지만 그래도 이세민 밑에서 그의 지휘를 받아가며 싸웠다. 아무리 큰 패배를 했어도 따로 변명할 필요도 없겠지만 장량 자신은 이세민의 눈이 미치지 않는 곳에서 따로 군사를 지휘해가며 전쟁을 치렀다. 수로군까지 모두 통솔하는 평양도행군대총관의 자리가 이제는 영광이 아니라 자신의 목을 자르는 죄명으로 둔갑해버린 것이다. 장량은 이세민을 따라 낙양에 들어간 뒤에도 겁이 나서 함부로 나서지 못했다.

부하장수 몇몇이 장량에게 자꾸 꾸물거리지 말고 어서 이세민한테 가서 잘못을 빌어야 한다고 했다. 아직까지는 싸움에 지고 도망친 죄를 묻지 않고 있으나 따로 용서한다는 말도 없었으니 언제 죄를 따지려 들지 모른다는 것이었다. 옳게 여긴 장량은 직접 이세민에게 용서한다는 다짐을 듣고 싶었다.

"머리를 들어라. 자랑스러운 그대 얼굴을 보고 싶구나."

"무려 12만 군사를 잃었으니 어찌 살기를 바라겠습니까? 그저 죽여주십시오."

눈앞에 나타난 장량을 이세민은 반갑게 맞았으나 이세민 앞에 꿇어 엎드린 장량은 오금이 얼어붙었다.

"형부상서는 어디서 무슨 공을 세웠는가?"

"그날 저는 마침 몸이 아파서 군사를 지휘할 수가 없었습니다. 부총관 왕대도가 군사를 이끌고 싸웠으나 적들의 속임수에 걸려 제대로 싸울 수가 없었습니다."

"형부상서는 나한테 보낸 것 말고도 따로 고구려 갑옷과 투구를 50벌이나 더 얻었고 날카로운 창과 쇠도끼 등 병장기도 수십여 개나 가져왔다. 고구려 병장기처럼 대단한 전리품이 어디 있겠느냐. 평양도행군이 비사성을 빼앗은 것보다 고구려 병장기가 더 큰 전리품이다."

고구려 병장기? 장량은 눈앞이 캄캄해졌다. 아아, 꼼짝없이 죽었다! 죄지은 놈한테는 솥뚜껑 여닫히는 소리도 천둥소리로 들린다고 했다. 이세민이 한결 부드러운 목소리로 말했으나 장량은 이미 혼이 달아나버렸다.

고구려 병장기는 모든 장수들이 꿈속에서도 그려마지않는 전설적인 병장기다. 이세민도 장량의 평양도행군이 한때나마 점령했던 비사성보다 고구려 병장기에 더 관심을 보이고 있다. 그런 엄청난 고구려 병장기를 손에 넣었으나 여동에 있던 이세민에게 자랑삼아 보냈던 전리품이 거의 전부였다. 천여 벌이나 되는 고구려 갑주를 몽땅 잃어버리고 빼앗기고 겨우 50벌만 가져왔으니 열 번 죽어도 할 말이 없게 되었다. 12만 군사를 무리죽음시킨 것보다도 고구려 병장기를 잃은 죄가 훨씬 무거운 것이다.

"죽을죄를 지었습니다. 어떤 일이 있더라도 고구려 병장기부터 뒤로 빼냈어야 했는데 그만……."

이세민은 평양도행군이 비사성을 손에 넣던 통쾌한 일을 듣고 싶었다. 그러나 잔뜩 주눅이 든 장량은 눈치를 채지 못하고 자꾸 엉뚱한 소리만 해댔다.

"비사성이 아무리 험하다고 해도 형부상서의 범 같은 용맹을 어찌 당하였겠느냐? 모두들 공을 세우지 못했는데 그대만이 엄청나게 큰 공을 세웠다. 다른 소리는 그만두고 신나게 싸워 성을 빼앗던 일이나 말해보아라."

속이 탄 이세민이 손에 쥐어주는 것처럼 말했다.

장량은 그제야 뭔가 다르다는 것을 느꼈다. 무슨 영문인가 싶어 슬금슬금 곁눈질을 하다가 그만 이세적의 핏발 선 눈과 딱 마주치고 말았다. 으악! 장량은 더듬이를 다친 달팽이처럼 놀라 바짝 오그라들었다. 장량은 이세적이 미쳐 날뛰는 꼴을 여러 번 보았었다. 더구나 탁군으로 도망쳐왔을 때부터, 이세적이 장군예를 때려죽였다는 소문을 듣고 뭔지 모를 불길한 예감에 이세적과의 만남을 피해왔던 것이다. 당장에라도 때려죽일 듯이 노려보는 이세적을 보고 장량은 온몸의 터럭이 하늘로 날아올랐고 끝내는 제 목숨마저 날려보내게 되었다.

장량이 눈치를 채지 못하고 자꾸 더듬거리자 속이 타는 것은 이세민뿐이 아니었다. 무슨 일에나 나서서 아첨을 일삼던 이세적은 불뚝밸이 치밀어 까무러치기 직전이었다.

저 어리석은 것이 어찌 달콤한 말을 들려주지 못하고 듣기 거북한 소리만 지껄여 이세민의 비위를 긁는가 싶어서 한주먹에 때려죽일 듯이 무섭게 쏘아보면서 붉으락푸르락 더운 김을 내뿜고 있었다. 잔뜩 주눅 든 장량이 아니라 저승사자라도 그 흉악한 모습에 가슴이 떨리지 않을 수가 없었다.

"화, 황상. 사, 살려주십시오. 주, 죽을죄를 지었습니다."

장량이 납작 엎드려 달달 떨었다.

"죽을죄를 지었다? 어리석은 것!"

장량이 너무 눈치 없이 구는 바람에 이세민은 그만 무용담을 들을 입맛이 떨어지고 말았다.

"저놈은 제 입으로도 죽을죄를 지었다고 한다. 어서 끌어내 목을 베어라!"

이세민이 악쓰는 소리에 장량은 그 자리에서 끌려나가 목 없는 귀신이 되었다. 그러나 장량한테 무슨 죽을죄가 있는 것도 아니었다. 장량의 부하들은 아무 탈 없이 장량의 주검을 거두어 장사를 치렀고, 장량의 가족들도 해를 당하지 않았다.

이세민을 위해서라면 못할 짓이 없었던 이세적이다. 그러나 이번에는 쓸데없이 앞에 나서서 장량의 주둥이를 발로 차버린 셈이 되었다. 이세민의 귀를 즐겁게 해주지 못하고 짜증을 내게 만들었으니, 애꿎은 장량만 '있는지 없는지도 모르는 죄'를 쓰고 죽은 것이다.

"오늘부터 죽을 자를 다스리는 일을 빼고는 나라의 모든 일은 황태자에게 맡긴다."

어느 날 곰곰이 앞날을 걱정하던 이세민은 부르르 몸서리를 치고 말았다. 큰일 낼 사람은 바로 자기 자신이라는 것을 깨달은 것이다. 이승건을 죽이고 장량을 죽인 것도 따지고 보면 모두 제 잘못이었다. 더구나 머리가 맑지 못하니 무슨 일인들 제대로 하겠는가. 이러다가 양광 꼴이 되겠다! 내가 세운 나라를 내 손으로 망칠 수는 없다! 이세민은 마음먹은 일을 하는 데 있어서 머뭇거리는 사람이 아니었다.

2979년(646) 3월, 장안에 들어선 이세민은 다시 한 번 명령을 내려 왕세자 이치가 나라를 다스린다고 선포했다. 자신은 뒤로 물러나 갈수록 심해지는 두통을 치료하기 위해서였다.

그러나 모든 일이 뜻대로 되지 않았다. 아무리 귀한 약을 써도 두통은 가라앉지 않았다. 밤새워 나랏일을 걱정했지만 생각이 자주 끊겨 깊은 생각을 할 수가 없었다. 하는 수 없이 병부상서 이정을 불러들였다.

"고구려군이 선수를 넘으려 하고 있소. 병부상서는 적을 막아낼 방도를 생각해보았소?"

"도는 깨우치기 쉬우나 행하기가 어렵다고 하였습니다."

방법은 있으나 이세민이 허락하지 않을 것이라는 소리다.

"말하시오. 옳은 말에 따르지 않을 내가 아니오."

"황상, 살점을 뜯고 뼈를 깎는 것보다 더한 고통이 따를 것입니다."

뜬금없는 소리만 지껄이는 이정 때문에 이세민은 애가 탔다.

"괜찮소. 당나라를 보존할 수만 있다면 이 한 몸 죽어도 아까울 것이 없소."

"설연타를 치는 것입니다. 지난날 황상께서는 신흥공주를 주어 달랬지만 배은망덕한 설연타는 오히려 개소문에게 사신을 보내 고구려의 다물국이 되었습니다. 개소문은 신의를 앞세우는 사람입니다. 개소문은 힐리가한이 우리한테 붙잡혔을 때에도 돌궐을 구해주지 않은 고구려 조정을 몹시 원망했다고 합니다. 우리가 설연타를 치면 반드시 군사를 돌려 설연타를 도우러 갈 것입니다."

"흠, 그럴듯한 소리지만 개소문 그자는 바보가 아니오. 군세의 흐름은 기세인데 다른 곳으로 군사를 돌려 스스로 예봉을 꺾겠소? 예봉이 꺾인 군사는 말 그대로 끝이 부러진 창이나 마찬가지요. 끝이 부러진 창날이 무엇을 찌를 수 있으며 위력을 떨치겠소? 개소문은 전열을 정비하고 숨고르기를 끝내면 설연타 따위는 신경도 쓰지 않고 곧바로 선수를 건너 파죽지세로 밀고 내려올 것이오. 괜히 부족한 군사를 나누지 말고 전열을 강화해서 적의 기세를 막는 게 나을 것이오."

"그러나 개소문은 다릅니다. 그자가 서토 평정을 외쳤던 것은 고구려의 영토를 넓히려는 것이 아니라 강수 아래까지 조선의 강역을 수복하여 한 하늘 아래 두려는 것입니다. 옛 조선의 강역에는 설연타 하나뿐이 아니라 모든 나라가 포함되었습니다. 비록 설연타를 구하지 못한다고 해도 그자는 틀림없이 대규모 군사를 설연타에 보내 고구려가 조선의 적장자임을 만방에 과시할 것입니다. 자진해서 품 안에 들어온 설연타에 원군을 보내지 않고 내버려둔다면 스스로 조선의 강역 수복을 포기한다고 광고하는 꼴이 되기 때문에 어떤 무리수를 쓰더라도 설연타로 군사를 돌릴 것입니다."

이해득실을 따지는 전술이 아니다. 세상을 넓게 보고 읽어내는 이정의 판단에 이세민도 수긍하지 않을 수 없었다.

"역시 병부상서요. 당장 그렇게 하시오."

"하오나…… 그리 되면 신흥공주가 위험합니다."

"작은 일에 마음을 두지 마시오. 제 한 몸으로 고구려군의 창칼을 막아 우리 당나라의 명운을 보존할 수 있다면 신흥공주는 기쁘게 죽을 것이오."

신흥공주는 이제 열일곱 어린 나이, 갓 피어나는 꽃봉오리였다. 애처로운 모습을 떨쳐버리기라도 하듯 이세민은 서둘러 설연타를 공격하도록 했다. 대장군 이세적이 군사를 끌고 달려갔다.

북평에 머물고 있던 연개소문이 구원군을 보냈으나 2979년 6월 동돌궐은 안에서부터 무너지고 말았다. 신흥공주에게 붙여두었던 이세민의 부하들이 세력을 키워 동돌궐을 약화시켰던 것이다. 성난 동돌궐 군사들에게 붙잡힌 신흥공주는 산 채로 찢겨 들짐승의 먹이가 되는 비참한 최후를 맞았으나 당나라와 아비 이세민을 살린 것이다.

대막리지가 1년이 다 되도록 평양을 비울 수도 없는 일이었다. 가을이 되어 성을 손보는 일도 끝났다.

대막리지 연개소문은 평양으로 돌아가기 전 여동군을 해체한다는 발표를 했다. 어떤 경우에도 서토 오랑캐들이 구려하를 넘는 일은 없을 것이기 때문이다. 여동군 대신 요동군과 요서군을 새로 만들고, 여동군 군사들은 요동군과 요서군에 들도록 했다. 요수 동쪽은 요동욕살 고연수의 10만 군사가 맡게 하고, 요수 서쪽은 요서욕살 고혜진이 15만 군사를 이끌고 선수 남쪽에 있는 당군과 맞서게 하였다.

평양에 돌아간 연개소문은 이듬해 봄부터 장성 성벽을 길로 바꾸는 작업을 서둘러 마무리하도록 했다. 성벽을 쌓지 않았던 건안성에서 남쪽 바닷가까지는 새로 길을 내도록 했다. 물이 흐르는 곳에는 다리를 놓고, 홍수로 물이 불어나도 길이 잠기지 않을 정도의 높이까지만 쌓는 것이었으니 성벽을 쌓는 것보다 수십 배는 일이 쉽고 빨랐다. 두 해 만에 모든 공사가 끝나 부여성에서 남쪽 바닷가까지 거침없이 수레가 다닐 수 있게 되었다.

계백과 어린심이

"장군님, 큰스님께서 오셨습니다."

성문을 지키던 군사가 달려와 계백에게 손님이 왔음을 알렸다. 큰스님이란 해원 스님을 가리킨다. 세속의 나이로 치면 환갑이 아직 멀었을 것이나 깎은 머리가 벌써 하얗게 세었다. 해원 스님은 계백이 만덕산을 내려온 뒤로 거의 해마다 계백을 찾아오고 있었다.

"장군, 좋은 말이 있거든 내게 한 필만 빌려주시오."

늘 실없는 소리로 웃음을 자아내던 스님이었으나 이번엔 다짜고짜 엉뚱한 소리였다.

"마침 살이 통통하게 오른 망아지가 한 마리 있습니다. 곧 잡게 하여 점심공양을 잘 차리겠습니다."

"그것 참, 참으로 고맙소. 그보다 장군이 말을 탈 줄 알거든 함께 서둘러 가볼 데가 있소. 어서 갑시다."

우스갯소리가 아니다.

"무슨 일이 있는 것입니까?"

"글쎄, 스님네 하나 서방정토에 가는 것이 무어 그리 큰일이라고 동네방네 나발을 불겠소만, 장군에게는 남다른 일일 듯하여 이렇게 달려왔소이다."

"혹, 무법 스님이?"

계백이 소스라치게 놀랐다.

"이제야 이 땡추의 말이 귀에 들어간 모양이구려. 그러나 장군이 갈 때까지는 꼿꼿이 앉아서 기다릴 것이니 너무 걱정하지는 마시오."

해원이 껄껄껄 웃었으나 계백은 눈앞이 캄캄했다. 무법 스님은 무진주 서석산에 계신다. 계백이 가잠성에 오면서 가 뵙고는 그만이었으니 벌써 다섯 해가 되었다.

무법 스님이 열반을 하신다니? 세 살배기였을 때부터 길러주신 무행 스님 다음다음으로 정든 스님이다. 만나기는 무착 스님과 무행 스님 다음으로 만났고 찾아오는 것도 들쭉날쭉했으나 어쩌다 한 번 찾아와서도 목말을 태우고 다니며 가장 재미있게 놀아준 스님이었다. 고요히 앉아서 숨을 고르는 법과 날아다니며 싸우는 기술까지 몰래 가르쳐주었다.

그러나 계백은 나라에 매인 몸, 변방을 지키는 성주의 몸으로 함부로 성을 비울 수는 없는 일이다. 무법 스님의 열반 소식을 듣고도 달려가지 못하는 몸이 한스럽기만 했다. 그러나…….

"여태껏 잘 오시다가 장군더러 업어달라고 꾀병을 부리고 있으니 어서 갑시다."

무법 스님이 가까이 계신다는 말이 아닌가?

"어서 갑시다."

계백이 해원 스님의 손을 잡아끌었다. 무법 스님은 가잠성에서 10리도 되지 않는 곳에 있는 절에 머무르고 계셨다. 그사이에 더욱 쇠락해진 것이 한눈에 보였으나 곧바로 열반할 성싶지는 않았다.

"내가 서석산에서 여기까지 온 것은 다름이 아니다. 금생에 거짓말하는 죄는 짓지 않으려 했는데 우리 장군이 나를 거짓말쟁이로 만들지 않을지 모르겠다."

스님께서 무슨 말씀을 하시는지 종잡을 수가 없어 계백은 대꾸하지 못했다.

"장군이 늙은 중을 찾아온 지가 벌써 다섯 해가 지났다. 무슨 뜻인지 알겠는가?"

오랫동안 찾아뵙지 못하였다고 나무라는 것은 아니겠으나, 통 모를 소리다.

"아직 무슨 잘못을 하였는지 모르겠습니다. 깨우쳐주십시오."

"끝내 시치미를 뗄 생각인가? 다섯 해 전부터 내가 무슨 말을 했는지 모르겠거든 장군의 두 눈으로 보아라."

이어서 무법 스님은 밖에다 대고 소리쳤다.

"여태 들어오지 않고 무엇하는 것이냐? 어서 들어오너라."

방문이 열리고 한 처녀가 들어왔다.

"그동안 안녕하셨습니까? 바깥으로 나가시지요. 드릴 말씀이 있습니다."

곱게 인사를 차린 어린심이가 먼저 일어났다.

계백이 다시 서석산을 찾은 것은 세 해가 지나서였다. 문득 처녀로 자란 어린심이가 낯설었기 때문인가? 무언가 애틋한 눈길로 바라보는 어린심이한테 계백은 따로 정다운 말을 해주지 못했다.

계백이 서석산에 든 지 이레가 되었다. 낮에 짧아졌던 그림자가 다시 제 키만큼 자랐다. 산신각이 고요해졌다. 산 밑에서 올라온 사람들은 늦기 전에 제집으로 돌아가고, 절 안에 사는 사람들은 혼자 있기 좋아하는 계백을 생각해서 산신각을 찾지 않기 때문이다.

산행길에서 돌아오자 기다리고 있던 어린심이가 차를 따랐다. 시원한 샘물을 생각했던 계백이지만 작은 잔에 담긴 차를 천천히 마셨다.

"처사님이 오기를 기다린 것은 큰스님이나 산신님뿐이 아닙니다."

"……?"

"처사님께서 무사히 돌아오게 해달라고 산신님께 빌었습니다."

"고맙구나. 나도 네가 보고 싶었다. 몰라보게 예뻐졌구나."

처음 만났을 때 했어야 할 말이었는데 미처 하지를 못했다. 변방에서 오래 수자리를 살다 보면 처녀로 자란 딸아이를 안아주기 어렵다는 말을 비로소 알 것 같았다. 그러나 막상 입 밖에 꺼내어 말하고 보니 얹혔던 것이 쑥 내려가고 조금도 어색할 것이 없었다. 어린심이가 붉어진 얼굴로 새삼스레 수줍어하는 것도 귀엽기만 했다.

"바깥을 내다보셔요. 처사님이 모르쇠를 놓고 계시니 저 꽃들이 얼마나 가여워요."

마당 가에는 천지화가 한창이었다. 천지화에는 작은 벌레들이 많이 꾀는 법인데, 진딧물 하나 없이 깨끗하고 아름답다. 어린심이의 정성이다. 그러고 보니 여태 천지화를 잘 길렀다는 칭찬도 해주지 못했다.

"여름이 되어 천지화가 필 때마다 처사님이 오실 것 같아 얼마나 기뻤는지 몰라요. 서리가 내릴까 봐 걱정했는데, 이제라도 오셨으니 다행이어요."

봄마다 나무모를 가져다 심었을 게다. 천지화는 마당 안쪽과 뒤뜰에도 군데군데 무리지어 자라고 있었다.

"사람들이 저를 산신각 보살이라고 불러요. 산신님들 돌보기보다 천지화에만 정신이 팔려 있는데도요."

슬그머니 제 자랑이다.

"천지화는 예전부터 어린심이처럼 욕심꾸러기 처녀들이 가꿔온 꽃나무다. 어린잎과 꽃망울은 삶아서 먹기도 하고, 씨는 물론 나무껍질과 뿌리까지도 약재로 쓰니 버릴 것이 하나도 없다."

"처사님도…… 어떻게 그런 말을 할 수가 있어요?"

심술궂은 계백의 골탕 먹이는 소리에 어린심이가 팔짝 뛰었다.

다시 두 해가 지난 뒤 계백은 가잠성을 지키라는 명령과 함께 한 달 동안 말미를 받았다. 서석산에 들어가니 세 분 할아버지는 늘 그대로인데 어린심이는 어느새 말없는 처녀가 되어 있었다. 산신각을 깨끗이 거두고 계백이 산행길에서 돌아오기를 기다리다가 차를 마시고 나면 곱게 절하고 물러갈 뿐이었다.

"아둔패기 같으니라고! 그 아이의 정성을 아직도 모르겠느냐?"

계백을 어린심이와 혼인시키기로 작정한 무법 스님은 틈만 나면 다그쳤다.

"아직 어린 탓으로 혼인이 무엇인지 모르기 때문입니다. 좀 더 자라면 좋아하는 것과 사랑하는 것이 다르다는 걸 알게 될 것입니다."

"쯧쯧쯧, 어리긴 누가 어리고, 모르긴 무엇을 모른단 말이냐? 어찌 그리 생각머리가 없느냐?"

스님은 혀를 차며 꾸중이었다.

"스님, 저는 누구와도 혼인하고 싶은 생각이 들지를 않습니다. 사비성에 계시는 어머님께서도 저를 짝지어주지 못해 애를 태우십니다만, 크나큰 불효인 줄 알면서도 혼인만은 어쩔 수가 없었습니다."

"안해라고 하는 것은 말 그대로 집안의 해이기 때문에 안해라고 하는 것이다. 집안의 해일 뿐만 아니라 몸 안의 해이기도 하다. 자식을 낳아 길러보지 않은 사람이 어찌 삶의 기쁨과 어려움을 다 알겠느냐. 군사를 거느리고 백성을 다스려야 할 몸으로 두렵지 않으냐?"

그러나 계백은 스님의 말씀에 따를 수 없었다. 어젯밤 이곳 서석산에서도 휘파람새가 울었다.

"죄송합니다. 저에게는 여인이 자리할 곳이 없습니다."

"젊은 네가 옛사람을 잊지 못하여 그리 한다면 그 사람은 저승에서도 얼마나 마음이 아프겠느냐. 사랑하여 잊지 못한다면 괴롭히지 마라."

"아사녀 때문이 아닙니다. 여인이란 저와는 아무런 관계가 없는 사람들로 여겨지기 때문입니다. 여인을 느끼지 못하는데 어찌 혼인을 하고 아이를 낳아 기르겠습니까?"

"땅을 기는 한낱 벌레들도 알을 까고 새끼를 기른다. 그것이 우주의 숨결이니, 그 벌레에게 무슨 뜻이 있어서가 아니다."

그러나 스님은 어떤 말로도 계백의 생각을 돌릴 수 없었다. 계백은 스님의 등쌀에 닷새 만에 서석산을 내려오고 말았다.

계백이 가잠성에 온 이듬해 신라군이 쳐들어왔다. 그 뒤에도 고구려가 오랑캐 당나라의 도전을 받게 되어 백제와 신라는 저절로 싸움에 휘말리게 되었다. 스님을 찾아가 뵙고 싶어도 언제 말미를 얻을 겨를이 없었다.

해마다 해원 스님을 통해 처녀를 보내겠다는 말씀을 해왔으나 이렇게 몸소 데리고 찾아오실 줄은 정말 몰랐다. 다른 것이라면 스님의 말씀에 그대로 따르겠으나 혼인하는 것만은 어렵다. 그렇다고 먼 길을 오신 스님한테 혼인을 않겠노라고 대들 수도 없는 일이었다.

"어제 이곳에 와서 천지화를 보았을 때 마치 서석사 산신각에 온 듯한 느낌이 들었습니다. 해마다 아름다운 꽃이 피도록 빌었고 꽃이 피면 장군님이 못 오시는 줄 알면서도 기뻤습니다."

“스님도 가까이 모시고 싶었고 너도 보고 싶었으나 변방을 지키는 군사들에게는 더없이 바쁜 몇 해였다.”

“이렇듯 아름다운 꽃이지만 꽃은 해가 지면 함께 지고 맙니다. 그러나 아침이면 또 다른 꽃이 피어나고…… 천지화는 언제나 새로운 꽃으로 피어나 아름다웠습니다. 천지화가 피고 지는 것을 보면서 늘 장군님 생각을 했습니다.”

계백은 저도 모르게 달래는 소리를 하였으나 곧 입을 다물었다. 딱히 잘못한 일도 없는 것 같은데 죄지은 사람처럼 듣기만 했다.

“장군님이 계시는 이곳으로 신라군이 몰려갔다는 소문을 듣고 많이 걱정했습니다만 적이 물러가고 나라에서 말미를 줘도 장군님은 다시 오실 분이 아니었습니다. 하여 제가 큰스님을 졸라 여기까지 왔습니다. 장군님이 저를 싫어하여도 저로서는 어쩔 수가 없습니다.”

“굳이 네가 싫어서가 아니다. 나로서는 어느 여인도 사랑할 수가 없기 때문이다.”

“큰스님께서도 장군님은 벅수 같은 사람이니 그만 생각을 끊으라고 여러 번 말씀하셨습니다. 그러나 천지화를 가꾸다 보니 어느덧 저도 천지화를 닮았나 봅니다. 하루 만에 지더라도 아름답게 피어나는 꽃이고 싶습니다.”

그렁그렁해진 어린심이를 바로 보지 못하고 계백의 눈길도 천지화에 가 머물렀다. 활짝 핀 꽃 뒤에는 수많은 꽃봉오리가 구슬처럼 맺혀 있다. 천지화는 가을이 깊을 때까지 쉬지 않고 피어날 것이다.

"무엇들 하고 있느냐?"

기다리다 지친 스님네들이 나와서 두 사람을 나무랐다.

"싫거든 그만두거라. 장군은 바쁠 터이니 어서 가보아라. 우리도 헛걸음했다는 것을 똑똑히 알았으니 당장 돌아가야겠다."

서릿발처럼 매서운 말씀에 계백은 정신이 번쩍 돌아왔다.

"스님, 여기까지 오셔서 어디를 가신다는 말씀입니까? 저와 함께 성으로 들어가십시오."

무법 스님을 붙들던 계백은 까닭 모를 설움이 울컥 치밀었다. 스님의 늙은 몸이 허깨비처럼 가볍다.

"스님, 계백이 잘못하였습니다. 혼인하겠으니 저와 함께 성으로 드십시오."

"그래? 진작 그랬어야지! 어찌 그리 애를 태웠느냐?"

무법 스님의 눈에는 또 다른 눈물이 비쳤다.

좋은 날을 가려 계백과 어린심이는 잔치를 치렀다.

"이제 시름을 놓았으니 어서 가서 두 사형님께 자랑해야겠다."

혼인한 지 사흘 만에 무법 스님이 길을 떠날 채비를 했다. 계백과 어린심이가 말렸으나 스님은 끝내 듣지 않았다.

"제발, 스님만은 제 곁에서 열반하십시오. 두 분 스님의 열반을 지키지 못한 것만도 가슴에 응어리로 남았습니다."

"눈이 짓무르게 큰스님이 열반하기만 기다려온 서석사 스님들은 어쩌라고 여기서 열반하신단 말이오? 모두들 오래전부터 큰스님 입적하시면 다비를 하겠다고 손꼽아 벼르고 있소."

"엣? 다비라고요?"

곁에서 말리는 해원 스님의 느닷없는 소리에 계백이 펄쩍 뛰었다.

"말도 안 되는 소리! 어찌 우리 스님을 화장한단 말이오? 우리 스님 쉬실 곳은 볕바른 곳에다 내 손으로 마련하겠소."

"하하하, 큰스님의 마음이 바뀌면 내가 업고 도망쳐올 터이니 장군은 걱정하지 마시오."

괜한 소리를 해서 시끄럽게 되었다고 생각한 해원 스님이 얼렁뚱땅 엉너리쳤다.

"서석산에 중이 아무리 많아도 나를 막지 못하오. 몇 달 동안 목탁을 치지 않아도 될 만큼 돌중들의 머리통이나 실컷 두들겨패고 오겠소."

"산사람들 집보다 죽은 이들의 무덤이 더 많아서야 어쩌겠느냐. 어차피 한 줌 흙으로 돌아갈 것인데 무덤을 만드는 것은 지나친 일이다. 서석사를 세우기 전부터 이 몸뚱이도 다비하기로 작정하였으니 다른 생각은 아예 하지 말거라."

무법 스님이 계백과 어린심이의 손을 잡았다.

"오래 머물수록 아쉬움만 커지게 된다. 잘 있거라."

두 스님은 그길로 성을 나섰고, 이듬해 봄 찾아온 해원 스님은 무법 스님이 열반하셨음을 알렸다.

"도력이 높은 큰스님인지라 사리가 많이 나왔는데 모두 산 밑 가람에 띄워보냈네. 서석사 스님들은 앞으로 모두 다비를 하기로 했고, 부도도 만들지 않을 것이네."

서라벌을 떠도는 소문들

달이 밝다. 오늘은 한가위, 날짜로는 8월 보름이니 열두 달 가운데서도 가장 달이 밝은 날이다. 여름내 익은 햇곡식과 과일을 제상에 올리고 차례를 지낸다.

유리임금 때의 일이다. 유리는 남해임금의 태자로, 어머니는 운제 부인이다. 남해임금이 돌아가셨으니 마땅히 태자 유리가 임금 자리에 올라야 했으나, 대보 석탈해의 덕망이 높은 것을 알고 있는 유리는 탈해가 임금이 되도록 했다. 그러나 탈해 또한 어진 사람이었으므로 이를 받아들이지 않았다. 무슨 말을 해서 거절을 하더라도 유리가 받아들이지 않을 것을 아는 탈해는 마침내 한 꾀를 생각했다.

"임금의 그릇은 아무나 될 수 있는 것이 아닙니다. 내가 듣기에 지혜가 많은 성인은 이가 많다 합니다."

처음 듣는 소리이나 석탈해가 하는 말이다. 그저 웃고 지나칠 소리도 아닌 데다 그 말이 재미있기도 하였으므로 사람들이 나서서 두 사람이 떡을 물어뜯게 했다. 태자 유리의 잇자국이 많았다. 유리를 받들어 세우고 이를 기리는 뜻에서 호를 '이사금'이라 하였다.

2361년(유리 이사금 5년) 11월, 나라 곳곳을 돌아보던 임금은 한 늙은이가 굶주려 얼어죽게 된 것을 보았다.

"나같이 미련한 사람이 임금이 되어 백성을 잘 거두지 못하여 늙은이와 어린아이들이 이렇게 헐벗었다. 내 죄가 너무 크다."

임금은 옷을 벗어 그를 덮어주고 먹을 것을 가져다주게 했다. 또한 관리들에게 분부하여 이곳저곳을 돌면서 홀아비나 홀어미, 외로운 늙은이와 병든 사람들 가운데 헐벗고 굶주리는 사람을 위로하고 먹을 것을 나누어주어 다 함께 살아가도록 했다. 그리하여 이웃한 나라에서도 그 소문을 듣고 찾아오는 사람이 많았다.

2365년 봄, 임금은 6부의 명칭을 고치고 성(姓)을 내렸으며 관제를 17관등으로 정했다. (양산부楊山部는 양부梁部라 하여 성을 이씨李氏라 하였다. 고허부高墟部는 사량부沙梁部라 하여 성을 최씨崔氏라 하였다. 대수부大樹部는 점량부漸梁部라 하여 성을 손씨孫氏라 하였다. 우진부于珍部는 본피부本彼部라 하여 성을 정씨鄭氏라 하였다. 가리부加利部는 한기부漢祇部라 하여 성을 배씨裵氏라 하였다. 명활부明活部는 습비부習比部라 하여 성을 설씨薛氏라 하였다.)

또 6부를 두 패로 가르고 왕녀 두 사람으로 하여 각 부의 여자들을 거느리게 하였다. 이들은 7월 16일부터 6부의 뜰에 모여 밤 2경까지 길쌈을 하였고 다음 달 8월 15일에 이르러 그 공이 많고 적음을 살폈다. 진 편에서는 술과 음식을 마련하여 이긴 편에 사례하고 모두 노래하고 춤을 추었는데 이것을 가위(嘉俳, 佳俳)라 했다. 이때 진 편에서 한 여인이 일어나 춤을 추며 탄식하는 노래에 '희소희소'라고 했는데, 그 소리가 슬프고도 아름다웠으므로 뒷날 사람들이 노래를 짓고 '희소곡'이라 이름을 붙였다.

연못에 박힌 달이 그림처럼 아름답다. 들쩍지근한 연냄새가 온몸을 싸안고 흐른다. 문득 차가운 바람이 일면서 달빛이 잔물결에 부서졌다.

제법 쌀쌀한 날씨였으나 작은 연못가에 언제부턴가 꼼짝 않고 앉아 있는 늙은이가 있었다. 할아버지를 찾으며 달려드는 어린것들도 안아주지 못하고 떼어놓아야 했던 인정머리 없는 늙은이였다.

한가위 밝은 달 아래서 깊은 시름에 잠겨 있는 이는 다름 아닌 상대등 비담이다. 그는 고구려군이 당군을 뒤쫓다가 장성에서 숨고르기를 하고 있던 지난해(2978년) 11월, 조정의 우두머리인 상대등에 올랐다.

여왕의 비담 지명은 누구에게나 의외였다. 병부령 알천이 서라벌의 신선이라 불리며 다수의 지지를 받고 있었기 때문이다. 비담은 학문에만 뜻을 두어 화랑도에도 나가지 않았으므로 병사에 관한 일은 거의 젬병이라고 해도 과언이 아니었다.

"비담공은 병사에 관한 일을 모를 뿐 아니라 조정에서도 주요 관직을 두루 거치지 않았습니다. 알천공이라면 모두들 수긍할 것이나 비담공이라면 모두 의아해할 것입니다."

특히 김춘추와 김유신의 반대는 맹렬했다. 상대등은 임금을 대신해 국정을 총괄하는 자리였으므로 모든 분야에 정통하지 않으면 안 된다.

"더구나 비담공은 늘 화평만을 말하는 사람입니다. 삼국통일의 큰 뜻을 알 수조차 없는 극히 평범한 인사일 뿐입니다. 늘 걸림돌이 되고 말 것이 뻔한 사람에게 상대등이라는 국정 최고의 자리를 맡길 수는 없습니다."

"비담은 내가 강보에 싸인 아이였을 때부터 오직 나만을 생각해온 사람, 결코 내 뜻에 반대하지 않을 것이오."

"그렇지 않습니다. 삼국통일이 저희 두 사람뿐 아니라 폐하의 숙원사업이라는 것을 모르는 사람이 없는데도 비담공은 사사건건 이를 비방하는 발언만 하고 있습니다. 상대등이 되면 오히려 그에게 날개를 달아주는 꼴이 되고 말 것입니다."

"그가 우리 일을 끝까지 반대한다고 해도 좋소. 평생 나만을 생각해준 사람이 나를 반대한다면 나 또한 그 정도의 고통쯤은 감수하는 것이 옳지 않겠소?"

여왕은 그렇게 춘추와 유신의 매서운 입을 막았다. 그것이 평생을 바쳐온 비담의 사랑에 대한 여왕의 보답이었다. 세월은 무상한 것, 어느새 청년의 얼굴에도 깊은 주름이 패였고 머리에는 하얗게 서리가 내렸다. 이미 환갑진갑을 다 넘긴 오라비 비담에게 여왕은 그렇게라도 보답하고 싶었던 것이다.

무엇인가? 이 나라의 상대등을 깊은 시름으로 몰아넣는 것은? 혹 천재지변이 있어 곡식이 쓰러지거나 어디에 역질이라도 돌았나? 아니다. 나라 안에는 찬바람이 부는 지금까지 전염병이라는 말도 없었거니와 곡식도 어느 해 못지않은 풍년을 이루었다. 상대등이 시름에 잠겨 있는 것은 도무지 영문 모를 일이었다. 상대등이 늙은 몸을 걱정하는 것인가?

"아니 된다!"

문득 탄식이 터져나왔다. 상대등 비담은 누가 앞에 있기라도 한 듯 머리를 가로저었다.

"이래서는 정말 아니 된다!"

다시 확인이라도 하듯 안 된다는 소리였다. 그러나 무엇이 안 된다는 것인지 까닭 모를 소리를 남기고 다시 침묵이 이어졌다.

"어찌하는가? 무엇으로 막는단 말인가?"

오랜 침묵을 깨고 나온 탄식이 달빛 사이로 흘렀다. 문득 달을 향해 들어올린 얼굴이었으나 두 눈은 여전히 아무것도 바라보고 있지 않은 듯했다.

"상대등께서는 무엇을 그리도 골똘히 생각하십니까? 보는 사람이 되레 안타깝습니다."

비담은 느닷없는 말소리에 흠칫 몸을 떨었으나 곧 놀란 가슴을 가라앉히고 뒤돌아보며 물었다.

"누구시오?"

"염종입니다. 상대등께서 몸이 편찮은 듯하기에 돌아가는 길에 들렀습니다."

아아, 그랬는가? 불쑥 나타난 사람이 염종이라는 것을 안 상대등은 갑자기 생기가 돌았다.

대아찬 염종은 비록 관등은 낮으나 머리가 이미 하얗게 세어 함께 늙어가는 처지다. 굳이 나이를 따진다 해도 예닐곱 아래를 벗어나지는 않을 것이다. 터놓고 지내온 사이는 아니지만 그 됨됨이가 참되고 덕이 많은 사람임을 모르지 않았다. 하지만 너무 욕심이 없고 솔직하다 보니 남을 해칠 줄 모르고 남의 해코지에서도 자신을 지킬 줄 모른다. 함께 큰일을 꾸밀 사람은 못 된다.

어찌 되었건 비담은 일찍 퇴궐한 자신을 걱정해 찾아준 염종이 고맙기 짝이 없었다. 손님맞이를 위해서 부리는 사람에게 초롱을 밝혀들게 하고 며느리가 다과상을 가져왔으나 주인은 손을 내저었다.

"귀한 손님이 오셨으니 술 한잔 마시고 싶구나."

"예, 곧 차려오겠습니다."

모처럼 기뻐하는 모습에 절로 신바람이 난 며느리는 손님이 말릴 새도 없이 뒤돌아 달려가 술상을 내왔다.

"너희는 물러가 있거라."

비담은 부리는 사람에게 초롱불마저 가져가게 했다. 모처럼 달빛을 즐기려는가 보았다. 비담은 먼저 잔을 들며 흥을 돋웠으나 오래지 않아 아까처럼 무겁게 가라앉은 모습으로 돌아가 있었다.

"걱정거리가 있으신가 본데, 제가 알아도 되겠습니까?"

"대아찬은 대장군 김유신을 어떻게 보시오?"

"김유신을 말씀하셨습니까?"

밑도 끝도 없이 불쑥 던지는 말이었으나 신라의 벼슬아치라면 대장군 김유신을 모를 사람이 없다. 길에 나가 밑 터진 바지를 입고 대말을 타며 노는 코흘리개한테 물어보아도 누구나 그 성품까지 그려내듯 막힘없이 대답하리라.

상대등이 새삼스레 묻는 것은 무언가 좋은 뜻에서는 아닐 것이나 염종으로서는 대장군 김유신이 무엇을 잘못했다는 것인지 알 수 없었다.

"그렇소. 김유신이오. 나는 대아찬에게 김유신을 어떻게 생각하는가 물었소."

"……."

비담이 거듭 물었으나 염종은 무어라 대꾸하지 못했다.

"그럴 것이오. 대아찬도 이 늙은이가 혹 망령이라도 부리는 것이 아닌가 싶을 것이오."

상대등 비담의 말소리가 쓸쓸하게 울렸다.

"김유신은 범 같은 장수이며 조정 벼슬아치로서도 매우 훌륭한 사람이오. 그러나 이대로 두었다가는 이 나라가 다른 사람이 아닌 김유신의 손으로 결딴나고 말 것이오."

나라가 결딴나다니? 그것도 다른 사람이 아닌 대장군 김유신의 손으로?

"상대등께서 하시는 말씀을 도무지 모르겠습니다. 김유신이 딴마음을 품고 있다는 말씀입니까?"

느닷없는 소리에 크게 놀란 염종이 재우쳐 물었으나 상대등은 뜸을 들이듯 천천히 머리를 저으며 말했다.

"아무도 관심을 갖지 않고 있을 뿐 누구도 모르지는 않을 것이오."

"모르는 일이 아니라면?"

"김유신이 말하는 삼국통일을 대아찬께서는 어떻게 생각하시오?"

"그가 삼국통일을 말해온 것은 오래전부텁니다. 새삼스러울 것이 없는 일인 줄로 압니다."

"새삼스러울 것이 없다는 것은, 이를 내버려두어도 된다는 말씀이오?"

"김유신은 화랑낭도를 이끌 때 이미 국선화랑이었으며 낭비성 싸움 뒤로 나가 싸울 때마다 한 번도 져본 일이 없는 장수입니다. 그러한 장수가 삼국통일을 입에 올린다 해서 이상할 것은 없습니다. 오히려 장수다운 기상으로 보아야 할 것입니다."

염종이 김유신을 두둔하여 말하는 것은 아니었다. 염종뿐 아니라 신라 조정에서는 누구나 다 그렇게 생각하고 있다고 보는 것이 옳을 것이다.

"대아찬께서는 우리 신라에게 백제와 고구려를 함께 아우를 만한 힘이 있다고 생각하시오?"

"그렇지는 않습니다. 김유신의 됨됨이를 말하는 것이지 그에게 군사를 주어 백제나 고구려와 전면전을 벌여도 좋다는 뜻은 아닙니다."

"그렇다면 김유신이 말하는 삼국통일은 헛된 꿈에 지나지 않을 것이기에 귀담아듣지 않고 있다는 말씀이오?"

"이를테면…… 그렇습니다."

염종이 머리를 크게 끄덕였다.

"그러나 그렇지 않다면? 김유신이 그저 에멜무지로 해보는 말에 그치지 않고 막상 군사를 일으키려 든다면 어찌하겠소?"

"그럴 리는 없습니다. 어느 누구도 그가 신라의 모든 군사를 이끌고 사비나 평양에까지 쳐들어갈 것이라고는 꿈에도 생각하지 못할 것입니다."

결국 쓸데없는 걱정일 뿐이라는 이야기였다.

"그게 바로 큰일이오. 모두들 그렇게 생각하고 있으니 아무도 나서서 김유신을 막으려 하지 않는 것이오."

"이 나라가 김유신 한 사람의 뜻대로 움직일 수 있는 나라는 아닙니다. 그가 군사를 일으키려 해도 아무도 따르지 않을 것입니다. 끝내 우겨댄다면 스스로 무덤을 파는 꼴이 될 것입니다."

이렇게 답답할 수가 있는가? 비담은 제 가슴을 치고 싶었다.

"김유신이 싸움마다 공을 세우는 것은 그가 호랑이처럼 사나워서만이 아니오. 그가 뛰어나게 슬기롭고 지략을 많은 장수라는 것을 잘 알면서, 그의 뛰어난 책략을 걱정하지 않는 것은 무슨 까닭이오?"

책략이라니, 김유신이 모반이라도 꾀하고 있다는 말인가? 말도 안 되는 소리! 염종은 저도 모르게 머리를 저었다.

"대아찬도 김유신이 어떻게 해서 춘추공과 처남매부 사이가 되었는지 모르지 않을 것이오. 이미 지난 일에 대하여 잘잘못을 가리자는 것이 아니오. 그만한 일로 김유신을 나무랄 수는 없는 일이나, 이제 그 일마저 그냥 지나칠 수 없는 것은 쉬쉬하며 떠도는 몇 가지 소문 때문이오."

"몰래 떠도는 소문이라니, 짐작되는 바가 없습니다."

"그렇다면 내 일러드리겠소. 바로 김유신과 그의 누이에 대한 소문이오."

요즘 들어 서라벌에는 갑자기 김유신에 대한 소문들이 떠돌고 있었다. 그 내용은 대개 이러했다.

김유신은 열일곱 나던 해 신라를 괴롭히는 백제와 고구려를 쳐부수겠다는 뜻을 세우고 중악(대구 팔공산)으로 갔다. 그는 목욕재계하고 한 석굴 속으로 들어가 하늘에 빌었다.

"고구려와 백제는 흉악하기가 승냥이나 호랑이 같습니다. 저들이 억센 아가리와 사나운 발톱을 믿고 함부로 날뛰니 군사들의 피가 마를 날이 없고 백성들이 잠시도 편안할 날이 없습니다. 제가 비록 어리석고 재주가 없사오나 적들로부터 이 나라를 지키고자 하는 뜻만은 굳게 세웠사오니, 하늘이여 굽어살피소서. 천지신명이여 힘과 슬기를 주소서."

하늘의 보살핌을 받지 못한다면 차라리 그 자리에서 죽기를 다짐하고 빌었다. 나흘째 되던 날 어디서 갑자기 갈옷을 입은 한 늙은이가 나타났다.

"이곳은 독벌레와 사나운 짐승들이 많아서 사람이 들어올 수 없는 곳이다. 어린 사람이 여기서 무엇을 하고 있느냐?"

이에는 대답하지 않고 유신은 제 궁금한 것을 물었다.

"어르신네께서는 어느 곳에 계시며 이름은 무엇입니까?"

"나는 어느 한곳에 머무르지 않으니, 오직 발길이 멈추고 가는 것으로 인연을 따를 뿐이다. 굳이 이름을 부르겠다면 난승이라고 해라."

유신은 문득 그가 여느 사람이 아님을 깨닫고 곧바로 꿇어엎드려 세 번 절했다.

"저는 서라벌에서 온 화랑으로, 김유신이라 하옵니다. 우리나라가 작고 힘이 없다 하여 이웃 나라들이 까닭 없이 괴롭히니 언제고 편안할 날이 없습니다. 제가 비록 백성을 구하고 나라를 지키자 하는 뜻을 세웠으나 어리석고 재주가 없으니 어찌해야 좋을지 모르고 있습니다. 어리석다 꾸짖지 마시고 가엾게 여겨 비법을 가르쳐주십시오."

간절히 빌었으나 늙은이는 대답이 없었다. 그러나 다시없는 기회다. 유신은 이마를 땅에 찧고 눈물을 흘리며 빌고 또 빌었다.

"적들의 사나운 발톱에 찢기고 두려워 떠는 백성을 불쌍히 여기소서. 일러주신 비법을 이 한 몸의 영화를 위하여 쓰는 일이 있다면 하늘과 땅과 귀신이 함께 용서하지 않을 것입니다. 맹세하오니 부디 불쌍히 여기시고 비법을 일러주소서."

눈물과 함께 흐른 피가 땅을 적시고 끝내는 목이 쉬어 짐승처럼 갈라진 소리가 나왔다. 마침내 늙은이의 입이 열렸다.

"너는 어린 몸으로 세 나라를 아우르려는 마음을 갖고 있으니 제법이구나. 잘 들어라. 내가 이르는 바를 함부로 입 밖에 내지 마라. 그 죄가 크리라."

그러고는 낱낱이 비법을 일러주었다.

"다시 이르거니와 다른 이에게 옮겨말하지 마라. 함부로 쓰지 마라. 그 죄는 네 한 몸으로 갈망하지 못한다."

다시 한 번 다짐을 받고 나서 늙은이는 산 위로 걷기 시작했다. 유신이 급히 뒤따랐으나 늙은이는 바람처럼 산 위로 사라져버리고 뫼봉우리에는 오색찬란한 구름뿐이었다.

또 하나는 김유신이 국선화랑이 된 뒤의 일이라고 했다.

그가 이끌던 화랑도 가운데 백석이라는 자가 있었다. 어디서 왔는지는 알 수 없었으나 여러모로 재바르고 뛰어났으므로 화랑 김유신과 가깝게 지냈다. 백석은 김유신이 고구려와 백제를 치려고 밤낮으로 깊이 생각하고 있다는 것을 알고서 말했다.

"예부터 적을 안 뒤에야 적을 칠 수 있다고 했습니다. 먼저 고구려를 몰래 살펴본 뒤에 일을 꾀하는 게 어떻습니까? 마침 제가 고구려말을 잘하니 함께 가면 어려움이 없을 것입니다."

매우 그럴듯한 소리였으므로 김유신은 그길로 백석과 함께 길을 떠났다. 어느 고갯마루에서 잠깐 다리쉼을 하고 있을 때 두 여인이 나타나 함께 길을 가게 되었다. 골화천(경북 영천)에 이르렀을 때 작은 과일바구니를 든 한 여인이 다가왔다. 함께 길을 가게 된 이들이 어느 숲에 이르러 다리쉼을 하게 되었다.

여인이 바구니에 든 과일을 나누어주었다. 모두들 목이 말랐던 참이라 함께 맛있게 먹었는데 백석이 문득 잠에 취해 쓰러졌다. 놀란 김유신이 이 여인을 나무라려고 하자 여인들이 입에 손을 대어 조용히 하라고 하며 숲속으로 유신을 이끌었다. 유신이 이들을 따라 숲으로 들어가니 여인들이 갑자기 신의 모습으로 나타났다.

"우리는 내림, 혈례, 골화 등 세 곳의 호국신이오. 이제 고구려 사람이 그대를 꾀어가려는데 그대가 그것을 알지 못하고 따라가므로 이를 일러주려고 모습을 나타낸 것이오."

유신이 놀라는 사이 이들은 눈앞에서 사라졌다. 유신은 호국신들에게 엎드려 절하고 숲속에서 나왔다. 백석이 아직 잠에서 깨어나지 못한 것을 보고 함께 누워서 단잠이 든 것처럼 했다.

이튿날 다시 길을 걷다 유신이 문득 생각난 것처럼 말했다.

"지금 다른 나라에 가면서 요긴한 문서를 잊고 왔다. 집에 돌아가 그 문서를 가지고 오자."

드디어 집에 돌아와서 백석을 잡아 묶었다.

"너는 누구이기에 감히 나를 꾀어 고구려에 가도록 하였느냐?"

매섭게 다그치자 마침내 백석이 입을 열었다.

"나는 고구려 사람이오. 우리 조정에서는 그대가 전생에 우리 고구려의 사람으로 추남이라는 점쟁이였음을 알고 있었소. 일찍이 고구려 국경에 거꾸로 흐르는 물이 있으므로 태왕 천하께서 추남을 불러 점을 치도록 하였는데, 추남이 점을 쳐 말하기를 '천후께서 음양의 도를 거슬렀으므로 나타난 것입니다' 하니 모두가 놀라지 않을 수 없었소. 성난 천후께서는 누그러질 줄 모르고 '이자가 점쟁이 탈을 쓰고 못된 소리를 지껄여 멀쩡한 사람을 욕보이고 해치려 드니 용서할 수가 없습니다. 이자가 정말 점쟁이라면 다른 일도 잘 알 것이니 먼저 이자를 시험해보지 않으면 안 됩니다'라고 하시니, 모두들 그 말을 옳게 여겨 곧 작은 상자를 가져다놓고 안에 있는 것이 무엇이냐고 물었소. '안에는 쥐가 들어 있는데 모두 여덟 마리입니다.' 상자를 열어보니 쥐가 들어 있었으나 한 마리뿐이었소. '잘 알지도 못하는 자가 감히 천후를 욕보이려 하였다. 이자를 끌어다가 목을 베어라.' 사형명령이 내리고 추남이 죽게 되었는데,

추남은 끌려나가면서도 소리 높여 외쳤소. '죄 없는 나를 억지 죽음시켰으니 반드시 사나운 싸울아비로 태어나 고구려를 쳐 없애고야 말 것이다!' 모두들 송충이를 삼킨 듯 께름칙해하는데 누군가가 이런 말을 하였소. '추남은 여태껏 한 번도 틀린 적이 없는 용한 점쟁이로 이름이 높았습니다. 저 쥐의 배를 갈라보는 것이 좋겠습니다.' 그 말에 따라 쥐의 배를 가르게 되었는데, 뱃속에 일곱 마리의 새끼가 있었으니 추남의 말이 맞았던 것이오. 그제야 놀라 추남을 죽이지 말라는 명령을 내렸으나, 이미 추남의 목이 떨어진 뒤였소. 그날 밤 태왕 천하의 꿈에 추남이 서현공(유신의 아버지)의 부인 품속으로 들어가는 것을 보았기 때문에 그대를 붙잡아가려고 내가 온 것이오."

김유신이 백석을 죽이고 온갖 음식을 갖추어 호국신들에게 제사를 지냈다. 세 호국신은 모두 몸을 나타내 제사를 받았다.

세 번째 소문은 김유신의 큰누이 아해(보희)의 꿈에 관한 것이었다.

어느 날 아해가 꿈속에서 남산에 올라 오줌을 누었는데, 그 오줌이 어찌나 많던지 큰 시위가 나서 서라벌이 온통 그녀의 오줌에 잠기는 꿈이었다.

이튿날 제 아우인 아지(문희)에게 간밤에 꾼 못된 꿈 이야기를 했다. 비록 꿈속의 일이나 참으로 부끄러웠겠다고 내숭을 떨던 아지가 무슨 생각을 했던지 저한테 그 꿈을 팔라고 했다.

"그런 꿈이 뭐가 좋다고 사겠다는 것이냐?"

"지질버력도 쓰일 데가 있다는데, 그 꿈이 언니에게는 해괴하게 생각되고 내게는 그렇지 않으니, 그 꿈을 내가 갖게 된다면 좋은 일이 아니겠어요?"

"그렇다면 네가 가지려무나. 거저 줄 터이니."

"거저는 안 돼요. 장난처럼 거저 주고받았다가는 그 꿈이 언니한테 달라붙어서 떨어지지 않을지도 몰라요."

처녀가 그런 꿈을 다시 꾸게 된다면 그야말로 끔찍한 노릇이다. 꿈을 사고판다는 것은 들어보지 못하였으나, 그리 되지 않는다 하여도 더 나빠질 것은 없었다. 아해로서는 에멜무지로 꿈을 팔게 되었다.

"그래, 꿈을 사가거라."

"꿈값은 무엇으로 할까요?"

"치마 한 감이면 되지 않겠니?"

"좋아요."

아해는 아직도 믿기지 않았으나 아지가 몹시 성가시게 굴었으므로 마침내 낯빛을 고치고 자리에서 일어났다. 제 몸에서 꿈을 건네주는 시늉을 하며 "꿈을 가져가거라" 하고, 동생은 "예, 꿈을 받았어요" 하며 치마를 벌려 꿈을 받았다.

"꿈을 잘 받았어요. 여기 꿈값으로 정한 치마 한 감을 받으

세요."

아우도 언니에게 꿈값을 치렀다.

"꿈값도 잘 받았다. 이로써 꿈은 내 것이 아니라 너의 것이 되었다."

중악에 올라 강성대국의 비법을 얻었다는 이야기는 진위 여부가 확실치 않다. 그러나 백석이라는 자에게 속아서 고구려로 가고 있을 때 세 호국여신이 나타나 도와주었다는 이야기만큼은 아무래도 믿기 어렵다고 했다.

김유신이 고구려 간세를 잡았다는 것은 개인의 문제로 끝날 일이 아니므로 수십 년이 지날 때까지 세상에 알려지지 않고 있다가 이제야 불거질 까닭이 없다. 비담이 알고 있기로는, 지난봄 고구려 간세들이 다섯 명이나 추포되었다. 처음에 간세 하나를 가려내었으나 김유신이 잡아들이지 않고 거의 1년 동안이나 지켜보며 뒤를 캤는데, 더 이상 나올 것이 없어 추포했다는 것이다. 간세들은 발견되더라도 일망타진될 위험을 방지하기 위해 거의 점조직으로 움직이기 때문에 잡아들여 고문을 했어도 더 이상은 캐내지 못했다고 했다.

내림에서 혈례까지는 30리가 조금 넘으니 보통으로 걸어도 한나절이면 되는 거리다. 그런데 내림에 나타났던 어떤 자가 이틀 만에 혈례를 지나갔는데, 이상하다 싶어서 조사해보니 골화 쪽으로 먼 길을 돌아갔다는 흔적이 드러났다. 따로 누구를 만난 일도 없이 가까운 길을 놔두고 먼 길을 돌아간 것은 내림에서 혈례로 가는 길이 험해서가 아니라 당시 검문검색 훈련을 하느라 그 어느 때보다 검색이 매우 까다로웠기 때문이다. 검문검색 훈련을 위해서 아무리 신분이 확실하고 얼굴을 뻔히 잘 아는 사람이라도 짐이나 보따리는 물론 온몸 곳곳을 샅샅이 수색하고 모두 기록으로 남기고 있었던 것이다.

차라리 먼 길을 돌아가더라도 까다로운 검문을 피하려는 자들은 신분이 확실치 않거나 수상한 물건을 지니고 있는 자, 또는 자신의 흔적을 남기지 않으려는 자들일 수밖에 없다. 그런데 공교롭게도 그자는 검문검색이 벌어지고 있다는 것도 알 만한 위치에 있는 자였으니 더욱 의심할 수밖에 없었다. 그래서 곁을 지켜보며 은밀하게 조사해보니 고구려의 간세임이 드러났다는 것이다.

주막집에 들어오는 정보를 이용해서 간세의 꼬리를 잡았다는 것은 철저한 비밀사항이었으나, 갑작스러운 예산 확장에 반대하는 상대등을 설득하기 위해 여왕이 직접 비밀을 유지하라는 당부와 함께 들려준 이야기였다. 상대등 비담은 무조건 자기를 믿어달라며 사람들을 설득했고, 평소 김유신을 못마땅해하던 상대등이 적극 나서자 사람들은 미심쩍어하면서도 예산집행을 승인했었다.

그런데 요즘 갑작스럽게 호국신들이 나타나 도와줄 만큼 김유신이 보통사람이 아니라는 소문이 돌고 있는 것이다.

제아무리 김유신이 고구려를 염탐하고 싶어도 국선화랑인 풍월주의 몸으로 직접 고구려에 간다는 것은 상식적으로 있을 수가 없는 일이다. 근래에 있었던 간세 추포사건을 확인하기 어려운 수십 년 전으로 끌고 가서 주막집 책임자들을 호국신으로까지 둔갑시키며 신비스럽게 포장해내는 김유신의 저의는 무엇인가? 상대등 비담은 그것이 수상쩍었던 것이다.

그러나 누구도 김유신의 충성을 의심하지 않았다. 가야파이면서도 가야파로부터 욕을 먹는 사람, 김유신은 가야인들의 비난을 받을 때마다 '내 무덤에 침을 뱉으라'며 당당하게 대처했다. 그래서 김유신이 죽을 때까지 기다릴 수 없는 사람들은 김유신의 상투머리를 무덤이라 부르며 뒤통수에다 침을 뱉는다고 했다.

처음 듣는 이야기였으나 우스갯소리로 여기고 그냥 지나칠 일이 아니었다.

"유신의 둘째누이가 춘추의 아내가 된 것은 그 꿈이 맞았기 때문입니까?"

염종이 놀라움을 감추지 못하는데 비담은 머리를 저었다.

"흥, 모두가 꾸며낸 이야기일 것이오. 정말 있었던 일이라면 어찌 이제야 그런 이야기들이 나돌겠소?”

그렇다면 더욱 무서운 소리였다. 모두가 춘추와 유신이 여느 사람이 아니라는 것을 말하고 있지 않은가. 이는 김유신이 입버릇처럼 외워대는 삼국통일의 길로 나설 때가 되었음을 뜻하는 것이다.

“자리에 눕는 일이 많은 폐하께서는 이제 드러내놓고 춘추와 유신을 가까이하고 있소이다. 무엇보다도 김유신이 그런 소문을 지어서 퍼뜨렸다면 저들에게 그럴 만한 까닭과 배짱이 있어서일 텐데, 그것이 걱정이오.”

문병 삼아 상대등 비담을 찾아왔다가 느닷없는 소리를 듣고 어리둥절해졌던 염종은 그제야 정신이 번쩍 나는 듯했다.

“그럴지도 모릅니다. 요즈음 들어서 여왕 폐하께서는 하루에도 몇 번씩 춘추를 찾는다고 합니다. 그러나 춘추공은 누구의 눈에도 다음 보위를 이을 사람이 아닙니까? 누가 무슨 수로 춘추의 등극을 말리고 유신의 삼국통일 야망을 막겠습니까?”

꿈을 꾸는 자와 막으려는 자

밤이 깊어서 집에 돌아온 염종은 자리에 누웠으나 잠을 이룰 수가 없었다. 여인이 꾼 꿈이 비록 헛소문에 지나지 않는 것이라고 하더라도, 김유신의 입에서 나온 것이라면 보통 큰일이 아니다. 여인이 눈 오줌이 서라벌을 잠기게 했다면, 이는 서라벌이 온통 그 여인의 세력 아래에 들게 되는 것을 뜻한다. 장사꾼 안해의 꿈이라면 돈벼락 맞는 꿈이겠으나 그 여인은 이미 신국의 보위를 이을 춘추의 안해가 되어 있다.

춘추는 진지왕의 손자이자 진평왕의 외손자이며, 거의 틀림없이 왕위에 오를 사람이다. 그 춘추 뒤에는 삼국통일의 야망을 품은 유신이 있다. 춘추가 왕위에 오르면 유신은 날개 달린 호랑이처럼 날뛰어 삼국통일의 대장정에 나설 것이고, 신라는 온통 싸움에 휘말려 끝내 결딴이 나고 말 것이다.

나라가 결딴나는 것을 막으려면 무엇보다 김유신을 없애야 했으나 삼국을 아우르겠다는 꿈이 죄가 되는 것은 아니다. 이를 빌미로 조정에서 물러나게 할 수도 없는 일이다. 없는 죄를 꾸며서 죽이려 해도 앉아서 당하고만 있을 김유신이 아니다. 가장 좋기는 몰래 사람을 보내 죽이는 것이다. 그러나 나라에서 둘째가라면 서운해할 장수인 데다 언제 어디서고 빈틈이 없는 김유신이다. 오히려 김유신의 눈귀들이 상대등의 집까지 염탐하고 있을지 모르는 터에, 김유신에게 자객을 보낸다는 생각은 그저 이불 속의 활갯짓일 뿐이다.

밝은 달빛이 오히려 방 안에 어두움을 던져주고 있다.

"아아!"

염종은 저도 모르게 긴 한숨을 불어올리고 있었다.

"이대로는 아니 된다!"

네 해 앞서 춘추가 고구려에 사신으로 갔을 때에도 김춘추에게 무슨 일이 생기면 김유신이 군사를 일으켜 고구려를 칠 것이라는 소문이 돌았었다. 춘추가 아무 탈 없이 돌아왔으니 망정이지, 김유신이 군사를 일으키겠노라고 말하고 여왕이 이를 허락했더라면 어찌 되었을 것인가. 생각만으로 눈앞이 아찔해지는 일이었다.

2년 전인 2977년(644) 가을에도 유신은 스스로 군사를 이끌고 나아가 백제를 쳐서 크게 이기고 가혜성, 성열성, 동화성 등 일곱 개의 성을 빼앗았다. 싸움터에서 돌아온 김유신이 임금을 만나뵙기도 전에 백제 군사들이 매리포성에 쳐들어왔다.

김유신은 집에도 들르지 못하고 나아가 다시 백제군을 쳐부수고 돌아왔다.

그런데 그가 집에 돌아가기도 전에 또다시 백제가 군사를 일으키고 있다는 소식이 들어왔다. 여왕이 말리는데도 자진해서 출전한 유신은 집에 들를 사이도 없이 밤낮으로 병장기를 손질하고 군사를 훈련하여 다시 싸움터로 나갔다.

상장군 유신이 그의 집 앞을 지나갈 때였다. 집안 식구들은 집에도 들르지 않고 싸움터로 나가는 유신을 바라보며 눈물을 흘렸다. 거들떠보지도 않고 꼿꼿이 앉아 말을 몰아가던 유신이 무슨 생각에선지 말을 멈추고 곁을 따르던 화랑 흠돌에게 집에 가서 물을 길어오도록 했다.

"물맛이 아주 시원하고 좋구나."

어린 화랑이 길어온 물을 벌컥벌컥 들이켠 상장군 김유신의 말은 짧았으나 그는 이미 뜨거운 눈물을 흘리고 있었다. 집 앞에 나와 기다리는 가족들에게 고개조차 돌리지 않고 지나쳐온 상장군이었지만 저도 모르게 흐르는 눈물을 막을 수 없었던 것이다.

상장군의 눈물에 감격한 군사들이 사기충천했으나 막상 백제와의 전쟁은 지루하기만 했다. 김유신의 군사를 맞은 백제군은 여러 성에 틀어박혀 나올 생각을 하지 않은 것이다. 이때 백제군은 신라 땅을 빼앗으려고 나온 것이라기보다는 고구려 연개소문의 요청에 따라 신라군을 불러내 붙들어두려고 나온 군사들이었기 때문이다. 연개소문은 이세민이 오랑캐들을 모아서 고구려에 도전해오는 것을 알고, 신라가 고구려의 뒤쪽을 물어뜯고 덤비지 못하게끔 백제 임금에게 사신을 보내 미리 신라에 싸움을 걸도록 했던 것이다.

김유신이 몇몇 성을 공격해보았으나 성안에 많은 군사들이 있으니 어느 것 하나도 마음대로 되는 것이 없었다. 그렇다고 신라를 침략하려는 백제군이 국경에 몰려와 있는 마당에 군사를 빼 돌아갈 수도 없는 일이었다.

하릴없이 백제군과 마주 서서 세월을 보내고 있던 유신은 5월이 되자 군사를 돌려 고구려를 공격하라는 임금의 명령을 받고 군사를 물릴 수밖에 없었다. 당군이 고구려에 도전할 때 신라가 당을 돕기로 한 약속이 있었기 때문이다.

"우리가 여기에 있는데 어디로 가느냐?"

"돌아가려거든 우리 땅을 돌려주고 가라."

유신의 군사가 뒤를 보이자 백제군이 싸움을 걸어왔다.

"저놈들이 성 밖으로 나왔다. 어서 쫓아가서 모조리 잡아버려라."

유신이 명령을 내리고 급히 쫓아갔으나 백제군은 꽁지가 빠지게 달아나 성으로 들어가버렸다.

"용기가 있거든 기어나와보거라. 곰배팔에 앉은뱅이 같은 백제놈들아."

신라 군사들이 입이 부르트게 욕설을 퍼부었으나 그때마다 백제 군사들은 벗어부친 팔다리를 내저어 말뚝을 먹이며 배냇병신이 아니라는 시늉만 했다. 아무리 약을 올려도 성에 틀어박힌 백제군은 꿈쩍도 하지 않았다.

마음이 바쁜 것은 고구려를 치라는 임금의 명령에 쫓기고 있는 김유신뿐이었다. 백제군은 신라군이 발을 빼지 못하도록 해서 고구려를 돕고, 지난해 유신에게 빼앗겼던 성만 찾으면 되었기 때문에 마주 나서서 싸우려 들 까닭이 없었다.

"발꿈치만 물어뜯는 똥개 같은 백제놈들아. 어디 낯짝 구경이나 하게 대가리를 내밀어보아라."

신라 군사들이 백제 임금을 걸어 욕을 퍼부으면 오히려 성안에서는 더욱 모진 악다구니가 쏟아졌다.

"불알 깐 김유신과 철딱서니 없는 졸개들은 듣거라. 네놈들은 어서 고구려로 기어가라는 신라 임금의 명령을 받고도 고구려군이 무서워 여기서 노닥거리고 있으니 감히 임금의 명령을 거스르겠다는 것이냐? 아니면 너희들의 임금이 치마 두른 계집이라고 얕잡아보는 것이냐?"

신라 군사들은 팔팔 뛰었지만 백제 군사들이 성안에서 머리를 내밀지 않으니 혼뜨검을 내줄 수가 없었다.

고구려를 쳐서 당군을 도우라는 여왕의 명령은 열흘이 멀다 하고 떨어졌으나 군사를 빼내기만 하면 백제군이 거품을 물고 쫓아왔다. 하는 수 없이 돌아서서 싸울 차비를 하면 백제군은 또 꽁지가 빠지게 달아나 또다시 성에 틀어박혀서 움직이지 않았다. 적을 끌어내려고 군사를 물리는 척하면, 어찌 알았는지 바깥으로 나오지 않고 이쪽이 먼저 지치기만을 기다렸다.

날이 가고 달이 감에 따라 김유신은 성을 하나하나 내어주는 수밖에 없었다. 지난해에 빼앗았던 가혜성 등 일곱 성을 고스란히 백제에 되돌려주고 말았다. 김유신이 군사를 이끌고 싸움터에 선 뒤 처음으로 맛본 패배였다.

겨울이 되자 당군이 고구려에서 물러갔으니 그만 군사를 돌려 서라벌로 돌아오라는 임금의 명령이 전해졌다. 신라군이 물러나자 백제에서도 더는 볼일이 없다는 듯이 군사를 되돌렸다.

"김유신이 백제 군사들에게 발목이 잡혀서 고구려를 치지 못했던 것은 고구려와 원한을 맺기 싫어서 꾸민 거짓놀음이라네. 김유신이 임금님의 명령을 어기면서까지 고구려에 가지 않았으니 망정이지 당나라를 믿고 고구려를 공격했더라면 어찌 될 뻔했겠는가?"

"그렇지도 않을 것이네. 정말 못 이기는 척하고 있었더라면 어찌하여 일곱 개나 되는 성을 빼앗겼단 말인가?"

"바로 그것일세. 백제군이 악착같이 덤벼들어서 도저히 군사를 빼낼 수가 없었다고 해야 당나라에서도 믿어줄 것이 아닌가. 고구려와 당나라 싸움에 끼어들었다가 언걸먹기보다는 백제에게 성 몇 개를 돌려주는 것이 더 낫지 않겠는가?"

날이 갈수록 서라벌에는 김유신이 뒷날 고구려와 당나라의 화를 피하려고 못 이기는 척 백제에게 성을 내준 것이라는 소문이 돌았는데, 그가 거느리고 갔던 군사가 2만여 대군이었음을 생각한다면 소문은 사실이기 쉬웠다.

백제에게 일곱 성을 빼앗기고 돌아왔으나 김유신의 이름은 날로 높아만 가고 있었다.

여왕 폐하의 뒤를 이을 사람은 김춘추다. 김춘추가 보위에 오른 뒤 김유신이 정말 삼국통일의 꿈을 이루기 위해 군사를 일으키려 든다면 조정에서도 끝까지 막을 수가 없을 것이다.

"어찌해야 하는가?"

염종 또한 잠을 이루지 못하고 밤새 한숨을 내쉬었다. 다음 날부터 염종은 상대등 병문안을 핑계로 비담의 집에 드나들었다.

밤새 첫눈이 내렸다. 발목이 빠질 만큼 풍성한 눈이다. 눈을 밟으면 어린아이처럼 즐거워진다. 가마를 뒤따르게 하고 걸어서 궁성으로 향하던 염종이 문득 뒤를 바라보았다. 하얀 눈 위에 찍힌 자신의 발자국이 보인다. 무릎을 높이 들지 못하고 주춤거리며 걸어온 자취가 그대로 남아 있다. 누구의 눈에도 어쩔 수 없이 늙은이의 발자국이다. 염종은 쓰게 웃었다.

눈이 녹으면 내 발자국도 흔적 없이 사라지리라. 그러나 한뉘를 살아도 즈믄 해를 남는 것이 사람의 삶이다. 여태껏 아무런 욕심 없이 살아왔는데, 이제는 온몸을 불태워야 한다.

생각을 멈추고 염종은 손짓하여 가마에 올랐다.

염종이 거사 문제로 밤새 끙끙거리고 있을 때 비담도 잠 못 이루며 가슴앓이를 하고 있었다. 조정에 나가거나 대전에 들어 수척해진 여왕을 바라보는 비담은 늘 가슴이 아팠다. 살이 계속 빠지면서 그 곱고 빛나던 피부도 윤기를 잃고 거칠해졌으며 정감이 가득 차 아름답던 두 눈에서도 귀기 어린 광채가 났다.

지금처럼 마른 여왕이라면 비담의 늙은 몸으로도 번쩍 들어 안을 수가 있을 것이었다. 안아주고 싶었다. 어린아이처럼 포근하게 안아주고 입 맞추며 어서 식욕을 되찾고 전날의 그 생기발랄한 아름다움을 찾으라고 말해주고 싶었다.

"하필이면 이때란 말이냐? 진즉 끝냈어야 될 것을!"

강보에 싸인 젖먹이였을 때부터 평생을 사모해오던 여왕이 지금 앓아누워 있다. 그 곁을 지키며 위로를 해도 시원찮을 판국인데 모반이라니, 여왕의 가슴에 시퍼런 칼을 꽂는 엄청난 짓을 자신이 하고 있다니! 여왕도 비담 자신의 사랑을 아주 모르지는 않을 터인데, 그 얼마나 상심이 클 것인가?

누가 죽고 사는 것이 문제가 아니다. 할 수만 있다면 되돌리고 싶었다. 나중 일이야 어찌 되든 사랑하는 여왕이 눈을 감을 때까지는 기다려야 했다. 누가 승리하건 스스로 자멸을 하건, 그 어느 것도 사랑하는 사람의 눈앞에서 벌어져서는 안 될 일이었다. 그러나 여왕이 숨을 거두고 춘추가 보위에 오르고 나면 만사가 끝이다. 열이면 열, 백이면 백 실패로 끝날 반란이지만, 그래도 여왕이 살아 있을 때 일으켜야만 하는 것이다. 평생을 바쳐 지켜온 내 사랑이 피를 철철 흘리며 쓰러지더라도 춘추가 보위에 오르는 것만은 막아야 하는 것이다.

사랑하는 천관녀 앞에서 말의 머리를 베고 돌아섰다는 김유신이 차라리 부러웠다. 그들은 젊었으니 얼마든지 용서하고 다시 사랑할 기회가 있었다. 그러나 이제 여왕은 내일을 가늠할 수 없게 되었다. 마지막 길을 가는 사람에게 늦게라도 사랑한다고 말하기는커녕 오히려 시퍼런 칼을 뽑아든다면 그 사람은 얼마나 상심이 클 것인가? 비록 신국의 천년 사직을 위해 반란을 일으키는 것이지만 가슴이 천 갈래 만 갈래로 찢어지듯 아팠다.

마침내 상대등 비담과 염종은 군사를 일으키기로 했다. 김유신을 쳐야 했으나, 그리 된다면 김춘추는 물론 시난고난 앓고 있는 여왕 폐하도 함께 그 자리에 둘 수 없을 것, 누군가 새 임금이 필요할 것이었다.

진정갈문왕 백반의 아들인 비담이라면 용상에 오를 자격이 충분했지만, 비담은 절대로 아니다. 반란을 일으킨 자가 용상을 차지한다면 나라의 앞날을 위해 군사를 일으켰다는 대의명분이 말짱 거짓임을 스스로 입증하는 꼴이 되고 말기 때문이다. 또한 염종도 여왕에게 향한 비담의 연정을 모르지 않았다. 혹시라도 난중에 누이의 피를 보게 된다면 누이를 따라 목숨을 끊고 말 사람, 사랑하는 누이를 밟고 용상에 오르는 일은 결코 없을 것이다.

"이찬 알천이 좋을 것입니다."

병부령 김알천은 지난해까지 10년 동안이나 조정을 이끌었던 상대등 수품의 이복동생이다. 3년 전, 배다른 아우 선품공이 서른다섯의 나이에 요절한 뒤 부쩍 말이 없어지고 산에 들어가 홀로 수행하는 날도 많았지만 인품이나 능력은 물론 조정의 신망이 누구보다 깊은 사람이다. 알천의 아비는 진흥왕과 사도왕후 사이에서 태어난 갈문왕 구륜이다. 진흥대제의 당당한 손자이니 누구도 반대하지 못할 것이다.

염종의 말에 비담은 머리를 흔들었다.

"그러나 자칫하다가는 그에게까지 화가 미칠 것이오."

성공보다는 실패하기 십상인 거사다. 아니, 다음 임금이 누가 되는 것이 문제가 아니라 우선 춘추의 등극을 막는 것만으로도 충분한 거사다. 그러므로 미리 알천을 내세웠다가는 공연히 아까운 사람만 잃게 된다는 것이었다. 염종도 다시는 임금으로 추대할 사람을 입에 올리지 않았다.

신라에는 김유신의 충성심을 의심하는 사람이 하나도 없었다. 모든 사람이 다 김춘추와 김유신을 나라의 대들보로 생각하는 이때 누가 나서서 그들을 치려고 할 것인가? 군사를 모으는 일부터가 쉽지 않을 터이니, 자신들이 뜻하고 꾸미는 일이 이루어지리라고 믿기도 어려웠다.

그러나 하얀 눈 위에 붉은 꽃잎처럼 흩어져도 좋았다. 비록 저들을 죽이지 못한다 해도 자신들의 붉은 피를 본 사람들은 춘추를 임금으로 모시는 것을 다시 생각하지 않을 수 없을 것이다. 김유신이 삼국통일의 군사를 일으키고자 해도 모두가 반대할 것이다.

우리의 피값이 헛되지만 않는다면 그것으로 좋은 일이다! 어느 나라 어느 역사에 질 것을 뻔히 알면서 일으키는 반란이 있으랴마는, 그들의 모반은 몸을 던져 나라를 지키려는 안타까운 몸부림이었다.

상대등과 염종은 나름대로 은밀하게 움직였으나 음양도로 천라지망을 구축하고 있던 유신에게 곧 포착되고 말았다.

"상대등이 모반을?"

"그렇습니다. 대아찬 염종과 은밀히 만나며 그때마다 군사를 입에 올리고 있습니다."

"좋다. 저들의 움직임을 파악하되 절대 가까이 접근하지 마라. 내용이야 이미 불을 보듯 훤한 것. 모두가 뒤로 물러나 멀리서 지켜보며 누구를 자주 만나는지 정도만 살피도록 해라."

유신의 반응은 신속했다.

이미 유신의 눈귀에 걸린 줄도 모르고 비담과 염종은 부지런히 움직이고 있었다. 상대등 비담은 병부와 대당, 사설당의 장수들을 포섭하고 대아찬 염종은 귀당과 우수정, 하주정, 비열홀정, 골내근정 등 지방의 군대를 포섭하는 것으로 파악되었다.

서라벌에서는 유신과 춘추가 직접 챙기는 시위부와 사자금당, 그리고 유신의 동생 흠순이 부장으로 있는 서당에는 아예 접촉조차 하지 않고 있었다. 지방에서도 유신이 대장군으로 있는 상주정의 장수들과 친분관계가 깊은 한산정, 삼량화정, 이화혜정 등에도 접촉하는 움직임이 전혀 없었다.

음양도가 촉각을 곤두세우고 감시했으나 아직 어디에서도 비담과 염종의 모반에 대한 구체적인 정보는 들어오지 않고 있었다. 비담이 접촉하는 장수들이 쉽게 동조하거나 움직이지 않는다는 뜻이기도 했지만, 마냥 안심할 수도 없었다. 군사들이 전혀 움직이지도 않았지만 아직 어느 장수도 비담이 모반을 하고 있다는 밀고도 해오지 않고 있었기 때문이다. 비겁한 자들은 사태를 저울질하다가 유리하다 싶으면 반란군에 합류할 것이 분명했다.

유신은 병부랑 알천도 비담에게 포섭되었거나 동조하는 것으로 판단했다. 군사에 어두운 비담이라면 몰라도 진흥왕의 손자이면서 누구나 신뢰하는 알천의 등극을 반대할 사람은 거의 없을 것이기 때문이다. 더욱 의심이 가는 것은 병부에서 어떤 움직임도 간파되지 않고 있다는 것이었다. 반란을 일으키려면 군사를 동원해야 하는데, 수면으로 전혀 떠오르지 않고 모두가 물밑에서 너무도 조용히 이루어지고 있었다. 알천처럼 군사에 능한 자들이 적극적으로 돕고 있지 않다면 결코 불가능한 일이다.

누가 어느 정도나 깊이 가담하고 있는지 궁금했으나 그럴수록 유신은 음양도의 활동을 자제시켰다. 만에 하나 유신에게 들통난 것을 알고 모반을 중지해버리면 그야말로 닭 쫓던 개 지붕 쳐다보는 꼴이 되고 만다. 실제적인 군사동원이 없는 상황에서 모반을 증명하기도 어렵거니와, 모반을 증명한다고 해도 비담과 염종 이외에는 모반이 아니라 개인적인 친분으로 자주 만났을 뿐이라고 발뺌하면서 미꾸라지처럼 매끄럽게 빠져나가고 말 것이기 때문이다. 복잡한 혈연관계로 얽힌 신국의 벼슬아치들이 서로 감싸기에 나선다면 사건의 진실은 갈수록 미궁으로 빠져들 뿐이다. 반대하는 자들을 일망타진하고 김유신 자신의 위세를 돋보이게 하기 위해서는 반드시 군사행동이 동반된 반란이 필요했다.

비담과 염종은 서라벌에 주둔한 군사만 움직이기로 했다. 지방에 있는 군사들은 서라벌로 출동하는 과정에서 미리 탄로가 날 수밖에 없을 것이기 때문이다. 서당의 군사들은 대장군 필곡이 대장이라 움직이기가 쉬웠지만 부장으로 있는 장군 흠순이 유신의 동생이기 때문에 일찌감치 포기했다. 대당의 군사밖에 없었으나, 이 또한 은밀하게 움직여야 했으므로 비담과 염종은 대당의 군사 중에서도 절반도 못 되는 2천여 명만 움직일 수밖에 없었다.

2980년(647), 새해가 밝았다. 김유신이 설을 맞아 여왕 폐하께 문안인사를 하러 갔으나 저녁에도 자기 집에 돌아가지 않았다. 다음 날도, 그 다음 날도 유신은 춘추와 어울려 왕궁에서 술을 마시고 노는 것으로 알려졌다.

김유신이 왕궁에서 나오지 않으니 김유신부터 습격해서 없애려던 염종은 조바심이 나서 견딜 수가 없었다.

"아무래도 눈치를 챈 듯싶습니다. 유신이 왕궁에서 나오지 않는 것은 우리의 움직임을 알고 있는 것으로 볼 수밖에 없습니다."

염종의 말에 비담이 머리를 저었다.

"꼭 그렇다고는 볼 수 없을 것이오. 오늘도 유신이 술김에 군사들 씨름판에 뛰어들어 날뛰는 통에 허리를 다친 군사까지 있었다 하오."

"비록 여왕 폐하께서 아끼는 자지만 유신이 며칠씩 왕궁에서 나오지 않고 있는 것은 무척 수상쩍은 일입니다."

"저들이 눈치를 채고 있다면 이미 우리를 잡아 묶었을 것이오. 폐하께 문안을 드리러 갔던 우리를 묶는 것은 손바닥 뒤집기보다 쉬운 일이 아니오."

"그가 모르는 척 딴청을 피우는 것은 우리 일에 누구누구가 끼어 있는지 모르기 때문일 것입니다. 유신 같은 자는 분명히 우리를 한꺼번에 잡아 묶으려 할 것입니다."

"월성의 방비는 조금도 달라진 것이 없지 않소?"

"그것도 우리를 안심시키려고 능청떠는 것입니다. 그러나 이미 빼어든 칼입니다. 2천여 명이나 되는 군사들의 움직임을 더 이상 감추기도 어렵거니와, 일이 늦어지면 무리에서 벗어나는 사람이 생기게 마련입니다."

성격이 온순한 염종이 오히려 앞장을 섰다.

슬픈 모반

정월 초닷새 아침, 날이 밝기도 전에 어둠을 뚫고 함성이 울려퍼졌다. 그러나 반란군을 맞은 것은 환히 밝힌 횃불이었고 빗발치듯 쏟아지는 화살이었다. 처음부터 이들의 움직임을 제 손바닥처럼 들여다보고 있던 유신이 월성을 지키는 사자금당의 군사를 이끌고 반란군을 맞은 것이다. 사자금당의 대장은 대장군 염장이었으나 지난해 환갑을 지낸 후 갑작스럽게 노쇠해 부장으로 있던 장군 예원이 이끌고 있었다. 잠자다 일어난 예원은 반란군이 월성을 공격할 것이라는 소리에 급히 비상경계령을 내렸으며 이후 유신의 말에 따라 사자금당을 지휘하고 있었다.

월성은 금성(혁거세 21년에 쌓은 궁성) 동남쪽에 파사 임금 22년(2434)에 남천 곁의 반달 모양 언덕에 쌓은 궁성이다. 흙과 돌로 쌓았으며 둘레가 1천 23걸음이다. 군데군데 못을 파고 못 사이를 도랑으로 연결하는 구지(溝池)로 해자를 만들어 방비했다.

날이 훤히 밝아오자 비담과 염종의 모습이 보였다. 늙은 몸에 무거운 갑옷은커녕 전포마저 걸치지 않았다. 조정에 나가는 것처럼 둘 다 조복 차림이었다.

대장군 유신이 몸소 활을 들어 시위를 당겼으나 겨냥이 빗나간 듯 비담 곁에 있던 군사가 얼굴을 잡고 쓰러졌다. 그제야 놀란 두 사람이 뒤쪽으로 다급하게 물러나는 것이 보였다.

"뜻밖에 상대등의 목숨이 질겼습니다."

곁에 있던 사자금당의 부장 예원이 위로하여 말했으나 유신의 대꾸는 엉뚱했다.

"저들은 아직 제 잘못을 모르고 있다. 나는 저들에게 잘못을 깨닫고 뉘우칠 겨를을 주려는 것이다."

"아아, 그렇습니까? 역시 대장군께서는 인정이 많으십니다."

예원이 유신을 치켜세웠으나 또 빗나갔다.

"아니다. 내가 어찌 상대등을 죽여 자리에 누워 계시는 폐하의 가슴을 아프게 할 수 있겠는가?"

유신의 말은 번지르르했으나 속셈은 따로 있었다.

'이날이 오기를 얼마나 기다렸는지 모른다. 상대등의 모반이 시간을 오래 끌어야 내 뜻도 이루어질 수 있는 것이다.'

그러나 그 누구도 김유신의 깊은 가슴속을 꿰뚫어볼 수는 없었다. 지난가을 비담과 염종의 수상한 움직임이 그의 촉각에 잡혔을 때부터 조심해오던 터였다. 막상 상대등이 군사반란을 일으킨 것을 보고 나니 10년 묵은 체증이 뚫린 것처럼 시원했다. 또한 그동안 조정에 나갈 때마다 가슴 졸였던 것이 억울하기까지 했다.

'나를 치려면 조정에서 기습하는 수밖에 없었다. 자객을 보내는 것도 군사를 일으키는 것도 내게는 달걀로 바위를 치는 것이나 마찬가지이니.'

무예가 그리 높지 않은 자라도 폐하 앞에서 갑자기 기습을 했더라면 제아무리 김유신이라도 피해갈 재주가 없었다. 물론 폐하의 눈앞에서 피를 뿌리는 것은 있을 수 없는 일이다. 하지만 세상사도 역사도 산 자의 편이다. 죽은 자는 입이 열 개라도 할 말이 없으며 어떤 추악한 누명을 뒤집어쓰더라도 변명할 길이 없는 것이다.

먼저 김유신을 해치우고 김춘추마저 저승으로 보낸 뒤, 화급을 다투는 일이라 신국의 안위를 위해 어쩔 수 없는 선택이었다고 핑계를 댄다면, 누구도 거사에 성공한 자를 처벌하자고 나설 수가 없게 된다. 옳고 그름이 문제가 아니라 이기면 충신, 지면 역적이 되는 것이 만고의 진리이기 때문이다. 그런데 상대등 비담이 어리석게도 아무짝에도 쓸모없는 군사를 일으켜 반란이라는 더없이 훌륭한 잔칫상을 차리고 유신을 최고 상석에 모신 것이다.

"폐하께서 부르십니다."

깊은 생각에 잠겨 있는 유신에게 한 장수가 달려와 여왕 폐하의 명령을 전했다.

반란군들의 공격이 한풀 꺾인 것을 보니 왕궁 군사들의 대비가 만만치 않음을 알고 잠깐 뒤로 물러나 무엇인가 의논하고 있는가 보았다.

"알았다. 잠시 후에 들어가서 폐하를 알현할 것이다."

대답만 했을 뿐 유신은 몸을 움직일 생각을 하지 않았다.

"어서 들어오라는 어명입니다."

다시 재촉했으나 유신은 반란군의 움직임만 노려볼 뿐 못 들은 척했다. 그렇게 한참이 지났을 때 갑자기 '와아' 하며 거친 함성이 들려왔다. 반란군이 다시 드센 공격을 해오는가 싶었으나 김유신의 입에서는 엉뚱한 명령이 쏟아졌다.

"어서 성문을 열어라. 저들이 안으로 들어오게 하라."

"성문을 열라고 하셨습니까?"

영문을 모르는 예원이 되묻자 유신은 대꾸 대신 손을 들어 성문 밖을 가리켰다. 때맞춰 반란군이 크게 어지러워지더니 물살을 가르듯 두 쪽으로 나뉘어 흩어지고 그 가운데로 수많은 군사들이 성문으로 밀려오고 있었다.

구원군이다! 예원은 내달리며 큰 소리로 명령을 내렸다.

"성문을 열어라! 빨리 문을 열어 군사를 맞아들여라!"

성문이 열리자 군사들이 밀려들었다. 흠순이 부장으로 있는 서당의 군사 2천과 휴가를 받아 서라벌에 들어와 있던 상주정의 군사 천여 명이 은밀하게 동원되었으니, 모두 3천여 명이나 되는 대군이었다. 길을 막으려던 비담은 조복을 입은 벼슬아치들이 많이 끼여 있는 것을 보고 오히려 대당의 군사를 뒤로 물려 길을 터주었다.

"수고가 많으시오."

서당의 군사들과 함께 월성에 들어선 대장군 필곡이 유신을 격려했다.

"빨리 사태를 진압해 폐하와 백성들의 걱정을 덜어주시오."

함께 무리를 지은 벼슬아치들이 큰 소리로 김유신의 사기를 북돋우며 대전으로 갔다. 이들의 얼굴을 하나하나 지켜보는 김유신의 얼굴은 밝았다. 모두가 자신을 흰 눈으로 보아왔던 사람들이다. 그들이 이제 모두 자신의 부하장수들처럼 생각되어 한껏 흐뭇해졌을 때였다.

"대당의 금강이 어찌?"

유신은 얼른 말을 삼켰다. 대당의 대장군 금강은 반란군과 함께 있을 줄 알았다. 아니, 대당의 군사들이 반란에 동원되었으니 그것이 정상이다. 또한 금강은 상대등 비담과 함께 치워버려야 할 걸림돌이었다. 상대등 비담이 은밀하게 대당과 접촉하고 있다는 것을 알았을 때부터 금강도 당연히 합류할 것으로 생각했다. 휴가에 들어간 대당 군사들한테서 별다른 낌새가 포착되지 않는 것도 대장군 금강의 노련한 술수인 줄만 알았다.

대당의 5천 군사가 모두 동원되지 않았단 말인가? 소태껍질을 문 것처럼 입맛이 썼다.

눈에 보이는 대당 군사들이 2천 정도이기에 다른 군사들은 서당을 제압하러 간 것으로 생각했다. 상주정과 서당, 한산정 등은 그 대장들이 누구나 다 아는 유신 쪽 사람들이었으니, 반란군이 서라벌에서 가장 먼저 제압해야 할 상대가 바로 서당이었다. 그래서 유신은 월성에 들어오기 전에 미리 흠순에게 비담의 모반을 알려주고, 항상 긴장하고 있다가 서당을 습격하는 대당 군사들을 제압하고 월성으로 들어오라고 일렀던 것이다.

유신이 서당의 군사에다 상주정의 군사까지 천여 명이나 동원한 것은 대당군 5천은 물론 지방에 있는 군사들까지 적지 않게 반란에 가담할 것으로 판단했기 때문이었다. 월성에 특별한 방비가 없고 서당의 군사들이 모두 지방에 출병하고 없다고 해도, 단시간에 월성 공격에 성공하려면 대당의 5천 군사만으로는 쉽지 않은 일이었다.

왕궁을 지키는 시위부는 200명 정도였으나, 사자금당의 군사는 3천으로, 500명은 사량궁이 있는 금성과 양궁이 있는 만월성의 경비를 맡고 있고, 대궁(大宮)이 있는 월성에만 2천 500명이 배치되어 있다. 하루씩 교대근무를 하고 있으니 1천 200여 명의 군사가 밤낮으로 월성을 지키고 있는 것이다. 하지만 단순히 월성을 지키고 있는 천여 명의 군사만이 아니라 서라벌에서 생활하는 군사들까지 변수로 작용할 수 있음을 계산해야 하는 것이다. 교대근무를 대기하고 있는 사자금당의 1천 200여 명은 물론이거니와, 서라벌에는 교대를 기다리며 거주하고 있는 지방군의 군사가 적어도 2만 명이 넘는다. 변란이 일어나면 저들은 따로 병부의 명을 받지 않고도, 서라벌에 있는 소속군의 청사를 중심으로 스스로 조직화되어 조정을 지원하는 군사로 움직일 것이기 때문이다.

서라벌에서 가족들과 살고 있는 군사들이 스스로 뭉쳐서 조정의 군사가 되지 못하도록 하는 길은 단 하나, 반란군이 막강한 위세를 자랑해서 목숨을 중히 여기는 대부분의 군사들이 지방에 있는 소속부대를 찾아가도록 만드는 것뿐이다. 그러기 위해서는 반란에 즉각 동원되는 군사가 1만 정도는 필요한 것이다.

만에 하나, 반란군이 눈에 보이는 2천 정도가 전부라면 은밀하게 상주정의 군사까지 동원한 유신의 꼴이 우스워진다. 아니 우스워지는 것이 아니라 도리어 유신이 모반을 했다는 덤터기를 쓸 수도 있는 난처한 상황이 발생할 수도 있다. 상대등의 모반을 조정과 병부에 미리 알리지 않고 은밀하게 상주정의 군사까지 동원한 이유가 무엇이냐고 물으면 대답하기 곤란해진다. 도리어 상대등 비담이 모반을 유신에게 뒤집어씌우려고, 유신이 서당은 물론 상주정의 군사까지 동원했기에 조정에 알릴 틈 없이 대당의 군사를 급한 대로 끌어모아 월성으로 들어와 왕궁을 호위하며 폐하를 지키려 한 것이었다고 주장할 수도 있기 때문이다. 그리 된다면 누구의 눈에도 급히 출동한 대당의 2천 군사보다도 휴가에 들어간 지방의 군사들까지 동원한 유신의 군사가 미리 치밀하게 계획되고 동원된 군사로 비칠 수밖에 없다.

문득 발밑이 삐끗거리는 불안감이 엄습했다. 유신의 불안한 눈에 맨 끝에서 느린 걸음으로 들어서는 병부령 알천이 보였다. 납덩이같은 얼굴로 흘겨보며 지나가는 알천에게 유신은 인사말조차 건네지 못했다. 구름을 타고 있던 발밑이 쑥 꺼져내리는 것 같았다.

병부령 알천까지! 몽둥이로 뒤통수를 맞은 것처럼 얼얼해졌다.

믿기 어려운 상황 전개를 보면서도 설마설마 했는데, 상대등 비담은 병부령 알천의 협조조차 받지 않고 단독으로 아이들 병정놀이하듯 대당의 일부 군사만으로 반란을 일으켰던 모양이다.

병부령 알천은 여왕 폐하와 조정 벼슬아치들 모두에게 깊은 신뢰를 받고 있는 데다 매우 영민한 사람이다. 상대등 비담의 군사가 반란을 일으키기에 턱없이 적다는 사실에 의심을 품고 엉뚱한 상상을 하게 된다면? 유신 자신은 변명하느라 지쳐 나자빠질 것이다.

혹시라도, 병부령 알천까지 미리 짜고서 군사를 조금만 동원한 것이라면? 서당은 물론 상주정 군사까지 동원해버린 유신은 변명할 길이 없다. 상대등 비담 등을 제거하기 위한 함정에 오히려 스스로 두 팔을 묶고 걸어들어가 갇힌 꼴이 되고 만다.

반란군들이 월성의 높고 단단한 성벽을 넘으려면 운제당과 노당, 석투당, 충당 등 사설당의 협조를 받아야 하는데 아직까지 사설당의 모습이 보이지 않는 것도 도리어 불안감을 증폭시켰다. 공성장비조차 동원하지 않고 월성을 공격한다는 것은 말도 되지 않는다. 그러나 그 말도 되지 않는 상황이 눈앞에서 전개되고 있는 것이다. 자칫하면 반란군에 휩쓸려 유신도 함께 몰락할 수도 있는 판국이다.

부지런히 염두를 굴리던 유신은 급히 1천 500명의 군사를 따로 모았다.

"저들이 공성장비를 동원하면 큰일이다. 서당의 부장 흠순은 군사를 데리고 나가 공성장비를 파괴하라. 서둘러 지방에 있는 군사를 불러올리고 반란군을 뒤에서 공격해 교란시켜라."

막중한 임무를 띤 부대답게 장군 흠순이 직접 지휘하는 그럴듯한 작전이었다. 그러나 실상은 상주정 군사를 빼돌리기 위한 계책이었으므로, 유신은 흠순에게 월성을 나가자마자 부대를 해체하고 함구시키라는 밀명을 내려 내보냈다.

정말 큰일 날 뻔했다! 늦게라도 대충 정리했다 싶자 유신은 그제야 여왕이 계시는 침전으로 발을 옮겼다.

유신이 허리에 찬 칼을 끄르지 않고 성큼성큼 들어섰으나 감히 막아서는 사람이 없었다.

"어서 오시오, 유신공."

자리에 누운 채로 많은 신하들과 이야기를 나누고 있던 여왕이 손을 들어 가까이 불렀다.

"폐하께서는 바깥의 소란 때문에 걱정이 크십니다."

여왕을 대신해서 곁에 있던 춘추가 걱정하는 말을 했다.

"폐하, 부디 마음을 놓으십시오. 소란을 피우는 사람은 얼마 되지 않습니다."

"누구요? 궁성을 향해 군사를 일으킨 사람이?"

여왕은 이미 들어 알고 있었으나 다시 물었다.

"상대등 비담과 대아찬 염종으로 압니다."

"상대등이 무슨 일로 나에게 반기를 든다는 말이오?"

"무슨 일이야 있겠습니까? 갑작스럽게 정신이 혼미해졌는지도 모릅니다."

"아니오. 상대등이라 하여 쉽게 군사를 일으킬 수 있는 것이 아니고 보면 반드시 그 까닭이 있을 것이오."

"……"

유신은 대답할 말을 찾지 못했고 여왕도 더 묻지 않았다.

상대등이 난을 일으켰다? 그 나이에 새삼스럽게 왕위가 탐나서는 아닐 것이다. 그렇다면? 천장을 향한 여왕의 눈에 이슬이 맺혔다.

"답답한 사람……!"

알 것 같다! 그러나 답답하기 짝이 없는 사람이다! 여왕도 비담이 평생 자신을 가슴에 묻어두고 사랑한다는 것을 모르지 않았다. 알면서도, 뜨겁게 느끼면서도 늘 모르는 척했지만, 사실 여왕도 나름대로 그 대가를 치러왔다. 여왕도 춘추를 가슴에 묻어두고 사랑했으면서도 단 한 번도 내색하지 않았던 것이다. 춘추에 대한 사랑을 감추는 것, 그것이 비담이 가슴에 숨긴 채 길러온 사랑에 대한 여왕의 보답이었다.

여왕이 춘추와 유신을 남다르게 대했던 것이 남녀 간의 애정 때문이라고 생각하는 사람도 많을 것이다. 그러나 그것을 여왕 자신이 먼저 잘 아는 만큼 아직까지 단 한 번도 그 도를 넘은 일이 없었다.

누가 보기에도 춘추는 이 나라의 대들보요, 김유신 또한 대장군으로서 모자람이 없는 사람이다. 오히려 자신이 좋아하는 사람들이기에 그들이 세우는 공보다도 위에서 내리는 상이 적었다고 할지언정 조금이라도 크게 부풀린 적은 없었다. 마음 같아서는 일찌감치 춘추를 태자로 봉하고 싶었으나 오히려 입에 올리지도 않고 참았다. 나랏일에 조금이라도 사사로운 마음이 섞이지나 않았을까 늘 조심해왔다.

상대등을 비롯한 많은 사람들이 삼국통일에 대한 말을 꺼려하는 것도 알고 있다. 그들의 말도 틀린 것은 아니겠으나, 그들에게는 큰 뜻이 없는 것이다. 신라가 작은 나라라 하여 백제와 고구려를 아우르지 못할 까닭은 없다.

여왕 곁에서 물러나는 유신을 병부령 알천이 불러세우고 점잖게 타일렀다.

"유신공, 폐하께서 계시는 곳이오. 다음부터는 몸에 칼을 지니지 않도록 하시오."

비록 큰 소리는 아니었으나 여러 사람들 귀에도 똑똑히 들렸다.

유신은 무어라 대꾸할 것인가? 터질 듯 팽팽한 눈길을 한몸에 모으며 김유신이 천천히 여왕을 향해 엎드렸다.

"폐하, 상대등이 반란을 일으켜 누구도 믿을 수 없이 뒤숭숭한 이때, 아직 속마음을 알 수 없는 유신이 폐하의 허락도 없이 칼을 차고 함부로 뛰어들었습니다. 유신의 목을 베어 죄를 다스려야 합니다."

어리광인가, 투정질인가? 잘못을 빌기는커녕 느닷없는 소리를 지껄이는 통에 모두들 어처구니가 없었다. 춘추가 얼른 나서서 용서를 빌었다.

"반란군이 궁성을 에워싸고 있으니 싸움터나 다름없습니다. 유신은 누구보다 든든하게 궁성을 지킬 수 있는 장수입니다."

"그렇소. 유신공은 작은 일에 너무 얽매이지 마시오."

너무도 쉽게 여왕의 허락이 내렸다. 이제는 어느 누구도 유신의 거친 행동을 입에 올릴 수 없게 된 것이다.

낮이 되자 상대등 비담은 준비한 격문을 뿌려 민심을 모으고 군사를 모았다.

"김유신이 터무니없이 삼국을 아우르겠다 하여 군사를 일으키려 한다. 이 나라는 김유신 한 사람의 나라가 아니다. 그의 헛된 야망을 위하여 신국의 백성들이 모두 죽을 수는 없는 일이다. 여왕은 이를 말려야 함에도 사나이 춘추의 눈을 거스르지 못하고 있으며, 조정의 벼슬아치들은 김유신의 용맹을 두려워하여 숨조차 크게 쉬지 못한다. 전란으로부터 신국을 구하고 백성을 도탄에 빠뜨리지 않기 위해서는 반드시 저들을 쳐야 한다. 신국의 군사들이여, 일어서라! 그대들의 핏속에 흐르는 화랑얼에 부끄러움이 없게 하라!"

덧붙여 비담은 외쳤다.

"저승길에 들어선 이 늙은 몸이 무엇이 모자라 거짓을 말하겠는가? 이 늙은 몸으로는 상대등이라는 벼슬마저도 감당하기 어렵다."

늙은 상대등의 호소에 많은 사람들이 머리를 끄덕였고 군사들이 모이기 시작했다. 이틀이 지나자 비담의 군사는 7천으로 불어났다. 비담은 군사를 둘로 나누어 밤낮없이 공격을 퍼부었다.

반란군의 군사가 날로 늘어나고 있었다. 조정에서는 물론 춘추까지 크게 걱정을 하며 성을 나가 싸울 것을 말했으나 유신은 반란군의 세력이 너무 크다는 핑계를 대며 나가 싸우지 않았다.

아직은 때가 이르다! 유신은 여왕과 조정이 믿고 의지할 사람은 춘추와 자신밖에 없다고 생각했다. 쓸데없이 서둘러 일을 그르쳐서는 안 된다. 춘추가 임금에 오르는 것은 기정사실, 이제는 신국에 대장군 김유신이 있다는 것을 알려야 할 때였다. 신국에 유신이 있고 유신이 신국을 떠받치는 대들보라는 것을, 유신이 아니고서는 아무 일도 할 수 없다는 인식을 확실하게 심어주기 위해서라도 때가 무르익기를 기다려야 한다.

유신은 발소리를 크게 울리며 궁궐을 돌아다니고 큰 소리로 군사들을 호령했다. 때로는 월성을 공격하는 반란군을 막기가 어려운 듯 한나절씩이나 여왕 앞에 나타나지 않았다.

여왕은 춘추와 유신을 시켜 왕궁을 지키도록 했으나 그들이 보이지 않으면 불안한 듯 자주 침전으로 불러들였다. 또한 다잡았던 마음의 탕개가 풀어진 듯 춘추에 대한 그리움을 감추지 않았다. 나중에는 손을 내밀어 춘추의 손을 잡고 눈물짓기도 했다.

병석에 누운 여왕은 부쩍 몸이 마르면서 시든 꽃처럼 생기도 잃고 빛을 뿜던 아름다움도 사라졌다. 춘추는 가슴이 아팠다. 여왕이 음식을 먹지 못해 살이 마르는 것을 보고 자신도 식욕을 잃었다. 여왕의 말라가는 모습을 보면서 꼭 안아주고도 싶었다.

"내가 모실 것이다."

옷을 갈아입히기 위해 여왕을 안아 일으키던 춘추는 그 가벼움에 가슴이 아팠다. 마른나무처럼 가벼웠고 시든 꽃처럼 생기가 없는 여왕을 안고 춘추는 터져나오는 울음을 가까스로 참았다.

"좋구나. 이대로 잠시만 있어다오. 그대의 품이 너무 포근하구나."

따뜻한 품에 안겨서인가? 결심을 하고 대전으로 신하들을 모두 부른 뒤라서 그런가? 여왕의 가슴에 걷잡을 수 없는 회한이 밀려들었다.

늦게라도 오라비의 손을 잡아줄 것을! 한 번이라도 그 아픈 가슴을 어루만져줄 것을! 춘추의 가슴에 안겨서도 여왕은 비담이 눈에 밟혔다.

"미안하구나, 참으로 미안하구나."

자신이 삭정이 같은 몸으로도 춘추에게 안겨 행복한 것처럼, 비담의 품에 자신의 몸을 맡겼더라면 비담도 행복하지 않았을까. 덩치가 크고 작고의 문제가 아니다. 오라비는 평생을 그리던 나를 안고 얼마나 행복해했을 것인가!

평생을 두고 변함없이 나를 사랑했던 사람! 그 비담이 지금 월성을 향해 칼을 뽑아들고 화살을 날리는 것이다. 끝까지 사랑을 몰라준 비정한 누이를 향해 칼끝을 들이밀고 있는 것이다.

어리석었다! 내가 너무 어리석었다! 색사야말로 사랑의 확인인 것을! 주르륵 눈물이 흘렀다.

"폐하, 불편하십니까? 제가 잘못했습니다."

여왕의 갑작스러운 눈물에 놀란 춘추가 다급히 물었다. 춘추는 자신의 잘못으로 여왕이 고통스러워하는 줄 알았으나 여왕은 뭐라고 변명하지도 못했다.

"아니다. 춘추공, 짐을 대전으로 인도하라."

대전으로 자리를 옮긴 뒤에도 여왕은 춘추의 손을 놓지 않았다.

폐하께서 중대한 발표를 하시려는 것이다! 여왕 폐하께서 벼슬아치들을 모두 대전에 모이게 했다는 전언에 유신도 바삐 내달렸다. 갑작스럽게 건강을 회복해서 대전으로 나오신 것은 아닐 것이다. 무언가 대전에서 하실 말씀이 있기에 불편한 몸을 이끌고 나와 신하들을 부른 것이다.

드디어 후사를 말씀하시려는 것이다! 춘추공이 신국의 왕으로 등극하는 날도 머지않았다! 유신의 발걸음이 절로 빨라졌다. 어쩌면 양위를 하신다는 하명일지도 모른다. 상대등 비담의 무리가 월성을 향해, 조정과 여왕 폐하를 향해 창칼을 뽑아들고 화살을 날리는 판국이다. 심신이 허약해진 여왕이 서로 피를 보는 세상사를 잊으려고 미리 양위를 하신다면 그것은 고맙게도 비담의 공이 될 것이다.

유신의 짐작은 틀리지 않았다. 용상에 기대고 앉은 여왕 폐하는 모든 벼슬아치가 지켜보는 가운데서도 춘추의 손을 잡고 무언가 다정한 말씀을 하고 있었다. 신하들이 모이자 춘추가 단을 내려와 바로 밑에 섰다. 여왕에게서 제일 가까운 곳, 상대등 비담의 자리였다.

"예, 폐하. 신 알천 대령하였습니다."

호명하는 소리에 병부령 알천이 길게 대답하며 한 걸음 앞으로 나섰다.

"알천공은 누가 내 뒤를 이었으면 좋겠는가?"

너무도 당연한 것을 묻는 뜻밖의 질문에 알천은 오히려 대꾸를 하지 못했다. 알천뿐 아니라 모든 신하들의 눈이 휘둥그레졌다.

하나마나한 질문이 아닌가. 춘추가 있다! 미실 등에게 밉보여 억울하게 물러난 진지왕의 손자이면서 선왕 진평제의 딸인 천명공주가 어머니이니 누구보다 진평왕에 가까운 피붙이며 명실상부한 성골이다. 또한 명민하여 일처리에 흠잡을 데가 없는 춘추야말로 왕의 재목이다.

춘추는 덕만공주로 하여 후사를 이으려는 선왕 진평제 때문에 왕위 계승권에서 멀어졌지만 이제라도 왕위를 잇게 하는 것이 옳은 일이다. 게다가 천명공주의 아들이면서 여왕이 가까이 두고 색공을 받았던 용수와 용춘의 아들이다. 춘추에게 보위를 넘긴다면 늘 마음에 두었으면서도 색공을 받을 수 없었던 춘추에 대한 여왕의 사랑도 여한이 없을 것이다. 어느덧 칠순이 되어 시난고난 자리보전을 하고 있는 용춘도 벌떡 일어나 덩실덩실 춤을 출 것이다.

그런데도 누구에게 왕위를 물려주어야겠느냐고 묻는 여왕 폐하의 의중은? 상대등 비담의 반란군이 왕궁인 월성을 둘러싸고 있는 마당이다. 그러나 반란은 실패로 끝나고 모두 김유신이 이끄는 조정 군사들에게 잡혀 죽을 것이다. 신국 최고의 지략가이자 용장인 유신이 허무하게 당할 까닭이 없다. 아니, 유신이 없더라도 누가 감히 조정을 향해 반군을 일으킨다는 말인가? 폭군도 무능한 군주도 아닌 폐하를 향해 반란을 일으킨 자들을 사람도 하늘도 용서하지 않을 것이다.

무예도 높지 않고 병법에도 어두운 비담과 염종이다. 아무리 되짚어 생각해보아도 승리를 장담하고 일으킨 반란이 아니다. 열 번 백 번 반드시 실패할 줄 뻔히 알면서도 무모하게 반란을 일으킨 것은 무엇 때문인가?

상대등 비담과 대아찬 염종은 목에서 피를 쏟으며, 삼국통일을 선동하는 유신에게 조종당하는 춘추를 왕으로 세워서는 안 된다고 외치고 있다. 어디 비담과 염종뿐이랴? 반란에 가담한 장수들과 모든 군사들이 천 길 낭떠러지에서 목숨을 내던지며 춘추는 아니 된다고 외치고 있다.

몰라서 묻는 것도, 심심풀이로 묻는 것도 아니다. 폐하께서는 지금 왕위 계승 순위를 묻는 것이 아니라, 이 시점에서 가장 적절한 사람이 누구인지 묻고 있는 것이다.

춘추가 아니라면? 선왕 진평제의 아들인 보로전군이 있다. 그러나 보로는 진평왕의 당당한 아들이었음에도 승만왕후의 미움을 받아 전군에 봉해졌으며, 특히 여왕 폐하의 등극을 위해 왕위 계승권이 박탈된 사람이다.

매사에 원만하고 너그러운 여왕 폐하지만 후사 문제만큼은 사사로운 정을 두지 않았던 선왕 진평제의 예를 따를 수밖에 없을 것이다. 진평왕은 용수와 용춘 형제에게 천화, 천명, 덕만 세 딸을 차례차례 주는 등 최고의 호의를 베풀었으나, 그들의 자식인 춘추까지도 왕위 승계에서는 일찌감치 제외시켰다. 여왕 폐하 또한 한없이 껄끄러울 수밖에 없는 보로전군 때문에 자신의 정통성에 도전을 받고 조정 또한 분란에 휩싸이게 만드는 어리석은 짓은 범하지 않을 것이다.

춘추가 아니라면 혹 나를? 알천의 가슴이 쿵쿵 뛰었다. 갈문왕 구륜의 아들로 진흥대제의 당당한 손자인 자신이 보위에 오르지 못할 까닭도 없는 것이다.

그러나 아니다! 알천을 생각하고 있다면 조정과 백성을 잘 이끌어나갈 수 있겠느냐고 물었어야 한다. 누구를 다음 왕으로 했으면 좋겠느냐는 질문에 선뜻 '내가 하겠소!' 하고 나설 수는 없는 일이 아닌가. 알천에게 물은 것은 알천은 이미 여왕 폐하의 의중에 없다는 뜻이다.

그렇다면 누구를? 빠르게 염두를 굴렸으나 얼른 떠오르는 인물이 없었다. 그동안 너무나 당연하게 춘추가 보위를 잇게 될 것으로 믿어왔기 때문이다. 알천뿐 아니라 모든 벼슬아치들의 생각이 한 치도 더 나가지 못했다.

침묵을 깨뜨린 것은 여왕이었다.

"승만공주가 어떠한가?"

"옛?"

여왕은 알천에게 물었으나 다른 벼슬아치들이 놀라는 소리로 대신 대꾸하고 있었다.

"알천공도 춘추가 내 뒤를 이어야 한다고 생각하는가? 그러나 춘추가 왕이 되어야 하는 까닭은 무엇인가? 성골 남자이기 때문인가, 짐이 가장 사랑하는 조카이기 때문인가?"

쉽게 대꾸하지 못하는 것은 알천뿐이 아니었다. 벼슬아치들도, 춘추나 유신까지도.

"성골이라는 이유만으로 진흥제께서는 일곱 살에 보위에 올랐고 선왕 진평제께서도 열세 살 어린 나이에 보위에 올랐다. 모두 성골 남자가 보위에 올랐지만 신국의 국정은 언제나 권력을 탐하는 자들의 손에 의해 좌지우지되었다. 성골 남자란 권력에 눈이 어두운 자들이 내거는 핑계에 지나지 않았던 것이다."

명분뿐인 성골 남자들의 세습에 대한 노여움이라도 있었던가. 얼굴까지 붉어진 여왕의 숨소리가 거칠었다.

"여인이라고 해서 보위에 오르지 못하는 법도 없다. 승만공주가 여인이라서 아니 된다고 생각하는 자가 있다면 앞으로 나서라. 그자가 무엇을 믿고 그날의 칠숙처럼 짐을 능멸하는지 낱낱이 따져볼 것이다."

이찬 칠숙과 아찬 석품은 덕만공주가 태자로 되는 것을 반대하다가 역모의 죄로 가족들까지 처단되었으니, 여왕의 등극을 반대하는 자는 다시 한 번 대역의 죄로 다스리겠다는 무서운 경고였다.

"승만공주는 책을 읽고 글짓기를 좋아할 뿐, 선제를 모시면서도 국정에 관여한 일이 없었고, 왕이 되기 위한 어떤 수련도 받지 않았다. 짐이 권했을 때에도 자신은 국정을 다스릴 능력이 크게 부족하다며 사양했다. 스스로 능력이 부족하다고 생각하는 사람은 홀로 자만하지 않고 여러 사람의 의견에 귀를 기울인다. 남다른 능력이 있고 덕이 높다고 홀로 오만방자한 자는 결국 함부로 국정을 전횡하여 나라를 망칠 뿐이다. 스스로 부족함을 잘 알고 낮은 자리에서 여러 사람의 소리에 귀를 기울여 듣는 것, 그것이 바로 가장 중요한 임금의 자격이다. 누구든지 내 앞에서 쓸데없는 자격을 논하지 말라."

승만은 진평왕의 동생인 진안갈문왕 국반과 월명부인 사이에서 태어났으나 진평왕을 모셨으니 정확한 호칭은 승만공주가 아니라 승만왕후여야 했다. 승만왕후는 깊은 학문에 문장이 탁월한 정도로만 알려져 있었을 뿐 신국의 조정을 이끌 만한 인물로 검증된 바가 없었다. 그러나 여왕은 자신을 향해 반란을 일으킬 수밖에 없는 비담을 생각하고 있는 것이다. 지난날 승만왕후가 용수·용춘 형제를 미워하였으므로 용춘은 고구려에 출정하여 큰 공을 세운 뒤에야 각간에 봉해질 수 있었다. 유신을 경계해온 알천으로서는 승만왕후가 보위를 잇는 것이 오히려 크게 다행스러운 일이다.

"폐하! 그렇습니다. 승만공주이옵니다. 승만공주야말로 폐하의 뒤를 이을 유일한 사람이옵니다."

알천의 우렁찬 대답, 여왕은 더 이상 뜸을 들이지 않았다.

"그렇소. 알천공은 곧바로 화백회의를 열도록 하시오."

알천에게 화백회의 사회를 맡으라는 것은 이미 상대등으로 점찍었다는 소리가 된다. 알천은 그 자리에서 화백회의 개최를 선언하고 안건을 상정했다.

"폐하께서는 승만공주로 하여 다음 보위를 잇고자 하십니다. 반대하는 분께서는 기탄없이 발언해주시고, 그렇다면 누구를 적임자로 생각하고 있는지도 이 자리에서 분명하게 밝혀 주기 바랍니다."

알천의 사회에 모두가 무거운 침묵을 지켰다. 알천의 말에서도 서릿발처럼 차가운 결심이 드러나 보였기 때문이다. 누구를 왕으로 세우고 싶은지 밝히라는 것은 폐하의 명에 반대하는 사람뿐만 아니라 그가 추천하는 사람까지 여왕 폐하의 명에 도전하는 불충으로 간주하겠다는 것이다.

내일을 기약하기 어려울 만큼 병이 깊은 여왕 폐하께서 이미 승만왕후를 지명하고, 어명이 이행되는 과정을 두 눈 부릅뜨고 지켜보는 자리다. 춘추도 감히 아니라고 말하지 못했다. 여왕 폐하의 뜻을 거스르고 차마 자신이 왕위를 잇겠다고 나설 만한 배짱은 없었던 것이다.

"나는 폐하의 뜻을 받들어 승만공주를 추대할 것이오."

알천이 큰 소리로 여왕 폐하의 뜻을 받들겠다고 말하며 홀을 던졌다.

"나도 폐하의 뜻에 따를 것이오."

화백회의에 대등의 자격으로 참석한 각 부서의 수장들 모두 이구동성으로 여왕 폐하의 뜻을 따르겠다며 앞에 있는 홀을 들어 탁자 가운데로 던졌다. 화백회의에서도 승만공주의 왕위 승계가 확인된 것이다.

여왕은 자신의 운명을 미리 알고 그렇게 한 것처럼, 그날 밤 영면에 들었다. 날이 밝아도 기침하지 않아서야 이미 운명한 것을 알게 되었으나, 왕궁이 위협받는 내란 중이다. 국상은 반란이 안정된 뒤에 성대히 치르기로 하고, 승만공주가 후사를 이어 용상에 오르니 뒷날 진덕여왕으로 불리게 된다.

폐하께서는 어찌 갑자기 마음을 바꾸셨는가? 조정의 모든 사람이 승만공주의 즉위를 축하한다고 해도 김유신의 가슴에는 응어리가 맺혔다. 지금까지 춘추는 누구에게나 다음 왕위를 이을 사람으로 인식되어온 유일한 사람이었다. 그날 여왕이 대전에 나오지 않고 승천했다면 춘추는 자연스럽게 보위에 올랐을 것이다. 어쩌다 다른 생각을 가진 사람도 아주 없지는 않겠지만 누구도 김춘추 대세론을 뒤집을 수는 없었다. 더구나 춘추를 반대하는 비담의 무리가 반란을 일으켜 신국의 적이 되어 있는 판이다. 춘추를 반대하는 자는 누구든 역적으로 몰릴 수밖에 없다.

평생의 기다림이 막 이루어지려던 찰나에 물거품처럼 꺼져 버렸다. 따지고 보면 정에 약한 여왕의 잘못이 아니라 상대등 비담의 모반으로 자신의 위치를 굳건히 하려고 했던 김유신의 잘못이었다. 비담의 모반을 미리 막았더라면 여왕도 비담의 쓸데없는 투정쯤으로 치부하고 넘어갔을 것이다. 춘추로 하여 보위를 잇는 것에 대해 아무런 의문도 갖지 않았을 것이 아닌가. 생각할수록 가슴을 칠 일이었지만, 그렇다고 언제까지 자책만 하고 있을 김유신이 아니었다.

김유신은 아직도 왕궁을 지키기에만 힘을 쓸 뿐 나가 싸우려 들지 않았다. 처음부터 반란군의 움직임을 손바닥 들여다보듯 해왔으니, 언제라도 깨끗이 쓸어버릴 수 있는 일이었으나 조금 더 일이 무르익기를 기다리는 것이다. 비담을 따르는 반란군은 1만 명을 넘어섰으나 오히려 잘된 일이라고 여겼다.

싹이 조그마할 때는 그것이 곡식의 싹인지 해를 끼치는 잡초인지 구별할 수가 없다. 애써 일일이 뽑는 것보다는 조금 더 크게 자라기를 기다렸다가 한꺼번에 뿌리째 뽑아버리는 것이 훨씬 수월하고 깨끗하다. 게다가 비담의 부추김으로 들떠 일어선 무리들도 시간이 지나면 여왕과 조정에 반역을 일으킨 죄를 생각하게 될 것이다. 오랜 싸움에 불안해진 사람들은 난을 일으킨 반란군을 미워하는 쪽으로 돌아서기 마련이다. 가을바람에 풀잎이 마르기를 기다리듯 적어도 그때까지는 참고 기다려야 한다.

또 하나, 반란군을 쉽게 깨뜨려버린다면 사람들은 김유신이라는 존재도 쉽게 잊어버릴 것이었다. 아무리 변방에 가서 많은 공을 세워봐야 사람들은 크게 알아주지 않는다. 눈앞에서 제 목을 파고드는 칼날을 치워주어야만 크게 감격하고 그 고마움을 되새기게 될 것이다.

닷새가 지났다. 김유신은 새 여왕 폐하께 성문을 열고 나가 적을 칠 것을 아뢰었다. 이제는 더 이상 반란군의 함성을 더 듣고 있어야 한다는 핑계를 댈 수 없었을 뿐 아니라, 왕궁을 지키려고 곧 많은 군사들이 서라벌로 몰려올 터였다. 자칫하다가는 엉뚱한 군사들에게 공을 빼앗기고 말 것이다.

"저들이 스스로 잘못을 깨달아 물러가기를 기다렸으나 도리어 횡포가 심하여 조정과 백성을 함께 불안하게 하니 더 두고 볼 수가 없습니다. 비록 한 나라 군사들끼리 싸워 다치는 일이 있더라도 저들을 쳐야 할 것입니다."

"저들을 물러가게 하되 많은 피를 흘리지 않도록 하시오."

명령을 받은 대장군 김유신은 발걸음도 믿음직스럽게 여왕 앞을 물러나왔다.

"폐하께서 저들을 물리치라 하셨다. 씩씩하게 나가 싸우자!"

김유신이 성문을 열고 달려나가자 반란군은 스스로 포위

를 풀고 달아났다. 이때는 이미 지방에 있던 수만 군사가 서라벌로 모여들고 있었는데, 이들은 비담의 호소에 전혀 귀를 기울이지 않았다. 비담의 반란군은 결국 살길을 찾아 스스로 명활성으로 옮겨갔다. 서라벌은 하나의 성으로 이루진 도읍이 아니다. 명활산성은 월성의 동쪽에 있는 성으로 남산신성, 서형산성 등과 함께 서라벌을 튼튼하게 지켰다. 성의 둘레가 1천 906걸음이었으며 명활산 중턱의 능선을 따라 돌로 쌓은 성으로, 그 성벽이 높고 단단하여 들이치기가 어려웠다. 자비마립간 18년(2808) 정월부터 소지마립간 10년(2821) 정월에 다시 월성으로 돌아가기까지 13년 동안이나 임금이 머물며 나라를 다스렸던 곳이기도 하다.

김유신은 폐하의 명령을 받은 사람이다. 비록 선두에 나서서 성난 호랑이 같은 용맹을 떨쳐 보일 수는 없으나, 다시 상장군의 지위에 올라 서라벌로 모이는 모든 군사를 이끌게 되었으니 그다지 아쉬울 것도 없었다.

상장군 유신이 이끄는 수만 조정 군사들이 명활성을 에워싸고 들이쳤으나 돌로 쌓은 성벽이 높고 튼튼한 데다 성안에서 1만 3천여 군사들이 죽기로써 지켰으므로 헛되이 죽고 다치는 군사만 늘어났다.

비담이 반란을 일으킨 지 이레가 지나고 열흘이 흘렀다. 곳곳에서 모인 군사들로 북새통을 이룬 서라벌에서는 조정 군사들이 힘차게 내닫는 것을 보며 조정군의 고마움을 느끼고 상장군 김유신의 용맹을 입에 올렸다.

'이제 조금만 더 기다렸다가 멋진 싸움을 벌여 이 유신이 신국 역사 이래 으뜸가는 대장군임을 알게 하리라.'

명활성이 비록 철옹성이라고는 하나 많은 음양도들이 반란군에 섞여들어가 있었으니 유신으로서는 내부의 호응을 받아 성을 깨뜨리는 것이 조금도 어렵지 않았다. 그러나 서둘러 반란군을 치기보다는 이 싸움이 서라벌의 모든 사람에게 미치는 여파를 생각하여 알맞은 때에 모든 사람을 놀라게 할 만한 화려한 싸움을 벌여 반란군을 쳐부수려는 것이다. 유신은 반란군에 섞여 있는 음양도들을 움직이지 않았다. 군사들만으로 바깥에서 성을 공격하며 그날을 가늠하고만 있었다.

그러던 가운데 전혀 뜻하지 않은 일이 일어났다. 열이틀째 되는 날 밤 월성에 큰 별이 떨어진 것이다.

별이 떨어지는 것을 보자 비담의 무리는 하늘이 자신들을 도우는 것이라 생각하여 누리가 온통 떠나갈 듯이 함성을 질러댔다. 조정 군사들은 열 배도 더 되는 대군이었으나 자신들이 질 것이라는 생각에 두려움을 느꼈다. 여느 백성들은 반란군이 이길 거라고 숙덕였고 벼슬아치들도 끼리끼리 몰래 수군거렸다.

간밤에 부름을 받고서도 이튿날 아침 늦게야 싸움터에서

달려온 상장군 김유신이 모든 사람의 눈길을 한 몸에 받으며 여왕 폐하 앞에 섰다.

"앞날이 좋거나 나쁜 것은 미리 정해진 것이 아니고 본디 덧없는 것이나 사람들이 그렇게 믿어왔을 뿐입니다. 별이 땅에 떨어졌다고 그리 두려워할 일이 아닙니다. 다시 말씀드리거니와, 폐하께서는 조금도 걱정하지 마시고 일이 되어가는 것을 지켜봐주십시오."

한 마디 한 마디 무게를 실어 말하는 상장군 김유신의 의젓한 모습에 사람들은 반색하며 미더워했다.

조정에서 물러나온 유신은 별이 떨어진 곳에 제단을 쌓았다. 한낮이 되자 흰말을 잡아 제물을 바친 뒤 글을 지어 하늘에 아뢰었다.

"하늘은 밝음이라 더없이 굳세게 뻗어가나 땅은 그림자이니 부드럽게 감싸며 따를 뿐입니다. 사람에게 있어서 임금은 높고 신하는 낮은 것이오니 혹시라도 이를 바꾸려 한다면 크게 어지러워지는 것입니다. 지금 비담의 무리가 신하로서 그릇된 마음을 품고 아래에 있지 않고 윗자리를 억누르고 있습니다. 이는 사람과 귀신이 함께 걱정하는 것이며 하늘과 땅이 함께 용서하지 못할 일입니다. 그런데 하늘은 도리어 별을 궁성에 떨어뜨리니 사람들은 놀라고 두려워 어찌할 바를 모르고 있습니다. 하늘은 굽어살피시어 마땅히 별을 제자리로 돌리고 아랫사람이 윗자리를 넘보는 일은 크게 죄를 주어 다스려야 할 것입니다"

제사를 마친 상장군 김유신은 사람들을 시켜, 이미 제사를 지내 비담 무리의 잘못을 하늘에 아뢰고 빌었으니 하늘이 무심치 않을 것이라는 말을 널리 퍼뜨리게 했다.

서라벌의 많은 사람들은 김유신이 제단을 쌓고 제사를 드리는 것을 보았으며 비담의 무리가 멀쩡한 조정을 향해 반란을 일으킨 것이 하늘을 거스르는 일임을 모르지 않았으나, 별이 떨어진 것 또한 하늘의 뜻을 나타내는 것이므로 마음자리가 어지럽고 두렵기는 마찬가지였다.

조정군은 명활성에다 끝내 하늘과 사람의 도리를 거스르는 무리들에게는 하늘과 신국의 온 백성이 함께 용서하지 않을 터이니 지금이라도 잘못을 뉘우치고 임금 밑으로 돌아오라는 쪽지를 매단 화살을 수없이 날려보냈다. 한편으로는 목소리 큰 자들을 모아 함께 큰 소리로 이를 알리기도 했다.

명활성 안의 군사들은 어젯밤 월성에 별이 떨어지는 것을 보고 하늘이 자신들을 돕는 것을 알았으므로 크게 사기가 올라 있었다. 난을 일으킨 지 열흘이 지나는 동안 곳곳에서 모여든 조정 군사가 엄청나게 많은 것을 보고 슬금슬금 자라나던 두려운 마음은 씻은 듯이 사라졌다. 조정의 군사들이 하늘의 뜻을 말하고 임금과 신하 사이의 길을 말하는 소리를 들으면서도 코웃음을 쳤다.

"김유신이란 놈이 하늘의 뜻이 어디에 있는지 제 눈으로 보고도 아직 정신을 차리지 못하고 헛소리를 지껄이고 있다."

"떨어진 별이 다시 떠올라보라지. 그러면 네놈들의 말이 옳다고 믿어주겠다."

그러나 그날 밤, 불덩이 하나가 땅에서부터 둥둥 솟아오르더니 하늘 높이 사라졌다. 이는 김유신이 꾀를 내어 허수아비에 불을 붙여 커다란 연에 매달아 하늘에 띄운 것이었다. 하지만 이를 알 리 없는 사람들은 크게 놀라 웅성거렸다.

어젯밤 떨어진 별이 다시 하늘에 오르고 있다! 멀리 명활성에서 지켜보던 군사들도 혼비백산해 땅에 엎드려 벌벌 떨었다.

"속지 마라. 불붙인 연을 날리고 있을 뿐이다."

뒤늦게 적의 속임수를 알아차린 장수들이 내달리며 외쳤다. 그러고 보니 멀리 월성에서 흔들거리며 올라가다 사라진 불빛은 별이 아니라 조정 군사들의 장난질이 틀림없었다. 명활성 군사들이 하늘을 속이는 못된 놈들이라고 욕을 퍼붓는 소리에 되레 조정 군사들이 찔끔해졌다.

한바탕 법석을 치르고 오래지 않아 달이 떠올랐다. 휘영청 밝은 달은 얼음에서 건져올린 듯 차가운 빛을 뿌려댄다. 눈밭을 지나온 차가운 바람이 성벽을 넘어갔다. 성벽은 달빛 아래 고즈넉하고, 저쪽 멀리로 산을 에워싼 조정 군사들의 화톳불이 보였다. 모두들 깊이 잠든 밤 서너 장씩 거리를 둔 경계군사들만이 잔뜩 움츠린 채 벅수처럼 서 있었다.

성벽 위를 걷고 있던 대아찬 염종의 걸음이 문득 멈춰졌다. 성가퀴 사이로 멀리 무엇인가 움직이는 것이 보였다. 달빛 아래 숲으로 숨어드는 것은 성에서 나간 그림자가 틀림없었다. 걸음을 빨리 해 가보니 지키는 군사는 보이지 않고 밧줄만 성가퀴를 따라 매달려 있었다. 성안에도 밧줄이 여러 가닥 내려뜨려져 있었다.

군사들이 달아나고 있다! 문득 성안에서 수상쩍은 움직임이 보였다. 몰래 성벽을 넘으려던 군사들이 들킨 것을 알고 달아나려는 것이다.

슉, 슉…… 대아찬의 뒤를 따르던 장수들의 손에서 화살이 날았다.

"멈춰라!"

대아찬의 명령과 함께 화살에 맞아 내지르는 비명소리가 들렸다. 달그림자에 숨어 있던 군사들이 황급히 달아나는 게 보였다.

"함부로 화살을 날리지 마라."

왔던 길로 되돌아선 대아찬 염종은 다시 명령을 내렸다.

"이곳은 지키지 마라. 나가려는 자는 나가게 하라."

길을 재촉해 가던 염종은 성루에서 나오는 비담을 보았다.

상대등도 답답한 가슴에 바람을 쐬려는가.

"김유신의 속임수가 맞아떨어졌습니다. 벌써 군사들이 성벽을 넘어 달아나고 있습니다."

상대등 또한 이미 모든 것을 짐작하고 있었다는 얼굴이다. 머리를 끄덕이더니 장수들에게 명령을 내렸다.

"몰래 성벽을 넘다가 다치는 군사들이 많을 것이다. 어서 성문을 열고 두려움 없이 성을 나서게 하라."

"저들이 연에 불을 붙여 거짓놀음을 한 것이 알려졌으니 저들의 속임수는 오래가지 못할 것입니다. 달아나는 자들이 있다고 해서 성을 지켜내지 못하는 것도 아닙니다."

몇몇 장수들이 말렸으나 상대등의 뜻은 이미 정해졌다.

"쓸데없이 피를 흘려서는 안 된다. 우리는 이미 우리의 뜻을 조정과 백성들에게 알렸다. 김유신을 없애지 못했으나 함부로 삼국통일을 떠들지 못할 것이니 우리 군사들이 흘린 붉은 피는 결코 헛되지 않을 것이다."

상대등 비담은 다시 성문을 열고 군사들을 내보내라는 명령을 내렸다.

얼마 후 성문이 열리고 군사들에게 마음 놓고 바깥으로 나가도 좋다고 외치는 소리가 들려왔다. 상대등 비담은 움직이지 않고 서 있는 장수들에게도 마지막 명령을 내렸다.

"모든 죄는 우리 두 사람에게 있다. 조정에서도 그대들을 나무라지는 못할 것이다. 이제 그만 조정의 군사로 돌아가라."

그러나 성벽에서 내려가는 장수는 하나도 없었다. 도리어 성문이 열리고 성을 빠져나가라는 소리에 놀라 하나둘 모여든 장수들까지 갑옷을 벗고 칼을 빼들며 자리에 앉았다.

"우리는 무턱대고 상대등을 따라 일어선 것이 아니라 저마다 스스로 옳다고 여겼기에 궁성을 향해 칼을 빼들었소. 화랑답게 일어섰으니 화랑답게 스러질 것이오."

"스스로 화랑이라 일컫는다면 살아서 나라에 보탬이 되어야 할 것이다. 어찌 이곳에서 죽어 스스로 부끄러운 이름을 남기려는가?"

"꺾일 수 없는 우리의 뜻을 똑똑히 보여주려는 것이오. 아울러 먼저 죽어간 사람들에게 진 빚을 갚으려는 것이오."

장수들은 서슴없이 제 가슴에 칼을 꽂아 붉은 꽃을 피웠다. 달빛이 부서지는 성벽을 넘어 서라벌 쪽으로 불어가는 바람이 짙은 피비린내를 싣고 갔다.

성문이 열리고 군사들이 줄지어 나오는 것을 보고 신바람이 나서 달려왔던 조정 군사들은 앉은 채로 죽어간 30여 주검 앞에서 절로 옷깃을 여미지 않을 수 없었다.

〈5권에 계속〉